カレーライスの唄

阿川弘之

筑摩書房

目次

カレーライスの唄

百合書房

その会社はつぶれかかっていた。

物語の方がこれから始まろうという時、最初の舞台になる会社が、つぶれかかって終末が近づいているというのは、縁起の悪いような話だが、仕方がない。

神田《かんだ》の百合《ゆり》書房のことだ。

個人の家庭でも、一つの店でも会社でも、あるいは栄華をほこった大帝国でも、それの軒《のき》が大きく傾きはじめると、家全体、店全体、国全体に、どことはなし、何とも言えぬうらぶれた感じが出て来るものらしい。

百合書房の中がそのとおりで、戸じまりはガタピシとすきまだらけ、こそ泥のふたりや三人しのびこんでもわかりそうもなく、二階の編集室へ上がる階段の下には、磨《みが》いてないボロ靴とあぶらじみた破れスリッパとが、何足もかさなり合ってひっくりかえっている。

人が通ると、木の階段はミシミシと景気の悪い音を立てるし、編集部も営業部も、机の上に白くほこりがたまっていた。

荒縄でくくった返本《へんぽん》の束《たば》が、これもほこりをかぶって社内いたるところにゴロゴロと積み上げられている。返本の山かげをのぞくと、陰気な青い顔をした貧乏神がふて寝をしていそうな感じがする。

掃除のおばさんがかよって来なくなってから、社内の乱雑さかげんはこのところ、一層はなはだしくなっているようであった。

給料を払わないのだから、掃除のおばさんが来なくなったのは無理ないが、以来、百合書房中の灰皿という灰皿、湯飲みからカンのふたまで、タバコの吸いがらだらけで、どうにも吸いがらの捨て場所が無くなると、だれかがバサリとそれを紙くずかごの中へぶちまける。そのくずかごがまた下水があふれるように、紙くずや吸いがらを廊下にあふれ出させているというぐあいである。

編集部次長の東田《ひがしだ》さんが、同じ編集部の北原君とそのきたない編集室の中で将棋をさしている。ふたりとも、ちっともおもしろくないような顔をして、よごれた靴下の指の先を左手でなでながら、

「ちょっと待った」

「待ったは無し」

「そうじゃないよ。その銀は取れないだろう？　角《かく》のすじがちがうじゃないか」

「角のすじ？　ああ、なるほど。放物線をえがいて銀を取っちゃった」

「バカなことを言わないで、引っこめろよ」

「そうですかね。世の中、すじのちがうことばかりだから、よさそうなもんだと思った

が、まあ引っこめるか」

つまらないことを、半分上《うわ》の空《そら》で言いながらさしつづけている。

その向かい側の机の上——というよりほこりの上に、髪がばさばさで、もさっとした感じの桜田六助が、浮かぬ面持ちで両肘《ひじ》ついて見るともなしに同僚のへぼ将棋をながめている。

この男が、われらの物語の主人公である。

編集室の電話が鳴りだした。

しかしだれも、手をのばして受話器を取ろうとするものはいない。女の子は編み物をしたり、週刊誌を読んだり、知らぬふりをしているし、東田さんと北原君とは相変わらず、

「王手だよ」

などと言いながら、将棋をさしている。

電話が鳴りだすと、とたんに、編集室にいるだれもが、自分の担当の執筆者から原稿料や印税の催促《さいそく》ではあるまいかと、心をピクリと動かせるのだ。

それで、電話に出るのがこわいから、みんな知らん顔をきめこんでいるのである。

「ジーッ、ジーッ、ジーッ」

と、電話機はいらだたしげに鳴りつづけている。

しょうことなしに、桜田六助がのっそり立ち上がって、受話器の方へ手をのばしかけ

た時、東田さんが将棋盤から顔をあげて、

「六さん、待て」

と、さえぎった。

東田編集次長は、それから、今王手をかけた相手の北原君に、

「君、出てくれよ」

懇願《こんがん》するように言った。

電話機は、

「ジーッ、まだか？　ジーッ、まだか」

と、鳴りたてている。

北原君が、

「また僕ですか」

手のひらの中で汗になった将棋のコマを置いて、しぶい顔して立ち上がった。

電話機のそばには、墨《すみ》で、

「債鬼《さいき》撃退」

と書いたはり紙がしてある。

北原君がやおら受話器を取り上げると、向こうは、

「もしもし百合書房だね？　ちょっと桜田君を呼んでください」

果たしてだれか、小説家か評論家の声らしかった。

外語出の北原君が、

「ハロー」

と、ゆううつそのものの、しかしできるだけアメリカ人の発音に似せた言い方で答える。

「ハロー、ハロー、ハロー」

「もしもし、へんだな。もしもし、そちらは百合書房じゃないんですか?」

「ハロー、ハロー」

「もしもし、もしもし。あのね、困ったな。ハロー、ちょっと、うかがいますが、そちらは百合書房ではありませんか?」

「ハロー、ハロー。オオ、ノー、ノー。ハロー」

何をきかれても、電話の声がハローとノー、ノーしか言わないので、

「へんだなあ。電話売っちまったのかな」

と、言ったきり、相手はガチャンと切ってしまった。

「ご苦労さアん」

東田編集次長は、わざと軽い口調でそういった。

「ところで、王手だよ、君」

北原君が、

「いやになっちゃうなあ」

といいながら、元の席へかえって来た。

編集室の中には笑い声も立たない。

「さて、ところで王手か」

と、北原君は前どおりのおもしろくない顔をして考えこむ。

「ええと、手に金と銀と桂馬が一丁か。……金を打つ。こう逃げる。取る。逃げる。桂を打つ。まずいな、どうも」

「早くやれよ」

「何もそうあわてなくてもいいでしょ？　あわてて将棋をささなければならんような事情はなにもない」

「いいから、どうするんだい？」

「いいからと言われても……それではこうだ」

ピシリとコマを置く音がする。

「なるほど、来たね」

東田さんは腕組みをして、

「だれだい、今の？」

といった。

「え？」

「今の電話、だれだったんだい？」

「さあ？　わからない。桜田君を呼んでくれといってたから、もしかすると大森のテー公かな」

北原君はいった。

「大森さん？」

桜田六助が、びっくりしたように訊《き》き返した。

「さあ、どうだか知らないよ。桜田君を呼んでくれといっただけだからね」

北原君はあんまり関心を示さず、

「そっちの番ですよ。こりゃ詰みそうだぞ。勝てたかな」

と、依然として盤をにらんでいる。

……そうか、大森さんだったのか、なるほどきっとそうだろう、と六助は思った。

小説家の大森貞一郎氏からの電話なら、百合書房として、実はハローだの、大森のテー公だのといえた義理合いではないのである。

はなやかな流行作家たちのかげで、長い間くすぶっていた戦前派作家の大森貞一郎が、久しぶりに書き下ろした長編「青い斜面」は、戦後の混乱の中で崩壊して行く日本の一つの家庭をえがいた作品として、なかなかの好評で、大森氏も百合書房も、一時はこれで息を吹きかえすかと思われたものであった。

しかし初版発行以来五カ月半、百合書房は、このあんまり金まわりのよくない先生に、一銭の印税も払っていないのである。

「青い斜面」の出版を担当したのが桜田六助であった。六助は、初めて大森貞一郎氏の家をたずねた日のことを思い出す。

彼はそれまでに、この作家の短編をいくつか読んでいて、その作風が好きだった。大森氏の小説は、いかにも古風で地味で、とても今のいそがしいジャーナリズムの上でちやほやされるようなものではなかったが、それだけに今の世の中ではめったにお目にかかれないような珍しい味わいがあり、妻や兄弟に対する愛憎と、貧乏生活の苦渋とが、よく彫り出され、ゴツゴツとした民芸品のような手ざわりの感じられる短編が多かった。

その大森貞一郎氏が、

「妻子を質に置いても」

と言って、久々の長い作品の執筆にかかっているということを、六助はふとしたことから耳にし、その長編をぜひ自分の手で百合書房から出版したいとハリつめた気持ちで思い立ったのである。

編集長の庭瀬《にわせ》さんにその話を持ち出して相談してみると、庭瀬さんはパイプをくゆらしながら、

「妻子を質に置いてもと言ってるんだって？　明治時代だね、まるで。ずいぶん古風なんだなあ」

と、初めは賛成も反対もしなかった。

「ええ、僕も少し覚悟が古風過ぎるような気はするんです。しかし、その意気込みは、なんというか、やっぱり相当なものではないでしょうか。いい作品が生まれそうな、少なくともタガのゆるんだものになるまいという予感がするんです」

　大森さんの気持ちが自分の上にひびいて来るかのように六助がそう言うと、庭瀬編集長は黙ってちょっとうなずいた。そして、

「しかしね、まじめな、タガのゆるんでない作品なら、いい作品だというわけには行かないんだよ。作家というものは、野たれ死にしようが、妻子を質に置こうが、作品の出来ばえだけが結局勝負なんだからね」

　と言ってから、

「だけど六さん、君、大森貞一郎にほんとにほれているのかい？」

　と質問した。

「会ったことはありませんが、今まで作品を読んだところでは、僕はほれています」

　六助は答えた。

　庭瀬さんはもう一度うなずいた。

「そうか。よし、それなら行って来たまえ。そして全力をつくしてその書き下ろしをもらって来たまえ。君が本気でほれているというなら、それでいい。ほんとは僕も、大森さんの作品が好きなんだ。長いことお目にかかってないが、よろしく言ってくれよ」

　と言って、編集長は彼の肩をたたいた。

それはちょうど一年前の、ある晩秋の日の午後のことであった。

百合書房も、そのころはまだ、こんにちほどの苦境にはおちいっていなかったのである。

六助は伝票を切って交通費を受け取ると、新しい仕事に胸をふくらせ、気持ちをハリつめて、荻窪《おぎくぼ》の大森貞一郎氏の家へ向かったのであった。

中央線の赤い急行電車が、四《よ》ツ谷《や》、新宿、それから大久保、東中野の駅を通過して、今はほとんど面影をとどめていない武蔵野の中を西へ走って行くにつれ、車窓から、ふと、落ち葉を焼くにおいがただよって来た。

外には強い風があって、こがね色の銀杏《いちよう》の葉が吹雪《ふぶき》のように散っているのが見える。

大森貞一郎とはいったいどんな人だろう?

まずなんとあいさつして話を切り出したらいいだろう?

六助は考えていた。

大学を出て百合書房に勤めるようになってから、まだ二年足らずの桜田六助には、この仕事が、自分の全責任でやらされるほとんど最初の大きな仕事であったから、緊張した気持ちでいたのだ。

荻窪の駅で下りて、十分ばかりバスに乗って、その小説家の家をさがしに行く道々、六助はまた、落ち葉を焼くにおいがしているのに気づいた。

さがしあてた大森貞一郎氏の家は、手入れのあまり行き届いていない生垣《いけがき》にかこまれた、古くさい小さな平屋で、いかにも落葉のにおいのふさわしいような家であった。

「ごめんください」

声をかけても、家の中は森閑《しんかん》として、返事がない。

「ごめんください」

「ごめんください」
三、四回呼ぶと、
「なんだ」

とつぶやく声がして、やっと玄関脇のふすまががらりと開き、洗いざらしのような木綿の着物に帯をきつく結んだ眉の濃い、五十年配の男が、老眼鏡をはずしながら、手にペンを持ったまま、ぬっとあらわれた。

「大森先生ですか？　百合書房の編集部の桜田という者ですが……」

「ああ。ご用聞きかと思った。失敬。上がりたまえ」

大森先生は無造作《むぞうさ》に言った。

察するに、あまりたずねて来る編集者もいないらしい。

言われるまま、靴をぬいで書斎にはいったが、大森先生はけやきの一枚板の書きもの机に背を向けてすわり、それきり六助の顔を見ているだけで何も言わない。六助の方ではあいさつに困ってしまった。

「こんにちは」とか、

「秋晴れのいいお天気で」

などというのも、どうもぐあいが悪いようである。

それで六助は、もう一度お辞儀をして、

「百合書房の編集部の桜田という者です」

と、くりかえした。

「それはもう聞いたよ」

大森氏はにこりともせずに言った。

六助はすっかりドギマギしてしまい、

「アッハハハ、先生はせっかちですね」

と、へんなことを言って急に大声で笑い出した。そして、すぐ自分で気がついて一層ドギマギした。

作家の方が人あたりのいい売れっ子であるか、編集者の方が口の上手な世馴れた編集者であるか、どちらかであれば、こんなへんちくりんな場面にならないのであろうが、大森貞一郎氏は、不遇ゆえに多少世をすねて孤高を持しているようなところがあり、桜田六助は何しろまだ新米《しんまい》で、その日は特に堅《かた》くなっていて口がうまくまわらなかった。

へんなことを言ったと思うと同時に、頭がカアーッとしてしまい、どう切り出していいかわからず、いきなり、

「あいさつは抜きにしてお願いします、先生のいま書いておられる長編をうちにくださ

い。僕がいい本を作ります。ぜひください。それをお願いに来ました」

と言い出した。

「……」

「かならずいい本を作ります。ぜひください」

「君のほうがよっぽどせっかちじゃないか」

大森先生は言い、

「どこで何を聞いて頼みに来られたのか知らんが、藪《やぶ》から棒にそう言われても返事のしようがない。それにこの小説はいつでき上がるという見通しもまだ立たんわけで、だいたい僕のものは古くさくて、そんなに売れはしないよ」

と、六助の意気込みに水をさすようなことを言った。

六助はあがっていたので、

「結構です。古くさいのは承知の上です」

と、また失言をした。

大森氏はさすがに苦笑したが、六助が生意気な気持ちからそう言っているのでないことはわかるらしく、かえってこの若い編集者に親愛感をいだいたようであった。

あらためて六助の名刺を見ながら、

「百合書房は、庭瀬さんのところだね？」

ときいた。

「そうです。ああ、そうだ。忘れていましたが、庭瀬編集長が、ごぶさたしているがよろしくと……」

「ああ、そう」

「編集長は、先生のものが好きなんだと言っていました」

「そう？　ありがとう」

不遇な人には、こういうひとことが意外に心の底へしみとおるらしく、大森先生の表情がやわらいで来、つぶやくように「ありがとう」という言葉が重ねて口から出た。

「僕の長いものが欲しいというのは、つまり庭瀬さんの意向なんですね？」

「いえ、実はそれが」

六助がそう言って、六助自身大森貞一郎の愛読者であること、そしてこの仕事を自分で担当したいと編集長に申し出て許しを得たことを告げると、大森氏は、

「そうかね。君はまだ若いのに」

と、不思議そうな、そしてうれしそうな顔をした。


その日以後、桜田六助はせっせと大森先生のところへ通うようになった。

最初の日の六助のとんちんかんさかげんと、その後の熱心さとは、大森貞一郎に印象深かったらしい。冬が来、年が明け、やがて荻窪の住宅街の木々が芽ぶくころになって、この古風な小説家は、ようやく、

「長い間はっきりしたことを言わなくてすまなかった。作品の方も大体目鼻がついて来たから、それではこれは君のところから出してもらうことに決めよう。よろしく願います」

と、明瞭な約束を与えてくれた。

そしてその晩は、

「君は言葉のなまりからみると、広島あたりの出じゃないかね？　やっぱりそうか。きょうは到来物《とうらいもの》の広島のカキを食わすから食べて行きたまえ」

と、貧しい家計の中から一本つけてくれ、六助の好物の故郷のカキめしをごちそうしてくれたのである。

食事をともにしながら雑談しているうちに、大森先生は、こんどの長編小説について、ほかの有力な出版社からも二、三申し出があったのを、

「百合書房の方が先約だから」

と、わざわざ六助に義理立てをしてくれたこともわかった。

桜田六助は大いに勇奮し、翌日は張り切って社へ出て行ったが、一つ悪いことは、初めこの仕事で六助を激励してくれた文学の鬼みたいな庭瀬編集長が、そのころ神田の百合書房へあらわれなくなっていたことだった。

やめたわけではないが、庭瀬さんは過労がたたって、その少し前から結核を悪化させ、病院で療養生活をつづけるようになっていたのである。

あとの編集責任を引き受けた東田次長や、六助より一年先輩の北原君は、この企画にあまり乗り気でなかった。

「六さん、いやに感激して張り切ってるけど、大森のテー公の書き下ろし長編なんて、どうかなあ？　いや、文学的価値は知らないよ。ただ売れ行きのことですよ。わが社はいまや、道楽の純文芸出版をやってられるような状況ではないんだからね」

北原君は露骨にそう言ってみせた。

六助は、せっかく純粋な気持ちで打ちこんで来て、やっと自分のものになりかけた大切な仕事を、同僚にけがされたような気がし、持ち前の短気でムカムカと腹が立ったが、その時は北原君と言い争いはせず、

「売れ行きの方も、よく売れるように、僕が頑張ってみます」

と、した手に出ておいた。

彼は、北原君たちが、面と向かえば「先生、先生」とおだて上げながら、かげでは執筆者たちを「大森のテー公」とか「のろまの辰」とか、まるで自分らのこき使っている職人のような呼び方をしていることに、かねてからいい気がしていなかった。

しかし、北原君の言うように、百合書房がそのころから甚《はなは》だ左前になり、経営状態が目に見えて悪くなりつつあるのは、事実であった。

社長の殿山五八郎、これは結核でもぜんそくでもなく、ひるにはいつも、ドンブリに山盛りのめしをハシでギュッ、ギュッとおさえて一粒残さずかきこむ大めし食らいの、

二十一貫の巨漢であったが、会社に顔を出すことが段々少なくなりつつあった。

殿山社長の前身はよくわからない。慶応出だということになっているが、物好きが名簿をしらべてみたところ、殿山五八郎という慶応義塾出身者は、明治以来ひとりもいないそうだ。

ただ彼が、戦前派の文学青年で昔小説家になろうとしたり、評論を書こうとしたり、新聞記者を志したりして、そのどれもみな失敗し、戦争中はアメリカやフランスの工業関係の図書を写真版で複製し、いわゆる海賊版の本を作って、それを日本の軍需工場の大会社へ高く売りつけて大したもうけをした男だということだけは確からしかった。

それで、この二十一貫の大男の中には、妙に小ずるく無教養で粗野なところと、間の抜けて古風なロマンチシズムとが同居していた。

学者や作家や評論家に対するあこがれに近い尊敬の念と同時に、そういう連中に対する憎しみと反感も同居していた。

「六さん、聞けよ。僕はいま、藤村詩集をあらためて読んどるんだがね。

きのふまたかくてありけり
けふもまたかくてありなむ
この命なにをあくせく
あすをのみ思ひわづらふ

いいねえ、君。いいじゃないか、明治の詩の心は。これが僕の心境だね」

などと、まるで中学生が夢を見ているようなことを言い出すかと思うと、

「なに？　原稿料？　待たしとけ、待たしとけ。作家なんて者は、元手《もとで》は紙とインクしか使ってやしないんだ。何をそう気にして、原稿料、原稿料と、急いで持って行こうとするのかね」

などと広言したりした。

百合書房は、彼が戦中戦後いんちきくさい仕事でボロもうけした金を元に、自分の見果てぬロマンチックな夢を実現しようとしたものであり、同時に、昔彼がなろうとしてなりそこなった「ものを書く人たち」を、自分の金で、自分のあごで駆使してみたかったための舞台なのだという説は、多分ほんとうかも知れない。

しかし、百合書房が左前になってくるにつれて、殿山五八郎はこのほこりだらけの夢の舞台に姿をあらわす回数が少なくなり、どこの連絡先に電話しても連絡がつかず、どうやらもう百合書房に見切りをつけ、経理からこっそり金を回して、第二会社の設立に奔走《ほんそう》しているらしいという噂が、そのころ社内で度々《たびたび》聞かれるようになっていた。

そういう風聞は当然大森貞一郎氏の耳にもはいっていたらしい。

大森先生はしかし、

「それではやめだ」

と、約束をほごにして、ほかの金回りのいい出版社に乗りかえるなどということのしにくい人であった。

それに大森先生は、いままでは自分の係りの桜田六助という一本気な若者が、好きになっていた。

ようやく脱稿した四百二十枚の長編「青い斜面」の原稿を六助に渡す時、それでも大森氏は、言いにくそうに、

「ところで君、印税の方はいつごろ払ってもらえるんだろうかね？」

ときいた。

「それが実は、二カ月後になるんですが」

六助の方も、言いにくそうに答えた。

「二カ月後？」

大森先生は少し困ったような顔をしたが、仕方がないと思ったらしく、

「で、二カ月後には、間違いなく払ってもらえるんだろうな？　僕の家は余裕のある暮らし向きではないからね」

六助にもよくわかっていた。

「その点は僕が責任を持ちます」

彼は本気でそうしようと思い、真剣な顔をしてそう言った。

「うんうん、君がそう言ってくれれば安心だ。それでいいよ」

大森氏は、六助があまり真剣な顔をしたので、少々てれて、なだめるように笑った。

こうして、五月の初めになって「青い斜面」は百合書房から発刊され、文芸評論家た

ちは筆をそろえてこの長編をほめた。一般向きのしない地味な作品でありながら「青い斜面」はそのために、売れ行きもよく、間もなく版を重ねた。

作者の大森氏はむろんのことだが、六助の方も長い間がんばったかいがあったと、心から喜んでいたのである。

やがてあつい夏が来た。

金まわりのいい作家たちは、軽井沢あたりへ避暑に出かけるし、金まわりのいい出版社では、編集室のクーラーが動きはじめる。しかし、大森先生と百合書房とは、両方ともそんな結構なご身分ではなかった。

約束の二カ月目が来ても、百合書房は「青い斜面」の印税を一銭も大森貞一郎氏に支払わなかった。

「僕が責任を持ちます」

六助がそう言ったのは、うその気持ちではなかったが、彼のポケットから手品のように何十万円かの金が出てくるわけではない。

のみならず、六助たち自身の給料の遅配が始まっていた。彼は苦しい立場に立つことになった。

「先生、すみません。もうひと月だけ待ってください」

大森先生は、にがい顔をしたが、承知した。

しかし、ひと月後、百合書房の経営状態はさらに悪化した。

心ならずも、六助は大森さんのところからしだいに足が遠ざかっていった。

行商

編集室では、東田編集次長と北原君とが、早ざしのへぼ将棋をもう一番さし始めた。まったく、よくこうもあきずに、将棋ばかりさしていられるものだ。

その向かい側の、ほこりだらけの机の上に、六助が相変わらず両肘《ひじ》をついて、それをながめるような姿勢をしているが、六助の目はもう将棋の勝負を見ていなかった。

初めて大森先生の家を訪ねた日のことから、次々にこの一年間の出来事を、あれこれ思い出していると、彼はこうしてはいられないような気持ちになり、机の下で足が自然に貧乏ゆすりを始める。

——「ハロー、ハロー」か。きっと大森さんが電話をかけて来たにちがいない。

——「僕が責任を持ちます」か。それっきり頬かぶりをしているみたいで、いやだなあ。

——大森先生、怒っておるじゃろうなあ。

——怒っておるよりも、実際困っておられるじゃろう。

——もっとも、困っておるのは印税のもらえない先生方ばかりではない。僕らの月給は一体どうなるのか？　百合書房はこれから一体どうなるのか？

――こうしてはおられんが。

六助はそんなことを頭の中にいくつも並べ立てた末に、急に立ち上がった。

「東田さん」

「………」

返事がない。

「東田さん」

「え？」

「僕、本を売りに行ってきてもいいでしょうか？」

「え？」

編集次長の東田さんは、将棋に気を取られて生返事をした。

「六さん、それなら電車通りの角《かど》の大志堂が一番高く買うよ。君しかし、まだ売ってない本があったのかい？」

北原君が口を入れた。

新しい本が出ると、百合書房では編集部の者が一冊ずつそれをもらえることになっている。月給の遅配が始まって以来、新しい本をもらうと、たいていの者が即日それを古本屋へ持ちこんで金に替えて来るのが、ちかごろでは習慣のようになっていた。北原君はそれと勘ちがいをしているらしい。

「東田さん」

六助はもう一度編集次長を呼んだ。

「古本屋へ行くんじゃないんです。このあいだ営業部の山崎さんと西さんが、月島《つきしま》の東亜冷蔵の工場へ売りに行って、割りに成功したんでしょう。僕も本の行商に行って来ようかと思うんです。いけませんか?」

「行商?」

東田次長は、やっと将棋盤から顔を上げたが、

「へえ……」

と、すこぶる気がない。

「ああそうか、あれか。行かしてやんなさいよ。六さんは忠君愛国の志をおこしたんでさあ。六さん若いから、仕事がなくて精力持てあましてるんだよ、なあ、六さん。アニ朕《チン》ガ志ナランヤ、さ」

と、北原君がからかうような助言をした。

行商――きれいごとで言えば外販。

しかし、出版社の外販部というのはあまり聞いたことがない。

執筆者が書き、出版社が編集した原稿は、印刷所へはいり、製本屋を通り、美しい装《そう》幀《てい》のインクの香も新しい一冊一冊の商品として生まれ出てくると、いったん取次店におさめられ、その組織を通して全国の小売書店へ流されて行く。

そして、売れた本は金になって、売れなかった本は返品となって、再び取次店を通ってもとの出版社へかえってくる。それが普通の形式であった。

ところが、百合書房のように軒が傾き始めた出版社の出版物は、大きな取次店がだんだん、まともに相手にしたがらなくなってくる。その点は冷酷なもので、

「なんだ、百合書房か。どうせ売れやしない」

と、ひどいのになると、せっかくはいって来た新刊書の束を、しばらく倉庫のすみで寝かせておいてから、荷札だけつけかえて、そっくり送り返してくるなどという仕打ちをされる。

人のいい小説家が、東京都内の書店を回り歩いて、

「あれ。どこの本屋にもオレの本、一冊もないぞ。全部売り切れかナ？　さてはベストセラーになりつつあるのじゃあるまいか？」

などと思っていると、さにあらず、本は出たことは出たが、本屋の店頭に一度も顔を見せずじまいというようなことになるのだ。

流通機構から締め出されると、売れない版元の本が、ますます売れなくなる。売れないから大きな広告が出せない。広告をしないからよけい売れない。

売れなくても、本を出しつづけていなくては、多少とも金が手にはいらないし、流通機構が一層閉ざされてくるから、赤字を覚悟で出版する。赤字がかさんでくる。それを埋めるために、さらに赤字覚悟の本を出す。出しやめたらひっくりかえるのだ。

こうして、いわゆる自転車操業が始まる。

百合書房が今や正にその状態か、それ以下の状態で、ひっくりかえるまで必死に走っているよりしかたがないということになって来つつあるのであった。

営業部の山崎さんと西さんのふたりが、自給自足の苦肉の策として、先日「百合書房良書普及会」と称し、月島の冷蔵工場へ新刊書の山を持ちこんで、体あたりの行商をやって、かなりの量をさばいてきた。

六助は、

「こうしてはおれん」

という気持ちから、自分もそのまねをしてみようと思い立ったのである。

東田次長がとにかく黙認してくれたようなので、

「それじゃあ、僕行商に行ってみるが、だれかいっしょに行かないか？」

六助は立ち上がって編集室の中を見まわした。

はじめはだれも返事をする者がなかったが、ややあって、

「行くわ、あたし」

と、六助のうしろの方で週刊誌を読んでいた女の子がひとり立ち上がった。

「へへえ、千鶴子《ちずこ》女史張り切るじゃないか。六さん千鶴子売り出す、か。こりゃいいや。映画の題になる。まあ、何でもいい、やってきてくれ」

北原君が、将棋をさしながら茶々を入れた。

「イヤな感じ。将棋ばっかりさしてても、しようがないでしょ」

鶴見千鶴子はそれから、六助のそばへ寄ってきて、

「じゃあ、どんな本を何冊ずつ持って行くか、それ決めましょうよ」

と、テキパキした調子で言った。

小柄な、目の大きな、そしてスェーターの胸がツンと小気味よくとんがっている娘である。

貧乏神が巣を張っていそうな現在の百合書房の中で、貧乏くさくない感じの人間をえらび出すとしたら、千鶴子千鶴子と呼ばれているこのお嬢さん編集者以外にはいないようであった。

家庭が楽な方らしく、月給の遅配も大して苦にならないようで、花もようのあるラフな白いスェーターを着て、靴も六助たちとはちがってよく手入れが行き届いている。

六助は少しまぶしそうな顔をしたが、

「そうか。すまんね。それではと……、僕はまず大森先生の『青い斜面』を二十冊ほど持って行ってみよう」

「それじゃ、わたしは、『家庭料理読本』ね、これを少し。それから『将棋随筆』……北原さん『将棋随筆』持ってってみましょうか？　どう？」

と、千鶴子はいやがらせを言った。

「あほくさ。どうでもお好きなように」

北原君は背中を向けたまま答えた。

「ところで桜田さん、行く先はどこなのよ?」

「さあ、それを営業の西さんにでも相談してみなくちゃ」

六助は言った。

彼はしかし、鶴見千鶴子が名乗りをあげていっしょにきてくれることになったのが、千軍の味方を得た思いで、大いに気持ちがはずんでいた。

「青い斜面」二十冊、「家庭料理読本」二十冊、「河西修傑作集」十冊というふうに出庫伝票を切って、それからふたりはミシミシいう階段を、階下の営業部へ下りて行った。

営業部といっても、要するにゴミゴミした返本の山だらけの小部屋だが、そこの前に、電話ボックスのような仕切りがあって、それが百合書房の受付である。郵便物の束を分けていた受付の和田くに子が、ふたりの足音を聞くと、急にゴソゴソ何かかくすのが見えた。

「?」

六助は不審に思ったが、くに子が何をしていたのかはわからなかった。

「西さん、本これだけ出してください」

出庫伝票を渡すと、黒ラシャのジャンパーを着て、古本屋のおやじのような顔をして返本の山の中にすわっていた営業の西さんは、

「何じゃい? えらく大量注文じゃないか」

と、腕組みをして出庫伝票をながめた。

「鶴見君といっしょに」

と、六助はかたわらの千鶴子をかえり見て、

「西さんたちのまねをして、良書普及の托鉢《たくはつ》に行って来ようと思うんですよ。西さん、要領を教えてください。それから、どこの会社へ行ったらいいでしょうね？　それも考えてくださいよ」

と言った。

「へえ、そうかい？　しかし編集部にそんなことをやらしちゃ、悪いな」

西さんは言った。

「だけどまあ、こういう国家非常の事態だから、六さんがその気になったのなら、行って来てもらうか。あんがい、気がはれておもしろいもんだよ。わたしなんぞはもともと商人だから、行商なんぞも好きだね。要領なんて、別にありゃせんよ」

と、西さんは町の紙屋の小僧からたたき上げた人だけあって、百合書房が左前になっても元気で、何かしら実行力のありそうな感じだ。

「どういう会社がいいかしらねえ？　あんまり遠いところだと、これだけ運んで行くのがたいへんよ」

と、鶴見千鶴子がきく。

「そうさなあ。ホワイトカラーのサラリーマンの、おつにつんと澄ましているような会

社はだめだ。ほしくても、なんだダンピングかという顔をされちまう。やっぱり工場がいいよ。それも、景気のいい工場だね。景気のいい大工場で、あんまり遠くなくて、社員の知的水準の高いところとね。さて、どこかなあ……」

「それなら市ケ谷の明治印刷？」

「だめだめ、鶴見さん、あんたあすこからは、未払いの印刷代の請求書がこんなに来ている。じょうだんじゃない」

西さんは首をすくめた。

「まあ、それは考えてみるから、とにかくそのへんのきれいそうなのを、伝票の冊数だけ抜いてもらおうかね」

西さんが出庫をまかせてくれたので、六助と鶴見千鶴子とは「青い斜面」はじめ、持って行く本を出しにかかった。

出庫と言っても、返本の山の中からきれいなのを抜き出すだけである。

「二、四、六、八、十冊。二、四、六、八、二十冊」

六助がそろえた本を数えていると、千鶴子も同じように、

「チユウ、チユウ、チユウ、タコ、カイ、ナ」

「チユウ、チユウ、チユウ、タコ、カイ、ナ」

と数えている。

「？」

六助は千鶴子の顔を見た。少しへんだ。「チュウ」が一つ多いんじゃないか?

「チュウ、チュウ、チュウ、タコ、カイ、ナ」

六助は自分でも小声で言って指を折ってみたが、やっぱりへんなので、

「チュウ、チュウ、チュウ」

もう一ぺんやってから、

「鶴見さん、チュウ、チュウ、タコ、カイ、ナだろ?　君のはチュウが一つ多いよ。それじゃ十二冊になるよ」

と注意した。

「黙って」

と千鶴子は六助をにらんだ。

「何言ってんのよ。多くないわよ。チュウ、チュウ、タコ、タコ、カイ、ナじゃない。ほら」

「へんだな、どうしたんだい?」

「うるさいわね。黙ってまかしといて」

と、千鶴子は平気で、十二冊ずつ本を数えている。

戸だなを開けて、会社名鑑のようなものを繰っていた西さんが、持って行く本を数えているふたりのところへ戻って来た。

「ええと……、本所に川武《かわたけ》サンタ・アンナという工場があるが、これなんかそう遠くな

いし、どうだろう?」

「なんですか?　その何とかサンタ何とかちゅうのは?」

六助はびっくりしたように、名前を聞いたこともないその会社のことを、西さんにたずねた。

「いや、わたしもよく知らんがね。何でもオートメーションの機械を作っていて、ちかごろちょっと評判の会社だよ。これによると」

と、西さんは会社名鑑を見せながら、

「アメリカのサンタ・アンナ計器という会社と提携して、何か非常に新しいことをやっているらしい。こういうところなら、従業員の質も高いんじゃないかな」

そう説明した。

「あら、おもしろそうだわ。オートメーション賛成。わたし新しいの賛成」

鶴見千鶴子がそう言うので、結局行商先はその川武サンタ・アンナの工場と決まってしまった。

出した本を、六助と千鶴子と西さんとは三人がかりで大ぶろしき二つに包みこんだ。

「それでは行ってまいります」

「ご苦労さん、どうも申し訳ないね」

「六さん、それじゃタクシーさがして来てよ」

と、千鶴子が言う。

「タクシー使う気か？」

このところ、会社から交通費などめったに出してもらったことがないので、六助はまた千鶴子の顔を見た。

「タクシー使う気かって、桜田さん、これだけの本を背負って電車で行けると思うの？　交番でとめられちゃうわ。タクシー代は売り上げから引かせてもらえばいいじゃないの？　ねえ、西さん」

千鶴子がそう言うと、

「まあ、それは構わんでしょう」

と、西さんも賛成してくれた。

電車通りへ出ると、タクシーがすぐみつかった。

それに乗ってもう一度百合書房まで帰って来た六助は、タクシーが来たことを知らせに社の中へはいり、それから千鶴子といっしょに大ぶろしきの包みをかついで、表へ出て来た。その間、受付の和田くに子は始終、気がつかないような顔をして下を向いて、帳面にペンを走らせていた。

荷物をドアから押しこみ、自分たちも乗りこんで、

「本所《ほんじょ》まで」

と言うと、タクシーの運転手は黙ってメーターをたおした。

神保町《じんぼうちょう》の交差点へ出、駿河台下《するがだいした》から小川町、淡路町、須田町《すだちょう》と、車は都電の線路にそ

って、自家用車、コンクリートミキサー、バス、トラック、オート三輪の、果てしない渦の中を、つっかえつっかえ隅田川の方角へ走って行く。

六助はキョロキョロ窓の外をながめながら、

「ひどい車の洪水だなあ。だけど自動車の中から見ると、東京の町の風景もまた何となくちがうね。世の中は景気がいいらしいが、僕は君のおかげで、久しぶりにタクシーなるものに乗ったよ」

と、大森先生の家を初めてたずねたのがちょうど一年前の今ごろだったなと、思い出していた。

「不景気なこと言わないで」

と、千鶴子は笑った。

「そんな不景気そうな顔してると、売れる本も売れなくなるわよ。昔、直木三十五という小説家は、借金がたまって家に借金取りが大勢、カンカンに怒って待っているような時にかぎって、大きな高級車でゆうゆうと家に帰って来たものですってよ。それに第一、六さん、前のようなせっかちの張り切り六さんでないと、六さんらしくないわ」

「君は元気でいいよ。百合書房なんかに置いとくのは気の毒なくらい、元気もいいし
……」

「元気もいいし、何さ?」

「元気もいいし、要領もいい」

「……？」

千鶴子はちょっと六助の顔を見てから、

「失礼しちゃうわね。六さんそれ、さっきのチュウ、チュウ、チュウ、タコのことでしょ？」

ときいた。

「いや、そういうわけでもないけど」

六助は言ったが、ほんとうはこの育ちのいいお嬢さんが、どうして営業から本の冊数をごまかすようなことをするのかと、やっぱりそれが少し気になっているのであった。

「お察しのとおり、わたし伝票より十冊ばかり余計に失敬して来ちゃった」

千鶴子はくったくなしに、舌を出してクスクス笑った。

「なぜそんなことをしたかって？　いま説明してあげるわ」

「？」

「六さん、あなた、編集長の庭瀬さんが病院でこのごろどんな生活してるか、知っている？」

「………」

「あの人、みんなの月給が欠配になっているのに、自分がベッドでこうやっているのはすまないと言って、援助をいっさい受けつけないのよ。編集部の方でもおみかん一つ持って見舞いに行く人もいやしない。将棋ばっかりさしてて……。わたしこんどどこかへ新しくお勤めして、社員が将棋ばっかりさしているようだったら早いとこ見切りつけてしまうわ」

と、千鶴子はいきまいた。

「六さんが急に思い立って、行商に行くって言いだしたから、わたしちょっと考えて、好機逸すべからず、本を少し余計に持って行って売って、バターやカン詰めを買って、なんとかうまいこと言って庭瀬さんに届けちゃう気になったの。だから、チュウ、チュウ、チュウの分認めてよ、ね。だってうちの本、あのままじゃ、ネズミの巣になるばかりですもの。受付の和田さんのやってることと、いっしょにしないでよね」

「へえ、そういう心がけか。だけど、和田嬢の話って何です、いったい？」

「あら、六さん、知らないの？」

千鶴子は言った。

そう言えば、あの受付嬢は何だかさっきも態度がへんだった。ふたりが階段をおりて来ると、あわてて何かかくすようすであったが、あれはどういうことだったのか。

千鶴子がそれを説明してくれた。

「執筆者と顔を合わせるのがこわいから、このごろみんな受付のあたりへ姿を見せないでしょ。だから気がつかない人が多いのかも知れないけど、郵便が来る。地方の読者から小為替や現金を入れた直接注文の手紙がある。あの人郵便物を分ける時に、それを自分のポケットに入れちゃうの、全部。そしてそのへんの返本の山の中から一冊抜いて、読者へ送っておくのよ。そうすれば少しもわかりゃしないし、どこからも苦情も来ないわけよ。月給が出ないんだから、無理もないと思って、わたし知らないふりしてるけど、少しお不潔よ」

「へへえ、ほんとかね？」

「わたしのチュウ、チュウはちがうのよ」

「そうかね？」

「まあ。そうかねって、そんなこと言うなら、一度病院へ行きましょうよ。そして庭瀬さんのやせさらばえた格好《かっこう》みてごらんなさい」

と、千鶴子はきつい声を出した。

「わかった、わかった。一度いっしょにお見舞いに行こう。そして、君の言い分はわかったから、僕の言い分もきいてくれよ」

と、六助は言った。

「なあに？」

六助は、千鶴子の若々しい小麦色のしなやかな手がいささか気になるのだが、それから目をそらせて、

「大森貞一郎さんが、困っているんだ」

と言った。

「そうよ。六さんは大森さんに信用されすぎたのよ。原稿料会議をやっても、東田さん

は、編集者が個人的にしたしい人の分はあとでいいという考えなんだから、大森さんにはお金がまわらないのよ」

千鶴子は答えた。

「わたしも詩人の森純吉の印税、持って行かしてくれないの。君は森純吉にかわいがられてるじゃないかって……。そんなことありませんって言ってたら、このあいだ、ほんとにかわいがられそうになって、わたし驚いちゃった」

「え？」

「森さんたら、あやまりに行ってるのに、どうせ千部の詩集の金だ、もういいよいいよ、あきらめてるよって、いやに物わかりのいいこと言って、ニヤニヤしてると思ったらね、そのうちヒザをのり出して来て、印税の方はいいから、君ひとつって、へんなことし出すのよ。あきれて、飛び出して来ちゃったけど」

「へえ。末期的状況になると、いろいろ珍しい話が出てくるもんだな」

六助はそう言ってから、こんなことを、くちびるとんがらせて平気で話す鶴見千鶴子を、ちょっと妖精のように感じた。

「ところで大森さんのことなんだけどねえ、鶴見さん。きょう行商に行ってどれだけ売れるか知らないが、売り上げを、じかに大森さんの方へ回さしてほしいんだけど、ひとつこれを君、みとめてくれないか？」

「あら、いいわよ。きっとそのつもりだろうと思ってた」

千鶴子は答えた。

「わたしは異議ナシ。だけど、売り上げ持って帰った時、あの将棋さしてる連中が何て言うか、そこがわからないことよ」

「編集次長によく頼んでみるさ。僕たちが出かけなきゃ、はいって来ない金なんだから」

「理屈はそうだけど……」

「頼んでみても承知してくれなきゃ、僕は少し言い張るぞ。このままじゃ、大森さんにあんまり悪いもの」

「うんうん。少し昔の六さんらしくなって来たわね」

千鶴子は愉快そうに言った。

「ちょっと、ごらんなさいよ。隅田川よ。西さんじゃないけど、久しぶりにこうやって仕事に出て来ると、いい気分ね」

タクシーは両国橋を渡っている。橋を渡りおわると、運転手が、

「本所のどこですか？」

と、ぶっきら棒に質問した。

「あ、本所の……ええと、川武サンタ・アンナという会社の工場なんだが……」

六助があわててポケットから、番地を書いたメモを出そうとしたら、

「川武サンタ・アンナですか」

と、運転手は知っていて、青信号で電車通りから右折した。

そして、問わず語りに、

「あれはいい会社だってね。オートメーション計器を作ってるんでしょ。あすこの株を買っておくと、三年で十倍ぐらいになるだろうなんて言うがね」

と、そんなことを話しはじめた。

「へえ、くわしいんだね。運転手さん、川武サンタ・アンナの株を持ってるの？」

「なに、持ってるってほど持ってやしませんよ。だけどわれわれのしょうばいじゃ、そんなことで少しうまいことでもなきゃ、一生家なんか建ちゃしませんからね。少し持って、楽しみにしてあったためてるんでさあ」

タクシーの運転手は、頭の少しうすくなった、子供の三、四人もありそうな、実直そうな男である。

「オートメーション計器って、どんなものを作るの？」

千鶴子が質問すると、

「そりゃあね、何でもオートメーションにしちゃう、そのもとを作っちゃうんだから。今にああいう工場でできる機械でもって、タクシーなんかも、勝手にこの、運転手なしで、客のいるところへどんどん走って行っちまうなんて、そういうことになるんじゃないですか」

と、運転手は少しいいかげんなようなことをしゃべった。

「へえ」

客の方が、川武サンタ・アンナの株主運転手から煙にまかれているうち、

「ここですよ」

タクシーは、工場の正門の前にとまった。

秋日和

川武サンタ・アンナ計器株式会社の本所《ほんじょ》工場は、四階建の白いがっしりしたビルディングで、あたりのごみごみした下町風景の中に、ひときわそびえ立っていた。

「なるほど、西さんも、タクシーの運ちゃんも言ってたとおり、立派な工場だなあ。この中で、魔法のオートメーション計器みたいなものが、たくさん造られているのかな」

と、六助は気分的に圧倒され、

「さて、どうやって本の売り込みの交渉にかかるか?」

と、考えこんだ。

そして結局、

「じゃあ鶴見さん、そこに守衛所があるから、あそこでことわって、会社の庶務課か何かへ行って、良書普及展示即売会とか何とかうまく言って、頼んで来てくれよ。僕はここで本の番をしているから」

と、ネコの首に鈴をつけに行くのを、千鶴子にまかせてしまった。

「いいわ。そいじゃ、待っててね」

千鶴子はあっさり承知し、門をはいって守衛のおじさんと二こと三こと話したと思うと、スタスタ手ぶらで工場の建物の中へ消えて行った。

六助が門の外で、大ぶろしきの包み二つの間に立っていると、どこかに工場付属の食堂の調理場があるらしく、うまそうなカレーのにおいがぷんと鼻をついて来た。

もう昼休みの時間が近い。

「カレーというのは、実際に食うより、においをかいでる方が、よけいうまそうな感じがする……」

大きなナベの中で、どろりとした黄色いカレーが大量にぐつぐつ煮えている光景を想像すると、六助は腹がすいて来た。

正面の時計を見ると、針が十一時四十五分をさしている。

百合書房のまだ景気がよかったころには、この時刻になると、編集部の面々が、

「おれは清明軒のカレーライス」

「僕はカツ丼」

と、てんでに電話でひる飯の注文をしたものだ。

庭瀬編集長はそばが好きで、いつもざるだの天ぷらだのを取っていたが、六助はカレーが大の好物で、神田あたりのあちこちの食堂のカレーライスを食いくらべた。月給がろくに出なくなりだしてから、この小さなぜいたくもできなくなってしまったが――。

そんなことをぼんやり思っていると、やっと鶴見千鶴子が工場の中から足早に、手をあげながら出て来た。

「成功。事務部の部屋へ行って、事務の人に強引《ごういん》に頼みこんじゃった」

千鶴子は大元気である。

「すまんすまん、ありがとう」

「事務の男の人が、それじゃ仕方がない。机を貸してあげるから、事務部の前の廊下で並べて売んなさい……」

「よかったよかった」

「ただし、作業にさしつかえると困るから、昼休みの一時間だけにしてくれって」

「それでいいさ」

「どんな本を持って来ているのか、それを見に来るそうよ」

千鶴子と六助が話し合っているところへ、工場の建物の正面入り口から、カーキ色の上っ張りの胸に、まるい名札をつけた若い男が出て来た。

「この方が、ここの事務部の……」

鶴見千鶴子が六助に紹介しかかったとき、川武サンタ・アンナの若い事務員は、千鶴子の言葉より早く、

「あれ？」

と言って、びっくりしたように六助の顔を見た。

「なんだい、お前、六さんじゃないか」

「おやおや」

六助も驚いて相手の顔を見返した。

「鈴木の良造さんじゃないですか。なんだ、君、こんな会社にいたのか」

「こんな会社にいたのかってことはないでしょう。学校の名簿に勤務先から自宅の電話番号まで、ちゃんとのってるよ」

「だって君、僕は学友会費を払ってないから、名簿なんて送って来ないもの」

「そんならまあそうだな。僕だって百合書房と言われて、六さんの会社とは、名簿持ってても気がつかなかった」

鈴木良造は、大学で桜田六助の二年先輩だが、ふたりともラグビー部に籍があって、六助がフレッシュマンのころ、よくいっしょに、ヤカンの水を口のみし、アンパンをかじりながら、夕暮れまでグラウンドで泥だらけになって練習をした間柄であった。

「とにかくこりゃ奇遇だ」

鈴木事務員はうれしそうだった。

「まさか六さんが、ふろしき包みをかかえてうちの会社へ本の売りこみにあらわれようとは思わなかったね。要するに、お前のとこの会社、つぶれかかっているんだろう？それで強引なことをやりに出て来たんだろう？　うちは目下、ストの準備中で、てんやわんやのさわぎで、おことわりしかけたんだけど、このお嬢さん、すごく強引だったぞ」

「あら、そういうわけじゃないのよ。これは働く人のために、良書を安く普及しましょうという……」

千鶴子が、言いかけると、

「ええ？」

鈴木良造はさえぎって、

「なにしろ、六さんがあらわれたとあっては、僕もひとハダぬがなくちゃなるまいな」

と笑った。

「とにかくひとまず僕らのへやへ行こうよ」

鈴木良造はそう言って、千鶴子の持つべきずっしり重いふろしき包みを、ラグビーできたえた腕で、らくらくとかつぎあげた。

「ストをやるんですか？」

と千鶴子がきく。

「年末手当の要求です」

鈴木事務員は答えた。

「ボーナスが出るの？」

「そりゃボーナスぐらい出ますよ。問題はその額でね。組合で十万円ベースの要求を出しているんだけど、会社がそれをのみそうもないから」

「まあ」

「十万円ベースだって。天国の話みたいだな」

六助も言った。

百合書房にも組合はあるが、ストでもやった日には、会社は一日にしてつぶれてしまうだろう。それに、仕事がろくにないから、ストと言えば、毎日自然ストみたいなものである。とても年末手当の要求どころのさわぎではない。

さすがに鈴木事務員も、

「そう言われると少々つらいがね。殿様ストと言えば、まさに殿様ストなんだ」

と、本の包みをかついで、きれいな中間色に塗られたエレベーターに乗り、三階のボタンを押した。

鈴木良造はそれから六助を、事務部長の堀江さんという人に紹介してくれ、工場内のスピーカーで、百合書房良書即売会のアナウンスをする手配をしてくれた。

間もなく川武サンタ・アンナ本所工場内のすべてのスピーカーから、

「本日昼休みに、神田の百合書房の本の即売会があります。各種の優良図書を定価の六割ていどで即売するそうですから、希望者は三階の事務部の廊下の前でごらんください」

という放送が聞こえてきた。

ほとんど同時に、昼休みを告げるベルが鳴り出した。

六助と千鶴子は、机を二脚借り、計器の部品のあき箱を、売り上げ金の入れ物にし、廊下に大急ぎで即売場を作りはじめた。

あちこちのドアや階段から、工員たち、技術者らしい人、事務関係の人などがぞろぞろあらわれ、食堂や便所への道々、立ちどまって本のページをめくって行く。

本を見るような顔をしながら、ちらちら千鶴子の顔を見ているのもいる。

鈴木良造は六助のかたわらに立って、時々、

「池内さん、この男僕のラグビー部の後輩でね。一冊何か買ってやってくださいよ。技術屋さんは、少しこういう小説など読んで情操を養うといいですよ」

などと応援をしてくれた。

「家庭料理読本」がよく売れる。これは鶴見千鶴子が担当で、六助が時々手伝って、あちこちの料理の先生に、いろんな家庭料理を作ってもらい、試食しながら写真をとったり、原稿を頼んだりして作り上げた本で、「青い斜面」と同じく、彼にはなかなか楽しい思い出のある本である。

定価は三百二十円と割りに高いのだが、それの六掛けで、しかも端数の二円は切り捨てて百九十円でいいというのだから、ぐっと安い気がするらしい。

「こういう本でも読ませて、うちのかあちゃんに、少ししゃれた晩飯でも作らすかね」

と言って買って行く人があった。

それから、大森貞一郎の「青い斜面」も、なかなかよくはける。小説類はやっぱり女の人が買ってくれる。これも、三百円が百八十円だから安い。

若い工員たちには「ドライバーへの四週間」という、運転免許の取り方をかねた自動

車よみものが人気があった。

「しかし、六さんとこの出す本は、小説があったり、料理の本があったり、将棋やら自動車やら、何だか統一がなくて、ばらばらだね」

と、鈴木先輩が言った。

「本屋が左前になると、自然そうなるんですよ。そんなこと、大きな声で言わんでください」

六助は答えた。

しかし、鈴木事務員の声援のおかげもあって、即売会は意外の成功であった。

机の上に積み上げた書物は、みるみるかさが低くなっていった。一つには、川武サンタ・アンナが景気がよくて、もし組合の要求が通らなくても中学出の工員さんで、最低四万円ぐらいのボーナスがこの暮れには出るだろうというのだから、社員一同ふところぐあいがあったかいらしいのである。

一時間の昼休みがおわって、午後の始業ベルが鳴った時には、計器部品のあき箱の中に九千四百円ばかりの金がたまっていた。

「鈴木さん、どうもありがとうございました。せっかくのお昼休みをつぶさせちゃって、ごめんなさいね」

千鶴子が言うと、

「いやいや、どういたしまして。しかし、僕もあんたたちも、昼めしがまだだから、どうです、いっしょに工場の食堂へ行きませんか？　ごちそうしますよ」

と、鈴木良造はふたりを食事にさそった。

「あら、うれしいわ」

「そいつはありがたいね。さっき門のところで待っている時、カレーのにおいがプーンと来やがって、腹がすいてるんだ」

六助は言った。

「三十円のカレーライスだから、あんまりおいしくはないぜ」

そして三人は、残った本を事務部の部屋にあずけて、再びエレベーターで下へ降りて行った。


食堂はもうすいていた。

三人はセルフ・サービスで、めいめいカレーの皿と、紙ナプキンに包んだスプーンとを取って来て、すみのテーブルをかこんですわった。

六助のちかごろの昼めしときたら、牛乳一本とカレーパン一個、それも食わない日があるというようなあわれな状況であったから、久しぶりのこのカレーライスのごちそうは、実においしかった。

鼻にこたえるカレーのかおり、とろりとした舌ざわり、つぶつぶした米の飯の感触——工場の食堂の三十円のカレーライスが、そんなにうまいわけはないのだが、即売会がぐあいよく行ったのと、腹がすいていたのと、鈴木先輩のざっくばらんな親切がうれしかったのとで、六助はさもうまそうに、猫がなめたみたいに、きれいに平らげてしまった。

「ああ、うまかった。ごちそうさま」

と、口を紙ナプキンでふいて水を飲む。その水がまたうまい。

千鶴子はまだ食べている。

「ときに田中はどうしてるかね？」

「彼は東日本放送にいますよ」

「健ちゃんは？」

「松丸百貨店でしょう」

男ふたりはタバコを一服つけて、ラグビー部の先輩後輩のうわさ話を始めた。

「三木さんはどうしてます？」

「彼は通産省にいて、バリバリやってるよ。仕事のことで時々あうがね」

どこを向いても、つぶれかかった出版社などでぐずぐずしている男はいないらしい。

「ときに六さん、君たちまたどうして、本の売り込みに来るのに、うちの会社をえらんだんだい？　それともこの辺の工場、軒なみ行商して歩いてるのかい？」

「いや。いきなり白羽の矢を立てちゃったんだ。営業部の人が川武サンタ・アンナへ行ってみろって言うから、僕は何とかサンタクロースみたいなそんな名前、聞いたこともなかったんだけど」

六助は答えた。

「たよりないことを言ってら。それじゃ、ここの工場で何を作ってるかも知らないんだろ?」

「いや、それはもう知ってるけど」

「数年前の不況時代には、川武サンタ・アンナの株なんて『買うだけ損だあんた』と悪口言われたこともあるが、日本の企業のオートメーション化の波に乗って、自分の会社の自慢するわけじゃないけど、今や大したもので、実際金でもあったら、このごろは『買うだけとくだあんた』という景気ですよ」

「タクシーの運ちゃんも同じようなこと言ってたわよ」

やっとカレーを食べおわった千鶴子が聞き耳を立てて口を出した。

「ところでどうだい? せっかく来たんだから、うちの工場の中、ちょっと見て行くかい?」

と、鈴木先輩が言う。

「あら、いいわ。どうせ社へ帰ったって、大して仕事ないんですもの。見学させてもらおうよ、六さん」

と、千鶴子はたちまち賛成した。

「うん」

と六助はうなずき、

「タクシーの運転手が、川武の株を持っているんだって言ってたよ。この会社でできる機械で、今にタクシーなんかも、運転手なしで、勝手に客の待ってるところへひとりでに走って行くようになるんだなんて、その運転手言ってたが、ほんとにそんなものを研究してるのかい？」

「おや、そいつは初耳だ」

鈴木良造は笑った。そして、

「とにかくそれじゃ、工場の中を少し歩いてごらん」

と言って立ち上がった。

「ええ。——では、どうもごちそうさまでした。おいしかったわ」

鶴見千鶴子はピョコリと頭を下げた。

それは実際、「家庭料理読本」の編集をしていたころ、有名な料理の先生のところで、作って試食させてもらった上等のカレーライスにくらべると、材料の点から言っても、まるきり比較にならない安カレーであるにもかかわらず、この日の六助と千鶴子には、ほんとうに、天下の美味のように感じられたのである。

三人でまたエレベーターに乗る。

四階で降りる。

青い重いとびらをあけると、中にもう一つガラスの仕切りがあって、その中はエア・

コンディショニングがしてあるらしく、白い服を着た女の子たちが大勢、何か小さな手先の仕事をしていた。

「マイクロ・スイッチを作ってるんだ」

　と、鈴木先輩が言う。

「マイクロ・スイッチって何です?」

「うーん、何と言ったらいいかな。僕も技術屋じゃないからうまく説明できないが、自動コントロールに最も必要なものが、このスイッチなんだよ」

「………」

「そう言ってもわからないかな。つまり、うーん、電気洗濯機のスイッチがあるでしょう?　あの目盛を十五分のとこへ合わせておくと、洗濯機は十五分間だけ回って、ひとりでにとまるね。あれが、初歩の自動制御、一番プリミティブなオートメーションなんだけどね」

　鈴木良造は説明した。

「電気洗濯機ならわかるわ。だけど鈴木さん、オートメーション計器の新しい工場だって言うから、何もかもオートメーションで、ピカピカ光る機械がひとりで仕事をしているのかと思ったら、女の人たちがめいめい、手先でこつこつ何かやってるのは、どういうわけ?」

　と、千鶴子が質問した。

「これがほんとのオトメーションです」

「はあ？」

「従業員の乙女がずらりと並んで仕事をしているから、これがほんとうの乙女ーションン」

「まあ」

「それは冗談だけどね、オートメーション化の一番おくれているのは、オートメーション計器工場なんです。それは、アメリカでも同じなんです。紺屋《こうや》の白ばかまだね。うちのような会社の製品は、一つ一つ注文で作る一品料理だから、オートメーションで流せないんだ」

「へえ、そういうものかね」

よくわからないながら、六助も感心して見せる。

三人はそれから、ぶらぶら工場の中を見て歩いた。本を買ってくれた人で、六助と千鶴子に、仕事をしながらにっこりうなずいて見せる人もいる。

電子管式自動平衡型温度計とか、ベローズ式流量計とか、パルプ濃度計とか、データ・ロガとか、何やらわけのわからぬ機械があちこちで作られていたり、試験をされていたりする。

製品につけられた荷札を手にとって見ると、イラン行きがあったり、南米行きがあったり、輸出先もさまざまである。

「計器というものはね」

六助と千鶴子が、さっぱり理解できないような顔をしているので、鈴木先輩は、考え考え説明をはじめた。

「最初は計るだけだ。たとえば寒暖計のように、ただ温度を計って目盛りにあらわして、せいぜい自記装置でそれを記録するだけだ。しかしそれが進んで、オートメーションの段階になってくると、それだけでは困るんで、計測して、記録して、機械がそれを読んで、必要な時に機械が自分で命令を出して、温度でも流量でも、それを一定に保つようにコントロールする。それが自動制御ということなんだよ」

「ふうん」

「工業用の機器が多くて、あんたたちの身近なものを作っていないからピンと来ないんだろうが」

鈴木先輩は言った。

「日本の大工場で、こういうオートメーション計器のはいらないところは、今では一つもなくなっている。鉄鋼関係でも、石油でも電機でも、テレビでも、製紙工場でも——。ほんとに六さん、川武の株を買っとけよ」

「株を買う金なんかあったら、本の行商になんか来ない」

六助は苦笑して答えた。

工場の中をひとわたり見て、もとの事務部へ帰って来ると、

「それでは鈴木さん、また来るよ。どうもいろいろありがとう」

　と、六助は先輩に頭を下げた。

「それじゃ六さん、君の会社のアドレスと電話番号を書いといてくれ。ラグビー部のOBの集まりでもあったら、知らせるから。名刺持ってないのかい？」

「会社のアドレスと電話は、買ってもらった本の奥付に印刷してあるけど、電話をくれてもハローが出るだろうな」

　六助は言った。

「何だい、そのハローって言うのは？」

　北原君がアメリカ人のまねをして電話をごまかしてしまう話を六助がすると、鈴木良造は大声で、

「ひどい本屋があるもんだ」

　と笑った。

　そして二人は、

「じゃあ失敬」

「ごちそうさまでした。さよならア」

　と、別れを告げて川武サンタ・アンナの工場を出た。

　ふろしき包みは、すっかり小さくなっている。ふところには九千数百円の売り上げがはいっている。

町へ出ると、もう十二月が近いのに、あたたかな美しい秋晴れの午後であった。

「何も彼《か》もうまく行って、よかったわね、六さん」

と、千鶴子が言う。

「まったくだ。しかし鶴見さん、ついでにもうひとガン張り、歩いてみないか、ふたりで」

「どこをさ?」

「どこでもいいよ。これだけの荷物なら、電車でどこへでも行けるもの。僕は売り上げをもう少しふやして、せめて一万円、大森先生のところへ持って行ってあげたいと思うんだ」

「それもそうね。じゃ、軒並みあたって行ってみようか」

千鶴子が賛成してくれた。

天気はいいし、空腹もおさまったし、ふたりはちょっとした遠足気分になっていた。

「ごめんください」

と、行きあたりばったり、これと見当つけた家の玄関をあける。

「神田の百合書房の良書普及会の者ですが、いろんな本を持って来てるんです。ちょっと見ていただけませんか?」

「なあに? あんたたち貸し本屋?」

と、下町風のおかみさんが顔を出す。

「いえ、貸し本屋ではないんですが、いい本を安く……」

「ああ、だめだめ。うちは本は、その先の貸し本屋で間にあってるから」
二、三軒、しもた家を訪問してみたが、一冊も売れない。
四軒目の家では、きたない丹前《たんぜん》の前をはだけた頭の禿《は》げた男が、のっそり顔を出して、

「なんだい？　ゴムヒモの押し売りか？」

と横柄《おうへい》な口をきいた。

「いいえ、押し売りじゃありません。神田の本屋のものですが、よかったら本を見ていただこうと思って」

と、六助が一応の説明をしはじめると、意外にも反応があった。

「本？　へえ、何かおもしろいものがあるかい？」

と、丹前がきく。

「いろいろございます。どれも、定価の六割でお願いしています。ちょっとごらんください」

千鶴子が言ってふろしき包みをとくと、

「家庭料理読本？　河西修傑作集？　なんだ。こんなのじゃなくて、もう少しおもしろそうなものは持ってないのかい？」

と、丹前のおっさんは、ひる間から酒のにおいのする口に、不精《ぶしよう》たらしく妻楊枝《つまようじ》をくわえこんで、シッ、シッと歯の穴をすする音を立てながら言った。

「それでは、大森貞一郎の『青い斜面』、これはどうでしょうか？」

六助は「青い斜面」を一冊取り出した。

「これ、おもしろいか？」

「おもしろいです」

「どのへんがおもしろい？」

「どのへんと言われても……。全部おもしろいですよ」

「へへえ、全部おもしろい。ほんとか？」

と、相手はにやにや笑いながら、本を手にとって、いいかげんに開いて部分部分を熱心に読み出した。

千鶴子が気がついて、六助の腕を引っぱったが、六助はまだピンと来ていない。

「ゆっくり読んでいただけば、実に味のあるおもしろい本です」

「………」

「一冊いかがですか？　百八十円にしておきますが」

「………」

丹前のおっさんは、黙ってあちこちめくって、活字を斜めに飛ばし読みをしていたが、そのうちバタンと本を閉じると、

「なんだい。こりゃ、ただの小説本じゃないか。こんなもんなら、そのへんの本屋へ行きゃ売ってら、バカにすんな」

と怒り出した。

「六さん」

と、千鶴子がもう一度六助の腕を引っぱった。

「ああ、そうか。おじさんあんた、エロ本が見たいんですか？　そりゃムリだ。僕たちは神田の百合書房の者で、くさっても鯛《たい》で、残念ながらそういう本は持ち合わせていないよ」

「なにを言ってやがる。鯛だか平目《ひらめ》だか、おれが知るか。えらそうなことを言うんなら、押し売りに来るな。帰れ帰れ」

言われてみればそのとおりで、ふたりはほうほうのていで、ふろしき包みをまとめてその家を飛び出した。

「ああ、おどろいた」

「おどろいたって、六さん、少し蛍光灯ねえ。あんなおっさんがおもしろい本おもしろい本ってしつこく言うんですもの、それに決まってるじゃないの」

「僕は、君がしきりに腕を引っぱるから、丹前のふところにピストルでもかくしてあるのが見えたのかと思った」

「わたしたちにピストルつきつけたって仕方がないじゃない。六さんほんとに蛍光灯だわ」

「だけど、鶴見さんがすぐエロ本のことだとわかったのも、若いお嬢さんのくせに蛍光灯でなさすぎるぜ」

六助が言うと、

「まあ、失礼しちゃうわ」

と、千鶴子はちょっと赤くなった。

「ところでどうする？　もっと歩いてみる？」

「こりゃ君、このへんはだめだよ」

六助は言った。

そうかと言って、もう一軒どこかの会社で即売会を開くには、残った本の部数が少なすぎる。

相談の末、河岸《かし》を変えて目黒から世田谷《せたがや》の方の住宅街を回ってみることにした。

両国の駅から六助と千鶴子とは国電に乗った。

中野行きの普通電車は、御茶ノ水を過ぎ、飯田橋を過ぎ、右手の泥色の掘割に沿いながら走って行く。

市ケ谷まで来ると、千鶴子が、

「あすこには今、自衛隊がいるのね。アメリカ軍はもういなくなったのかしら？」

と、右手の丘の上の建物を指さした。

「………」

六助は黙っていた。

黙っているけれども、彼はよく知っている。それは昔の陸軍士官学校で、戦後戦犯裁判が行なわれ、アメリカ軍の司令部があった建物であった。

このことは、いずれくわしく読者に語らねばならないが、彼の父親は戦後、戦争犯罪人として、中国の軍事裁判で死刑の判決を受けて処刑されたのである。

A級戦犯のように市ケ谷で裁かれたのではないが、市ケ谷を通ると、六助は自然、殺された父親のことを思い出すのだ。

しかし、旧陸軍士官学校の丘はすぐ見えなくなり、電車は四ツ谷駅を過ぎ、車内の電灯がともって、ゴオーッという音と共にトンネルにはいった。

ふたりは代々木《よよぎ》から山手線で渋谷へ出、それからさらに東横線で都立大学の駅まで行って、そのへんの住宅街を、ふろしき包みを手にまた行商して歩いた。

成績は、下町よりは上等で、二時間あまりのうちに十冊ばかりさばけ、ふたりの手にはほんの三、四冊の本しか残らなくなった。

「何や彼《か》や、おもしろかったわね」

「そう言ってくれるとありがたいが、足が痛いだろ？　さあ、もうこれで帰ることにしようよ」

六助は千鶴子をうながして帰路についた。

かんしゃく

桜田六助と鶴見千鶴子が百合《ゆり》書房へ帰ってきたのは、午後の四時すぎで、秋晴れのみじかい日がもう傾き始めたころであった。

残部四冊、正規の売り上げは一万とんで六十円也、あと、チュウ、チュウ、チュウ、タコの分が千六百二十円――これはふたりの間の約束どおり、庭瀬編集長へ見舞い品差し入れの機密費として千鶴子が預かることになっている。

少々足が痛んでいたが、ふたりは気分も軽く、受付の和田くに子の前を通り、

「ただ今ア」

と、営業部の中をのぞいた。西さんが留守らしいので、

「それじゃ、編集室へ行こう」

連れ立って、階段をミシミシ上がって行った。

おどろいたことに、東田編集次長と北原君とは、まだ将棋をさしていた。編集室の中に、朝のまんまの沈滞した空気がよどんでいて、

「ただ今」

と声をかけても、だれもろくに返事をしてくれるものがいない。

ラグビー部の先輩に偶然あい、オートメーション計器のでき上がって行くようすを見せてもらい、本を売り、カレーライスをごちそうになり、変なおやじからエロ本の押し売りとまちがえられ――一日中町の生きた空気を吸って来たふたりには、なんだかぴったり来ないふんい気であった。

「東田さん、ただ今帰りました」

六助はもう一度、将棋をさしている編集次長のわきへ行ってそう言ったが、

「弱ったな……」

と、東田さんはまず将棋の手の方を考えて、飛車を引いてから、

「ああ、お帰り、売れたかい？」

しごく気のないきき方をした。

「ええ、割りに成績がよくて、偶然行った川武サンタ・アンナという会社に、僕のラグビー部の先輩がいたりして、全部で一万円ちょっとの売り上げですが……」

六助が報告していると、北原君が、

「あああ」

大あくびをし、

「詰んでるに肺肝くだくへぼ将棋、か。やれやれ、あほくさ」

と言った。

この男は、月給が遅配がちになり始めて以来、何かというと「あほくさ」と言うのが

口ぐせになっている。

自分たちがこんなに一所けんめいやって来たのに大あくびなんかしやがってと、六助は少しむかむかしてき、それに「詰んでるに肺肝くだくへぼ将棋」とはなんだ？　百合書房はどうせだめなのに、何を一所けんめいやってるんだ、という皮肉じゃないのかと思い、

「なんだい、その洒落《しやれ》？」

北原君に対し、けんか口調で質問した。

「なんだいとは、なんだい？」

北原君は、六助のムッとした調子を感じたらしく、将棋盤から顔を上げた。

「その、詰んでるになんとかという川柳《せんりゆう》は、どういう意味なんだときいているんだ」

「おい、へんな目つきをして、へんな言いがかりをつけないでくれよ」

北原君は、薄笑いを浮かべながら言った。

「こっちは将棋の話をしているだけじゃないか」

「…………」

将棋将棋って、だらけ切った調子で一日中将棋ばかりさしていてと、六助は一層ムカムカして来るのを、一応がまんして、ほこ先を変え、

「東田さん」

と、当面の用件で編集次長に相談を持ちかけた。

「ご承知のとおり、僕は大森さんにひどく不義理を重ねてるんです。それで、きょうのこの売り上げのことなんですが、一万円だけ『青い斜面』の印税の一部として大森さんのところへ持って行かせてもらえないでしょうか？」

それは、君が一日苦労して手に入れて来た金だからいいよと、六助は当然そういう返事を期待していたが、東田さんは将棋のコマを机の上に置き、

「さあ、そいつは少し困るな」

と答えた。

「なぜですか？」

六助は少し顔色が変った。

「なぜですかって、君ね、不義理になっているのは、何も大森貞一郎のとこばかりじゃないんだからね。社長はゆくえが知れなくて、われわれみんなの月給も出やしないし、百合書房に関係のあるすべての人間が、お互い不義理で不都合なことになっているんだ。君そういうつもりで外へ本を売りに行ったのなら、そりゃ困るね」

「…………」

「はいって来た金は、金額の多少にかかわらず、やっぱり一応営業へ入れてほしい。その上で、君の担当者の分は、原稿料会議へ要求を出したらいいだろう」

理屈はそうかも知れないが、そんなことを言っていたら、いつまでたっても大森先生へ一銭の印税も出はしない。

「しかし、大森さんはほんとうに生活に困ってるんですから」

六助が言うと、

「六さん、君、まるで自分は生活に困ってないような言い方をするじゃないか。どうしてそう、大森のテー公にばかり忠臣ぶりたいかね」

と、そばから北原君が口を入れた。

「君に話してるんじゃない」

六助はカッとしてどなった。

「やれやれ、六さんというのは、時々青年将校みたいな原始的正義感を発揮するから、負けちゃうよ。おやじの遺伝じゃないのか？」

と、北原君が横を向いて言い返した。

「なにを」

六助は立ち上がった。


「戦犯の子」――。

それは六助が、少年時代から何度か聞かされた言葉であった。

「こじきの子」「めかけの子」と言ってののしられた少年が感じるのと同じような痛みを、その言葉を聞くたびに六助は心に感じたものであった。

「おとうさんは、戦争で、ちっともひどいことなんかしなかったのに、負けたあと、一方的な軍事裁判で無理矢理殺されてしまったんだ……」

少なくとも彼はそう聞かされている。

「それにどうして僕が、戦犯の子と言ってみんなからバカにされなくてはならないのか」

彼はよく、つらい思いで考えた。

しかしそんなことも、戦後の年月がたち、彼がおとなの世界にはいるにつれて、しだいになくなりはじめていた。

それを今突然、北原君から、

「おやじの遺伝じゃないのか」

などと言われれば、カッとせざるを得ない。

六助が青い顔をしてつめ寄って来たので、北原君も将棋のコマを置いて立ち上がった。

「ぶじょくする気か」

「なんだい、おい。なぐり合いでもしようというのかい？」

北原君は薄笑いをうかべてる。

「おい、よせ。よせよ、君たち」

東田次長が口をはさんだが、ふたりともそれには返事をしなかった。

朝は編み物をしていたオールドミスの杉野嬢が、今せっせと手紙を書いていた手を休めて、

「けんかなら外でしてくださいよ」

と、いやにつんとした調子で言った。

なんだか、せっかく一所懸命外で本を売って帰って来てみたら、編集部のみんなから敵意をもって冷淡に扱われ出したような気がして、六助は一層カーッとなってしまい、鶴見千鶴子はどこにいるのか、それも目にはいらない。

彼は北原君の方へ、外に出ようとあごをしゃくって見せた。外と言っても、表通りへ出てけんかをするわけには行くまい。どこか――前の応接室で、いまは返本の物置きに使われている部屋がある。そこででも、思い切り言ってやろう。場合によっては腕ずくででも気持ちを晴らしてやろう。そう六助は思っていた。

「六さん、よせよ。北原君、君も取り合うなよ。けんかなんてみっともない」

東田さんがまた口を入れた。

「大丈夫ですよ。僕は平和主義者ですからね」

北原君は皮肉いっぱいそう答えた。

「平和裡に話を進めて来ます。おい、六助、出ようじゃないか」

「…………」

「…………」

ほこりっぽい物置きの中で、けんか犬のように肩をいからせて、二人は向かい合った。

「おやじの遺伝とは何だ。どういう意味だ?」

まず六助が口を切った。

「どういう意味って、そのとおりの意味だよ。だれでもメンデルの法則にしたがって、親の遺伝は受ける」

「なにをッ」

「なにをッたって、そりゃそうだろう、仕方がないぜ」

カンカンに腹を立てている六助にくらべると、北原君は余裕しゃくしゃくで、からかうようなことを言って、口のあたりに相変わらず薄笑いをうかべている。六助にはそれが余計しゃくにさわる。

「失敬じゃないか。僕のおやじが軍人で、戦犯になって死んだことと、大森さんの印税を何とか払って上げたいと僕が思ってることと、どういう関係があるんだ」

「………」

「返事をしろよ、返事を」

「君がそんなふうにむやみにどなるからね、それが軍人精神の遺伝かと思ったと言ったんだよ。どうしてそう、すぐカッとなって怒るのかね、君は」

と、北原君は答えた。

「何を言ってやがる。だいたい、朝から晩までバカみたいに将棋ばっかりさしてて、ひとのやることに、高みの見物で、からかい半分のけちばかりつけやがって」

これ以上相手の出方によっては、思い切ってガンと一発お見舞いしてやろうという姿勢であった。

ラグビーできたえた腕は、ハローの北原などに負けはしない。何かひとを小バカにしたようなこの男の態度が、平素から六助は気に入っていなかった。

部屋の外に、だれか二、三人来て、様子をうかがっているらしい気配だったが、カッとしている六助は、それも気づかなかった。

北原君がそのうち、

「それでは一つうかがいますがね」

と、わざとらしいていねいな口調で切り出した。

「何だ」

「いやね、社のことを心配してか、大森貞一郎のことを心配してか、それとも自分のことを考えてか、それは知らない。編集部でぼやぼやしてないで、積極的にどっかの会社へ本を売りに行って来るのも結構ですよ。しかし、持ち出す本の冊数をごまかすのは、あれは六さん、どういう了見なんだい?」

六助はハッとした。

千鶴子のチュウ、チュウ、チュウ、タコの一件がばれているのか——?

知らない——とは言えない。しかし今、彼の口から、あれは鶴見千鶴子のやったことでとは、やはりとても言えなかった。

ぐっとつまってしまった。

「それは……そりゃちがうんだ」

六助は必死になって、やっとそう言った。

「へえ」

と、北原君は空うそぶいている。

「それは、うまく言えないが、いわば善意の……」

「へへえ、善意で出庫伝票をごまかすのか?」

「いつか、くわしく説明するが、それは、そこのところがちがう、僕は——僕たちは、その売り上げを着服するなんていう考えは全くない。それは、信じてもらわないと困る」

困るといってみても、信じるか信じないかは、相手の勝手であった。

六助の言い方もへたなのだが、こうなっては、弁解すればするだけ彼の立場がへんになる。

庭瀬編集長に見舞いの品物を届ける機密費を作るつもりだったなどと言ってみても、うそとしか聞こえないだろう。

北原君は、わなにかかった獲物をゆっくりながめるおうようさで、

「いいよいいよ、いいんだよ、そんなに言わなくても」

と、いかにも呑みこんだ口調で六助の肩をたたかんばかりの言い方になった。

「わかってるよ。どうせ返本の山は僕らの知ったことじゃないし、ほっとけばネズミの

巣に引いて行かれるばっかしさ。営業の西さんが来て、何かぐずぐず言ってたから、ちょっときいてみたんだが、君たちが何か考えがあってやったことなら、それでいいじゃないか」

「そいつは……」

六助は頭が混乱して、何か言いかけたが、うまく言葉にならなかった。

「ただな、六さん」

北原君は一層余裕を見せて言い出した。

「僕たちは、沈香《じんこう》もたかずへもひらず、編集部でとぐろをまいて、一日中将棋ばっかりさしてて申し訳ないけど、君たちが君たちの考えがあって本を少々ごまかして持ち出したように、僕たちにも僕たち怠《なま》け者の考え方というものがあるかもしれないし、お互い目を三角にして、どなるのはよそうよ。船は沈没しかかってるんだから」

「………」

「どうだいそれじゃ。このへんでいいことにしようじゃないか。僕も、君のおやじさんのことなんか言って、気にさわったらごめんよ」

北原君はそう言うと、さっさとひとり部屋から出て行ってしまった。

六助だけが残った物置きの中へ、やや間があって、入れかわりに鶴見千鶴子がそっとはいって来た。

「六さん」

鶴見千鶴子は目をまるくして、今にも泣き出しそうな顔つきであった。

「………」

「全部聞いてたわよ、六さん。どうしてあなた、ほんとのことを言ってくれなかったの。あんなにしどろもどろの弁解ばかりして」

千鶴子としては、伝票ごまかしの疑いをかけられた六助に、おわびを言っているつもりらしいのだが、泣き出すよりまるで怒っているような口調であった。

「言えないよ、そんなこと」

六助も仏頂面《ぶっちょうづら》で答えた。

彼としては、二重にも三重にもあと味が悪いのである。

「六さん、わたし西さんや東田さんにあって、ほんとのこと言って来る。そして、仕事がなくて将棋さしてるひまがあるんなら、たまには庭瀬さんのお見舞いにでも行ったらどうって、あの人たちに言ってやる」

「ちょっと待て。そんな、ヒステリーをおこしたって仕方がない」

「ヒステリーとは何さ」

「まあまあ、君落ちつけよ。けんかがあちこち混線したら困るからね」

と、さすがに六助の方は少し考える余裕をとりもどして来た。

「いいえ、わたしやっぱり、どうしても……」

「ちょっと待ってくれったら。今いろんなことを、興奮してあっちこっちで言えば、何が何やらわからなくなって、かえって疑ぐられたり勘ぐられたりするばかりだ。あんまりうれしくはないけど、この件は、僕が一応ひとりでひっかぶっておくから、言うにしても君、もう少しみんなの気持ちが落ちついてからにしようじゃないか」

「そうかしら」

「そうだよ。ばれないうちは、善意の秘密行為みたいなものだけど、ばれてしまったら、やっぱりこりゃへんだよ。君、さっきの千六百二十円出しなさい」

「あれ、それはいつでも出すけど、じゃあ六さん、実は自分がこれだけごまかしましたって、営業へ出すつもりなの？　それではわたし、たまらないわ」

「たまってもたまらなくても、とにかく僕にまかしてくれよ。話がふたりから出ると、こんがらかるから、まかせてほしいんだ」

千鶴子はいたずらをみつけられた子どもみたいに、かわいいふくれづらをして、別にしておいたチュウ、チュウ、チュウ、タコ分の売り上げ金を取り出し、しぶしぶ六助に手渡した。

「せっかくの苦心が水のあわだわ」

「君は気が強いなあ。僕は君を責めるつもりじゃないけど、何だかいやアな気がしているんだ」

六助が言うと、

「わたしだってそりゃ、もっといやアな気がしているわよ。ただ何となく少しシャクなのよ」

と千鶴子は答えた。

その件はしかし、百合書房の中でそれ以上波風を立てずにおさまってしまった。きちんとした盛業中の大出版社であったら、それではすまなかったかも知れないし、第一もしそうだったら、千鶴子もあんなことはしなかったにちがいない。

それがうやむやにすんでしまったのは、百合書房がつぶれかかっていて、返本の山の冊数は、合っても合わなくても、どうせネズミの巣かゾッキ本になる運命だろうという思いが、だれの頭にもあるのと、それからもう一つは六助の人柄のせいでもあるらしかった。

外へ出かけていた西さんが姿をあらわすのを待って、彼は西さんに率直な態度で釈明に行ったのである。

引き受けた以上、彼は全部自分でひっかぶってしまった。そのため彼は、こんどはわりに男らしいさっぱりした言い方をすることができた。

「西さん。もうわかってるそうですが、僕、さっき川武サンタ・アンナの工場へ出かける時、伝票より十冊ほど、無断でよけい持ち出しました。これは実は、ある目的のために少し金を作りたかったからで、自分のポケットへ入れてしまう気ではなかったのですが、それをあとからクドクド言っても、いいわけがましくなるからやめます。その分の売り上げがこれです」

彼はそう言って、千六百二十円を営業部の机の上に置いた。

ただ、六助としてははなはだ不本意なことに、こうなってしまっては、正規の売り上げの一万円の方も、大森さんに回してくれとは、もう心理的に言い出せなくなってしまった。

「それから、これが残った本。こっちが伝票の分の売り上げです」

彼が悪びれずに、そういうふうに結果報告と釈明とをすると、こんどは西さんの方が、編集部へよけいな告げ口をしたような感じで具合が悪くなったらしく、

「やああやああ、すまなかったね。いいんだよいいんだよ。なにね、返本の整理をしていて妙に気になってね、余計なことを言っちゃったんだよ。編集の方でこの際、何か大事な目的がありゃあ、そういうかたちで編集費落とすのもあたり前なんだよ。これはあんた、しまっといておくれよ」

と、千鶴子の作り出した機密費の千六百二十円を、六助に返そうとした。

「いや、ないしょの間がいいんで、ばれちゃったらその目的に役に立たないですから」

六助はそう言って、笑って辞退した。

「そうかね、それじゃあこれもこれも、まあ、ありがたく金庫へ入れるかね」

西さんは言った。

六助は東田編集次長にも、同じような釈明をした。次長は、

「ふうん、ふん、ふん。まあいいや」

と、六助の潔白（？）を認めるのか認めないのかわからないような納得の仕方をした。北原君には、シャクにさわるのであらためて釈明はしなかった。

夕方になると、編集部の面々、

「それではお先に」

と、三々五々、ぶらりと立ち上がって帰りじたくを始める。

お先にもおあとにも、一日中仕事もなくぼんやり過ごして、みんなそれぞれにむなしい気持ちなのだ。

「きのうまたかくてありけり、きょうもまたかくてありけり、か。ああ、いやだいやだ。それじゃ失敬」

と、いまは居どころの知れない殿山社長の愛唱句をもじって、そんなことをいって帰って行く人もいる。

練馬《ねりま》の下宿へ帰る六助も立ち上がった。

彼は淡路町から池袋行きの地下鉄に乗る。

地下鉄の車内は、蛍光灯のあかりが満員の乗客の上に、おだやかに輝いていた。だれも彼も、あたたかそうなオーバーを着て、夕刊を持って、もうすぐ出る暮れのボーナスのことでも、ゆたかな気持ちで考えているような顔つきだ。

ポケットの中がスッカラカンで、足はぐったりくたびれて、とどこおった下宿の払いのことなど心配しているのは、自分ぐらいのものらしいと、六助は思う。

地下鉄は後楽園《こうらくえん》のあたり、地上に出て高架の上を走る。もう日の暮れた東京の町の夜景が見える。

何とはなしにムシャクシャとした不安な気持ちであった。本を余分に持ち出した件は、うやむやに終わってしまったものの、やっぱりあと味が悪いのだ。

それなら鶴見千鶴子に対して、もう少しいやな気持ちがおこってもよさそうなものだが、それはちっともおこらない。

「僕は、あの人好きなんかしらん？」

彼は半分言葉に出して考えてみた。

「とにかくしかし、あの件は忘れてしまおう。あんなふうに、へんにへんにとなった以上、僕が自分の金がほしくて本をごまかしたと思うやつがいたっていいや。もう忘れてしまおう」

六助はそして、さみしい気持ちになった。

カッとして腹を立てたあとは、いつでもろくなことはないのだが、きょうのはまた特別であった。

地下鉄はやがて轟々と音をたてながら池袋のフォームへすべりこんだ。

翌日も、よく晴れたあたたかな気持ちのいい朝であったが、六助は練馬の下宿の二階で、おそく、九時ごろになって目をさました。

実は、前の晩夜ふけまで、郷里の広島にいる母親へ手紙を書いていたのだ。

「おかあさん、ごぶさたしています。お元気ですか？　その後神経痛はもう出ませんか？　ことしものこり少なくなって、何やかやと忙しいことでしょう。

僕の方は、からだは至極《しごく》元気ですが、会社の方が最近ますます元気でなくなって来て、このところ月給などというものには、全然お目にかかっていません。何とかがんばっていますが、いよいよピンチにおちいり、ビールも飲まず菓子も食わず、下宿のめしばかりモソモソ食べて、その下宿も払いがたまっているのでしだいに居心地が悪くなりつつあります。

すみませんがまたSOSです。

もう少しがまんしていれば、そのうち会社も何とか立ち直るのではないかと思いますから、さしあたって当座の救援をお願いできませんか。

僕はおかあさんにやっと大学を出してもらって、一人前に月給を取るようになって、二年もしないうちにまたこんなことで、ほんとにすみませんが、たのみます。

それではおかあさん、SOS、SOS、さようなら」

父親が外地で処刑されてから十四年間、母ひとり子ひとりで育って来た六助には、母親がこの手紙を受け取った時の様子が、はっきりと目にうかぶ。

「やれやれ、またこういうことを言うて来て。あの子の会社も、ほんまにどうしたんかいね」

と、老眼鏡をかけてぶつくさ言いながら、それでも、どこかから手品のごとくへそくりを取り出し、ゴソゴソ郵便局へ為替《かわせ》を組みに出かけて行くだろう。

その格好を想像すると、申し訳ないような、半分おかしいような気持ちで、六助は読みなおした手紙を封筒に入れ、ペロリとなめて封をした。

階下から、下宿の婆さんの聞こえよがしの声が聞こえて来る。

「ヨシちゃん、桜田さんが起きたようだけどね、何もおみおつけなんかあっためなくたっていいんだよ。ちゃんとしたお勤めの人なら、もう会社について仕事をしてらっしゃる時間なんだからね」

この下宿には六助とも四人の下宿人がいる。会計をがっちり握っているのは、女あるじの岩おこしみたいな婆さんだが、実際にみんなの身のまわりの世話を焼いてくれるのは、婆さんの長女で出もどりのヨシ子さんだ。ヨシ子さんは、

「ハイ」

と、返事したが、やっぱり親切に、ミソ汁をあつくしてくれているらしかった。

下宿の食事は下の食堂――と言うと聞こえがいいが、すき間風のはいる寒い板ばりの部屋ですることになっている。

六助が顔を洗って洋服に着かえ、手紙を持って食堂へ下りて行くと、きょうはヨシ子さんのかわりに、岩おこしがじきじき給仕に出ていた。

着物のエリに白いスカーフみたいなものを巻きつけて、巻タバコを吸いながら待っていた女あるじのばあさんは、

「おみおつけがあついから、食べてください」

と、ミソ汁をあつくしたことがさも残念そうな口ぶりであった。

「すみません、いただきます」

ミソ汁とつけものと、つくだ煮が一口にどんぶり飯一杯の朝飯を六助は大急ぎでガツガツ食いはじめた。

「胃が丈夫なんだねえ」

ばあさんは、六助の食いっぷりをじろじろながめながらひと言皮肉を言って、

「だけど桜田さん、こんどの月末には、あの方、なんとかお願いできるんでしょうね。うちも、ほんとに困っちゃうもんだから」

と、早速下宿代の督促をはじめた。

「ウ」

飯のかたまりを、あついミソ汁といっしょにのみこんだ六助は、すぐに返事ができない。

胸をさすりながら、やっと、

「わかってます。すみません。おふくろに手紙を書きましたから、もう一週間ほど待ってください」

そう言った。

「それならまあいいけどねえ。ほかに入りたいって希望者もたくさんいらっしゃるし、うちも慈善事業をやってるわけじゃないんですからね」

「まったくどうもすみません。ごちそうさま。それでは行ってまいります」

これでは飯のうまいはずがない。六助は急いで食事をすませ、急いで下宿を飛び出してしまった。

新聞社や出版社の編集部は、たいていみんな朝がおそい。ましてろくに仕事のない百合書房など、急いで出勤して行かなくてはならぬ事情は何もないのだが、このごろ百合書房編集部では、一同わりあい朝早く顔がそろう。

なぜかと言うと、六助の例でもわかるとおり、家にいると何かしら不安で、何かしらおもしろくないことがおこるからだ。

家庭を持っている人だと、

「あなた、一体これからどうなるんですか？　春子も幼稚園ですから、そろそろオーバーも買ってやらなくちゃならないんだけど、そういつもいつも里に無理ばかりは言えませんよ」

というふうに、すぐ奥さんのぐちが始まる。

それを聞かないためには、パッと起きて、

「行ってまいります」

忙しそうにパッといなくなるにかぎる。定期券だけはあるから、足代はタダで、会社へついて、将棋をさしたり週刊誌を読んだりしながらむだ口をたたいていれば、なんとか一日がたってしまうという寸法なのであった。

いつものコースで、西武線《せいぶせん》で池袋へ出、地下鉄に乗りかえて出社してみると、案の定、編集部員はもうみんな顔がそろっていた。

鶴見千鶴子が寄って来て、

「六さん、きのうはごめんなさい。わたしあれからいろいろ考えたけど、そのうち一度ゆっくりお礼と感想とを述べるわ」

とあいさつした。

やがて、東田編集次長が、

「十一時から編集会議をやるからね」

と、みんなを見まわして声をかけた。

編集会議？　きのうの話がもう一度みんなの面前でむしかえされるんじゃあるまいな、と、六助はちょっといやな思いがしたが、時刻になって、ほこりと吸いがらだらけの机のまわりを、みんなで取りまいてすわってみると、議題はそんなことではなかった。

「みんな聞いてくれたまえ」

と、東田次長は口をひらいた。

「うちの事情は、どうも、われわれが考えている以上に深刻になって来ているらしい。

取次店がうちの本を扱うのをきらうので、五十万円分の本をおさめると、七十万円分の返本がかえって来るというような状況がはじまっている。ごらんのとおり、会社の中は返本の山だが、それでもわれわれとしては、何とか出版をつづけて、傾きながらでも船が走っていることを見せていなければ、自滅するよりしかたがないんだ。げんに世間では、百合書房はもうつぶれたといううわささえ立っているんだから」

東田次長がそう言ってみんなの顔を見まわすと、

「そんなこと今さら聞かなくてもわかってら」

というように、ぷいと横を向く者もあった。

「金はない。執筆者からは見放されている。この窮地の中で、金をできるだけ使わずに、取次店がなるだけ高額の手形を切ってくれそうな、そういう本を出すことを考えたいんだ。ぼくは、営業部長みたいなことを言うけど、実際しかたがないんだ。三人寄れば文《もん》殊《じゅ》の知恵だ。みんなのアイディアに頼りたいんだ。考えてみてくれないか」

「つまり、印税も原稿料も装幀料も払うのはいやだが、それでなるべく大勢の読者に魅力がありそうな本を作りたいってわけよね」

と、杉野嬢がシニカルに発言した。

「いやもいやでないも、実際金は一切出せないんだが……、それで？」

と、東田次長がうながす。

「わたしふっと考えたんですけど、固有名詞には著作権がないわ。コンサイス世界地名辞典とか、人名辞典とかいうのをつくってみたら、学生なんかにわりと受けて、印税の心配もいらないいんじゃない？」

固有名詞に著作権がないというのは、ちとへんな言い方だが、

「ははン、なるほど、コンサイス世界人名辞典か。そりゃいけるかな」

と、まず北原君が賛意を表した。

こんなバカなことを思いついたり、それが本気で編集会議の議題になったりするところが、すでにこの出版社がつぶれかかっている証拠であり、みんなの気持ちの中からも大切なクギが一本抜けてしまっている証拠であろう。

しかし、おぼれる者はワラをもつかむ。

「どこかに岩内書店の西洋人名辞典があったがな」

と、東田次長まで本気で言いだした。

「これだ、これだ」

と、北原君がほこりだらけの分厚い西洋人名辞典をタナからみつけて来る。

「そっくりそのままはまずいが、コンサイス判の四百ページぐらいで、何人ぐらいはいるかな？」

自分の提案がたちまちみんなから注目されたので、杉野嬢はやや得意げに、

「わたし少しひろってみるわ」

と言いだした。

「どうせひまなんだ。ひとつひとつマルをつけて行ってみろよ」

「それじゃ、アブラハム」

「そりゃ神話の人物だろう?」

「ちがうわよ。――イスラエル民族の始祖で、紀元前二千年ごろの人と書いてあるわよ。その人格は信仰のあついイスラエル人の典型とされ、パウロは、信仰によって義とせられるものの模範としている」

「それじゃマルだ」

「アガメムノン、トロヤ戦争におけるギリシャ軍の総帥《そうすい》――」

「そんなのいらない」

「アムンゼン」

「南極だな。そりゃマル」

「アリストテレス」

「もちろんマル」

「アリストファネス」

「マルかな」

こんなことをしていて、百合書房よいったいどこへ行く、である。

みんなが半分遊戯のような口ぶりでガヤガヤ言っているところへ階下の受付から、和田くに子の、

「いないんです。ほんとにるすなんですから」

というかん高い、必死の声が聞こえて来た。

みんなはハッとして、互いに顔を見合わせた。

誰かが来たらしい。

編集部の誰に用があるといってきた執筆者でも、このごろは受付で、

「申しわけありませんが外出しておりまして」

と、丁重に居留守を使って、二階へは上げないことになっていた。

それをふり切って、

「かまわん。いなければ帰るまで待たしてもらう」

と、あきらかにのっけから興奮口調で、ガタガタと、階段を上がって来る人の足音が聞こえてきた。

「大森さんだ」

六助が低い声でさけんだ。

その途端、編集部の人々は、刑事にふみこまれたバクチ場の連中よろしく、あるいは風のようにパッと窓から飛び出し、あるいは影のごとくスーッと別の階段から姿を消し、たちまちいなくなってしまった。

さすがに六助は、大森貞一郎先生が自分でここまでやって来たのに、姿をくらますのは気がひけた。

それで、もじもじ逃げそびれた六助だけが、ほこりだらけの編集室の中でアッという間に大森貞一郎につかまってしまった。

「先生」

「先生じゃないよ、君。いないいないいって、ちゃんといるじゃないか。君たちはどうしてそんなにうそばかりつくんだ」

「うそをついたというわけでは……」

「ついたというわけではって、いるのにいないと言うのは、うそじゃないか。君じゃ話にならない。社長を呼んでくれたまえ」

「社長は先生、ずっと社へ出てこないんで、僕たちにも居どころがわからないんです」

「それじゃ庭瀬編集長はいないか？」

「編集長は胸を悪くして、入院中です」

「それもうそじゃないのか？」

「うそじゃありません、先生。ほんとに申しわけないことをしています。僕が代わってお話をうかがいますから」

六助は、泣きだしたいような気持ちであった。

「それでは桜田君、君に聞くが、僕が『青い斜面』の原稿を渡す時、君は何といった？自分が責任を持って、二カ月後に印税を払いますと言わなかったか？」

「…………」

「それから、あと一カ月あと一カ月と際限もなくカラ約束で引きのばして、それっきり顔も見せなくなって、君のところは一体、あれの金を払う気があるのかないのか、はっきりした返事を聞こうじゃないか？」

「…………」

「はっきり言ってみたまえ、はっきり。払うのか払わないのか？」

「すみません、先生。はっきり言えと言われるなら、とてもうちはいま、印税、お払いできないと思います」

「すみませんですむと思うか、バカ野郎」

大森貞一郎はどなった。

六助がもう一度、

「すみません」

といって頭を下げた。

大森貞一郎先生は、くちびるをわなわなとふるわせている。明らかに、非常な興奮状態であった。

長い間かかって書き上げた長編は、評判がよくて、売れ行きも悪くないのに、金は一銭もはいって来ず、生活は苦しくなる一方で、考えれば考えるほど、どうにもこうにもならないほど腹が立って、とうとうここまでどなりこんで来たというようすであった。

大森先生は、六助以外だれもいなくなった編集室の中を、じろじろ見まわしていたが、

そのうち電話機のそばの、

「債鬼撃退《さいき》」

と墨で書いたはり札が目についたらしい。

「何だい、君、これは」

と、再び声を荒くした。

「債鬼撃退とは何だ、債鬼撃退とは？　君たちのうそだらけの口約束を信じて、四百二十枚の貴重な原稿を渡して、一文の金も払ってもらえないで困っている人間のことが、債鬼か？　よくも、恥知らずにこんなはり紙が出せたものだな」

「…………」

「電話もちゃんとあるんだな。わかったぞ」

「…………」

「百合書房の編集部では、いつからアメリカ人を雇ったんだ？」

六助は、そうかと思ってハッとしたが、弁解のしようもない。

「ハローとは何だ？　ハロー、オー、ノーノーとは何のことだ。君は、だれに入れ知恵をされて、英語で居留守を使うことを覚えた？」

「…………」

「青年なら青年らしく、もっといさぎよい態度を取れ。詐欺師《さぎし》の悪知恵のような、アメリカ人のふりをして電話をごまかそうなどという、薄ぎたないまねはよせ。番号を間違えてかけた覚えはないんだ」

「先生、あれは、先生僕じゃあ、ないんです」

　六助はかろうじてそう言い訳をしたが、はからずも、大森先生の電話をハロー、ハローでごまかしたことを、編集部を代表して白状したかたちになってしまった。

「そうかよし。君でないというのか？　それならアメリカ人に化けておれをバカにして、あとで舌を出している男をここへ連れて来い。おれがひとりの人生の先輩として、その男にひと言いってやりたいことがある」

「………」

「君でないというなら、その男を出したらいいだろう、その男を」

　六助としてはしかし、それは同僚の北原です、そのへんにいるはずですから捜して来ますとは、やはり言えるものではなかった。

「………」

　黙っていると大森先生は、興奮しているだけに、よけい自分がバカにされていると感じるらしく、

「君たちは、社長から受付の娘っ子までグルになって、よくもこれだけおれをないがしろにできたな。おれは、いいか、おれは……」

　と、一層前後の見さかいもなくどなりはじめた。

　大森貞一郎がもっと世故《せこ》にたけた商売人であったら、きっとこんなどなり方はしなか

ったにちがいない。

むやみに興奮したりどなったりして、取れない金が取り立てられるものではない。げんに製本屋とか印刷所とかの商人たちは、ちかごろ百合書房にあんまり顔を出さなくなっている。彼らは決してあきらめたのではなく、どうやらどこかで殿山五八郎とひそかに会って、殿山社長の計画している第二会社の設立にこっそり手を貸し、後日そこから優先的に貸し金を支払わすことを考えているらしかった。

そううまくいくかどうかはわからないが、そこから先は要するにタヌキとキツネの勝負であって、骨と皮にやせた羊を追いまわしていじめてみても仕方がないと、彼らは思っているのだろう。

それにくらべると、大森先生は真ッ正直で、古風で単純な、それだけいい人にはちがいなかった。

しかし、この不遇な初老の小説家は、不遇なだけに、怒って言い出したら、お叱言《こごと》が如何《いか》にもくどくど長かった。

「ふてくされたツラをして、黙って突っ立っていないで、少し本気で考えてみたらどうだ、おい」

「…………」

「すみません、すみませんですむことではないんだよ、君」

「…………」

「そんな調子でいい気になっていたら、君自身が生涯、ジャーナリストとして、社会に顔向けができなくなってしまうぞ、ええ、おい」

「………」

六助はハローの主が北原君だと言えないと同じに、きのう、少しばかりの金でも先生に届けたいと思って、鶴見千鶴子とふたりで町へ本の行商に出たのだが、その売り上げ金も結局じかに届けることが許されず……などと説明することも、やはりできなかった。

ふてくされているわけでも、いい気でいるわけでもないが、口がきけないのである。

僕としては、不十分ながらも、誠心誠意本気で、いつも大森先生の印税のことを心配して来たのだ。それが具体的に札束の形にならなかったのだから仕方がないが、この先生は、人の立場も気持ちも考えず、どこまでくだくだと愚痴を並べ、どなりつづける気だろうと思うと、長い間好きだった大森貞一郎に対し、六助の方も次第に腹が立ってきた。

こちらからも同じ調子でワッとどなりたくなるのを、黙って、やっとの思いで彼はがまんしていた。

そのうち大森先生も、六助相手にどなりちらしていても、あんまりものの役に立たないと、気がつきはじめたらしい。

そうかといって、印税不払いでばかにされ、ハローでばかにされ、「債鬼撃退」でばかにされた大森先生の腹立ちが、そのままおさまるわけのものでもなかった。

先生はまたまた、編集室の中をじろじろ見回し、

「よし。責任をもって払うといった君が、再び、責任をもって払えないというなら、もう金をよこせとはいうまい。そのかわりおれは、この部屋の中にある印税分だけの品物を、みんなたたきこわして、虫をおさめて帰る。いいか」

そういうなり、机の上の電気スタンドを一つわしづかみにし、思いきりよくガーンと床の上にたたきつけた。

スタンドは床の上でほこりを上げてもんどり打ち、電球がわれて、キラキラするガラスの破片があたりに飛び散った。

――六助がもし、もっと悪ずれのした人物であったなら、ここは一つ、いんぎん無礼に、

「ああ、そうですか、わかりました。それでは、僕はしばらく失礼していますから、どうぞごゆっくり、何でも手あたり次第気のすむまでたたきこわしてお帰りください」

と、一礼をして引き下がるか、それとも、

「ワッハハハハ。そいつはおもしろいですね。やってください」

と、笑い出すかしたところであろう。

なぜといって、どう見回してみても百合書房の編集室の中には、インクつぼ、古ぼけた電気スタンド、ボロ机、ギシギシいう椅子――とても「青い斜面」の印税分だけたたきこわせるような気のきいた品物は、存在していなかったからである。

六助はしかし、残念なことに大森先生と少々似たところがあって、カッとなりやすい、一本気な若者であった。

大森先生のいまの言葉とやり口とで、六助の方も完全に逆上してしまった。

「先生はばかだ」

と、彼はどなった。

「そんな児戯に類することをやって、それでよく、人の気持ちもわからずに、よく小説が書いていられるもんだ。あんたは、ばかだ、ばかだ、大ばかだ！」

「ばかとは何だ。いやしくも執筆者に向かって、ばか呼ばわりは何だ」

大森貞一郎もどなりかえした。

そうして、こんどは吸いがらだらけの灰皿を一枚、床にたたきつけた。

古い吸いがらと煙草の灰が、床の上に散乱した。

何だかひどくこっけいなような光景であったが、大森先生と六助とは、双方青すじを立て、目をつり上げてにらみ合っている。

「人の気持ちや苦しみの察しられない人間は、はっきりいってあげる、作家じゃない」

六助が前後の見さかいなしに叫んだ。

「なにを」

大森先生は答えた。

先生は青くなっていた。印税をふみ倒されたうえに、バカ作家呼ばわりされれば、青くなるのもムリはない。

かつて尊敬と、好意とをわかち合っていた作家と編集者が、いまや完全に逆上して、にらみ合い、憎み合っている。

「なにを、なにを」

と言いながら、大森先生は六助につめ寄って来た。

「もう一度言ってみろ、もう一度」

大森先生はそう言いながら、六助の上着のエリをつかんで、木をゆすぶるようにグイグイゆすぶった。

「乱暴はやめなさい」

六助は荒っぽく、大森先生の手を振りはらった。

「人をバカ呼ばわりしておいて、乱暴をやめろとは何だ」

大森貞一郎は、なおも六助に迫って来る。

しかし、腕力ざたということになれば、毎日机に向かってペンを握っているだけの大森先生は、ラグビーできたえた若い六助の力に所詮《しょせん》かなうわけがなかった。

「やめなさいったら」

六助がそう言って、グイと一と突き、突きかえすと、それがよほどきいたらしく、大森先生は意気地なく、ガッタンというような音を立てて編集部の床の上にひっくりかえり、その拍子に机のかどでしたたか頭を打って、

「いたいッ」

と顔をしかめた。その時、

「六さん、やめて。先生」

という声がして、だれかがどこかの物かげから走りこんで来、急いで大森貞一郎を助けおこしにかかった。

鶴見千鶴子だった。ドキドキしながらかくれてようすを見ていた彼女は、たまらなくなってひとり飛びこんで来たらしい。

自分のやったことの意外の結果に、あっけにとられたように、六助は黙ってその光景をながめていた。

大森先生の方も、頭をさすりながら千鶴子に助けおこされると、少々毒気を抜かれたかたちで、沈黙してしまった。

「…………」

「…………」

「先生、ほこりがこんなにいっぱいついちゃって」

千鶴子がおろおろしながら、大森先生の服をはたきかけると、先生は黙ってその手を押しのけ、六助に向かって、

「君のやったことは、よく覚えておく」

と、低い声で言った。そしてくるりと向きを変えて、階段を下り、そのまま帰って行

ってしまった。

おそらく腹の中は煮えくりかえっているにちがいないのに、そのうしろ姿は、妙にしょんぼりと寂しげに見えた。

六助の目に涙が浮かんで来た。

味

六助が大森貞一郎先生と、とんだいさかいをやった翌日——。

百合書房の編集室の中は、きのうにつづくきょうで、何の変わりばえもなく、沈滞した退屈そうな空気がよどんでいた。

電話が鳴る。すぐ北原君が出て、

「ハローハロー」でごまかしてしまう。

東田次長は、あきもせずに将棋盤をにらんでいる。

杉野嬢は相変わらず編み物をしている。

六助は、まことに浮かぬ顔をしてほおづえついて考えこんでいた。

無言劇のようにそんな状態がつづいているところへ、鶴見千鶴子がふと立ち上がって、

「六さん、ちょっとコーヒー飲みに出ない？」

と、六助の席へ寄って来て耳打ちをした。

「え」

六助は顔を上げた。

コーヒー？　なるほどそんなものがあったっけ。会社に活気のあったころには、仕事

に疲れると仲間同士でよく、近所のハイビスカスへ、コーヒーを飲みに出かけたものだ。珍しい飲み物の名前を聞くような気がした。

「コーヒー代はあるから、あとから来てよ」

千鶴子はそう言うと、さっさとひとり出て行ってしまった。

しばらくして、六助も重そうに腰を上げた。

ハイビスカスは、ハワイにたくさん咲いているふようのような花だそうで、そのコーヒー店には、ハワイのコナのコーヒー園や、ホノルルのワイキキ浜の写真などがたくさんかざってある。

そしてコナの豆のはいったハイビスカス・ミックスというおいしいコーヒーを飲ませてくれる。

「何か内緒の相談かい？」

六助がはいって行って声をかけると、

「まああわてないですわってよ。——コーヒー二つ」

と千鶴子は注文をした。

コーヒーの豆をひくいい匂いがしている。

やがてウエイトレスが、白いカップにはいった熱いのを二杯運んで来て、

「ミルクお入れしますか？」

とよそよそしくきいた。どうやらツケで飲んだコーヒー代を、踏みたおしている人が

百合書房にいるのではないかと思われる。

　しかし口をつけてみると、ウエイトレスの態度がどうあろうと、久しぶりのコーヒーは、六助の鼻にプーンとかおり、舌にとろりとして、熱く快くノドを越し、何とも言えずおいしかった。

「この間の川武サンタ・アンナのカレーライスといい、このコーヒーといい、心のくたびれた時にごちそうになるものの味は、ほんとにええなあ」

　千鶴子が何の用件で自分を呼び出したのか考えるのも忘れて、目を細めるような顔つきで六助が一口ずつその黒い、香りの高い飲み物をすすっていると、

「ねえ、六さん。わたし辞表を出そうかと思うんだけど」

と、突然千鶴子が切り出した。

「へえ」

　六助はコーヒーをすするのをやめて、千鶴子の顔を見た。

「わたしパパにすっかり話したのよ。伝票をごまかして本の行商に行ったことも、それがバレて六さんに迷惑をかけたことも」

「…………」

「パパはこう言うのよ。おれたちが昔、高等学校の生徒だったころ、コンパと称する会合が始終あって、そういう時、喫茶店とか食堂からよく、スプーンだの砂糖入れだのメニュー立てだのをかっぱらって、黒マントの下にかくして持って帰って来たものだって。

寮の部屋にそれを飾って、戦利品だと言って自慢にしているやつがたくさんいた。高等学校の生徒のやることだし、とくにパパがいた広島のような町では、だれもそれをとくにとがめたり、警察ざたにする人はいなかったけど――」

「はあ、君のおとうさん、広島高等学校を出たの？」

「そうよ。――ああそうか、六さんも広島がお国だったわね」

千鶴子はそう言って、さらにつづけた。

「だれもとくにそれをとがめる人はいなかったけれども、おれたちの気持ちの中には、これは若いおれたちの茶目ッ気のなせる業で、これぐらいのことは世間から許されるんだという甘えがあったなって」

「…………」

「トイレへ行くのをめんどくさがって寄宿舎の二階の窓から、よく寮雨と言ってオシッコをしたりしたんですって。それにも、人に迷惑がかかったって、こんな程度の茶目は許されるという、若さの甘えがあった。千鶴子のやったことがそれと同じとは言わないし、薄ぎたない感じはしないようだが、やっぱりちょっと似たところがある」

「…………」

「よき目的のために、この程度の筋の通らないことはやっても平気という、一種の甘えがある。それがバレて人さまに迷惑をかけたなら、それはやっぱり社会人として責任を感じなさい。――わたし少しカックンだった」

「ふむ。君のようなドライなお嬢さんでも、そんなこと言われるとカックンとなるかね？」

「なるわよ」

「それで辞表を出そうというわけか。おとうさんが辞表を書けと言ったの？」

「パパは辞表を出せとは言わないけど、責任を感じて考えてみろって言うから……」

「だけど鶴見さん」

六助は言い出した。

「実は僕も、きのう大森先生を突きとばしたりして、目下何とも言えぬいやな気分で、辞表でも書きたいような思いなんだが、ここで百合書房を引責辞職して何もかもすんだ気になるとすれば、お互いそれも、甘えの一種じゃないだろうかね？」

「………」

千鶴子はクリクリした目をして六助の顔を見た。

「僕、考えるのに君」

と、六助はつづけた。

「月給もボーナスも出ない会社を辞職してみたって、結局自分の気持ちがすむだけで、だれにあやまったことにもならないよ」

「………」

「ここはもう少しガン張って、何とか百合書房が立ち直るまで働いた方がいいんじゃないだろうか?」

「それで、コンサイス世界人名辞典を作るの? あんなバカな企画、どうせだめだろうと、わたし思うな」

「人名辞典にかぎったことはないさ。また行商に行ったっていいんだし」

「行商はこりたわよ」

「とにかく、辞表を出すという考えはよくない」

「そうかしら? ……だけど、六さんもずいぶん無茶するわね、大森先生に」

「あれは仕方がなかったんだよ。そんなつもりじゃなかったんだよ。いやだなあ、長らえば恥多しだよ」

「老人みたいなこと、言ってる」

と、千鶴子は笑った。どうやら辞表提出の件はうやむやにおさまってしまったらしい。

「大森先生も逆上していて、ひどかったと思うけど、六さん先生を突きとばすんですもの。年寄りだから、打ちどころが悪かったら、たいへんだったわよ」

「それを言うな」

と、六助は情けなさそうな顔をした。

「だけどかの時早くこの時おそく、みんな何てあざやかにパッと消えちゃったの」

「その話をもうするなよ」

と、六助は頭をかかえこんだ。

「じゃいいわ。庭瀬編集長をお見舞いに行く相談をしましょうよ。いつ行く？　ねえ」

「そりゃ、いつでも行くけど、見舞い品購入の機密費はなくなったんだぜ、君」

「わかってるわよ」

と、千鶴子はスーツの上着のポケットをたたいてみせた。

「その話のあとでね、うちのパパが新聞の経済面見ながら、今は株の買い時だがなあなんて、ひとり言を言ってるから、パパそいじゃ、川武サンタ・アンナの株買ったらって言ったの」

「へえ」

「そしたらパパ、びっくりしたような顔して、お前、川武サンタ・アンナとは、くろうとみたいなことを言うじゃないか。だけど、そいつはおもしろいかも知れないなって」

「それで？」

「それで、どうしたか知らないけど、取りあえず情報提供費せしめて来ちゃった」

辞表提出の話から一転して、病気見舞いの相談がまとまった六助と千鶴子は、その次の日曜日、池袋のターミナル・デパートで落ち合って、たくさんの買い物をした上、郊外の結核療養所のある町へ行く電車に乗った。

みかん、りんご、ハムのカン詰め、チーズ、カステラ、ジュース、ぶどうパン――、千鶴子はお父さんから大分しっかりせしめて来たらしく、遠足の弁当のようにあれやこれやと買いこんだ。

六助が、

「そんなに食えるかね、庭瀬さん?」

首をかしげると、千鶴子は、

「あら、向こうへついたらおひるよ。わたしたちも一緒に食べればいいじゃない。編集長だってその方が喜ぶわよ」

と言った。

千鶴子の遠足気分につられて少し楽しいような気持ちになって来た六助も、彼女にばかりたよるのは悪いと思い、ひとりでちょっと玩具売り場へかけ上がり、安物のいたずらおもちゃを一つ買って、ポケットへしのばせた。

家族づれの客などで混み合う電車は、六助の住んでいる練馬の町を通り、広々とひらけた日のあたる畑の中へ出、武蔵野の雑木林の中を抜けて西へ走った。

終点の駅で下りると、療養所まですぐだ。

このごろの結核患者は、栄養が足りて、健康人以上に健康そうにまるまると肥《ふと》っている人が多いのに、どういうものか庭瀬編集長はひどくやせて、毛の抜け上がった鶴みたいなようすをしていた。

ベッドの上へ起き上がって、小学生の工作よろしく、年賀状用の木版をコツコツほっているところであったが、はいって来たふたりをみとめると、

「おやおや、これはこれは」

と、うれしそうなびっくりしたような顔をした。

「どうですか、ぐあいは？　ごぶさたしてすみません」

六助が言うと、

「なに、僕は大丈夫だよ。もしかすると切ることになるかも知れないが、切ればかえって早いそうだ。それより会社はどうだい？　君たちいろいろ困ってるんだろう？」

と、編集長は木版ぼりの道具をかたづけながら答えた。

「ハイ、これお見舞い。一緒に食べるつもりで持って来たの」

と、千鶴子がデパートの包みをベッドの上に並べたてると、

「やあ、これはこれは、どうもどうも。月給欠配の君たちからこんなことをしてもらっちゃあ」

と、庭瀬さんは言い、

「ぶどうパンか。ハムにチーズか。チーズは久しぶりだなあ」

と、再びうれしそうな顔をした。

おいしいものをもらえば、だれだってうれしいにちがいないが、今の庭瀬編集長の境遇ではそのうれしさはまた格別らしい。

三人の間で、当然百合書房の近況が話題になった。

六助が編集長へのわびかたがた大森先生との一件を告白すると、庭瀬さんは、

「君もカッとなるたちなんだなあ。少し健康すぎるんじゃないか。一度病気になってこういう療養所へでもはいるといいかも知れないよ」

ひと言皮肉を言ってから、

「だけどそうか。大森さんがそんなに興奮してどなりこんで来たか？　大森さんにもすまんなあ」

と、遠くを見るような目つきをした。編集長はさらに、

「『青い斜面』はすばらしい作品だ。あの作品が、作品自身で大森さんに報いる時が必ずあると思うが……」

ともつぶやいた。

そのうち話が、コンサイス世界人名辞典のことになり、杉野嬢が、

「固有名詞には著作権がないわ」

と、一大発見のように切り出したと聞くと、さすがに庭瀬さんも笑い出した。

「アッハッハ。いろいろ珍企画をたてるね。僕の病気とおんなじで、民間療法やらおまじないやら、あせってあれやこれややってみたくなるんだろうが、だめなものなら、結局だめなんだ。落ちついてろよ。君たちは若いんだから、もし百合書房がつぶれても、君たちの人生までそれと一緒につぶれやしない」

「まったくそりゃそうだと思うわ。健康すぎるなんておっしゃるけど、ハリキリ六さんがこのところ、あれやこれやでいささかシュンとしていて元気がないのよ。時々カアー

ッとなってどなっては、あとでションボリしてるの。庭瀬さん、少し激励してやってよ」

　と、千鶴子はねえさんぶった口をきいた。

「うん。僕もここで、ひまだからずいぶんいろんなことを考えるけどね」

　と、庭瀬さんは言い出した。

「人間、絶対の幸福とか絶対の健康とかいうものは無いんで、幸福な時、ひそかに、不幸と病気のタネを仕込んでいるんだね。そのかわり、不しあわせな時は、幸福のタネを仕込む絶好のチャンスなんだぜ。よくこれほど不幸なことはありませんなんて言うけど、それがほんとうなら、それ以上不幸になりようがないんだから、あとは自然の法則で、すべてのことが、上昇カーブを描くはずなんだ。シュンとなんかするなよ、六さん」

「いや、何もそうシュンとしているわけじゃないですよ。元気にやってますよ」

　六助が答えると、

「そりゃそうだな。大森さんを突き飛ばすぐらい元気があれば、僕たちとはちがうかも知れないな」

　と、庭瀬さんが言ったので、六助はまた頭をかかえこんでしまった。

　やがておひるのベルが鳴って、軽症の患者たちはみんな、同じ病棟の中にある食堂へ箸箱《はしばこ》を持って出かけて行く。

「それじゃわれわれの方は、きょうはここで宴会とするかね」

庭瀬さんはベッドから出て立ち上がった。

「鶴見君、すまないが、廊下の右がわに湯の出るところがあるから、この薬缶《やかん》に湯をくんでくれよ。茶を入れる」

と、庭瀬さんが言う。

「ハイ」

と言って、千鶴子が立って行ったあと、六助は、

「療養所ではみんな退屈していて、こんなものが案外喜ばれると聞いたもんだから、買って来たんですが……」

と、さきほどデパートで買ったいたずらおもちゃをポケットから取り出した。ゴム製の赤い風船みたいなものである。

「ああ、知ってる知ってる。屁《へ》の音がするんだろう。うん、これはいい。使いぞめにちよっと……」

と、庭瀬さんはいたずら好きの子供のように目をパチパチさせながら、そのゴム製品を、千鶴子のかけていた椅子の、小さな座ぶとんの下へしのばせた。

「彼女にやっちゃあ、彼女、怒りますよ」

「黙って黙って」

そこへ千鶴子が、湯のはいった薬缶を下げて帰って来た。

「や、ありがとう。さあ、どうぞそこへすわって」

と、庭瀬さんは澄まして言った。

しかし鶴見千鶴子は、

「チーズを切りましょうよ。それからこのジュースもあけて」

と、かいがいしく食事のしたくをしはじめ、なかなか腰を下ろそうとしなかった。

「いいから君、すわれよ」

と、六助も片棒をかつぐと、急須《きゅうす》に茶の葉を入れ、薬缶の湯をそそぎ、チーズを切ってから、やっと椅子にかけた。

とたんに、彼女の小がらなかたちのいいお尻の下から、

「ブーッ」

とけしからぬ音がひびいた。

千鶴子は一瞬とまどったようであったが、すぐ気がついたらしく、

「やだわ。何よ？」

と、立ち上がるなり、座ぶとんといっしょにそのゴムのおもちゃを手ではらいのけた。

「アッハハハ」

「ワッハハハ。こりゃおもしろい」

「六さんでしょう？　失礼しちゃうわね。こんなことたくらむ時だけ元気になって」

「アッハハ」

「池袋で、私が買い物をしている時、いなくなったと思ったら、こんな物、買いに行っ

てたのね？」

「アッハハハ」

「最低よ」

しかし同室の患者がだれもいなくなっていたし、彼女もそれほど本気で怒っているわけではないようであった。

「実験成功。まあまあ、それでは食うことにしよう」

庭瀬さんが言うと、

「ひどいわねえ」

と苦笑しながら、彼女もようやくぶどうパンにチーズをはさみはじめた。

「うまいね。まったくうまいよ」

庭瀬さんは、パンにハムとチーズと両方はさんで、ゆっくり味わいながら、さも楽しそうに言った。

「夜もすがら寝もやらず、涙とともにパンを食べたことのない者に人生はわからない」

「それ、庭瀬編集長の言葉ですか？　ずいぶんおセンチなのね」

千鶴子がからかうと、

「何言ってるんだ。ゲーテがそう言ったんだ」

庭瀬さんは笑って、

「だけどここでは、実際、食うことと、退屈しのぎにあんないたずらをしあうことだけが楽しみなんだからな。君たちはまったくうってつけの物を見舞いに持って来てくれたよ」

と言った。

おならのおもちゃで千鶴子が怒ったのが、かえってみんなの気持ちを解放し、食欲を刺激したらしかった。

三人はあれやこれやとおしゃべりをしながら、手を休めるひまもなく、よく食い、よく飲んだ。

ぼつぼつ、食堂から同室の患者たちがもどって来る。そのころには、ゴムのいたずら道具は、ちゃんと別の椅子の座ぶとんの下にしのびこませてあった。

「佐々木さん、どうです？　僕のところはきょう豪華版だろ？　デザートを一つおすそ分けするよ」

と、庭瀬さんがカステラを一と切れとミカンを二つさし出すと、無精《ぶしょう》ひげを生やして、よく肥った中年の、佐々木さんという患者は、

「結構ですな。美人のお見舞いでごちそうの差し入れかね」

と、それを受け取って椅子にかけた。たちまち、

「ブルルルッ」

と、ほんものそっくりの音がした。

こんどは千鶴子がクックッと、顔を赤くして笑い出した。

佐々木さんは大して驚きもせず、

「また新しいのを仕入れたな」

と言いながら、腰の下からゴムのおもちゃを取り出し、検査するようにながめて、

「ところで庭瀬さん、そこに三人並んだところを、一枚記念にとって上げよう」

と、小さなカメラを取り出した。庭瀬さんはニヤニヤ笑っている。

六助も千鶴子も、また何か怪しげなことがおこるのではないかと警戒しながら、それでもカメラの方に顔を向けていると、

「いいですか、笑って」

と言いつつ、佐々木さんがシャッターを切ったとたん、レンズのところがひらいて、パッと一匹のねずみが飛び出した。

警戒していたくせに、千鶴子は、

「キャッ」

と言って六助にすがりついた。

それでまた病室の中に、笑いのうずがまきおこった。

破局

この療養所慰問は、なかなか楽しい思い出になった。

庭瀬さんはとても喜んでくれたし、六助も千鶴子も、アベックのピクニックをして来たかのごとく、気持ちがのびのびと、はればれとし、そして多少の甘酸っぱい思いものこって、まことに愉快であった。

しかし、いい思い出も悪い思い出も、彼らの努力も怠惰も、やがて一切合財《いっさいがっさい》がご破算になる時がやって来た。

それは、世の中が好景気にわき立ち、デパートが年末の贈り物を買う客で、ラッシュ・アワーの電車の中のように混雑している十二月の中ごろのことであった。

その少し前から、だれもがもういけないとは思いはじめていた。

取次店は百合書房の本を扱わなくなり、たまに、せっぱつまった用件で作家をたずねると、

「なに？　百合書房？　ことわれことわれ。留守だって言えよ。なあに、聞こえたってかまうもんか。永井荷風じゃないけど、本人が留守だと言ってるのに、これほどたしかなことがあるもんか」

と、奥さんに大声で言っているその作家の声が聞こえて来たり、ある大学教授には、「原稿？　現金引きかえでなくちゃだめだよ。え？　そんな条件だめだめ。まず金を持って来たまえよ」

冷然と言われたり、六助ならずとも、百合書房の編集部のだれもがカッとなるのをがまんし、天に向かって、

「バカヤロー」

と叫びたくなるような思いを、それぞれ何度か味わっていた。

落ち目になった者に、世間の人がどんな態度をとるものか、それが露骨にわかるようであった。

執筆者をたずねて行く時は、だれもがきっと、その家が近づくにつれて足が鉛を入れたように重くなるのを感じ、

「あの先生、留守ならいいがなあ」

と思い、ほんとに留守だと、用のたりないことも忘れて、

「ああ、よかった」

ほッとするというふうであった。

コンサイス世界人名辞典も、結局笑い話の企画以上には具体化しなかった。返本の山は、雪だるま式に、社屋のいたるところにますます積みかさなって行った。

ある時は、階下で税務署の役人が、

「あんた、こんなムチャクチャな、伝票も完全に整理してないような、でたらめな帳簿で、それで経理がつとまりますか？　え？　まるでムチャクチャじゃないですか」

と、どなりちらしていることもあった。

ごちそう政策や袖の下政策で撃退しようにも、そんな余裕がないので、ただどなられているより仕方がないらしかった。

そういう状況の中へ、久しく顔を見せなかった殿山五八郎社長が、ぬっとあらわれて来たのである。

みんなは、海坊主に出られた船乗りみたいに、あっけにとられて殿山社長を見まもり、迎えた。

「諸君」

と、社長は河馬《かば》のようなからだから、重々しげな声を出した。

「長い間ごぶさたしたなあ、諸君」

河馬もさすがにいささか憔悴《しょうすい》の色が見える。

「東田君、北原君。おう、桜田君もおるな。鶴見さんも相変わらずきれいだな」

社長は編集部員の顔をひとりびとり見わたし、何を思ったのかまず、朗々と詩を朗読しはじめた。

「つと立ちよれば垣根には
　露草の花さきにけり

さまよひくれば夕雲や
これぞ恋しき門辺《かどべ》なる

僕は社へ出て来て、こうやってみんなの顔を久しぶりにながめるとまことに何とも言えぬなつかしい気持ちになるんだ」

「…………」

「ヘッ。何が、これぞ恋しき門辺なるだい」

と、小声で反感を示してみたりするものの、みんな半分あっけにとられたままで、声を大にして応対しようという者はいなかった。

殿山社長のこういうおセンチで大げさな政治家的ポーズは、半分は策略だが、半分は本気なのだ。

「僕はこれまで、ご承知の通り、社にゆっくり顔を出すいとまもないくらい、八方奔走し、微力をつくして鋭意百合書房の再建に努力して来たが……」

「うそをつけ」

と、また小声で言うものがあった。

「力及ばず、ここに、少数の残務整理員を残して、全員の解雇を宣告し、涙をふるって百合書房の解散を宣告しなければならぬ事態に立ちいたったことを、諸君に告げなくてはならない。時に昭和三十×年十二月十四日である」

と、社長は大本営発表みたいな口をきいた。

「社長。それでは……」

と、東田次長が思いつめたかのように叫び出したのを、殿山五八郎はやおら手で制し、さらにつづけた。

「長い間の諸君の、熱誠あふるる奮励努力に対し、不肖《ふしよう》殿山五八郎は衷心《ちゆうしん》より感謝の気持ちをいだきつづけているものである。諸君はわれらの百合書房がこんにち、この悲運に立ちいたったことに心くじけることなく、それぞれ、思いを新たにして再起の道へ踏み出していただきたい」

「…………」

「諸君の新しき人生の門出にあたって、社長としてむろんできるだけのことはいたしたい所存であるので……」

「…………」

「諸君の代表と退職金その他の相談に応じたいと思うが、同時に解散にあたって、編集室内にある机、イス等の備品は、僕よりのささやかなるはなむけとして、すべて諸君に寄贈しようと考えている」

「何がすべて寄贈だい」

やがて、

「社長」

「社長、そうすると社長は……」

「そんなもったいぶった演説より社長、わたしたちの遅配のサラリーは……」

「だしぬけに社長、そんな……」

と、編集部員たちは、せきを切ったように口々にわめき出したが、いくらわめいてみても、ついに来《き》るべきものが来たことだけは間違いがないのであった。

彼らは殿山社長をいったん社長室に押しこめておいて、急遽《きゅうきょ》従業員組合の緊急会議をひらくことになった。

営業部の西さんと、もうひとりの女事務員とが、残務整理員に指名されたこと、残務整理期間中のふたりの待遇は保障されていることなども、その席で判明した。

「仕方がない。それでは私は残ります。社長のために残るんじゃなくて、読者や取り引き先との関係を、不義理は不義理なりにはっきりさせてしまわなくてはなるまいと思うから」

と、西さんは言ったが、会議の空気はなかなか微妙であった。

残務整理員に指名されたふたりは、殿山五八郎とぐるなのではないかと疑っている者もあったし、とにかくあとしばらく、失職しないですむ彼らに対し、やっかんでいる者もあるようであった。

ああだ、こうだ、けしからん、やむを得ない、金を出さすことが第一だ。いや話のすじを通す方が先だと、けんけんごうごうの議論の末、

「社長が計画中とうわさされる第二会社設立案の全貌《ぜんぼう》を明示すること」

「未払い俸給の一括即時支払い」

「退職を認める者に対し、平均十万円の退職金支給」

「社長の私有財産公開」

　等々、何カ条かの要求をつきつけてみることでようやく話がまとまり、組合代表が社長室で殿山五八郎と交渉にはいったが、社長はガタの来た回転椅子にそっくりかえって、

「いや、一々もっともだ。無理もない。すべては僕の不徳のいたすところである。なんとか考慮しよう」

　涙ぐんだような顔をするかと思うと、

「僕は君たちを他人とは思っておらんのだよ。百合書房社員はすべて、僕にとってかわいい子どもであり、弟である。子ども悪《あ》しかれと願う親が、どこの世界にあろうか。それに子どもであり、弟である諸君が、苦境に立った親の首をしめるようなことを言って来るのでは、人倫《じんりん》の道に反するじゃないか」

　と、いやに古風な比喩《ひゆ》を持ち出したり、のらりくらり、はっきりした手ごたえは一つもなく、さっぱり要領を得なかった。

　はっきりしていることと言えば、遅配の月給分もふくめて、ひとりあたり平均五万円の退職金なら出せる。しかし、それ以上はどこをゆさぶっても、ビタ一文の金も出ないという点だけであった。

　社長との交渉は相当長びいた。

殿山五八郎の言うなりになって五万円の退職金で総員失業してしまうのでは、あまりにもしゃくであまりにもふがいないという意見も多かった。

しかし、それならどうすればいいのか？

むろん今さらストをやってみたところで始まらないし、百合書房がとてもいけないというのは、みんなにわかっていたことだ。

それに、ポケットにコーヒー代もろくに持ち合わせない社員ばかりで、目の前にぶら下がってきた五万円は、一同とりあえずノドから手を出したいほどほしい金であった。

結局組合は、社長の出した条件をのんだ。

「ただし、その退職金は即時払い。これがわれわれとしてはギリギリの線です」

「よかろう」

と社長は言った。

「ひとりびとりの明細が決まったら、ここで小切手を切ろう。しかし僕にも、金の準備をする都合もある。小切手は来春一月十日の先付け小切手でがまんしてもらいたい。新春の贈り物と思って、どうかそれまで辛抱《しんぼう》してもらいたい」

百合書房の社員は、みんなよっぽど世事にうとく、お人がいいと見えて、河馬が狸に化けかかっているのに、この怪《あや》しげな条件も結局のんでしまったのである。

社長は足のガクガクする机の上に、小切手帳をひろげ、

「一金五万八千円也」

というふうに、一枚ずつ大きな奇妙な字で金額を書き入れては重々しくハンコを押し、りっぱな封筒に入れてひとりびとり手渡した。

封筒などは、百合書房が景気がよかったころ印刷したのが、佃煮《つくだに》にしたいくらい余っているのであった。小切手の日付けはすべて翌年の一月十日になっていた。

こうして退職金のやりとりが終わり、社長が、

「それでは諸君、いつの日かまた、われわれは兄弟として、戦友として、同志として集まろうじゃないか。その日までごきげんよう、さようなら」

と、のっそりと出て行ったあと、東田次長を中に、一同は社長の「寄贈」してくれた椅子や机の処分問題をめぐって協議することになった。ところが、

「この回転椅子をもらうかな、僕のところは目蒲線《めかません》の洗足《せんぞく》だが」

「わたしは遠いわ。川越《かわごえ》よ。何にしようかしら」

と、よりより相談の末、運送屋に電話をかけてきいてみると、どうやら運賃の方が高くついて、ほしければそんなもの、みんな近所の古道具屋で買った方が安上がりという結果が出るようであった。

そのうちだれかが二級酒を一本どこかから工面《くめん》して来た。一同、ぶつくさ言いながら、バタ屋の山わけよろしく消しゴムだの、鉛筆だの、筆立てだの、そんなものばかりオーバーのポケットにごそごそつっこみ、その二級酒を茶わんについで、お別れの乾杯をした。

これが株式会社百合書房の、あっけない最期であった。

かくて桜田六助は、ひとりの失業者となった。

朝、下宿の二階で目がさめる。すりガラスの窓をあけると、葉を落としたけやきの枝の上に、雲ひとつなくよく澄んだ冬晴れの青空が見える。

どこか空のはてで、ジェット機の音がとどろいている。よく見ると、西の方の空に、二本の白い飛行雲が非常な早さで伸びつつある。

さわやかな冬の朝景色だ。しかし六助には、その冬空の青さが、ただむなしい感じで目にしみるのであった。

「ちわアす。三河屋ですが、奥さんきょうは何か?」

と、ご用聞きの声が下から聞こえてくる。

「水道局ですが、集金をお願いします」

と、これは年寄りの声だ。

人々はみんな、元気に朝から働いている。しかし六助には、もう何も仕事がない。

岩おこしに何かいわれるのがいやだから、こそこそと朝飯をかっこんで、また二階へ上がってきてふとんの中へもぐりこむ。

しかし休みの日のあの解放感はなくて、ただむなしい気持ちがしているだけである。

もっとも、下宿の岩おこしには、この間少し金を入れておいた。

SOSを発したききめがあって郷里のおふくろから、長い手紙といっしょに一万五千円の小為替がとどいたからだ。

その金がまだ少し残っている。それからありがたいことに、失業保険の金が、これから月々わずかながら手にはいる。これは、百合書房の遅配の月給より確実に手にはいる。退職金の先付け小切手も、年があけて一月の十日になれば現金になるだろう。

失職したためにかえって、金の面では目さき一応の安定を見たようなものだが、それがなくなってしまうまでに、何か新しい仕事をみつけなくてはと、六助は考えていた。

むろん生活のためでもあるが、若い六助には、何もなすことのないこのむなしさは、たえがたい思いがするのであった。

「庭瀬編集長が、たとい百合書房がつぶれても、若い君らの人生までそれと一緒につぶれてしまうわけではないといってなぐさめてくれたが、ほんとうにそう思わなくてはいけない。振り出しにもどったんだ。これからほんとにしっかりせにゃならん」

六助は口の中でつぶやいた。

といって、さしあたりだれにコネをつけに行くというあてもない。

「急求営業部員30歳まで大卒努力家優遇歴持参要保代々木駅二分ミツワ電気」

「地方集金員25歳―40歳給二万程度履歴書送れ面談日通知す墨田区向島東都ミシンK　K」

寝床の中で、新聞の求人広告を漫然とながめながら、

「そうそう。金を受け取ったことをおふくろにたよりしておかねば」

と思いついて、六助は机の引き出しからハガキを一枚取り出した。

ハガキを書く前に、六助は母親の手紙をもう一度読みかえした。

「おげんきの由《よし》はなによりなれど、会社がつぶれかかって給料もろくに出んというのはまことに困ったことで案じております。

とりあえず一万五千円の小為替を入れておきますが、あんたもつごうでは、一度東京をひきあげて広島へ帰って来なさい。東京のくらしばかりが人間のくらしではありますまい。ぶんかぶんかとやかましく言うておっても、本を出すぶんかの仕事で食いつめるようでは、なにもなりません。

東京で食いつめた者には、故郷の水が合うのです。ふるさとはありがたいもので、ふるさとの水が自然に人を養うてくれます。帰ってくれれば、母のやせ腕でもビールぐらいは飲ませてあげられます。

あんたももう、しっかり身を立てて、嫁さんのひとりももろうてもらわねばならん年になっています。お正月には、それやこれやの相談もあり、かならず帰って来るように頼みます。東京の四角いモチは、あんなものおモチではありません。こっちのまるい厚い白いモチを食べに帰って来なさい。

汽車賃がないようなら、またべつに汽車賃も送ってあげます。

実は安木さんが見えて、この節は不動産よりも株じゃ株じゃとしきりに説かれるので、母も多少その気になり、おじいさんの代からの山林を少し手ばなしたお金を株にかえることをかんがえ、実行しかけておりますが、安木さんはなんと言うてもおつむが古いし株屋の手代にいいころかげんのこと言われて、怪しいものをつかんでも困りますから、迷っておるのですが、あんたは給料は出なくても、東京で各界の人にお目にかかる機会も多いでしょうから、これからどういう株が有望か、そういう確かな情報を耳にしたら、母に知らせてください。

これはむろん、母なきあとはあんたのものになる財産です。しかしこんなことで若いあんたがいささかでも気持ちをゆるめるようなことがあってはなりませんよ。それを心配しながら、一報いたします。それではカゼなどひかぬようお大事に。

母より」

六助どの

六助の母親は、父が外地で処刑されたあと、ひとりで六助を育て上げて大学を出させた古風なしっかり者で、東京へ出てひとり息子の六助と一緒に暮らそうなどと考えたことは一度もなく、広島の田舎が世界中で一番いいところだと信じていて、折りがあれば彼に、帰って来い帰って来いと言うくせがある。

それにしても、一夫多妻主義ではあるまいし「嫁さんのひとりも」とは何のことであるか。郷里の餅《もち》はなつかしいにはなつかしいが、こっちは正月をしに広島へ帰れるようなのんきな状態ではないわいと、六助は思った。

「それに、株とはまた、おふくろも山気《やまけ》をおこしたもんだ。確実な情報なんていったって、株の情報なんか持ち合わせがないがなあ」

彼は百合書房の形見のインクつぼにペンをつけながら、何と返事を書いたものか、しばらく考えていた。

そのうち、ふと鶴見千鶴子のことを思い出した。

「鶴見女史もどうしとるかなあ……」

もっとも、「ふと思い出した」というのはうそである。

百合書房がつぶれる前も、つぶれてからも、下宿の寝床の中にもぐっている時の六助の頭には、漠然とながらつねに千鶴子の影がさしているのであった。

「ふと思い出した」のは、正確には川武サンタ・アンナの株のことである。

「彼女、おとうさんに川武サンタ・アンナの株をすすめて、情報提供費もらったと言って、コーヒーごちそうしてくれたことがあったたっけ」

六助は思った。

「そう言えば、鈴木良造先輩もしきりに自慢していたし、あれは面白い立派な工場だった。——だからと言って、それが株に関する確かな情報というわけではないが……、まあ知らせてやってみるか」

彼はやっとハガキにペンを走らせ始めた。

「おかあさん、返事がおそくなりましたが、お金をどうもありがとう。焼け石に水の感なきにしもあらずですが、とにかく助かりました。ところで、百合書房はとうとうつぶれてしまい、僕は失職しました。ただしそのおかげで、退職金ははいるし、失業保険ももらえるし、当分こちらで何とかやって行けそうなので、それのある間にこんどこそしっかりした仕事をみつけておかあさんを安心させたいと思っています。だから正月には帰りませんから、餅はひとりで食べてください。株のことは、僕は何もわかりませんが」

　ここまで書いたら葉書がいっぱいになってしまった。

「手紙にすればよかった」と思いながら、しょうことなし、二枚目のハガキに小さな字で続きを書き出した。

「偶然のことで僕が見学した川武サンタ・アンナという、オートメーション計器を作る会社があります。オートメーション計器のことは、くわしく書いてもどうせおかあさんにはわからないのだし、僕にもよくわかっていないのだから省略しますが、何しろ近代的な自動ハカリや、うんと高級な寒暖計みたいなものを作っているところです。

　川武サンタ・アンナの株は、昔は『買うだけ損だあんた』と悪口を言われていたこともあるそうですが、今では『買うだけとくだあんた』だという話を聞かされました。ただし、僕は株のことなんか何もわからないし、株のことをよく知っている人ともつき合いはないし、ほんとかどうかは保証できません。株と言われれば、それぐらいしか頭に浮かばないから、お知らせするまでです。

　おかあさんなら、『不如帰《ほととぎす》』の川島武男の川武だとおぼえておけばいいでしょう。し

かし、山気をおこして大損しても知りませんよ。（大もうけをした時はよろしく）
それではさよなら」

小切手

鶴見千鶴子の家は、青山墓地が見える高台にある。

クリスマスが近いので、リビング・ルームにはクリスマス・ツリーがかざられ、赤や緑の豆ランプが、綿の雪帽子のかげで、ついたり消えたりしている。クリスチャンではないが、東京の山の手の中流階級の家で、これはどこにでも見られる風景であった。

英国製の石油ストーブが、青い炎を立てて静かに燃えている。そのかたわらのソファの上に、半分寝そべるような格好《かっこう》で片足持ち上げて千鶴子が電話をかけている。

「ううん、やめたんじゃなくって会社つぶれちゃったのよ。あら、ちっともご愁傷さまなんかじゃないわよ。朝寝ができてゴキゲンよ、目下のところ。うん、そのうち退屈して来るかも知れないけど。クリスマスにでも一度集まって騒ごうよ」

学校時代のしたしい友だちと話しているらしい。

「パパ？　パパはかえって喜んでるさ。なまじ勤めに出しておいてピンク色になったりしたら困ると思ってるんだから。なあに？　え？　バカねえ。ピンク・ムードのピンクじゃないわよ。左がかったりすると、ということよ。むろんそうよ。たいへんな保守反動ですよ」

ドアが開いて、千鶴子の父親の鶴見善太郎氏が夕刊を片手にはいって来た。

「なんだね、その格好は」

美容体操のような姿勢で電話をかけている娘を見とがめて鶴見氏は言った。

千鶴子は送話器を片手でおさえて、

「あら、お帰んなさい」

そしてちょっとすわりなおした。

「その、保守反動というのは何だい？」

「パパが良識派だということを、宮沢さんに話してるところ。黙っててよ」

千鶴子は答えて、電話をつづけた。

「ごめんなさい。パパが今帰って来たもんだから。ううん、ちっとも。スキー？　そりゃ行きたいけど……。スキーもしたい、スケートもしたい、ダンスもしたい、自動車の運転も習いたい、お料理もやりたい、映画も見たい、したいことだらけ」

どうやらこのお嬢さんは、会社がつぶれて仕事を失っても「むなしい気持ち」なんかはおぼえないらしかった。

父親は横で夕刊を読んでいる。

「ところが、それがシケタ会社でねえ、もらうにはもらったけどサ、退職金が来年一月十日の先付け小切手なのよ。あなた割り引いてくれない？　ウッフフフ。だからお正月の十日になったら、わたしもちっとはブルジョワになるんだけど。そのころまた相談しましょうよ。それより、クリスマスのこと決めなさいよ。お酒？　そりゃ少しはあった方がいいわ」

「おい、その電話、いい加減でやめんかね」

と、父親の鶴見善太郎氏が夕刊から顔を上げた。

鶴見善太郎氏は東西トラベル・サービス社の役員である。

東西トラベル・サービスは、ちかごろ外人の間にもE・アンド・W・トラベル・サービスとして知られている旅行社で、日本人の海外旅行の手続きを代行したり、外人観光客の日本見物の世話をしたりするのをおもな仕事にしている。

子どもは奥さんとの間に、ふたり。千鶴子と、まだ高校生の、弟の小太郎。

千鶴子が失業しても一家の家計が狂うようなことはないが、そうかと言って別に大金持ちというわけでもない。

善太郎氏はこの二、三年来、株に手を出して、ご多分にもれず時々損をしては、時々もうけている。

「女の電話というのは、どうも長いもんだな」

と言いながら、彼は千鶴子が受話器を置くと同時にそれを取り上げ、老眼鏡をかけて手帳を見ながらダイヤルを回し始めた。

「もしもし、深田君、まだいますかな？」

相手はどうやら証券会社だ。

「やあ、おそくにどうも。会社の電話だとやっぱり少しぐあいが悪くて、ゆっくり話せないもんだからね。どうなったかね、後場《ごば》の引け？　ふむふむ、ああそう、ふむふむ。そうですか。そりゃそりゃ」

善太郎氏の顔がほころびてきたのは、何やら、ぐあいのいいことがあるかららしい。

「いや、しかしどうだろう？　その調子なら二百円台に乗せるんじゃないかね？　もう二、三日様子をみようじゃないですか。いや、大蔵省の声明なんてものは、私はそれほど気にしないよ。あなたはいつも弱気なことを言うけど、そこがこっちはしろうとの強みでねえ。ワッハハハ。あっちの方は？　ああ、夕刊見たがね。また五円安？　いかんね。これはしかし、君に文句は言えないからな。ワッハッハ。いや、それじゃ万事よろしく。やあ、どうも」

電話を切ると、善太郎氏は眼鏡をはずして、

「おい、お母さんはどこだ？　小太郎はいるかい？」

と、千鶴子に呼びかけた。

「あなた、お帰りになるなり株の電話ですか？　今夜は何にもいいお魚がないんだけど」

と、まだ若づくりで四十代に見える鶴見夫人が台所から出てきた。

「小太郎はいるのかい？　何にもなきゃ、どうだ？　みんなで一つ、鮨《すし》でも食いに出よ

うか？」

「あら、景気がおよろしいのね」

「パパ、株で何かうまくいってるらしいのよ」

千鶴子が口を入れた。

「ねえ、パパ。川武サンタ・アンナ買ったんでしょ？　それが上がって、もうけてるんじゃないの？　リベートもらうわよ。お鮨ぐらいじゃすまないわよ」

「まあまあ、それじゃとにかく、みんなしたくしましょうよ。小太郎、小太郎さん」

母親は気も若い方らしい。

「なんだい、めし？」

千鶴子の弟の小太郎が、まだ子どもも子どもした顔に似合わないおやじくさい太い声を出して、姿をあらわした。

「めしはめしだが、どうだい？　鮨でも食いに連れてってやろうかというんだ」

「賛成。銀座の鮨八だろ？　姉さんの失業祝いか？」

「生意気言わないで、タクシーさがしておいで」

姉ににらまれると、

「ああ、いいよ。だけど、これだから車買え、車買えって言ってるんだが、どんなもんですかねえ、お父さん」

と、言い残して、小太郎は学生服のエリにマフラーをくるくる巻きつけ、勇んで表へ飛び出して行った。

やがて門の外でクラクションの音が聞こえた。よそゆきのしたくをした家族四人、それに乗りこむ。

「歌舞伎座の手前まで」

「……」

運転手はやや不服そうに、黙ってメーターを倒した。夕方のこの時刻に銀座方面へ走らされると、あと、近距離の客につかまった日には、八十円かせぐのに、車の洪水の中で三十分も立ち往生したりしなくてはならなくなるので、いい顔をしないのだ。

「これだから、車を買え、車を買えと……」

と、小太郎はまだ小声で言っている。

「うるさいよ」

と言うものの、父親はそれほどきげんが悪くない。

「パパ。白状してごらんなさい。川武サンタ・アンナ買ったんでしょ」

「買ったよ」

「おい、何だい。このごろ姉さんも株やってんのかい？」

「子どもは黙ってらっしゃい。――ねえ、パパ、それで大分もうけたんでしょう？」

「もうけないよ」

「うそ。もうけないで、急にお鮨なんかおごってくれるわけ、ないじゃない」

「もうけたのは別の株だよ。お前があんなことを言うから、ちょっと面白いと思って、五千株ほど手を出したら、次の日から下がりっぱなしさ」

「ほんとかしら？」

「ほんとかしらじゃないよ。川武では、きょうまでに帳面づら十万円から損をしてるんだ」

「へえ……。それじゃリベートも取れないわね。だけどもう少し持ちこたえていれば、きっと持ちなおしてくると思うな」

「あら、千鶴子も一人前のことを言うわね」

と母親が笑った。

タクシーは、赤坂見附から国会議事堂のわきを通って、銀座をさして走っている。おほりに映る丸の内のビルディング群の灯が見えて来る。

川武サンタ・アンナは、東京の店頭株で、資本金も少なく、名前もまだあんまり知られていない。

川武サンタ・アンナと言っても、サンタクロースのおもちゃでも輸出する会社かと思う人がほとんどだろう。

鶴見善太郎氏は、さすがにあるていど、この会社について知識があったようだが、千鶴子のひと言で、おもしろいと思って手を出したら、それ以来「川武サン」は、連日少しずつ値を消して、善太郎氏が十万円から損をした勘定になっているのは事実であった。

しかし善太郎氏は、まえから持っていた機械株が、このところ急ピッチの値上がりで、どうやら川武サンタ・アンナの損失などつぐなってあまりがあるようなことになり、とりわけきょうの引け値を聞いては、家族を連れて鮨屋ででも一杯やらずにはいられないような気分になったらしかった。

「おとうさんも、株やるなら、自動車の株でも買ってくれりゃ、オレも興味持つんだけどさ」

「自動車株はこれからだめなんだよ。小太郎の趣味におつき合いをして株は買えないよ」

親子でそんなことを言っているうちに、タクシーは銀座の灯《ひ》の渦の中へはいっていった。

「そこの先を、ちょっと左へ曲がって……。ハイ、そこで結構」

四人は車を降りる。

銀座東三丁目の鮨八は、年末の夕食時で相当こんでいたが、おかみさんや娘が、

「あ、いらっしゃいまし、きょうは皆さまおそろいで?」

と、景気よく言って、すぐ鮨台の前へ四つ席をあけてくれた。

善太郎氏とはなじみの、いがぐり頭のおやじが、高下駄の音をさせて前へ出て来、

「握りますか?」

ときく。

「私は少し飲むから、何か切ってくれたまえ。そっちはどうだい？」

と、父親は子どもたちの方へ言った。

「わたしたちだって飲むわよ」

「きょうは、姉さんの失業祝いでしょ」

「そうか。――いや、こいつの勤めていた本屋が倒産しちゃってね。それで記念に鮨を食いに来たわけでもないが……」

善太郎氏は千鶴子の失業などあまり気にかけていないらしかった。

「ところで、今何がうまい？」

「そうですね。ヒラメがおいしくなって来ました。それからハゼ、あと、ぶりもあぶらが乗っています」

小僧がビールの瓶《びん》とコップを四つ持って来た。

「いただきます」

「はい、どうも」

と、家族四人は、何となくお祝いのような格好で、そろってビールのコップを上げた。

たっぷりあわのたったビールを、千鶴子はさもうまそうにグイと、ひと息で飲みほす。

なかなか飲みっぷりがいい。

「ビールはこうやって目八分にコップを上げてグッとやる、のどごしのよさが一番おいしいんですってね」

千鶴子がいうと、弟の小太郎が、

「生意気いってやがら」

と言い、父親の善太郎氏は、

「男の同僚から、そういうことばかり習って来るんだな」

と笑った。

「そりゃあそうと、お前さっき家を出る前に友だちに電話をかけて何かいってたな。先付け小切手の退職金というのは、どういう話し合いでもらったのかね？」

父親は思い出したようにちょっと不審そうな顔をした。

「どういうって……、社長が金の準備をするつごうがあるから、小切手は来月十日の先付けにしてもらいたいってことで、みんな承知したんだけど」

「……？」

「それ、おかしい？」

「少しおかしいね」

父親は言った。

「手形とちがって、小切手には、先付けという制度はないんだ。ただ慣習で、相手の事情を尊重して、何月何日までは銀行へ振り込まないという紳士協定みたいなもんだからな。相手があんまり紳士的でない相手だと、約束を鵜《う》のみにして期日まで待っていては、その退職金、もしかすると取れないかもしれないぞ」

「ちょっと、パパ。じょうだんじゃないわよ」

と、千鶴子は鮨台の前で飛び上がりそうな声を出した。

「百合書房の社長というのは、金銭的な面では誠実な人かい？」

「誠実なもんですか。いつも話してるじゃない。大ダヌキよ」

「ふうむ。そうすると、月給も遅配欠配になっていたようだし、お前がその社長に、とくに義理がたくする必要があると思わないですむなら、いまのうちに、うちの丸菱の口座へ振り込んで、その金もらってしまった方がいいかも知れないよ」

「取れるの？　先の日付けになってるものが？」

「取れるよ。どうもお前たち、だまされてるんじゃないかな」

善太郎氏はいった。

せっかくおいしいヒラメや、あぶらののったぶりが並んでいるのに、退職金の小切手のことで、千鶴子はびっくりして、味がわからなくなってしまった。

「一月十日の先付け小切手と言えば、一月十日までは無効なのかと思ったわ。それじゃたいへんだ。六さんにも知らせてやらなくちゃ」

「六さんて、だれだい？」

「いつか、その川武サンタ・アンナの工場へご一緒に本の行商に行った人でしょ？」

と、母親はさすがに勘がいい。

「そうよ。社長には全然義理なんか悪くないけど、だまされてるんだったら、六さんの場合は気の毒よ。六さんに知らせてやろう。わたしのと一緒に、六さんの小切手、パパの口座へ入れてあげてもいいわね？」

千鶴子は「六さん」を連発した。

母親が千鶴子の顔をちらりとのぞいてから、また善太郎氏の顔を見た。母親というものはこういう時、娘が意識している以上のことを、ちゃんと感じ取ってしまうものらしい。

父親はなにもわからない。

「そりゃ、六さんだってだれだって、入れて上げていいよ。無記名の横線小切手になってれば」

「しかしそれ、ほんとうは、その六さんだけじゃなくて、失業して小切手をいただいた、会社のみなさんの問題だわね」

と、母親はひとことちくりと言った。

たしかにそうである。怪しげな先付け小切手を渡されて、来年一月十日を楽しみにしているのは、千鶴子と六助ばかりではないのだから。

千鶴子はしかし、今自分が、六助と自分とふたりのことばかり心配しているのを、少しもへんなことだと感じていなかった。

チュウ、チュウ、チュウ、タコの本の持ち出しで、とっちめられて恥をかきそうになったのを、六さんはあの時、ひとりでひっかぶってかばってくれたんだもの。

失業祝いなどと言って、のんきに鮨屋でビールなんか飲んでいるのが、六さんに悪いような気がする。

「わたしそれじゃ、とにかくあした、桜田さんとこへ行って知らせてくるわ」

決心して宣言すると、やっと食い気の方がよみがえってきた。

「おじさん、じゃあわたしにも握って。とろとあなごと、それから赤貝」

千鶴子は注文して、二杯目のビールをほした。


あくる朝千鶴子は早く青山の家を出た。

相変わらず冬晴れのいい天気だった。

西武電車を練馬で降りて、千鶴子が六助の下宿の番地をさがし歩いているころ、六助は例によってまだフトンにもぐったまま、新聞をながめていた。

このところ、今まで読んだこともなかった新聞の経済面が気にかかる。

郷里の母親は、彼の手紙を見て、さっそく広島の株屋さんへ相談に行ったらしい。

株屋の店員は、川武サンタ・アンナを買いたいという中婆《ちゆうばあ》さんの顔をしげしげと見て、

「奥さん、株は何年ぐらいやっておられますかいの？」

と質問したそうだ。

「株を買うのはきょうが初めてですよ。昔主人が満鉄の株を少し持っておったことがあ

りますが、あれは終戦で紙クズになりましたけんね」

母親がそう言うと、

「へえ」

と、株屋の店員は不思議そうな顔をし、声を低めて、

「奥さん、これは何か、特殊な筋から特殊な情報でも仕入れられたんですか？　川武サンタ・アンナというても、一般の人はあまり知らん銘柄ですけんね。うちの店じゃあ、今まで一度も扱うたことはありませんで」

と、困惑しているというより、何か内密のうまい話があるのではないかと、何者かわからないこの中婆さんに、いくらか尊敬の念をいだいたかのような調子であった。

「そういうわけでもないですが、息子が東京で出版関係の仕事をしとりましてね、財界方面からいろいろ情報がはいるんでしょうよ。川武サンタ・アンナを買え言うて、すすめて来ましたもんですけえ」

と、六助の母親は得意になって少しくホラを吹いた。

「そういうことなら、へえ、おもしろいかも知れんですのう。計器メーカーじゃいうことは聞いとるが、資本金はどのくらいかいの」

株屋はのんびりしたことを言った。

「計器いうても、オートメーション計器ですよ」

母親は一層得意になった。

その結果、山林を手放した金が全部、川武サンタ・アンナの株式に変わってしまったというのである。

そのたよりが届いて以来、六助は新聞の経済面を注意して見ているのだが、「川武サン」は連日値下がりばかりしている。いやな心持ちであった。

と、その時階下から、

「ごめんください。ごめんください」

という若々しい女の声が聞こえて来た。

鶴見千鶴子の声に似ているように感じた。

しかし、千鶴子がこの下宿へたずねて来るわけはない。それで、やっぱりフトンにもぐったままぼんやり考えていると、

「へえい」

と、これは全く若々しくない岩おこしの声が応対に出た。

「桜田さんいらっしゃいます？」

聞いたとたんに六助は、ガバとはね起きた。

やっぱり千鶴子さんだったのか。

電光石火、アカじみた紺がすりの着物をからだにまとい、兵児《へこ》帯《おび》をグルグルッと腰に巻きつけると、彼はへやを飛び出し、音を立てて階段をかけおり、その途中で、これもびっくりして知らせに上がって来ようとした下宿の岩おこしと衝突しそうになった。

「どうしたの？　その格好」

千鶴子は六助の顔を見るなり笑い出した。

彼の頭は鳥の巣のようにクシャクシャで、巻きつけたつもりの兵児帯は、解けて長く廊下に尾を引いていた。

「どうも失敬。まだ寝てたんです」

六助は頭をかいた。

「じゃあ悪かったわねえ。でも、ちょっと急いで知らせたいことがあって来たのよ。ここじゃ話せないけど、上がっていい？」

玄関わきの食堂から、岩おこしがどんぐり眼をパッチリひらいてながめている。

「上がってもいいけど、すごくきたない」

「きたなくたっていいわよ」

千鶴子はパンプスをぬいで、さっさと上がって来た。

「六さん、その後どうしてるの？　就職口みつかった？」

「それがどうもね。二、三コネをつけてあたってみたんだけど、年末でみんな忙しいらしくて、年が明けてからまた訪ねてくれなんて言うところばっかりでね」

蒲団の敷いてある部屋へ若いお嬢さんを通すのは少し気がひけた。気がひけるだけでなく、なんとなくもやもや妙な気持ちである。蒲団を片寄せて、いささかそわそわしていると、

「ところで六さん、退職金の小切手、あなたあのまんま？」

と、千鶴子は用件を切り出した。

「あのまんまですよ。あのまんまって、あの小切手、一月十日にならなくちゃ、現金にならないんだろ？」

「それがさ、もしかするとだまされてるんじゃないかって、うちのパパが言うんだけど……。黙ってそれまで待ってたら、あれ、不渡りになるんじゃないかって」

「何だって。そんな……、君、いくら何でも、そんなムチャクチャな」

六助は大声を出した。

「怒ったって仕方がないわ。今から一緒に出かけない？　銀行へ行ってみましょうよ」

独身者の男の、蒲団をしいた部屋ですわりこんでいるのは、千鶴子の方もさすがにへんな気持ちらしく、そううながした。

それで六助は洋服に着替え、本の間へ大切にはさんでおいた退職金の小切手をポケットに入れ、千鶴子と連れ立って練馬の下宿を出た。

下宿のばあさんは、びっくりしたような顔をしてふたりを見送っていた。

千鶴子と肩を並べて歩くのは、庭瀬編集長の見舞いに行って以来である。

道々千鶴子が、父親から聞いた先付け小切手の講釈をして聞かせた。

「もしそうなら、僕たちはいいようにバカにされてたわけじゃないか」

六助は憮然《ぶぜん》として言った。

「そうよ。このこと、ほかの人にも知らせて上げた方がいいかも知れないわね」

「ああ、それはその方がいい。北原君のとこは電話があったはずだ」

六助はそう言って手帳をひらいた。

タバコ屋の赤電話に十円玉を入れて、北原君の家に電話をかけ、すでに彼が、ある業界新聞の編集部に勤めていると聞いて、その勤め先へ、ご親切にもさらに電話をかけてみると、

「ああ、六さんか？　退職金の小切手？　あんなもの、僕は危いと思ったから、銀行に入れてさっさと取っちゃったがね。取れたよ、ああ」

と、事もなげな返事が聞こえて来た。

六助は何となくがっかりして、電話を切った。ふたりはまた歩き出した。

「ところで鶴見さん、就職の話だけどね。何だか僕はこのごろ、新しく口をさがしてももう一度勤めに出るのが、いやになって来そうなんだよ」

「どうして？」

「どうしても」

「じゃあ、どうするの？」

「どんなに小さくても、自分自身が一国一城の主《あるじ》になれるような仕事はないものかねえ？」

「つまり、商売？」

「商売みたようなことさ」

「面白そうじゃない」

千鶴子は六助の顔を見返して言った。

駅のプラットホームへ上がってからも、六助はぼんやりそのことを空想していた。

……このままでは困るんだが、そうかと言って宮仕《みやづか》えは、まったくいやなものだ。北原みたいなのがいたり、殿山社長みたいなのがいたり、その殿山社長から一片の解散宣言といっしょに、怪しげな小切手を渡されて、それっきり失業者になってしまったり……。大森先生のことだって、こりた。

たとい如何《いか》に小さな仕事でも、自分自身が主人になって、成功も失敗も、喜びも悲しみも、すべてを自分の肩ににな う、そんな仕事ができたらどんなに張り合いがあるだろう……。

店を持つ？

どんな店を？

しかし店を持つには、資金がいるわい、と六助は思った。

「六さん、なにぼんやり考えているのよ。乗るんでしょ」

と言われて、六助は初めて池袋行きの電車のドアが目の前で開いていることに気づいた。

乗る。ドアがしまる。電車が動き出す。

「商売って、どんな商売を、六さん想像してるの？」

千鶴子が質問した。

「どんな商売でもいいけど、何しろ金が要《い》るな。君、川武サンタ・アンナの株、毎日下がってるね」

六助の頭の中に、金と思ってすぐ無意識に母親の株をあてにするところがあったらしく、彼はそう言った。

「あら」

千鶴子は目をまるくした。

「六さん、うちのパパが川武サンタ・アンナの株を買ったこと知ってたの？」

「へ？」

六助の方が今度はびっくりした。

「君のおとうさん、あれ、買ったのかい？　知らないよ、そんなこと。実は郷里の僕のおふくろが……」

彼は母親の株式投資の一件を話して聞かせた。

「あら、それじゃわたしたちの家、共通の被害者じゃない。パパはあれで十万円から損してるって、ぼやいてたわよ。『買うだけとくだあんた』なんて、六さんの先輩うそつきね」

「うん。あの株でもうんと上がってくれれば、店を始める資金ぐらいおふくろが出してくれないものでもあるまいがと、今空想してたとこなんだよ」

「あら、そしたらその時はうちのパパだって儲けてるわけね？　パパにも資金出させてその商売、共同経営にしようか？」

六助はもう一度びっくりして千鶴子の顔を見た。

「君、本気でそんなこと言ってるのかい？」

ややあって、六助は質問した。

「ウソ気じゃないわ」

千鶴子は答えた。

「とにかく、一国一城の主になるっていうのは、すばらしいことだと思うもの」

やがて電車は池袋へついた。

ふたりはそれから渋谷を回って、丸菱銀行の青山支店へ行き、窓口へ二通の小切手と鶴見善太郎名義の当座預金通帳を差し出した。

銀行員は千鶴子の顔をよく知っているらしく、

「お寒くなりましたですねえ。お父さまもお元気ですか？」

などとお愛想を言い、

「これは、来月十日の先付けになっておりますが、よろしゅうございますね？」

と念を押してから、小切手を受け取った。

「ねえ、滝さん」

と、千鶴子は銀行員の名前を呼び、

「その小切手、不渡りか不渡りでないか、いつになったらわかるの？」

と質問した。

「え？」

窓口の人はちょっと意外そうな顔をし、

「あさっての午後になればわかりますが……大丈夫ですよ、お嬢さん」

と笑った。

「あんまり、それが大丈夫じゃないの」

千鶴子はそう言い、すぐ六助をうながして銀行を出た。

「六さん、ちょっとうちへ寄ってお茶でも飲んで行かない？」

「うん」

六助はなま返事をした。

「ママしかいないから、遠慮いらないわよ」

「遠慮するわけでもないが、お茶……か」

「ああ」

千鶴子は気がついて笑い出した。

「六さん、朝ごはん食べてなかったのね。そうか。ごめんごめん。食べさすわよ、お茶づけぐらい」

「いや、そういうわけでは……」

「いいわよ。とにかくいらっしゃい」

「悪いなあ」

六助は頭をかいた。

そば屋のかどをまがって、南へ二町ほどはいると、大谷石《おおやいし》のへいをめぐらした鶴見家がある。

「ただいまア。ママ、桜田さんを連れて来たわよ。銀行へも行って来た。滝さん、大丈夫でしょうなんて言ったけど……」

「あらあら、いらっしゃいまし。いつも千鶴子がお世話になっておりまして」

と、若づくりのおかあさんが出て来てあいさつをした。

クリスマス・ツリーの飾られたきれいごとのリビング・ルームの中で、六助はいささか自分のよれよれ背広に気がひける思いであったが、

「桜田さん、朝寝をしていて、ごはんも食べずに出て来て腹ペコらしいのよ。何か作って、わたしも一緒におひる食べよう」

千鶴子は屈託《くったく》なげに言い、冷蔵庫をあけて、ベーコンや卵や牛乳や、残り物のシチュウなど、あれこれ取り出しながら、

「ママ、桜田さんのお母さんがね、やっぱり川武サンタ・アンナの株をお買いになった

んですって。あれが値上がりしたら、お母さんに資金が出してもらえるかもしれない……」

「いや、何もそういうふうに決まってるわけでは」

六助が口を入れたが、千鶴子は平気で、

「桜田さんは、それで何かお店を始める気になっているらしいのよ。面白いでしょう? わたしもそしたら共同経営で参加しようかなって言ってるの」

「あなたなんか、だめよ、そんなこと。お店を食いつぶして恨まれてしまいますよ」

母親は軽く冗談に流してから、

「桜田さんは、おくにに、お母さまおひとりでいらっしゃるんですか? そうですか。こんどのことでは、きっとお母さま、ご心配でしょうねえ」

と、それとなく六助の身辺にさぐりを入れる様子であった。

「でも、株をなさるお母さまなんて、気がお若くてさぞしっかりした方でいらっしゃるんでしょうね。このごろは女の方で、マネービルとかをなさる方もふえましたようですけど」

「いや、その、うちのおふくろのは、マネービルなどというしゃれたことではないんでして」

六助は居心地の定まらぬ思いで返事をした。

千鶴子の母親は、もう少しききたいことがあるらしかったが、それはやめにして、

「まあまあ、どうぞごゆっくり」

と、引っこんで行った。

「六さん、パンがいいの。ごはんがいいの？」

千鶴子はフライパンをガスにかけながらきく。

「そうだなあ。久しぶりにそれではパンをごちそうになろうかな。ピーナッツ・バターがある。うまそうだ」

やっと六助は食欲の方がよみがえって来た。

「オーケー」

したくができて、紅茶とトーストと牛乳と、ベーコン・エッグスと、煮つまったシチューと、それにジャムやバターやピーナッツ・バターがテーブルの上に並ぶと、六助はさっそくぱくつき始め、

「ああ、うまいなあ。紅茶もうまいなあ。貧乏して、失業して、ごちそうになるものは、カレーライスでもトーストでもほんとにうまいよ」

と、嘆声を発した。

「そう言えば、いつか川武サンタ・アンナの工員食堂でごちそうになったカレー、おいしかったわね。だけど六さんて、ほんとに食い意地が張ってる」

「僕は」

と、六助は、パンをムシャムシャやりながら、

「もし実際に、店でもやる気になったら、食べ物屋をやったらどうかと、自分で思うな」

「もし実際にって、そう、もし、もし言わないで、決心すればいいのに。叩けよ、さらば開かれん、よ」

千鶴子は言った。

「だって、僕のうちお宅とは、経済状態がちがうんだからね。叩いてもそう簡単には開かれないですよ」

と、六助はさらに食いつづけた。

「ところで鶴見さん、君、失業保険の手続きはもうしたかい？」

六助は紅茶を飲みながらきいた。

「それが、まだなの」

トーストをかじりながら、千鶴子が答える。

「うちのパパも保守反動だけど、こういうことになると、ママの方が一層古くさいわね。職安へ行くって言うと娘が日雇いになるような気がするらしいのよ。ご近所の手前もみっともないから、やめてくれって言うんですもの」

「へえ。結構なご身分だなあ。僕は、きょう午後、池袋の安定所へ行って来なくちゃならない。離職票を出してきょうでちょうど一週間目なんだ」

六助は言った。

殿山五八郎発行の離職票と、米の通帳とハンコとをたずさえて、六助が初めて池袋公共職業安定所を訪れてから、きょうでちょうど一週間目、その日の午後三時半から、説明会というのがあることになっていた。

六助の場合は、これからさらに一週間たつと、初めて失業保険の金が毎週下りるようになるのである。

六助としては、これはおろそかにできない手続きだから、食事をすませてしばらく話したあと、

「それじゃ、僕行って来ます。小切手のこと、結果がわかったらよろしく頼むよ」

と言い残して、青山の千鶴子の家を出た。

池袋の安定所は、コンクリート造り三階建の、近代的なりっぱなビルディングである。「給付係」と青い札の下がった、ガラス張りの銀行の窓口のようなところで、次々に名前を呼ばれて、失業者たちが金をもらっては帰って行く姿が見られる。

しかし、金をもらいに来ている女の人たちの服装は、皆なかなかりゅうとしたもので、はでなオーバーを着こみ、イタリアン・モードの洋傘など手にし、中にはタクシーで乗りつけて来る娘もあり、これが失業者の群とは見えないくらいだった。安定所の安背広の職員よりふところぐあいのよさそうなのがたくさんいる。

時間が少し早かったので、六助はぶらぶら二階へ上がって行った。

そこは、就職あっせんの方をするところである。A、B、C、D、と受付がわかれて

いて、ついたてに、前月分の「職種別求人求職就職情勢」という統計表がはり出してある。

男子の部を見ると「経理事務員」「一般事務員」「住み込み店員」「旋盤工」「配管工」「四輪自動車運転手」など、さまざまな仕事の右に、求人数29、求職数２８５、就職数17というふうな数字が出ている。

「ふうむ」

六助は腕組みをして考えこんだ。

「失業者も多いけど、職業の種類も、たくさんあるもんだなあ」

思った。

「それでも、僕の希望できる仕事といったら、結局〝一般事務員〟というのくらいしかありゃせんわい……」

彼のかたわらの木の椅子で、いかにも失業者らしい、うらぶれた感じの中年男が、黒いボロ布のようなオーバーにくるまって、名前を呼ばれるのを待ちながら、妙な鼻歌を歌っていた。薄くなった頭をふりふり、貧乏ゆすりをしながら、焼酎《しょうちゅう》でも一杯飲んで来たのか、ごきげんで小声で歌っている。

「六高出てから十余年
今じゃ満鉄の総裁で　ヨイショ
レールに霜のおくころにゃ

半期の賞与が五万円　ヨイショ」

六助はふと、なつかしい気がした。

おっさんは「六高出てから」と歌っているが、彼の記憶だと、それは「広高出てから十余年」というのであった。彼が子どものころ近所の広島高等学校の生徒が、みんな歌っていたのだ。

「広高出てから十余年

　今じゃ関西の実業家　ヨイショ

　一つモーションかけたなら

　集まる芸者が五万人　ヨイショ」

何でも五万人とか五万円とかいうたわいもない大時代な学生歌だが、当時の五万円は、いまの二千万円くらいで、それには昔の高等学校生徒の、途方もない青い大きな夢の匂いがあった。

「ここに書き出してある求職というのは、みんなこっちが雇われて、人に使ってもらう話ばかりだが」

と、おっさんの鼻歌を耳にしながら、さらに思った。

「ほんとに一国一城の主になって、僕の方が求人の側に回って、経理事務員五万人、住み込み店員五万人、四輪自動車五万台持つ事業主になって悪いという規則はどこにもない。何も、人に使われるばかりが人生の仕事じゃないんだ」

六助はいささか幻想的な気分になっていた。

おっさんは、歌をやめて、床にペッペッとツバを吐き、がりがり頭のふけをかき出した。

「このおじさんだって、ほんとに岡山の六高を出て、大きな夢を持っていたのが、こと志とちがって年をとって失業者になっているのかも知れない。……そう言えばそうそう、千鶴子さんのおとうさんも、昔の広島高等学校の出だと聞いたことがあったっけ」

そのうち説明会の時刻になって、六助は幻想の中から現実へ連れ戻された。

「それでは今からですね、皆さんにですね、失業保険というものについて、簡単にご説明申し上げますが――うしろの人、聞こえますか?」

と、むやみに「ね」「ね」を連発する若い安定所の職員が、パンフレットを手にして話し始めた。

「失業保険はですね、会社をやめて失業した人なら、だれでももらえるかというと、そうでないんですね。ここに〝就職しようという意思と能力を有するにもかかわらず〟と書いてありますがね、つまりですね、働こうという気持ちですね、もっと働きたいという気持ちとですね、働けるだけのからだがないと、もらうことができないんですね」

若い職員はつづけた。

「そうでなければ、職業安定所でですね、失業保険の給付をするということが、おかしいわけですね。一方で、みなさんに新しい仕事のあっせんをしながら、それが決まるまでの間、毎週保険金をお支払いするというのが、この制度のですね、建前なんです。ですからですね、この認定申告書にあるですね、……」

職員の説明は、長々とつづく。

給付額には一から三十までの等級があって、六助のは十五級、一日三百円、毎週二千百円の保険金がこれから百八十日間もらえることに決まっている。

人間一匹、今の東京で、一日三百円で暮らして行くのはなかなかむずかしい。しかし等級の「一」というところを見ると、日額二十五円となっていて、わざわざ電車に乗って安定所までやって来ても、一週間に百七十五円の金しかもらえない人もあるらしい。

「それにくらべれば、僕なんかまだしあわせな方かも知れん」

と、彼はみずから慰めた。

「とにかく、百合書房がつぶれたことで、僕の人生がおしまいになったわけではないんだ」

それから四日後、六助の下宿へ一枚のハガキがとどいた。

千鶴子からであった。

岩おこしが台所で検閲したらしく、宛名のところに醬油のしみがついていたが、六助は急いで裏をかえして読んだ。

悪いしらせであった。

「とても残念だけれど、あの小切手、不渡りで返って来ました。社長はやっぱり初めから、払う気なんかなかったんです」

千鶴子の字を目で追いながら、六助の胸には、何とも言えぬにがい気持ちがのぼって来た。

「六さんが、さぞ腹を立てるだろうと想像しています。わたしもカンカンです。でも、お知らせしないわけには行かないから、取り急ぎお知らせします。遅かりし、でした。小切手はうちに預かってありますが、これはもう紙くずと同じことのようです。どうかあんまり気を落とさないで、この間のように元気を出してください」

元気を出せと言われても、これでは元気の出るわけがない。

六助はまったく、がっかりしてしまった。

新聞を見ると、消費ブームとか、贈答品の売上高とか、デパート空前の人出とか、景気のいいことばかり書いてある。六助には、まるでよその国の話であった。

おまけに、その新聞の経済面では川武サンタ・アンナの株がきょうも、十二円値下がりしている。

さらに、もう一つ悪いのは、説明会から一週間と計算していた失業保険金の最初の給付日が、年末の休みにかかるため、新年になってからでないと回って来ないことであった。

一文なしの正月が来るのか。

彼は千鶴子と話がしてみたくなり、十円玉をにぎって、角《かど》のタバコ屋まで、赤電話をかけに出かけた。

しかし、そこでも意外な返事が待っていた。

「ああ、桜田さんでいらっしゃいますか。千鶴子はけさから、お友だちといっしょに旅行に出かけまして。はあ、何ですか、スキーなんかかついで、当分遊んで来るんだと申しまして」

と、鶴見夫人の声で、あっさり切られてしまったのである。

「なんだ」

と思った。

「元気を出せとか、店をやれとか、共同出資だとか言って、あんなこと要するに、金持ち娘の気まぐれに過ぎなかったんじゃないか。スキーか。当分友だちと旅行か。結構な話だ。僕の方は、クリスマスもいらない、正月も来ていらない。頼みもしない正月が、ひとり者の失業者のところへ、勝手にやって来るなんてけしからん話だ」

ひがんだ気持ちで、六助はそんなふうに思った。

父のまぼろし

なすべき仕事もなく、遊びに行く金も、遊ぶ相手もなく、下宿でぼんやり考えこんでいると、心に思いうかぶのは、やはり郷里の母親のことである。

そして、母親のことを考えていると、六助の思いは、自然になくなった父親のまぼろしに行きあたる。

彼は学生のころ、一時、

「貿易商社にはいろう」

と思っていたことがあった。

日本の中国貿易も、やがては開かれるにちがいない。貿易商社につとめていれば、いつか海外へ行くチャンスがめぐって来るだろう。

彼は、父親が戦犯として処刑された中国の上海《シャンハイ》という町を——というよりその土地を、一度だけ、自分の目で確かめてみたかったのである。

たとえば千鶴子の家庭のような、父と母と子どもたちとの、あたりまえな家族構成を見るのが、少年時代から、六助はひどくうらやましかった。

「お父さんがほしい」

と少年の六助は、よく思った。

「この間新潟へ旅行しましてね、信濃川のそばの大甚という旅館に泊まったんですが、そこの番頭さんが、六ちゃんのお父さんに、それはよく似た人で、びっくりしましたよ」

親戚の人からそんな話を聞かされたりすると、

「もしかしてお父さんは、助けられて日本に帰って来て、旅館の番頭に身をやつして、こっそり生きているのではないだろうか？」

本気で考えたりしたものだ。

長ずるに及んで、そういう気持ちもいくらか薄らいで、結局貿易商社でなしに、出版社の編集者になったのであるが……。

おやじの顔を彼はかなりはっきりおぼえている。

彼が幼いころの父親は、

「ボクは軍人大好きよ」

という歌で思い描かれるとおりの若いりりしい陸軍将校であった。

馬に乗って帰って来て、

「よう、坊主。なんだ、その泥だらけの顔は」などと、ニコニコしていた父親の姿が、彼の脳裏にのこっている。家には、そのころの写真もある。

しかし、士官学校出の、本職の陸軍士官であった父親が、六助が小学校へはいる直前に軍人をやめてしまった。

そのいきさつについて、のちに六助は何度となく母親から聞かされた。

彼の父親は、酒の席で上官の中佐参謀と、はげしい口論をしたのだそうだ。

議論の内容は二・二六事件のことであった。

「あれはいかん。軍人が、とくに若い将校が、政治に口を入れるということはいかん。あの連中のやったことは、陛下のお気持ちを踏みにじったものだ」

と、六助の父親は主張した。

それが、中佐参謀の癇《かん》にさわった。

「桜田。貴様の言っておることは、少しちがうぞ」

と、参謀は強い調子で言った。

「どこがちがいますか？」

「軍人が政治に介入してはならんという、それはあくまでも原則である。いいか。たとえば軍犬に、人間同士の議論や相談事にみだりに立ち入って、吠えたりかみついたりしてはならんと、教えてあるとするな。それは大切なことだ。しかしだ、その議論が意外な面に発展して、主人の身が危険にひんして来た。それでもなお軍犬が、教えられたことを守って知らん顔をしておるとすれば、そんな犬は駄犬じゃないか」

「……」

「大元帥《だいげんすい》陛下を軍犬の話にたとえては、おそれ多いが、自由主義に毒された新英米の一部政治家や財閥が、聖明《せいめい》をおおい奉って、天皇御親政の至高の国体がゆがめられんとしておる。その危機を見るに見かねて彼らは蹶起《けっき》したのだ。そのために、日本の国論と人心とはようやく一本に統一されて、不敗の態勢を固めることができるようになったではないか。貴様、身を殺して蹶起した彼らをはずかしめるようなことを言うのはよせ」

「いや、自分の考えはちがいます」

と、六助の父親は言い張った。

「改革をするにしても、順序と穏健なる手段とがあったはずです。彼らの蹶起はやはり暴挙であって、陛下のお気持ちにはそわぬことであったと、自分は思います」

「そうでない」

中佐は声を荒くした。

「あの事件によって宸襟《しんきん》を悩ませ奉《たてまつ》ったことは、たしかに恐懼《きょうく》すべきだ。しかし結局は、それによって真に陛下のお気持ちにそうことができているのだ。そうでないように宣伝しているのは、いまなお存在している君側の奸《かん》のなせる業《わざ》だ。われわれは、ことの本質を澄明に見なくてはならん」

「それでは場合によって、陸軍軍人が再びああしたかたちで蹶起しても、それが天皇陛下のおんためであると言われるのですか？」

「場合によっては、そうだ」

「そんなことが陛下のお気持ちに真にそうものだと、どうしてわかる？」

桜田少佐も少し色をなして質問した。

「わかる。貴様よりおれのほうが、一歩大元帥陛下に近い」

中佐参謀は階級をかさに着て、論理的でないことを叫んだ。

「陛下がそれをお喜びになるか？」

「お喜びになる。結局はお分かりいただける」

もっとも、ここまでなら、それは地方連隊の中堅将校の、酒の席での単なる政治論議に過ぎなかったのだが、六助の父親はがまんができなくなったらしい。

「そんなことがあるものか」

と叫んだ。そして、

「そんなことを言う参謀はバカ参謀だ」

とでも言っておけばまだよかったものを、

「そんなことを喜ばれる君主があるとしたら、暗愚の君ではないか」

と、口走ってしまったのである。

「桜田、貴様……」

「なんということを言うんだ、貴官は。大元帥陛下を、暗愚の君とはなんだ」

「貴様、一天万乗の聖天子を、阿呆《あほう》の殿様と同じと言う気か？」

一座がにわかに色めき立った。

何しろ、新聞社の校正係が、天皇陛下という活字の天皇陸下と誤植されているのを見つけそこなっても、首が飛んだという時代である。

かりにも陸軍の軍人が、天皇のことを暗愚の君呼ばわりをするなど、到底《とうてい》許されることではなかった。

ごたごたしばらくもめた末に、六助の父親は少佐で予備役に編入され、軍服をぬいでひとりの市井《しせい》の人にかえってしまったのであった。

「今で言やあ、お父さんは民主主義的な考えの軍人じゃったんじゃろうね」

六助の母親は、六助によくそう言って聞かせた。もっともそれは、敗戦後の、ネコもシャクシも「民主主義」の時代であったから、多少のこじつけと、なくなった夫に対する弁護の気持ちとが混《ま》じっていたにちがいない。

「お父さんは、よくこう言いよってじゃったよ。国を愛する、国を守るというても、その国とは、この町やらこの山やら、となりの村田さんやら、お向かいの加藤の後家《ごけ》さんやら、うちの六助坊主やら、それを別にしてとくに守ったり愛したりする対象があるわけじゃあない。天皇陛下には忠節をつくさねばならんが、町の人の幸福をふみにじるようなことは、決して天皇陛下への忠節にならんのだ。隣近所の人に、ようしてあげえよ。知らん人にも親切にせえよ。そしてみんなが、ひどい貧乏をせずに、仲よう楽しく暮らして行けるようにすることが、それがほんとに国を愛するということよ」

「お父さんは、そう言うておってじゃったの？」

「そう言うておってじゃったとも。そのお父さんが、たといよその国の人に対してでも、戦犯になるようなひどい仕打ちをするわけがないでしょうが。お父さんは、上官や部下のやったことを、黙って全部ひっかぶって処刑されなさったに決まっとるのじゃからね。六助はお父さんのことを恥ずかしく思う必要なんか一つもないのよ」

……桜田予備役少佐は、戦争がはげしくなってもう一度召集されるまで、町の信用組合の仕事を手伝うかたわら、町会長の役をつとめて、それこそ隣近所の人に、まめによく親切につくしながら、平凡な一市民として暮らしていた。

時世はしかし、急テンポで変化しつつあった。

日本は、

「天皇陛下のおんために」

と主張する人々の手で、新しい大きな戦争に——結果的には自滅の道へ突入しかけていたのである。

数年後、「町会長の桜田さん」は、再び少佐の軍服を着ることになった。

応召の桜田少佐は、初めしばらくある商業学校の配属将校をつとめていたが、一年ほどして、原隊の将兵とともに外地へ出て行った。

六助が小学校三年生の時で、それが六助と六助の母親とが、その父と夫とを見た最後であった。

六助の父親は中国の上海から九江、安慶、漢口、武昌、それから湖南地区へと、元気で長い野戦の生活をつづけていたが、「帝国軍人にあるまじき」発言をして一度首になった応召陸軍少佐の地位は、あまり恵まれたものではなかったにちがいない。

やがて敗戦――。

広島市の郊外にあった六助の家は、原子爆弾ではガラスが割れ、軒が少し傾いたぐらいで、それほどの被害を受けなかったが、これで無事に帰って来ると思われた父親の方が、いつまで待っても帰って来なかった。

中国人に対する掠奪《りゃくだつ》、暴行、俘虜《ふりょ》殺害の罪に問われて、戦争犯罪人として現地の裁判を受けることになったということであった。

それでも、六助母子は、雑草のはいったおかゆをすすりながら、辛抱づよく待っていた。

一年後にもたらされたのは、上海において死刑の判決が下り、すでに刑が執行されたという知らせであった。

六助の母親は泣かなかった。少なくとも、六助の目の前では泣かなかった。もしかすると、泣くこともできないくらい、気持ちが動転していたのかもしれない。

「そんなはずはない。そんなはずはない。お父さんは、そんな罪に問われるようなむごいことをする人じゃない」

母親は、繰りかえし繰りかえし、そうつぶやくだけであった。

不思議なことに、それから二カ月ほどして、六助の家に、あきらかに父親が自分の手で書いた一通のハガキが配達されて来た。

母親は、あの世からとどいたたよりのように、驚き喜んでそのハガキをむさぼり読んだ。

ハガキには、

「ふたりとも元気のことと思う。六助坊主もまもなく中学生になるのだなと、指おり数えてみるが、坊主がどんなに大きくなったか、ちょっと想像はつきにくい」

と、小さな字でしきりに六助のことを思う気持ちが述べてあり、つづけて、

「自分は鉄格子の中で、毎日ともかく健康に過ごしている。自分の心を修めることが、自分の日々の仕事だ。しかし、中国は古い国で、いろいろ複雑なからくりもあり、決して気を落とさずに安心して待っていてほしい」

と、ふくみのあることばが書いてあった。

「こりゃ、そのうちお父さんの無実がはっきりして、釈放されて帰って来るという知らせにちがいない。処刑されたというのは、何かの間違いじゃった」

と、母親はにわかに赤飯でもたきそうな喜びようであったが、そのハガキは、あの世からとどいたものでもなかったし、母親が喜ぶようないい知らせでもなかった。

ずっと前に、上海で民間の日本人に頼んで出してもらったのが、回り回って、三カ月以上たって広島の六助の家に配達されて来ただけのことであった。

まもなく、正式公報がとどいた。

六助の父親は、やはり戦犯として、上海の軍事法廷で銃殺刑の判決を受け、すでに処

刑されていた。

六助の母親は、その時初めて六助の目の前で身も世もなく泣いた。泣いて泣いて、泣きつづけた。

その、はらわたをふりしぼるような泣き方は、おそろしい印象として六助の心の中に残っている。六助もただつられていっしょに泣いた。そして、それから何カ月か後に、ひとりまたふたりと、もと桜田隊の桜田少佐の部下であったと言って、六助の家をさがして、たずねて来る人があった。

ある人は、持って来た古いひからびた石鹼を割って、その中から五、六本の遺髪を取り出した。ある人は、階級章のなくなったカーキ色の軍服の襟の裏に、六助の父親の遺髪を、やはり、六、七本、ぬいこんでいた。

「桜田少佐殿は、昭和十九年ごろから、りっぱなあごひげを生やしておられましたです」

その人たちは、そう報告した。

あごひげの遺髪には、白いものがまじっていた。それが六助の父親のたった一つの遺品であった。

しかし、六助の家を訪ねて来てくれたもと部下たちが、ひとしく言うのは、

「桜田少佐殿は、死刑にあたいするような行為はしてはおられません。大きな声では言えませんが、あれは明らかに報復裁判です。員数で殺されてしまわれたのです」

ということであった。

その証言は、六助自身の「やさしかった父親」の思い出とも、合致《がっち》するものであった。だから彼は、その後こんにちまで、父親が無実の罪で殺されたのだということを、疑ったことがほとんど無かった。「戦犯の子」と言われても、

「何を言うとるか。うちのおやじは人間的に悪いことなんかしてないんだ」

と思って、それほど深く心を傷つけられることなしに大きくなった。

しかし今、彼が失業して、毎日することも無く、母のこと、父のことを、ぼんやり考えていると、実際には、くわしい事実が何も自分にわかっていないのを、今さらのごとく感じる。

「あのころ、うちへおやじの遺髪を持って訪ねて来てくれた人たちは、おふくろを悲しませまいとして、あんなふうに、おやじはりっぱだったとか、全くの無実の罪であったとか言ったのではないだろうか？」

「何かあったのか、それとも、ほんとに、何も無かったのか？」

彼の頭の中を、さまざまな、解きがたい疑問が去来した。

「もし、僕のおやじが、何らかの人道上許されないような行為をしているのだとしたら、おふくろはともかく、今、人生のひとつの転機に立っている自分としては、一度その事実に正対してみた方がいいのではないだろうか？」

市ケ谷の厚生省引揚援護局《ひきあげえんごきょく》の中に、戦犯裁判のくわしい資料をそろえているところが

あると彼は白百合会の人から聞いたことがある。白百合会というのは、全国の戦犯処刑者の遺族会で、彼の母親は広島の支部会員だ。

「そうだ。一ぺん、引揚援護局へ行って、わけを話して、裁判の記録を見せてもらおう」

クリスマスも過ぎたある日、彼は久しぶりに練馬の下宿を出た。

市ケ谷の高台の、旧陸軍士官学校の構内には、古くさい、いかにも昔の兵営らしい黒いバラックが幾むねも残っている。

六助は、何度も人にきいて、厚生省引揚援護局の復員課史料班という部屋を訪ねて行った。

矢島事務官という年輩の人にあって、彼が自己紹介をすると、

「ほう、あなたは桜田少佐のお子さんかね？」

と、そのやせたごま塩頭の事務官は六助の顔を見た。

「ええ、父のことをご存じなんですか？」

「いやいや。個人的にはおぼえておりません。しかし私も、もと陸軍の軍人で軍務局にいた者です。それに今では、あなたのお父さんのような人たちのことを、調べて記録に残したり整理したりするのが、私たちの仕事ですからな」

矢島事務官は言った。どうやら昔は、陸軍大佐か、そのくらいの地位にいた人のよう

に見うけられた。

「お父さんが処刑された詳しい事情を知りたいと言われるんですね。いいですとも。話して上げますよ。今でもよく、遺族の人たちで、あなたと同じようにここへ話を聞きに来られる方がたくさんあるんです」

　矢島事務官はそう言いながら、ストーブに石炭をくべ、

「ここはね、昔、陸軍士官学校の馬術部の下士官部屋だったんです。殺風景なところですが、寒いからまあこっちへ来ておあたんなさい。お茶でもいれてもらいましょう」

と、となりの部屋の女の人に番茶をいれてくれるように頼んだ。

それとなく、六助の気持ちをくつろがそうとしているように思われた。

　六助はしばらく黙って茶を飲んでいたが、やがて、

「それで、父の戦犯裁判の模様はどんなだったのでしょう」

と、切り出した。

「それが実は、中国側から詳細な知らせは何も届いていないんです。何しろ、上海裁判では、被告は、弁護人もつけてもらえず、弁護人だけじゃなくて通訳もつけてもらえず、日本人で立ち会った人はひとりもいなかったんですからね。牧師とか教誨師《きょうかいし》のような人もつくことはできなかったのです」

　六助は異常な関心で、からだを堅くして聞いていた。

「だから、中国側からの簡単な通告と、もと同じ部隊にいた人や、一緒の収容所にいて、

有期刑の判決を受けて、のちに帰って来た人たちの話などを総合して、大体のことを想像するより仕方がないのですがね。それによると」

と、矢島事務官は話しつづけた。

「あなたのお父さんは、同じ部隊の池山軍曹と一緒に処刑されたようです」

「………」

「やっぱり、一番たまらなかったのは、死刑の判決があってから、刑の執行されるまでの間、きょうはだれの番か、きょうはだれの番かと、獄中で毎日待っておる、その気持ちらしいね」

矢島事務官の机のうしろには、

「シベリヤ九九地区帰還者記述文綴」

などと書いた書類がたくさん積み上げてある。矢島さんは、その中から一冊を抜き出してひらきながら、

「昭和二十二年の二月十四日の朝――この日のことは、知っているでしょう？　お父さんの御命日だから」

と言った。

六助はうなずいた。

「この朝、あなたのお父さんと池山軍曹とふたりが、中国側からなにげなく呼び出されたのです。お父さんとしては、しかし、予感があるわけだ。もう、ジープが迎えに来て

いる。覚悟を決めておられたらしくて、『さあ、池山、行こうや』と言って、静かに立ち上がられたそうだが、池山軍曹の方は、さすがに顔が土色になっていたということです」

「………」

「お父さんは、獄中でも人望があって、鉄格子の中から、戦犯の日本人たちがみんな泣いてふたりを見送ったということが、記録に残っていますが……、まあ、それっきり帰って来られなかったわけですね」

「………」

「処刑の模様というのは――こんなことまで話して大丈夫ですか」

「大丈夫です」

六助は答えた。

「両手をうしろへくくって、十字架のようなものを負わせて、これは十字架ではありません、十字架のような形をした木の枠《わく》ですが、それから足にも足かせをはめて、一応町の中を引き回してから刑場へ連れて行くんです」

「………」

「そして、ここからまっすぐ前へ歩けと言って突き放しておいて、すぐうしろから、首のここのところをねらって、大型の拳銃でズドンとやるんですね」

矢島事務官はそう言って、自分の首のうしろをなでてみせた。

「当時現地に残っていた日本人たちの推定では、遺体はキャンワン――揚子江《ようすこう》の江と、東京湾の湾と書いた江湾というところに日本人墓地があった、そのあたりに埋葬《まいそう》されたのではないかというのですが、確かではありません」

「よくわかりました。しかし、うちのおやじは……」

と、六助は目を上げて矢島さんの顔を見た。

「うちのおやじは、そういう、銃殺刑に処せられても仕方のないようなことを、何かほんとにやったのでしょうか？　僕が一番知りたいのはそれなんですが」

矢島事務官は、うなずいた。

「戦場の心理というものはね、私たちがこうして、平和に暮らしているときのそれとは、全くちがうものなんです」

少し話しにくそうであった。

「桜田さん、あなたの記憶に残っているお父さんは、どんな人でした？」

「あんまりはっきりとは言えませんが、やさしいおやじだったように覚えています」

と、六助は言った。

「ご存じでしょうが、うちのおやじは、少佐で一度予備役になりましたから、どちらかと言えば平凡な町のおじさんで、近所の人なんかには、親切にしていたようです。だけど、おやじは戦場では、そういう人間でなかったんでしょうか？」

「いや。決してそうでなかったと言ってるのではない。部下をかわいがって、部下からもたいへん慕われておられたようですが」

「…………」

「ただ、戦場では、人間の気持ちが平静でなくなるんですね。また、そうでなくては戦争なんかできはしないんです」

「…………」

「それから、よその国には、その国のいろいろ変わった風習がある。こちらは、大したことでないと思ってやったことが、向こうの国の人にはひどく恨まれるというようなことも起こるんです」

「…………」

「たとえば、中国人たちは、棺桶というものを非常に大事なものと考えていて、一生かかって、自分の死後はいる棺桶のりっぱな材木を用意するのだそうですが、桜田隊がそれを無造作に燃やしたり、舟にしてしまったりしたということが、報告されている。これなど、棺桶の材木を失敬したぐらいで、どうしてそんなにひどく恨まれなくてはならないのか、日本人には理解できないことなんですがね」

「…………」

「また、作戦中、第一線の部隊がどんどん先へ出て行ってしまうと、補給路が長くなって、前線では食べるものもろくになくなって来るというような事態が起こります。泥にまみれて、疲れ果てて、食う物もなくて、寝ている兵隊たちを見れば、隊長としては、あした無い命かも知れない、仕方がない、よし徴発して来いと言って、部落から豚やにわとりを取って来させるというようなことが、あっちでもこっちでもありました」

「…………」

「終戦後、それに対して、村や町の中国人たちから、日本軍に掠奪を受けた、暴行をされたという投書がたくさん来たらしい。だれがやったかわからないような事件もあったが、お父さんは悪いことに、りっぱなひげをはやしておられたんですね。それで桜田隊のやったことは、あのひげの少佐の部隊だというので、すべてがはっきりしてしまった」

矢島事務官は話しつづけた。

「その点で、あなたのお父さんは、運が悪かったのですよ」

「だけど、棺桶の材木を燃したり、豚を掠奪したりしたのは、死刑になるほどひどいことだったのでしょうか？」

六助は質問した。

「もう一つあるんです」

矢島さんは、一層話しにくそうに言った。

「ある時、桜田隊に、ひとりの秘密工作員がつかまったのです。この男は、苦力《クーリー》のような格好をしていたが、程世民といって、黄浦軍官学校の政治科を出た、いわば筋金《すじがね》入りの地下工作員だった。桜田隊は、地下の秘密工作員に非常に悩まされていたので、この程を自白させることによって、各地の地下工作員を一網打尽に逮捕しようという考えで、なだめたり、すかしたりしてみるけれども、程は絶対口を割らない」

「……………」

「いわば、敵ながらあっぱれな男であって、それでは隊長が自分で、ひざづめ談判で話し合ってみようというので、あなたのお父さんは、タバコや甘い物など持って行って、彼から話をひき出そうとした」

「……………」

「ところが程は、それらの品物を土間へたたきつけたり、あなたのお父さんに唾《つば》を吐きかけたり、非常にはげしい人物だったらしい」

「……………」

「おまけに脱走を企てたのがバレて、これはいかん、こんなことならもう程を処分してしまえというので、実際に手を下したのは、池山軍曹ですが、それを命令したのは、桜田隊の隊長であったと——、少なくとも中国側はそう認めているようです。これが、あなたのお父さんの、死刑になられた直接の原因なんですよ」

おやじは、やっぱり殺さなくてもいい人間を一人、殺害していたのか。戦場の異常心理というけれども、どうしてそんな取りかえしのつかないことをしたのか？

六助がすっかり考えこんでしまったので、矢島事務官は、なぐさめるような口調で、少し別の話を始めた。

「日本は戦争に負けて、いろんなことが明るみに出たから、すべてをさばかれる立場になりましたが、ソ連でもアメリカでも、日本人に対して、残虐なことをしなかったわけでは決してないのです」

「……………」

「それが、戦争というものの姿です。私ももと陸軍の軍人ですが、その意味では、戦争というもの自体がいけないのです。もう戦争は無くさなくてはならない。お父さんのことを聞きに来られる若い人たちに、私はいつもそう言っているのです。それが私たちの、せめてもの罪ほろぼしだと思うのです」

「……………」

「グアム島の場合なんか、裁判も何もろくにありはしない、八月の二十日ごろにもう処刑されてしまった人たちが大勢います。明らかに報復でした。ガラスの捨て場を裸ではわせたり、電流の通っている鉄条網をにぎらせたり、まるでむちゃなことが、アメリカ人の手で行なわれているのです」

「……………」

「そんなことをやった方も、やられた方も、もし戦争というものさえ無かったら、みんな気の弱い、心のやさしい、平凡な町の人で、いまでも平凡に平和に暮らしているにちがいないのです。戦争は、平凡な人間を、神様のように純粋にもするかわり、けだもののように狂暴にもしてしまいます」

「…………」

一時間ほどして、六助は矢島事務官に厚く礼を言ってから、引揚援護局の建物を出た。死んだ父親もかわいそうでならない気がしたが、同時に、生きている母親のことがしきりに思われるのであった。

「やっぱり、正月はおふくろのところへ帰ってやろう」

と、彼は夕暮れの町を歩きながら思った。

すれちがい

鶴見千鶴子は、友だちの宮沢君江といっしょに、新潟県の温泉場でスキーをたのしんでいた。

リフトに乗って登って行きながらながめると、山も下界も一面の銀世界である。山国の常で、日がさしていたと思うと、急にくもって来て、さらさら粉雪がふり始める。今年は、雪がなかなか豊富で、雪の質もいいらしい。

リフトで登り切ったところからすぐ滑降にかかる。

赤と白のだんだらじまのスェーター、黒眼鏡、マフラー、スキー帽と、したくはなかなかよろしいが、ふたりともへたくそで、よくはでにころぶ。

並んですべり出したのが、スピードがつきはじめると同時に、一、二の三と掛け声をかけたみたいに、雪けむりをあげていっしょにころんでしまう。

千鶴子は雪まみれになって、キャッキャッと言って笑っている。若いからだは、少々はでにひっくりかえっても、痛くも何ともない。

「何がそんなにおかしいのよ？」

「だって、あなた、おつき合いがよすぎるんですもの」

すると宮沢君江の方もおかしくなって、大声で笑い出す。

空気はつめたく澄んでいるが、肌は燃えて汗ばむようで、少しも寒くない。

一度ころぶと、雪の感触が快く、山の静けさが気持ちよくて、しばらく雪に頬をつけて寝そべっていたいような心持ちだ。

「ねえ、これ、こうするとおいしいのよ」

君江が言って、あたりの雪を手で深く掘り、よごれのないきれいなところをふんわりと団子《だんご》にし、ポケットからチューブ入りのチョコレートを出して、雪の上にしぼりかけて千鶴子にすすめた。

「あら、ほんと」

千鶴子は、舌を出してそのアイス・チョコレート(?)をなめながら答えた。

「コンデンス・ミルクもこうするとおいしいわよ。持ってくればよかった」

ふたりがころんだまま寝そべって、そんなことをやっているところへ、サングラスをかけた背の高い青年がすべり下りて来て、見事なクリスチャニヤで彼女たちの横にとまった。

「どうしたの、君たち? 大丈夫?」

「大丈夫よ」

千鶴子が答えた。

「なんだ、ひっくりかえったきり起きないから、足でも折ったのかと思ったよ」

大学生らしい若者は言って、ふたりのころんだ跡をじろじろながめ、

「女の子ってのは、トランジスタ・サイズでも、尻だけはバカに大きいんだなあ。こんなでっかい穴、並んであけてら」

と言った。

「失礼しちゃうわね」

宮沢君江が半分起き上がりながら答えた。

青年は、足を折ったかと心配するよりも、ほんとは彼女たちと友だちになりたかったらしい。

「何食べてるの？　ごちそうしてくださいよ」

少し甘え口調で話しかけて来た。

「じゃあ、ごちそうしてあげるから、雪掘んなさいよ」

宮沢君江が言って、チューブ入りのチョコレートをさし出した。

「ははあ、インスタント・アイスクリーム・サンデーか。なるほどうまいや。雪は、食べるとにおいがするね」

「そう言えばそうね。何のにおいかしら？」

「雪のにおいさ。――ねえ、君たち、東京？　東京のどこ？」

千鶴子と君江とは、そのへんから、警戒してあまりはっきり返事をしなくなった。そしてまもなく、

「さあ、少しすべりましょうよ」

と、千鶴子が立ち上がった。

「お見うけするところ、初心者らしいが、コーチして上げようか」

青年は、そのまま彼女たちと別れてしまいたくないと見える。

「自己流でやるから、結構」

千鶴子と君江はそう答えて、青年と別れてすべり出した。

「何でしょう、あの人？」

「さあ？　金持ちの不良大学生ってとこね。でもスキーの腕前だけは、相当なものだわ」

ふたりはそれから、午前中、自己流で存分にすべったり転んだりして、旅館に帰って来た。

「すごくおなかがへっちゃった」

何しろ、運動が足りている上に、いい空気を胸いっぱい吸っているので、インスタント・アイスクリームぐらいではおさまらない。

「でも、食事の前にひと風呂浴びて来ましょうよ」

「そうね」

川の上に突き出した格好の、宿の浴室にはいると、雪をわかしたような美しく澄んだ温泉があふれている。

下半分がすりガラスになった浴室の窓から、遠く、高く、山に沿って鉄道線路が見え、

「ピーッ」

と電気機関車が警笛を鳴らして上越線の上り列車をひいて通って行くのが見える。

客車の窓が、スチームの温気で白くくもっている。

こちらから見えるくらいだから、列車の窓からもこの浴槽が見えているかも知れないが、ふたりともあんまり気にはならない。

「空気がおいしいってほんとのことね」

「東京で、わたしたち吸ってるの、まったく空気じゃないみたいよ」

「来てよかったでしょ？」

「うん、来てよかった」

そんなことを言いながら、お互いの若々しい手足を澄んだ湯の中にのびのびのばして、ふたりは心地よげに目をほそめている。

その温泉宿では、ホテル式に――というより山小屋式に、食堂が別になっていて、スキー客たちは、原則として食堂へ出て食事をすることになっていた。

雪やけと、湯上がりのせいで鼻の頭を赤くした千鶴子と君江は、腹ぺこの、少し髪をぬらした姿のまま、その食堂へはいった。

「わたし、カレーライスにするわ」

「じゃ、わたしも。それからコーヒー」

窓から、さきほどふたりがすべっていたまっ白な山の斜面が見える。

赤、緑、黄、黒、色とりどりの鉛の兵隊のような小さな人影が、すべったりころんだりしているのが、遠く望まれた。

注文のカレーライスとコーヒーが来て、ふたりは食べはじめたが、その時、ギイギイいう木のとびらをあけて、服に雪をつけた背の高い青年がはいって来た。

さっきゲレンデで会った若者だ。

「やあ、こんにちは。さきほどはごちそうさま」

アイス・チョコレートの礼を言い、

「やっぱりここに泊まってたんだね。僕もいっしょに、ひる飯おつき合いしてもいいでしょ？」

と、手袋をぬいで、彼女たちのとなりの椅子にすわった。

千鶴子と君江とは、顔を見合わせたが、悪いと言うわけにも行かない。

黙って食べていると、青年が、

「それでは、僕もカレーライス」

自分の分を注文し、

「ねえ、君たち、カレーライスに使うこのカレー粉って、何から作るか知っているかい？」

と、クイズみたいなことを言った。

千鶴子と君江とは、黙ってまた顔を見合わせた。

「知らないんだな」

千鶴子は少々自尊心を傷つけられた。

「知ってるわよ」

と、うまく話に乗って、口をきいてしまった。

「知ってるわ、わたしだって」

宮沢君江も、つられて言った。

「インドにカレーの木という木があって、それの実を粉にするんでしょう」

「ウワッ」

と、青年は吹き出した。

「ちがうわよちがうわよ、宮沢さん。カレーは混合香料よ。いろんなものを混ぜ合わせてあるんだわ」

千鶴子があわてて、友だちの応援をすると、

「そのとおり」

青年は笑いながら言った。

「それでは、何と何との混合香料か、知ってる？」

「ええとね……それは知らない」

「うこんの粉、西洋カラシ、白コショウ、乾姜といって、ショウガの根を乾した物の粉末、カーミンシード、丁子《ちょうじ》、とうがらし、まだあるけど、そんな物が十種類ぐらい混ぜてあるんだ」

「へえ……、あなた何？　植物科の学生？　それとも、カレーライス屋？」

宮沢君江が目を丸くして質問した。

「近い」

青年はまた、クイズの司会者のようなことを言った。

「近いって、どっちに近いのよ？　植物科に近いの、ライスカレーに近いの？」

君江がきくと、

「どっちにも近い」

青年は答えた。

「………」

「僕はM大の経済学部の三年生だけどさ、うちのおやじがカレー粉会社の社長なんだよ。プリンス・カレーって、君たち知ってるだろう？」

「へえ」

千鶴子は、ちょっと何か空想するような顔つきをした。

実は、さっきから六助のことを思い出していたのである。食い意地の張っている六さん、川武サンタ・アンナのカレーライスも、わたしの作ったベーコン・エッグスも、何でもうまいうまいと言って食べる六さん、食べ物屋の店を持ってみたいと言っていた六さん、失業保険は取れたかしら……。

「そうすると、ねえ、あなた、カレー粉が安く手にはいるわけ？」

青年は、千鶴子のこの突飛な質問に、びっくりしたらしく、

「安くって、それは、友だちになれば、君たちの家で使うカレー粉ぐらい、タダで上げるさ」

と答えた。

「うちで使うんじゃなくって、もっとたくさんの場合」

「何だって？　君のうちこそ、カレーライス屋かい？」

「そうじゃないけど、これはお話よ」

千鶴子は笑ってごまかした。

「まあ、鶴見さん。あなた、プリンス・カレー粉をおろしでわけてもらう気？　どういうの、一体？」

と、宮沢君江もびっくりしたような顔をしたが、

「何でもないのよ。わたし失業者ですもの。いろんな空想をするのよ」

と、千鶴子は再び笑ってごまかした。

「カレー粉がいれば、いくらでも便宜をはかって上げるさ。君たち、東京へ帰ったら、お正月、いっしょに遊ばない？」

青年は話を本題の方へもどしたが、これには彼女たちが顔を見合わせて、返事を留保した。

そのうち、三人とも食堂のカレーライスを食べ終わり、コーヒーも飲んでしまった。

青年は、あまりしつこくすると逆効果と思ったのか、名前も告げず、彼女たちの名前も聞こうとせず、

「それでは、カレー粉のご用と、スキーのコーチのご用の節は、いつでもどうぞ」

と言って、あっさり立って行ってしまった。

その晩、宮沢君江がとなりの蒲団の中ですやすや寝息を立て始めてから、千鶴子は丹前姿で机に向かって、六助へ手紙を書いた。


「六さん」

と、書き出した。何しろ書きたいことがいっぱいある。

「退職金の小切手が不渡りになって、しゃくにさわったので、ママからおこづかいもらって、宮沢さんというお友だちといっしょに、スキーをかついでここへやって来ました。町の中も、野も山も雪がいっぱいですが、それほど寒くはありません。

六さんが下宿でくさくさしているだろうと思うと、ちょっと悪い気がしますが、ころんで雪まみれになっても、すべりまわるのはすごく愉快です。あと五、六日したら東京へ帰りますから、電話をかけてください。お正月はわたしのところへいらっしゃいよ」

それから彼女は本題にはいる。

「わたし実は、六さんを、本気で激励したいと思っているんです。あなたは、何かというと思いつめて、すぐカッとなったりするくせに、自分の将来に対しては案外引っこみ思案ね。お店のことです、いつかの話の。やりたいけどだめだろうなんて思わないで、何が何でもやる決心をしたらどうかと思うんです。編集者も悪い仕事ではないけど、一国一城の主になることは、やっぱりもっとすばらしいことよ。ボーイズ・ビー・アムビシャスですよ。

六さんはいつか、もしお店をやるなら、食べ物屋をと言ってたでしょう？　六さんは食い意地が張っているから、それ、きっといいと思うんだけど、わたしここのスキー場で、プリンス・カレー粉の社長の息子という大学生と知り合いになりました。カレー粉なら、安くわけてくれるんですって。そういうふうに、どこへでもコネをつけて、川武サンタ・アンナの工場へ本の行商に行ったように、何にでも勇敢にぶつかれば、道は自然にひらけて来ると思うの。

ほんとに、やってみない？　どうせ六さんだって、いつまでぶらぶらしてもいられないとすれば、この際よ。もしそれで失敗しても、百合書房を一方的にやめさせられたのとちがって、男らしく、いさぎよい気がすると思います。とにかく、わたしが東京へ帰ったころ、電話をかけてください。それではおやすみなさい。六さん」

用件の手紙のようで、激励の手紙のようで、それでいてほんの少々、この手紙がラブレターめいたのを、千鶴子は自分で気づいていたか、いなかったか――。

予定通り、それから六日ほどして、鶴見千鶴子は、雪やけのした顔で、東京の青山の家へ帰って来た。

「ママ、留守中にわたしに電話かからなかった?」

「かかって来たわよ」

「誰から?」

「ええとね、三宅みどりさんから、お正月の五日に、クラス会をしますから、ぜひ出席してくださいって」

「それから」

「それから、プリンス・カレーとかいう会社の、秘書の人が、鶴見千鶴子さんはご帰宅になっていらっしゃいますかって。あなた、カレー粉の会社に履歴書《りれきしょ》でも出したの?」

「へえ……。ううん」

「もう一つ、百合書房の庭瀬編集長から、お正月には外泊が許されるから、一度お邪魔したいって」

「それだけ?」

「それだけだったわ」

母親は、忘れたのか、意識してうそを言ったのか、千鶴子が旅行に出かけた次の日、六助から電話のあったことを言わなかった。

「そう」

千鶴子はやや不満の面持ちであった。

それからというもの、次の日も、次の次の日も、彼女は電話のベルに神経質になっていた。すぐ自分で飛びついて受話器を取るか、母親や弟の小太郎が出ると、話の内容に聞き耳を立てていた。

年末で、電話はよく鳴ったが、どれも六助からの電話ではなかった。

「どういうんだろ、あの人」

せっかくスキー場から長い手紙を書いて、激励して、帰ったころに電話をくださいと、二度も繰りかえして言っているのに、いったい桜田六助って、間抜けかしら。

「一、二、三、四、五、六、七」

彼女は、雪だるまのように雪をかぶったポストに、あの手紙を落としてからの日数を、指折って数えてみた。

「着いていないわけないわ。おっくうなのか、その気がないのか、要するにわたし、バカにされたみたいなものじゃない」

多少ムードのあるあんな手紙を、六助に出したことを後悔した。

年末の郵便は、各地でおくれを生じていた。東京では、六助のいる練馬《ねりま》の一帯が特にひどかった。

千鶴子の手紙は、雪国の温泉場から上越線の郵便車に積まれて上野へ着き、練馬局まで回されて、そこで滞貨になって眠っていた。

郵便物は、二日や三日ではとても目をさまして動き出しそうもなかった。

そしてそれが、やっとのことで重い腰をあげ、黒いカバンにつめこまれて六助の下宿へ配達されて来た時、六助はもうその下宿にいなかったのである。

「ヨシちゃん、ヨシ子。桜田さんは田舎の住所、書きのこして行ったかねえ？　女の人から手紙が来てるんだよ」

岩おこしのような練馬の婆さんは、広島でも仙台でも、地方のことはすべてひっくるめて「田舎」と言うくせがある。

大声で呼んでみたが、二階の掃除をしているヨシ子さんに聞こえなかったらしく、返事がないので、

「まあ、いいや。そのうちまた東京へ帰って来るんだろう」

と、女文字の白い封筒を、ポイと茶ダンスの上へほうり上げてしまった。

六助は、その前の日の晩、広島行きの急行「安芸《あき》」号に乗って東京を離れ、千鶴子の手紙が練馬の下宿へとどいたころには、姫路の駅で買った汽車弁を、満員の車中でもそもそ食っているところであった。

列車は「あぼし」と「たつの」の間を西へ走っていた。白壁の家と白っぽい道とが見

える。播州赤穂の町は、このすぐ近くだ。

東京駅を下りの夜行列車に乗って旅に出た人が、あくる朝目がさめて一番に気づくのは、おだやかな形をした山、白い道、竹藪、やわらかな日ざしと白壁の家々——いかにも日本的な静かな風景である。

列車は今、関西地方から中国地方へはいって行くところで、子供のころから見なれたそのやわらかな景色が、六助の心をなぐさめてくれるようであった。

彼は、引揚援護局の矢島事務官に聞いた話から衝撃を受けていた。一方では、千鶴子の冷淡さにも、心を傷つけられていた。

「スキーに出かけたきり、ハガキ一枚くれない。もっとも、ひとりずもうで恨んでみたって仕方がないけど」

彼はつめたい汽車弁をもそもそ食べながら思った。

失業保険が広島で受け取れるように、池袋の職業安定所へ手続きをしに行った時、もう一度青山の千鶴子の家へ電話をかけて、郷里へ帰るあいさつをしようかと思ったが、やっぱりやめにしてしまったのであった。

列車はやがて、三石の長いトンネルに向かって上り勾配にかかる。耳を傾けていると、車輪の音が何かぶつぶつつぶやいているように聞こえる。

「チャンチャンカタカタケットン」

「チャンチャンカタカタケットン」

単調なそのつぶやきが、

「さんざん買っても欠損」

「ぜんぜん買っても欠損」

と言っているように聞こえる。

父親のことを思い、千鶴子のことを考え、また母親のことを思い、

「おふくろ、僕に川武サンタ・アンナの株のことで、きっとぐちを言うだろうなあ」

と六助は考えていた。

川武サンタ・アンナの株は、あれ以来、やっぱり少しずつ値下がりしている。まったくいいことは一つもないのである。

「昔おやじがつとめていた、町の信用金庫にでも雇ってもらって、これから郷里で、おふくろといっしょにしばらく呑気《のんき》に暮らそうかなあ」

と、六助は思った。

「千鶴子さんが好きで好きで、とてもあきらめ切れないというわけでもないし、そのうち忘れてしまうだろう。やたらに情熱的になったり、カッとなったりするのは、おやじの話でこりた」

汽車の中は、狭い空間にたくさんの人間が、膝《ひざ》つき合わせていっしょにすわっているのに、だれもがひとりぼっちで、お互い無関係で、黙ってそれぞれに何かを考えている。

「さんざん買っても欠損」

という車輪のつぶやきを聞きながら、六助もひとりで、あれやこれや堂々めぐりの物思いにふけっていたが、そのうちそれにも退屈して、彼はぶらりと立ち上がり、客車のデッキへ出て行った。

赤い腕章を巻いた専務車掌が、デッキに立って、窓から外をながめていた。

六助と車掌と目が合った。

車掌は人なつこそうな微笑を浮かべ、大きな懐中時計を出して、

「あと、広島まで四時間二十八分ほどです」

と言った。

「ありがとう」

六助は答えた。

「でも、僕が広島までの客だということが、よくわかるんですねえ」

「けさ、検札に回った時、まだ寝てらっしゃるのをおこしたから、おぼえているんです」

専務車掌はにこにこ笑いながら言った。

「車掌さんは、大阪あたりで交代したんですか?」

退屈していた六助は、専務車掌に話しかけた。

「いいえ。この急行の乗務は、東京から広島まで、ずっと通しです」

「へえ……。そうすると、夜、寝てないんでしょう?」

「ふだんは、あいた寝台でもあれば、ちょっと横になって、一、二時間ぐらい、うとうとやりますがね。今は年末で、混《こ》んでますから、寝てはおられません」

「たいへんなんだなあ。ご苦労さんですねえ」

六助が言うと、

「そう言っていただくと、うれしいんですよ。乗務の疲れが吹きとぶくらい愉快になるんです」

と専務車掌は、また微笑した。

「それじゃ、乗客がみんな、車掌さんに、ご苦労さん、ありがとうと言うことにすればいい」

「ところが……」

と、車掌は口をとんがらせて、ちょっとおどけた表情をした。

「私たちはお客さん扱いの職掌柄、電報を打ってさしあげたり、煖房のぐあいを見て歩いたり乗り換え時刻を知らせてあげたり、時には病人の看護をしたり、駅弁を買うお使いまでしたりして、夜通しやってるんですが、ひと列車、千人からのお客さんが乗ってらして、あなたみたいに『ありがとう』とひと言いってくださる人というのは、実はめったにないんですよ。してさし上げたことが、お役に立ったのかどうか、プウとして黙っていらっしゃるだけで……、時にはニヤッと笑って横を向くだけね」

「そんなもんですかね」

「妙なことに、アメリカ人のお客は、何かしてあげると、必ず『サンキュー』と言います」

「チップをくれるんですか？」

「私たち、列車給仕とは別ですから、チップは受け取りませんが、『サンキュー』と言われただけで、やっぱり気持ちがおだやかになりますな」

「……」

「列車の車掌に対しては、まあどうでもいいですが、私たちも、何かちょっとしたことをし合った時、お互いに『ありがとう』とひと言いう癖をつけたらどんなものかと、私はかねがね考えているんです。ごたごたした日本の国が、少しは和《なご》やかにならないでしょうかね？」

「金のいることではないしね」

「そうそう」

ふたりはそう言って笑った。

「そのくせ、ちょっと落ち度があったり、事故で列車がおくれたりしたら、みなさん、カーッとなって、わいわいがやがや、車掌なんかつるし上げにあって、そりゃ、もうたいへんです」

専務車掌は話し好きらしく、六助を相手にデッキに立ったまま、大分長いあいだ無駄話をしていた。

そして、

「さて、もう十分ほどで岡山です。どうも失礼しました」

と言って、挙手の礼をし、客車の中へはいって行った。

窓の外を、ちょうど「せと」という駅のプラットホームが、早い勢いで過ぎて行くところであった。


「なるほど、ありがとうとひと言いわれると、そんなに気持ちが和むものか」

「ご苦労さま、ありがとう」

六助は自分の席へ戻って来て、考えた。

やがて列車が岡山についた。

「おふくろよ。ありがとうだ」

彼は母親に何もみやげを買って来ていなかったので、窓をあけて、なけなしのさいふから、名物のきび団子をひと箱買った。

「そう言われてみると、ありがとうというのは、たしかにいい言葉だな、もし僕が、店でもやるときには『ありがとう』という店の名前はどうだろう。

へんかな？　ちょっと電話をかしてください。ありがとう。もしもし、今ありがとうにいるけど、すぐ来てくれない。ええ、ありがとうよ。——やっぱりへんかな？」

思いながら六助は、苦笑したが、彼の心のどこかに、自分の店がやってみたいという気は、依然《いぜん》巣食っているらしかった。

倉敷をすぎ、尾道《おのみち》をすぎ、急行「安芸」号は、三原から呉線《くれ》にはいる。左の窓に、美しい瀬戸内海の冬の海がつづく。何となく彼の気持ちは、安らかになって来た。

そして六助を乗せた急行は、二時少し前、彼の故郷の駅に着いた。

希望の新春

千鶴子は、六助からの電話を持ちつづけていた。

「郵便がおくれていることは、おくれているらしいけど——」

「それに、もしかすると、六さんはカゼをひいたのかも知れないが」

「まさか、赤電話をかける十円玉にも欠乏しているわけではないだろう」

六助が、彼女の手紙を見ずに、黙って郷里へ立ってしまったのではあるまいかという推定だけが欠けているのを、千鶴子は気づいていなかった。

やがてあわただしい年末の日々が過ぎ、東京に正月が来た。青山の鶴見家には、恒例の年始客が、元日の朝十時過ぎからつぎつぎとつめかけて来た。

それでも六助は、依然として遊びに来るようすもない。電話もかけてよこさない。

父親の古い友人、会社関係の人、証券会社のセールスマン、玄関はよくみがいた靴や、まあたらしい銀色のゾウリであふれ、板の間にはオーバーとマフラーがつみ上げられ、リビング・ルームからはにぎやかな笑い声が聞こえて来る。しかし千鶴子をたずねて来た客はひとりもない。

彼女はそれでも、正月だというので、ツバキの模様のはでな友禅《ゆうぜん》の着物を着せられ、母親の手助けをして、おせち料理やトソやお酒を、客のところへ運ばせられた。

「パパ、ここへ置くわよ」

「ここへ置くわよじゃない。みなさんに新年のごあいさつをしなさい」

父親は叱言《こごと》をいったが、世なれた客人たちの方が先に立ち上がって、

「やあ、これはこれは、おめでとうございます。本年もどうぞよろしく」

「おめでとうございます。まあ、ほんとにおきれいにおなりになって」

と、口々にあいさつを始めた。

「まったく、鶴見さん、お嬢さんはまた一段と美しくなられたようですなあ」

「一つ、君、よろしく頼むよ。こいつ目下失業者でね。こづかいばかりせびりよって、かなわんのだ」

「ご冗談でしょう。ご縁談がふるほどおありで、お困りなんじゃありませんか」

「そうですよねえ。鶴見さんも、そろそろお孫さんの顔がご覧になりたいころで……」

「なかなかそうも行かんらしい。このごろの娘は高姿勢だからね。ワッハハハ」

何がそんなにめでたくて、そんなにおかしいんだろうと、千鶴子はプリプリして台所へ引っこんで来た。

「なにサ、ひとに赤ちゃん生ませる話なんかして」

台所では、弟の小太郎がせっせと黒豆のつまみ食いをしている。

「おめでとうございます。おめでとうございますって、あの人たちと来たら、額がはげ

上がるばっかりなのに、どうしてお正月が来ると、そんなにめでたいのかしら?」

「知らねえよ」

小太郎は口をもぐもぐさせながら、

「そう怒るなよ。一段とお美しいなんて、ほめられてたじゃないか」

と言った。

「あんなの、お世辞よ……。でも、どう、この着物、似合う? なれないから、すごくへんな感じ」

千鶴子は弟の前で、ちょっとしなを作って見せたが、

「似合わねえな。ねえさんが和服着ると、チンドン屋みてえだ」

小太郎はにべもないことを言った。

「まあ」

一層プリプリし、

「やめなさい、それ。お行儀の悪い」

と、弟の手から黒豆のハチを取り上げた。

「もういいよ。食い過ぎて屁《へ》が出そうだ」

「小太郎。お品が悪いわよ」

その時、玄関の方で、

「鶴見さん、郵便」

という声がして、どさりと年賀状の束が投げこまれた。

千鶴子と小太郎は、小走りに玄関へ飛び出して行った。

「半分かせ」

「あんたは、何でもクシャクシャにしちゃうから」

「年賀状をクシャクシャにするかよ。半分かせったら」

年賀郵便の厚い束は、受け取って誰でもうれしいものだ。

姉と弟とは、争って一枚一枚繰りはじめたが、

「鶴見善太郎様、御家族御一統様」

という連名のはあっても、千鶴子あて、小太郎あては、二十枚に一枚もない。「桜田六助」という名前、これは全然見あたらない。

そのうち、

「ほら、姉さんのだ」

と、小太郎が投げてよこしたのは、元百合書房社長の、殿山五八郎からのお年玉付きハガキであった。

謹賀新年
旧年中は色々と御世話に相成りました。
希望の新春を迎え、小生今年は念願の工業図書普及会の設立を目指し、鋭意準備中

であります。倍旧の御声援を賜わりますようお願いいたします。

という印刷文字が、目にはいって来た。

殿山五八郎の年賀状には、退職金の小切手のことなど、ひと言も書いてない。だいたい百合書房のユの字も書いてない。

「いい気なものね」

千鶴子が言うと、

「百合書房の社長かい？」

と、小太郎は訊《き》き、

「しゃくでも、僕、その社長みたいな図々しい生き方にちょっと興味あるんだ」

と言った。

「へえ」

「僕の友だちのおじさんでさ、あんたたちね、人間、正業にさえつかなければ、食って行くのに困るようなことは、めったに無いもんですぜ、なんて言ってる奴がいるの」

「何してる人よ？」

「それが、何をしてるんだかわかんないのさ。まさか泥棒じゃないだろうけど、何だかわけのわからないことしてて、結構ぜいたくに暮らしてるんだ。百合の社長に似てるよ」

「それで、小太郎、そういうのがいいと思ってるの？」

「いいと思ってるってわけじゃないけどさ、ねえさんでも僕でも、こうやって上品そうなことなんか言ってられるのは……」

「あんた、ちっとも上品そうじゃないことよ」

　姉は言った。

「まあ聞けよ。とにかく、一応上品そうに暮らしていられるのは、おやじのすねをかじっているからだろ？」

「……」

「ほんとに自分でやって行かなくちゃならなくなったら、飼い犬のスピッツみたいに生きるか、ガマガエルみたいに生きるか、豚みたいに暮らすか、狼か、色々考えちゃうぜ」

「……」

「スピッツみたいに、飯だけ確保してもらって、ご主人の目の色うかがって、びくびく一生暮らすの、僕いやだと思うんだ。あすこにいる人たち」

と、小太郎はリビング・ルームの年始客の方をあごでさし、

「みんなスピッツだもの。うちのおやじだって、古参のスピッツなんだからなあ」

と言った。

「あんた、そんなお生《なま》な口をきいているより、大学の入学試験うかること考える方が先

じゃないの？」

姉と弟とがそんなことを言いあっている時、リビング・ルームの方から、

「おおい、お母さんはいないのか？　千鶴子、千鶴子。酒をあつくして、二、三本つけて来てくれ」

と、父親の声がした。

千鶴子はさすがに娘らしく、

「はあい」

と返事をして、急いでガスレンジの上のやかんにちょうしをつけ始めた。

酒を運んで出てみると、二階で何かしていた鶴見夫人もちょうど降りてきて、

「奥さま、お嬢さまがまあ、ほんとにお美しくおなり遊ばして。今もおうわさ申し上げてたところなんですけど」

「いいえ。何ですか、勤めておりました会社がいけなくなりましてね、うちでぶらぶらしてるもんですから、弟とけんかばかりしておりまして。それに、洋服買うだのスキーに行くのだの申しまして、お小遣いの請求ばかりで——、ねえ、あなた」

「ああ。困ってるんですよ、まったく」

と、相変わらずの社交的会話が取りかわされているところであった。

千鶴子はいいかげんでまた、台所へ引っこんできた。

弟の小太郎は、年賀状の束を全部見終わったところであった。

「しけてやがら」

と言った。

「何も無いの？」

「あるけどさ、これだけだよ」

自分の分と、姉の分と、数枚のお年玉付きハガキを選《え》り分け、

「僕にも、ガール・フレンドからの年賀状なんて一枚も来てねえけど、ねえさんもいい年して、ボーイ・フレンドらしいの、一枚も無いぜ」

と笑った。

「いい年してとは何さ」

千鶴子は言いながら、自分あての、友だちやいとこからの年賀状にさりげなく目を通していたが、要するに、桜田六助からの年賀葉書は来ていないようである。

その時、台所に切りかえてあった電話が鳴り出した。

千鶴子の神経はびくりとした。

「もしもし、鶴見千鶴子さんいます？」

電話の相手の若い男の声は言った。

もしやと思ったが、六助の声ではなかった。

「わたくし、鶴見千鶴子ですけど」

やや警戒した答え方をした。

「ああ、そう。新年おめでとう」

「……………」

「僕、だれだか分かる?」

「分かりませんけど」

「塩沢光太郎——と言っても、やっぱり分からないかな?」

「……………」

「名前からしてカラそうな名前ですがね」

「分かったわ。プリンス・カレーね」

「そうです。思い出してくれてありがとう。新年おめでとうございます」

プリンス・カレーの社長の息子は言った。

「スキー場から帰って、暮れにおやじの会社から、一度電話したんだけど」

「ええ。聞いたわ。でも、どうしてわたしの名前やなんか、分かったの?」

小太郎が興味しんしんの顔をして、聞き耳を立てている。

「それはね、ちょっと旅館の番頭にチップをつかませてね、調べたんです」

「へえ」

「正月だから、一度遊ばない。僕、車を持ってるんだけど」

「……………」

千鶴子の頭に、その時一つの疑問が浮かんで来た。

「遊ばないって、あなた、あの時わたしたちふたり連れだったのよ。調べたのはいいけど、どっちがわたしだか、分かってるの？」

相手はちょっとつまったようであったが、案外正直に言った。

「実は、そこのところが少しあいまいなんだ。もうひとりの人は、宮沢君江さんでしょ？　あの人、電話番号が分からない。それでお宅へ掛けたんだけど、カレー粉がほしいと言った方が君じゃない？」

「……」

「ちがうかい？」

「さあ、どうでしょう。とにかくしかし、相手がどの女性かはっきりしないで、デイトを申し込むなんて、失礼よ」

「だからさ、君が宮沢さんに連絡を取ってくれて、一対二でデイトすれば、別に悪くないと思ったんだけど」

「宮沢さんと相談して、考えておくわ」

「カレー粉の大缶をプレゼントするから」

「いらないわよ、そんなもの」

「あれ」

千鶴子は笑い出した。

「とにかく、今すぐはそんなものいらないわよ」

「お正月早々から、きれいな人と話ができて、僕はうれしいですがね。そのうちまた、電話をかけてもいいでしょ？」

「どうぞ」

「宮沢さんと相談しといてください」

「……」

「電話をかけた時、居留守なんか使わないように頼みますよ」

「はいはい」

「じゃあ、さよなら」

塩沢光太郎は案外あっさり電話を切ってしまった。相手がたとい、どんな不良大学生であろうとも、「きれいな人」などと言われれば、女の子たるもの、悪い気はしない。桜田六助の、音も沙汰も無い無関心ぶりにきげんをそこねていた千鶴子は、塩沢カレー粉の電話が切れたあと、決して不愉快な顔つきではなかった。

弟の小太郎がにやにやした。

「うわさをすれば影って言うのかい。たちまちボーイ・フレンドらしいのから掛かって来たじゃないか。ねえさんも、希望の新春らしくなって来たね」

「子供が、そういうふうにいちいち、生意気な口をきくんじゃないの」

「だけど、誰だい？　カレー粉の何とかって。悪いのにだけは、ひっかからないようにしてくれよ」

「ほんとうにあんた少し生意気ね。このごろの高校生って、みんなそんなに早熟なの？」

「さあ、どうだか。それより、誰だい？　言ってごらんよ」

「この間スキー場であった大学生よ。わたしがほんとにわたしなんだか、宮沢さんなんだか、分かってないんだから、失礼しちゃうわ。プリンス・カレー粉の社長の息子なんだって」

千鶴子は言った。

「へえ……」

弟はちょっと、不思議そうな顔をした。

「じゃあ、名前、塩沢っててんじゃないかい？」

「あら、知ってんの？　塩沢光太郎って言ってたわ」

「知ってないけどね。僕のクラスの塩沢って奴の、おやじの兄さんが、プリンス・カレー粉の経営者だよ、たしか」

「え？」

「分かりが悪りいなあ。その人、僕のクラスの塩沢のいとこかも知れないって、言ってるんだよ」

「へえ」

姉と弟とが、台所でそんなことを言い合っている時、居間のおとなたちの間でも、やはり、「希望の新春」に関する話題が、しきりに取りかわされていた。もっともこっちのは、専《もっぱ》ら欲にからんだ話である。

「今年は、はっきり言って、希望の年ですな。だいたい日本の経済の成長率というものは」

と、トソきげんの赤い顔で気炎をあげているのは、かねて鶴見善太郎氏と親交のある角和証券の深田セールスマンである。

「西ドイツの復興ぶりが、世界の驚異だなんて言われていますが、日本はそれに一歩おくれているだけに、今後の日本経済の成長率というものは、西ドイツ以上の急激な上昇線をたどると、私ども見ているんですよ」

若いセールスマンは、何かの受け売りのようなことを力説していた。

「そういうことになると、どんな株を買えばいいですかな?」

「そうよ。それを教えて頂きたいわ。株式ブームのお相伴《しょうばん》にあずかりたいと思っても、鶴見さんのお宅とちがって、わたし共じゃ、資金が乏しいんですものね」

年始の客たちが言うと、深田セールスマンは、

「ええ。いや、それは、正月休みがすみましたら、奥さん、ぜひうちの店へ一度おいでください。ご予算の範囲で一つ、本気で研究してみようじゃありませんか」

と、商売気を発揮した。

「どうだかな」

と水をさしたのは、鶴見善太郎氏である。

「株は今、むずかしいとこですよ。証券会社の言うことを聞いていいこともあれば悪いこともある。あたるもあたらぬも、これが八卦《はっけ》みたいなもんでね」

「八卦なんて深田さんに失礼よ」

と鶴見夫人が笑った。

「いや、別に失礼じゃありませんがね。慎重に構えて頂くのはいいんですが、銀行筋あたりの人の言うことをきいて、今むつかしいむつかしいと言っておられるうちに、値の方が飛んじゃって、かえってとんだ高値をつかむようなことになるんでしてね」

「今が買い時ですか？」

「そう思います。私だけじゃなくて、うちの店の者はみんな絶対の強気です」

「しかし、まったく、銀座のバーの女の子までが、株で十万もうけた三十万もうけたなんて言っているんだから、時代は変わったもんですな」

鶴見氏は、株の売り買いでは大分古くから経験を積んでいるらしく、余裕を見せて、あたらずさわらずのことを言って笑っている。

「そうなんです。世の中は変わったんです」

と、深田セールスマンの方は、正月も忘れて、商売の話にだんだん熱がはいって来る。

「その、世の中の変わって行く本筋からはずれたものは、やっぱりいけないです。安いものが概していけないです。高くてとても手が出ないと思われましてもね、いわゆる成長株こそが、ほんとの買い物なんですよ」

台所では、小太郎が、顔をしかめていた。

「ちぇッ、また株の話をやってら。株の話と来たら、えんえんと長いんだから」

しかし、リビング・ルームの株談義は、千鶴子に少し関係のあるところへ近づいて来つつあった。

「そんなことを言うけど、君、成長株のはずの川武サンタ・アンナが、あれはどうかね？　買い値から四十円近くも下げちゃったじゃないか。そろそろ見切りをつけて、何かに乗り替えた方がいいような気がしてるんだ」

鶴見氏が口を入れた。

「とんでもない。今後のあらゆる産業の近代化、オートメーション化ということを考えたら、川武サンタ・アンナなんかは今、絶対買いですね」

「何でございますの？　その、川武何とかいうのは？」

と、株に関心のある奥さんが質問した。

「いえね、アメリカのサンタ・アンナ計器という会社と技術提携してオートメーション計器を作っている会社で、店頭株なんですがね、これもこの深田君にひどい目にあわされてる一つなんですよ。奥さん、うかうか角和証券へ出かけて行って、うまいことすめられて損なすっちゃだめですよ」

鶴見氏が言った。

「ああいうことをおっしゃる」

と、角和のセールスマンは、心外そうな顔をした。

「川武は、わたしがおすすめした株じゃありませんよ。鶴見さんからお電話で、急に店頭の川武サンタ・アンナを買えとおっしゃるから、私の方がびっくりして、よくうかがってみたら、お嬢さんがどこかから情報を持っていらしたとかで……」

「ああ、そうそう、そうか。川武サンタ・アンナは千鶴子が、そうそう思い出した。文句を言うなら千鶴子に言わなくっちゃいかん」

鶴見善太郎氏は笑った。

「いや。文句をおっしゃる必要は全然無いと思いますね。二月になったら、増資の発表がありますよ。そうしたら、あんな値段でおさまっているはずの株じゃないんですから、そのうちお嬢さんに、うんと感謝なさって、もしかすると、自動車の一台ぐらい買ってお上げにならないといけないようなことに……」

「アッハハハ、話が大きいね」

「へえ」

と、台所で千鶴子は思った。

「川武サンタ・アンナって、なつかしいな。あの株、下がるばっかりで、六さんも悲観してたっけが、やっぱりそんなに有望なのかしら？」

「おい、姉さん。その川武って会社だろ？　いつか姉さんが本の押し売りに行ったのは」

「押し売りじゃないわよ」

「とにかく、その会社だろ？　株が上がったら、自動車が買ってもらえるって言ってるぜ」

「まさか」

弟と言い合いながらも、彼女は、

「六さんの先輩の、あの人何て言ったたっけ——、そうだ、鈴木良造さん、あの鈴木さんもどうしてるかしら？」

と、しきりにいつかの日のことを思い出していた。

しゃくにさわっているはずの六助の周囲に、何かにつけて、思いがめぐって行くのは、奇妙なことであった。

リビング・ルームの方では、みんな、株の話に一層身が入って来る。

「生き馬の目を抜くなんていう、早耳の兜町《かぶとちょう》の玄人《くろうと》の間にも、たしかに、ときどき妙な盲点があるんでしてね」

と、角和証券のセールスマンがしゃべりつづけている。

「その点、今年の夏は猛暑が来るだろうという気象庁の長期予報を見て、ビール株を買って成功なさったという家庭のご婦人なんかが、かえって物ごとを素直に、正確に見ておられる場合があります」

「僕は」とセールスマンはさらにつづける。「川武サンタ・アンナの今の値下がりが、どうしてもわからないんです。こんなのも、兜町の盲点の一つじゃないかと思いますね。鶴見さんの買い以来、少し気をつけて会社の内容を見ているんですが、川武の次の増資は、倍額じゃすまないんじゃないですか。もしかしたら一対二の増資ですよ」

「そうすると、どういう計算になるかな?」

鶴見氏は、暗算をするような目つきをした。

「三百七十円に百円足して三で割って、権利落ちが百五十七円足らず……そんなわけがないでしょう」

「そりゃそうだ。もしその三倍増資が決まれば、君、面白いだろうね」

「そのオートメーションの、川武何とかが、そんなに面白いんでしたら、わたくしだって少しばかり欲しいわ。ねえ、奥さま」

と、株に関心のある奥さんが、鶴見夫人の方を向いて言った。

笑っているけれども、どうやら、特売品売り場で、掘り出し物の上物スェーターを見つけたという顔つきである。

「あなたお買いになるなら、僕だって、チョウチンつけてもいいですよ。暮れのボーナスが少しは貯金してありますからね」

と、別の男の年始客も興味を示す。

「ありがとうございます。御用命は、全部私の方へお願いいたします」

と、角和証券の深田セールスマンは、赤い顔をして、ひょうきんに頭を下げた。

「ところで今、何時ごろですかな？」

と、ひとりの年始客が言った。

「正月というのは、のべつ一杯飲んでるもんだから、朝だか昼だか分からなくなるね。しかしまあ、何時でもいいじゃないですか。一つ、みんなそろって、株でもうける話で、もう少しやりましょう」

と、鶴見善太郎氏はごきげんがよかった。

「千鶴子や小太郎は、台所にいるのかい？　何をしてるんだ？　こっちへ出て来て、一杯お相伴させてやんなさい」

「どうですか……呼んで来ましょうか」

鶴見夫人が立って、台所へ入って行くと、千鶴子は何と、小太郎の食べ残しの黒豆をさかなに、すでにウイスキーを一杯ひっかけているところであった。

「なんです、あなた」

「あら、ママ」

「あら、ママじゃありませんよ。ウイスキーなんか」

「姉さんはね、川武サンタ・アンナはだいたいこっちのもんだ。向こうがやるなら、こっちもやらにゃって、さっきから、これでストレートの三杯目だよ。ちがうちがう、僕は飲んでません。僕は豆ばっかり」

と、小太郎が言った。

鶴見家の元日は、こうしてにぎやかに過ぎていった。

正月は、日がたつのが早い。

二日の日、千鶴子は、宮沢君江とさそいあわせて、日比谷《ひびや》へ映画を見に行った。

二人のあいだでは、塩沢カレー粉大学生の話が出たにちがいない。

申し込まれたデイトに対する回答の内容についても、検討がなされたにちがいない
……。

次の三日の日、千鶴子は家にいて、一日中弟と口争いばかりしていた。

四日の日の午後には、元百合書房編集長の庭瀬さんが訪ねて来た。

「まあ、庭瀬さん。暮れにお電話があったっていうから、いついらっしゃるかと思ってたのよ。病院も正月休みなのね？　でも、ずいぶんお元気そうだわ」

迎えに出た千鶴子が言うと、

「スキーに行ってたんだって？」

と、えり巻きやマスクを取りながら庭瀬さんは、

「おかげでね、君たちが栄養分を差し入れに来てくれて以来、何だかとても好転して来ましてね。この分なら成形手術の必要もなくて、春にはもしかすると退院出来るかも知れないんだよ」

と言った。

「そりゃよかったわ」

「それで、正月は家へ帰ってもいいという許しが出たんです。男性の生理休暇だな」

「いやねえ」

千鶴子は笑った。

「さあ、庭瀬さんに何をごちそうしようかしら？　お酒はまだだめ？」

「だめでもないんだが、まあ、それは遠慮する」

庭瀬さんは家の中をそれとなく見回し、

「百合書房があんなことになっちゃって、みんなに非常に迷惑をかけて、これでも僕は大いに気にしてるんだが、君のところはまあ、それほど困るということは無いかな？」

「失業問題？　ええ、うちは、何とか……」

千鶴子は素直に答えた。

「東田君と北原君とは、どうやら勤め口がみつかったらしい」

庭瀬さんはそれから、

「何はしかし――、例のブウブウいうおもちゃを大いに僕たち愛用させてもらっているが、桜田の六さんはどうしているかな？」

と、質問した。

千鶴子は、

「さあ、その後どうしてるか、知らないんですけど」

と、さりげなく答えた。

「ええと、彼の住所は……」

庭瀬さんはポケットから手帳を出し、

「そうだ、練馬だったな。きょうはもうたずねて行く時間がないかもしれないが……。日が暮れたら、僕はやっぱりあんまり外歩きはいけないらしいんでね」

と言った。

「そうよ。むりはなさらないほうがいいわ」

千鶴子は立ち上がって紅茶のしたくをし、紅茶といっしょに、洋菓子とウイスキーのビンと、両方持って来た。

「彼の場合なんか、ほんとうに困っているんじゃないかと、心配なんだよ。とにかく一度様子を見に行ってみなくちゃ」

と、庭瀬さんが言う。

千鶴子は、庭瀬さんが行くなら自分もいっしょに様子をさぐりに行きたいぐらいの思いはあるのだが、せっかくの親切な手紙を無視されたという気がしているので、

「そうねえ」

と、また、あたらずさわらずの返事をした。

「紅茶にウイスキー、お入れになる？」

「ほう、本物だな」

庭瀬さんは、千鶴子の持って来たヘイグ・アンド・ヘイグの胴のくびれたビンを、珍しそうにながめて、

「じゃあ少し入れてください。気つけていどに」

と注文し、上等のスコッチのにおいの立ちのぼる熱い紅茶を、ひと口ゆっくり味わいながら、

「ところで、君んとこにも、殿山五八郎から年賀状が来たかい？」

ときいた。

「来たわよ。元日の日に。不渡りの小切手くれておいて、何が希望の新春をお迎えでしょうって、弟と腹を立ててたの」

千鶴子は言った。

「念願の工業図書普及会の設立をするつもりだなんて書いてあっただろ？」

「書いてあったわ。あれ、どういうことなんですか？」

「どういうことだかわからないんだが、察するに、戦争中味をしめた、海賊版の出版をまたぞろやるつもりがあるんじゃないかと見ているんだがね……。困った人ですよ。国際的な問題でもおこさなきゃいいがと思ってるんだ。もっともこっちはもう、縁が切れたけれど」

「何だか、いやなお話ばっかりね。わたしもウイスキーいただくわ。これ、パパの愛用品なの」

と、千鶴子がヘイグ・アンド・ヘイグのビンを取り上げると、庭瀬さんは、

「ああ、そうだ。忘れてた。いやな話ばっかりじゃなくて、ひとつ、ニュースがあるんだ」

と言い出した。

「何なの？」

「いやあ、大森貞一郎さんの『青い斜面』がね、こんどの東日本文学賞に、決まったらしいんだ」

「あら、まあ」

それでは、六さんが……と、千鶴子は驚いて六助の名前を口に出しかかったが、庭瀬元編集長が、それにかぶせるように、

「きのう、国電の中で、偶然東日本新聞の学芸部長にあって聞いたんだが、こいつはうれしかったね。百合書房が、つぶれたあとに、たった一つ咲かせた花みたいな感じでね」

そう言った。

「………」

「発表は、例年通り、一月の十五日だそうだ。こんどは、第八回かな。六さんは、まだ知らないにちがいない。それも知らせに行ってやらなくちゃいけない。何しろ、あの『青い斜面』は、あいつがひとりでほれこんで、頑張ってもらって来たもんなんだから」

「そうだったわね」

千鶴子の方は答えながら、つぶれる前の百合書房の編集室で大森先生と六助との大げんかの場面を思い出して、いささか複雑な気持ちであった。

「うちじゃ、あの本の印税は一銭も払っていなかったって言うんだから、よそのごぼうで法事をするって言うけど、肩の荷が下りたような気がしたよ。東日本文学賞の賞金は、ずいぶん大きいものね」

庭瀬さんは言った。

その文学賞は、東日本新聞社が例年、前年十月までの一年間に発表された文学作品の中から、最優秀作品と認めたものを一編選んで、記念品とともに、賞金百万円を贈呈するというものであった。

「大森先生、喜んでいらっしゃるでしょうね？」

「東日本の学芸部から知らせが行ってるはずだがね。賞の発表があって、本が急に売れ出しても、これが、出版元がつぶれてるんじゃどうしたらいいのか、大森さんのところへも一度あいさつに行きたいけど、そこのところをどうするか、僕はしきいが高いよ」

「でも、庭瀬さんは入院してたんだもの、仕方がないじゃありませんか」

「そりゃそうだけど、いい話の時だけ、得意顔をして、病気づらを出しに行くのも、悪いだろう」

「じゃあ、かげながら喜んでるってわけ？　何だか少し寂しいのね」

ふたりでしばらくそんな話をし、冬の短い日が傾く前、庭瀬さんは千鶴子の家を出て、目黒《めぐろ》の自宅へ帰って行った。

八方ふさがり

広島に落ちついた六助は、母親の仕立ててくれた丹前《たんぜん》を着こんで毎日もっさりと暮らしていた。

子供の時から食べなれたまるい白い餅《もち》をたらふく食って、久しぶりに母親といっしょに正月ができたのはよかったが、三ガ日も過ぎてしまうと、さて、何もすることがない。

「六助、今夜のおかずは何にしようかね」

と、つくろい物をしながら母親が声をかける。

「さあて」

と、彼は広島なまりで答える。

「餅も食べ飽きたし、この間のたこがおいしかったが、たこの酢の物でビールでも一杯やりたいとこじゃなあ」

「きび団子一つみやげに帰って来た失業者が、ぜいたくを言うの」

と、母親は笑うが、まんざらでもない顔つきである。

「ほんまにあんた、たこが食べたいかね?」

「食べたいね」

「そんなら、浜の中根さんまで行って、あるかどうか、きいて来てみなさい」

六助の生まれた三日市町は、広島の西の郊外であった。

宮島行きの電車の線路と、国鉄の山陽本線と、山陽国道とが、三つながら町の中を東西に通りぬけているので、交通量は相当はげしいが、彼の家は、鉄道からだいぶ山の方へ寄った高みにあって、家の縁先から瀬戸内の海がよく見える。

かきの養殖用の竹ひび、広島湾の青い島々の姿、小さな白い連絡船、とろりとないだ海の中に望まれる風物はみな、いつものどかにかすんでいて、人の心までぼんやりさせてしまいそうなおもむきがあった。

ここから、少佐の軍服を着た六助の父親が、

「ばんざい、ばんざい」

の声に送られて、再び帰らぬ旅に出て行ったことや、あの夏の暑い日、この下の道を、肌が赤くむけて、両手を幽霊のように前へたらした原爆の犠牲者たちが、ぞろぞろぞろぞろ、泣きうめきながら、大勢通って行ったことなどは、まるでうそのような、平和な風景である。

「それでは散歩かたがた、浜まで行って来てみるか、ビールもないでしょう？　金を、おかあさん」

六助は読みさしの本を伏せて立ち上がった。

「針箱の中に、わたしのお財布がはいっとるでしょ」

母親はそう言って、じろりと老眼鏡越しに六助をにらんだ。

「ほんまに、あんたがあほなことを教えるから……それでなければビールぐらい、ダースで買うて飲まして上げるのに」

「それを、何べんも言いなさんな。言うたって仕方がないがね」

六助は答えて、金を手にし、下駄をつっかけて表へ出た。

母親が言うのは、川武サンタ・アンナの値下がりの話である。

六助の母親は、山林の一部を手放して得た八十万円ほどのトラの子の財産を、六助の情報にしたがって、そっくり川武サンタ・アンナの株に投資したのであった。その株が値下がりばかりしている。

六助もむろん、いい気はしない。考え考え、彼はぶらぶら、浜の魚くさい中根さんのところまで下りて行った。

「たこですか？　ええのがありますで。安うしときます」

と、中根のおやじは、木箱の中から、ぬれててらてら光っている生きのいいまだこをつかみ上げて見せた。

「六助さん、ときに東京の方の景気はどうですかいな？」

「あんまり、よくないですなあ」

六助は金を払いながら、浮かぬ顔をして答えた。

たこの値段は、東京のことを思うとバカみたいに安い。東京の鮨屋《すしや》へ持って行って、おろしてやりたいぐらいである。

「へえ、そうかいなあ。東京は、神武《じんむ》とか岩戸《いわと》とか言うて、えらい景気じゃと聞いとるが」

中根のおやじは言った。六助が失業して帰って来たことを知っていて、ちょっと皮肉を言っているようにも聞こえる。

六助は、いいかげんな返事をし、新聞紙に包んでもらったたこを右手に、国道筋の酒屋で買ったビールを一本左手にぶらさげて、ぶらぶらとまた、鉄道の踏切を越え、家への道を登りはじめた。

彼の背後に、のどかな夕暮れの海がある。

遠くから、広島の町の工場のサイレンの音が聞こえて来る。

六助の心の中はしかし、三日市町ののどかな風景のようにのどかではなかった。

株の値下がりを別にしても、千鶴子のことが、やっぱり彼の心を重くするのである。

急に下宿をたずねて来て、親切な忠告をしてくれたかと思うと、友だちとスキーに行ったっきり、音も沙汰もなしの彼女。

「気まぐれ蝶の金持ちか、要するに」

彼は、年賀状をかねて、広島へ帰ったことの報告を、千鶴子に出したいという誘惑を何度か感じながら、そのたび、そう思ってやめにしていた。

それは、一種の自尊心であったかも知れない。そして、自尊心も羞恥心もふりすてて鶴見千鶴子に立ち向かうほど、彼の心持ちが燃えていないせいであったかも知れない。

しかし寂しい、満たされぬ気分でいることは確かであった。

千鶴子のことを別にしても、六助の心を重くしているものは、まだある。

父親の処刑の真相だ。

これは、母親には言えない。夫は気持ちのやさしいりっぱな軍人で、上官や部下のやったことをすべてひっかぶって、無実の罪を着せられて殺されたと信じている母親に、今さら、矢島厚生事務官の話を聞かせてみても仕方がないと彼は思っている。

しかし、母に言えないだけに、あの話は、六助の心の中で、絶えずくすぶりつづけていた。それは考えれば考えるほど、なんとも言えない重苦しい事実であった。

あるひとつの観念によって、人が正義の名の下に、ほかの人を殺してもいいと思いこみ、それを実行するということ。そして、特殊な状況の下でなら、自分にもそんなことをやりかねない要素があるだろうということ——。

それが遺伝であるか、国民性であるか、人間性の本質であるかは知らないが、何度考えてもうっとうしい気がするのであった。

六助がたことビールをさげて家に帰って来ると、母親はかまどにまきをくべて飯をたいていた。

赤い火が母親の顔を照らし、木のぱちぱち燃える音がしている。

六助もかまどのそばへ来て、しゃがみこんだ。

「めしだけは、お母さんがまきでたいためしに限るな」

彼が言うと、

「そうよ。東京のガスでたいたご飯は食べられやせん」

と、母親は満足げに答えた。

「初めちょろちょろ中どんどん、ぐつぐつ時《どき》に火を引いて、赤児《あかご》泣くともふた取るな、いうのがこつよ。あんたも、お嫁さんでももろうたら、おかあさんがよう教えてあげる」

「……………」

「しかし、あんた、これからどうするつもりかいの？」

母親は鉄の火バシでまきの具合をなおしながら言った。

「そういつまでも、ぶらぶらしとるわけにも行くまいが、広島へ落ちつくつもりがあるなら、またお母さんが、何とか仕事の口を頼んで歩いてみてもええけど」

「うん」

六助は生返事をした。

三日市町の信用金庫へでも雇ってもらって、しばらく郷里でぼんやりしていようかとも思ったが、信用金庫では今、人手があまっていて、東京帰りの六助をそうおいそれと使ってくれそうもないらしい。

失業保険の第一回分は、こちらで先日受け取ったけれど、実際、大の男がたこ一匹買いに行くにも、母親から金をもらって出かけるようでは、不甲斐《ふがい》ない話で、やっぱり職をさがすなら東京へ帰った方がいいだろうかと、六助は迷っているのであった。

何とはなし、八方ふさがりの心持ちである。

いくら瀬戸内海の夕暮れの景色がのどかに美しくても、三日市の町は、帰って来てみて、失業者の六助にそれほど居心地のいいところではなかった。

「まあ、もう少し考えるよ」

六助は言った。

「しかし、自分が八方ふさがりの時には、何か一つきっかけがあれば、物ごとがすべて急に上へ向き出すかも知れんという気はするんじゃが……。人間、不幸な時に幸福のたねを仕込んでいるんだというからね」

と、彼はいつかの、庭瀬編集長の話の受け売りをした。

「別に、八方ふさがりというほど悲観することはないがね」

母親は、千鶴子の問題や、矢島厚生事務官の話した話など知らないので、そう答えた。

その時、庭に人の気配があって、

「バサリ」

と、夕刊の投げこまれる音がした。

夕食の支度ができて、六助と母親とは、小さなちゃぶ台に向かい合ってハシを取った。

「お母さんも飲む？」

六助はビールのせんを抜いた。

「一杯もらおうかね」

二つのコップに、とろりとしたビールのあわが盛り上がる。

「うん、うまい。こりこりしとる」

六助は母親の作ったたこの酢の物を食べながら言った。

「あんたは、子供のころから、物食いだけはええ子じゃったが……」

と母親が言った。

「それだけおいしがって食べてくれると、作った方もせいがあるよ」

六助はそれには答えず、ビールを飲み飲み夕刊をながめている。

「岩国行きのバスが、田んぼへ落ちて、五人けが人が出たと」

「あぶないねえ」

「東京は、けさ雪が降ったらしい」

「……………」

「ははあ、広島のえびす屋の屋上に、こんど手長ザルとクマの子が来て、子供たちの人気を集めておると書いてある。見に行ってみようか？」

「それより、株はどうかいね？」

「株か」

六助は夕刊の株式欄をさがして、

「強ふくみ、もみ合いと出とる」

と答えた。

「強ふくみでも弱ふくみでも、川武が上がってくれんことには、うちは話にならんがな」

と、母親は言った。

都合の悪いことに、土地の夕刊には、東京の店頭銘柄である川武サンタ・アンナの値動きは出ないのである。

一本のビールがほとんどなくなりかけたころ、夕刊をたたみかけて、

「あれ」

と六助は、三面の下の小さなかこみ記事に眼をとめた。

「あれあれあれ」

彼は大急ぎで記事に目を走らせながら、大声で言った。

そこには、

「本年度の東日本文学賞（賞金百万円）は、東京都杉並区荻窪二ノ××の作家大森貞一郎（五八）の長編『青い斜面』（百合書房刊）と決定、本日東日本新聞社において授賞式が行なわれた」

という小さな活字が並んでいた。

「これ、お母さん、これ、これ、これ」

六助は夕刊のその消息記事のところを、指でたたくようにして、母親に示した。

「この本、この『青い斜面』、僕が、お母さん、これは僕が大森先生に頼んで……」

驚きで、うまく口がきけなかった。

「何がどうしたんね？」

母親は夕刊をのぞきこんだ。そして六助の話を聞き、新聞の記事を読むと、何よりも彼女は、

「ヒャクマンエン？」

と、その賞金の額に声をあげた。

「うちの山林を、あれだけ売っても八十万円にしかならんのに、ヒャクマンエン。その先生、ええことをしなさったねえ。宝くじをあてたようなもんじゃが……。それで、六助にも、何ぼかごほうびが出るの？」

「バカなことを……。僕にはごほうびなんか出やせんけど、これはめでたいよ。うれしいよ。大森先生は、地味な人で、今までちっとも世の中に認められなかったのに、これでやっと、あの年になって、正しく評価されたようなもんだ」

「………」

「その『青い斜面』という小説を、大森先生に頼んで、もらって来て、本にしたのが僕なんだから、うれしいんだよ」

さまざまな思いが、六助の心の中を忙しく去来した。

「僕はほれてます」

と、庭瀬編集長に断言して、作品をもらいに、荻窪の大森先生の家を初めて尋《たず》ねて行った日のこと。

「君のところから出してもらうことに決めた」

と、ようやく先生の約束を取りつけて、カキめしのごちそうになった日のこと。

「青い斜面」の見本が、初めて製本屋からとどいて来て、ためつすがめつ、ページを繰って、新しいインクのにおいをかいだこと。

そして、そのあと百合書房の経営状態がどんどん悪くなりはじめ、北原君が、

「ハロー、ハロー」

と、アメリカ人のまねをして、大森先生の電話をごまかしてしまったことなどあって――。

とうとう最後に、あの編集室の中で、印税のことで両方興奮してつまらぬ言い争いを始め、尊敬していた先生を突きとばしてしまったのだ。

「君のやったことは、よくおぼえておく」

と言って、ほこりを払いながら帰って行った大森先生のうしろ姿は、その強い言葉にも似合わず、妙に寂しげに見えたが、あれっきり先生には会っていない。

喜びと、後悔と、なつかしさとの入りまじった気持ちで、そこにじっとしていること

ができなくなって来た。

　彼は立ち上がって、部屋の中をぐるぐる、熊のように歩きはじめた。

「まあすわって、お茶づけだけ食べてしまいなさい、せからしい子じゃねえ」

　と言う母親の言葉も、耳にはいらない。

「お母さん、僕はちょっと電報局まで行って来る」

　六助は言い出した。

　母親の方は、よその先生が百万円もらったのが、どうしてそんなに六助を興奮させるのか、納得《なっとく》が行かない様子で、

「何も、夜になってから電報打たんでも、速達でもすむことじゃろに。ありゃ、ありゃ、わたしの財布をにぎったままで……」

　とぶつくさ言っていたが、その時六助はもう、下駄をつっかけて、さっきたこを買いに出た道をもう一度、三日市電報電話局さしてかけ下っていた。

　三日市の電報局は、木造ペンキ塗りの新しい建物で、明るく灯がともっているが、田舎の夜のことだから、だれも利用者はいず、ひっそりしている。

　頼信紙を一枚もらって、六助は考え考え、がりがりいう古いペンで電文をつづった。

「オサクノジュショウヲシリカンムリョウイツカノシツレイヲオワビシココロカラオイワイヲモウシアゲマス　キョウリニテサクラダ六スケ」

　局員はなれた手つきで字数を勘定し、受け付け時刻を書きこみ、番号を打って、

「お祝い電報ですね。六十六字で百八十円です」

と言った。

母親の財布から金を払うと、

「今夜中につきますね？」

局員にたしかめて、六助は浮き浮きした心持ちで外へ出た。

大森先生の東日本文学賞受賞――そのこと自体も、めでたくうれしい気がするが、それより、これをきっかけに、長い間心にひっかかっていたことのおわびができたというのが、彼の気持ちを晴れ晴れとさせているのであった。

「今夜はお祝いをしてやろう」

彼はさっきの酒屋へ寄り、

「おじさん、もう二本ほどもらいたいんじゃが」

と、広島弁でビールの追加注文をした。

ビールをさげて、山陽本線の踏切まで来ると、踏切警報機の赤い電灯が二つ、かわりばんこについたり消えたりして、上り列車が通過するところであった。

ヘッドライトを照らした黒い蒸気機関車が、煙を上げ汽笛を鳴らして近づいて来るのを、線路のほとりで待ちながら、

「あの電報は、何時ごろ荻窪へつくかなあ？　今夜は大森先生の家でも、お祝いでさぞにぎやかなことだろうな」

と六助は、東京の様子を想像した。

六助はその晩少々酔っぱらった。

何しろ、ビールを一本あけた直後に、坂道を電報局までかけ下りて、それからもう二本ビールを買って、坂道を登って来て、それを飲みはじめたのだから、弱い六助にはよくきいた。

そして間もなく彼は、母親の敷いてくれたフトンにもぐりこんで、大きないびきを立てはじめた。

母親は、六助の残したビールを飲みほし、息子の寝顔をのぞきこんで、

「やれやれ、のんきなことばっかり言うて、寝顔がお父さんにそっくりじゃが、これがお嫁さんでももろうて、早うしっかりした仕事をみつけてくれんことには、わたしもうかうか年をとれんが……」

とつぶやきながら、後片づけに立ち上がった。

その晩、ビールの勢いでぐっすり眠った六助は、朝方になって夢を見た。

母親が、押し入れに首をつっこんで、何かぼそぼそ、ひとり言のようなことを言っているのである。

「六助も、こんなに喜んでおるんじゃから、やっぱりちょっと顔を見せてやってください。いつまでもかくれておってはかわいそうです」

そんなことを言っている。

「大丈夫です。ちょっと出て来てやってください」

母親が重ねて言うと、暗い押し入れの奥から、ひとりの男が、

「よっこらしょ」

と言いながら、腰をまげ、頭をかがめて出て来た。

「あ、あ」

と、六助は驚きの叫びをあげた。

「お父さん。なんと、お父さんが」

彼はそこに棒立ちになってしまった。

「わしよ、わしよ。長い間心配かけたのう」

六助の父親は、案外血色のいい元気な顔をして、照れくさそうにそう言った。

相変わらず制服を着ているけれども、それはカーキ色の軍服ではなく、汽車の車掌のような服で、腕には赤い腕章を巻いている。

「大きゅうなって、一人前になって」

と、父親は六助の頭の先から足の先まで、さもなつかしそうにながめまわしながら言った。

「失業しとるそうじゃが、何も心配せんでいいぞ。心配することは一つもないよ」

「いったいこれは、お母さん、どういうことですか?」

と、六助は母親に質問した。

「お父さんはね、実は今から七年前に、無事に帰ってこられて、それ以来、この奥で大事な仕事をしておんなさったんじゃけど、それを六助に言うわけに行かなかったのよ」

母親は、目を涙ぐませながら言った。

「押し入れの奥で、仕事と言って、どういう仕事を？」

六助がきくと、

「それは内緒も内緒も、大内緒なんじゃが、まあちょっとのぞいて見い」

と、車掌みたいな服を着た父親が言った。

六助が押し入れに首を突っこんで見ると、暗がりの奥の方に遠く、ちょうど双眼鏡をさかさまにのぞいたように、小さく、蛍光灯のともった工場のようなものが見え、大勢の人が静かに働いていた。

川武サンタ・アンナの工場に似ていた。

「あすこで、お父さん」

と、「お父さん」と呼ぶのに少しはずかしさを感じながら六助は質問した。

「まさか、かたきうちの水素爆弾でも作っておるんじゃないだろうね？」

「ちがうちがう」

父親はにこにこしながら答えた。

「これはな、西部第二ありがたや工場と言うてな、お父さんは今ここの工場長よ」

夢の中の父親は言った。

「へえ」

ありがたやありがたやというへんな流行歌があったけど……。

「ありがたや工場というと、キャラメルか何か作っておるの？」

「いや、いや」

六助の父親は、まじめな顔をして話し始めた。

「人間は今まで、みんな間違うたことばかりして来たのよ。そう思わんかね、六助？ 間違いの中でも、一番の大間違いが戦争よ」

と父親は言う。

「大昔はお前、仲ようするのは同じ部落の中だけで、となりの部落のやつらはもう敵よ。槍をかざして、ややあちゅうて、土地と食い物と女の取り合いよ、殺し合いよ。今から百年ぐらい前になっても、となりの殿様のとこのやつらは、やっぱり敵よ。土佐と会津が出会うたら、大げんかよ。そして、やっと日本の中だけで、みんなまとまって一応けんかをせんようになったと思うたら、それでもやっぱり、となりのシナとアメリカは敵じゃあないか」

「………」

「どうしてそう、人間は敵ばっかり作るのかい？ 自分らが正しい正しいと信じこんで、憎んで殺し合うて戦争裁判をやって、何か一つでもええことがあったかの？」

「……」

「つまらんことじゃあないか。軍人教育というものは、ほんとにつまらんものじゃった」

父親はしみじみした調子でそう言った。

「どこの部落のどんな色をした人間でもええじゃないか。お互い人間なら、だれでも親切にし合うてありがとうの一つも言うて、仲よう暮らして行けんものかい？　それをやろうというのが、このありがたや工場の秘密の仕事よ」

それから父親が、テレビのダイヤルのような物を回すと、双眼鏡を逆にのぞいたような遠くの光景が、押し入れの中の六助の顔の前へグーッとクローズ・アップされて来た。ガラス張りのきれいな工場の中に、白い布を頭にかぶった女子工員たちが、たくさん働いていた。

その中の、最前列のひとりは、驚いたことに、鶴見千鶴子であった。千鶴子は六助の方を見て、元気よくにっこりうなずいて見せた。そして、せっせと仕事をつづけている。

「何だ、やっぱり川武サンタ・アンナの工場じゃないか」

六助は思った。

しかし、千鶴子たちの手元にあるのは、オートメーション計器の部品でなくて、不思議にも、一皿ずつのカレーライスであった。

女子工員たちは、なれた手つきで、カレーライスに小さなバネやねじやよく光るピンをさしこんでいる。

「へんだなあ」

六助は言った。

「お父さんの意見には賛成だけど、どうしてカレーライスにこういう細工をすると、それがお父さんの言う主義のために役立つのかね？」

「決まっとるじゃないか」

父親は答えた。

「そこが、ありがたや工場のありがたいところよ。お前、カレーライスはきらいか？」

「大好きですよ。こっちへ帰って来てまだ一度も食べてないから、一皿つごうしてもらいたいぐらいじゃが、あんなにピンやらねじがはめこんであるのは困る」

「あの、ねじが大事なところなのに、まだわからんかな。これ以上言うと、機密保護法にふれるけれども、快食、快眠、快便と言うて、好きなものを食べて、よう眠って、健康なウンコが出るようなら、人間だれも戦争なんかしようと思いはせんのよ」

「そうかそうか。それでよくわかった」

六助は言った。

何がよくわかったのかはっきりしないが、夢の中で六助は、とてもよくわかったような気がしたのである。

七時を告げるサイレンが、三日市の町役場の方で鳴りはじめた。これは、夢の中で、ほんとにサイレンの音を聞いていたらしい。

「いかん」

六助の父親は、急に緊張した顔つきになってそう言った。

クローズ・アップになっていたありがたや工場のガラス張りの光景が、すーっとまた遠ざかって行く。

「朝が来たから、押し入れの奥へ戻らにゃならん。暇があったら、また会いに来る。千鶴子さんか？　あの工員のことは、お父さんがよう承知しておるからな。それではさよなら、六助」

それから父親は、

「言い忘れたが、便所へ行きなさい、便所へ」

と言って、押し入れの奥へ消えて行った。

――六助は目がさめた。

台所で、母親がミソ汁を作っているにおいがする。

腹が張っていた。ビールの飲み過ぎか、下痢をしそうであった。

「ははん、カレーライスは、きたない物のことが夢にあらわれたんだな？」

と、彼は、そのへんの畑にいくらでもある、カレーライスの表面みたいなコエだめのことを思いうかべて苦笑した。

「あああ、あ」

蒲団の中で大きな伸びをし、

「それにしても妙な夢を見たなあ」と、夢の中に出て来た、白い衣裳の千鶴子の姿を、さめたのが惜しいように、思いかえした。

そして立ち上がって便所にはいろうとした時、庭の方で、

「桜田さん、電報です」

という声が聞こえた。

父親の出て来る奇妙な夢を見ていた六助は、どきんとした。

四つに折った電報用紙を受けとって、

「ご苦労さん」

配達人に言うのも上の空で、急いでひらいてみた。むろん、父親とは何の関係もない電報であったけれども、彼を驚かすには十分なものであった。

「シュクデンアリガトウキミオラヌコトザンネンアトフミオオモリ」

大森貞一郎先生が返電をくれたのだ。

六助は、返電をもらったことにも驚いたが、

「キョウリニテサクラダ六スケ」

とだけ書いて打った祝電に対し、大森さんがどうしてこちらの住所を知ったか、そのことが一層不思議に思われた。

先方で、発信人の名前と受付番号とを三日市局に照会し、六助の住所を突きとめ、そ

の上でこの返電を出したのだろうと考えつくまでに、少し時間がかかった。

そうまでして、折りかえし礼の電報を打ってくれたということは、大森先生が六助の祝電をどんなに喜んだかという、証拠のようなものであった。

「キミオラヌコトザンネン」

「キミオラヌコトザンネン」

彼は何度も片カナの電文を口の中で繰りかえしながら、大森先生の自分に対する気持ちの起伏を感じた。

そして彼の方も、心の底からうれしくなって来た。

「お母さん、大森先生の返電が来たよ」

ミソ汁の鍋をさげて出て来た母親は、

「そりゃあよかったね。朝から電報いうから、何事かと思うた」

と言いながら、朝飯の用意に、テーブルの上をふきはじめた。

「シュクデンアリガトウキミオラヌコトザンネンアトフミ」

彼はもう一度読みかえしながら、その短い電文を、天下の名文のように感じた。

電報を見た興奮がやっとおさまると、六助はあらためて、腹具合の悪いことに気がついた。やっぱり、近ごろ縁の薄かったビールを、ゆうべ飲みすぎたらしい。

便所へいってみたが、大したことはなかった。

富山の置き薬の袋の中から「ハラピタール」という粉薬を出して一服のんだ。

「どうしたんね。たこの食い過ぎやないか」

と母親が言ったが、下痢をしたにもかかわらず、六助の気分は爽快《そうかい》であった。

「お父さんの夢を見たよ」

彼は母親に、鶴見千鶴子の出て来る場面だけ抜かして、夢の内容をかいつまんで話して聞かせた。

「そりゃお父さんが、六助のことが気になって、シナの土の中でおちおち眠っておられんで、励ましに出て来なさったのよ」

母親は言った。

「そうそう」

六助は軽い調子で答えた。

むろん、そんなことを信じているわけではなかった。ところが、偶然にも、まるで夢の中の父親が手びきをしたかのような思いがけないことがその朝、もう一つ起こった。

朝飯をすませてしばらくしたころ、坂道を登って来た老人の郵便配達が、

「桜田さん、郵便」

と、一通の白い封筒を投げこんで行ったのである。

「左記に転送をお願いします。広島県佐伯郡三日市町字○○桜田六助様」

裏には、新潟県のスキー場の名前と「鶴見千鶴子」という小さなきれいなペン字が読

まれた。

「誰から手紙?」

「ああ、もとの会社の同僚」

さりげなく答えるためには、努力がいって、指先が少々ふるえた。

この手紙の内容は、読者の方はすでにご存じである。

六助はしかし、

「左記に転送をお願いします」

の付箋《ふせん》が、下宿の岩おこしの字でも、ヨシ子さんの字でもなく達筆な男文字であるのが、どういうわけか、全くわからなかった。

手紙の日付けは、明けたから去年の十二月、彼が東京を離れる数日前になっている。

何気ない素振りで、黙って急いで封を切った。

ボーイ・フレンド

正月の七草が過ぎても、鶴見千鶴子のところへは、六助から何の音さたもなかった。六助のかわりに、度々電話をかけて来るのが、スキー場で会った塩沢カレー粉大学生である。

この方は、エチケットをよく心得ているらしく、

「どうしてますか？　元気？　一度うちのカレー粉の工場、見学してみない？」

とか、

「お天気がいいけど、どこか軽くドライブ行ってみない？」

とか誘いかけるのだが、しつこくは言わず、千鶴子が断わると、

「それじゃあ、またね。電話だけなら、掛けてもいいでしょう？」

と切るのが常であった。

何度目かにとうとう千鶴子は好奇心から、塩沢光太郎とデイトしてみる気をおこした。ひとりきりで相手と会うのは少し心配なような気がするので、宮沢君江に、夜、電話でさそいをかけた。

宮沢君江の家は葉山の海岸で、塩沢カレー粉大学生がそっちの電話番号をつきとめら

れなかったのは、多分そのせいだろう。

ところが、せっかく葉山が出たのに、君江はいなかった。

「まあ、鶴見さんでいらっしゃいますか？　君江はまだ帰っておりませんのよ。あら、あの子、申しあげませんでした？　実は、何ですか、急なお話で、このお正月から、兜町の証券会社へ勤めに出るようになりましたの。毎日、ずいぶんおそく帰ってまいりますんですよ。ええ、朝でしたら、九時まえには、もう会社へ着いておりますから……」

君江のお母さんはそう言って彼女の新しい勤め先の電話番号を教えてくれた。

翌朝、千鶴子はその番号へ掛けなおした。

「あなた、ひどいわよ。わたしにひとことも言わずにお勤めに出てるの？」

用件より先にうらみごとを言った。

「ごめんなさい。前からお話はあったんだけど、急に決まっちゃったのよ。自分でも驚いてるの。ここの株式部長が、うちのパパの、大学時代のボート友達なの。それで急に秘書になれって」

「株式部長って、そこ、何ていう証券会社よ？」

「角和証券の本店」

「角和ですって」

千鶴子はびっくりして言った。

「どうして？」

相手があまり驚いたような声を出すので、宮沢君江は不審そうにきき返した。

「だって、うちのパパ、角和と何年も取引してるんですもの。株、株、角和、角和って、わたしたち、しょっちゅう聞かされているのよ」

「あら、お宅、うちのお得意様?」

「そうよ。深田さんてセールスマンいるでしょ。お正月にうちへ来て、気炎上げてたわ。それから、鈴木さんて人もいるでしょ?」

「深田さんているわ。鈴木さんて、どの鈴木さんかな。何しろ、まだ様子がよくわからないで、キリキリ舞いしてるの」

「パパと来たら、去年川武サンタ・アンナって株、角和で五千株も買って、値が下がってぶうぶう言ってるわ」

千鶴子がそう言うと、

「何ですって? 川武サンタ・アンナ? ……ちょっと、あのね、鶴見さん、わたし今忙しいから、あとでもう一度、わたしの方から電話するわ」

君江はどういうわけか、急にそそくさと電話を切ってしまった。

「へえ」

千鶴子は感心したようにひとりでつぶやいてから、かんじんの塩沢大学生とのデイトの話をするのを、すっかり忘れていたことに気づいた。

「ねえ、ママ。だけど、驚いたわね。宮沢さんの勤め出した株屋さんて、角和なのよ」

「あら、そう。パパに言ったらびっくりなさるでしょ。でも、証券会社は今株式ブームで、サラリーもとてもいいそうだから、そりゃあ宮沢さん、いいとこへお仕事がみつかったのね」

「わたしもまた、何かして働きたくなって来た。すごく忙しそうにして、張り切ってるの、あの人」

母娘でそんな話をして間もなく、昼休みのころになって、宮沢君江は約束どおり、向こうから電話をかけて来た。公衆電話らしく、チャリーンと十円玉の落ちる音がして、君江の声が聞こえて来た。

「さっきはごめんなさい」

「ううん。わたしもね、お話があるの、忘れたのよ。いつかスキーに行った時会った背の高い大学生がいたでしょ。プリンス・カレーの社長の息子っていう人」

君江はそれに取り合わず、

「あのねえ、ちょっと、あなた、お宅のパパが川武サンタ・アンナ持ってらっしゃるって言ったわね」

と、株のことを話しはじめた。

「言ったけど、何よ？」

「これ、あなただから話《もったい》すけど、絶対にひとに言わないで」

「いいけど、何サ、勿体ぶっちゃって」

「川武サンタ・アンナって、店頭株のオートメーション計器メーカーの川武サンタ・アンナでしょ」

「そうよ。いつかわたし、百合書房がつぶれる前に……」

千鶴子がみなまで言わないうちに、

「この株、値上がりするらしい」

と、電話の宮沢君江の声は言った。

「え？」

「値上がりするらしいわよ。それも大きく」

「へえ……。だけど、なりたて秘書のあなたに、どの株が上がってどの株が下がるなんて、そんな神様みたいなことがわかるの？」

千鶴子は宮沢君江が、証券会社へ入り立てで、何か勘ちがいをしているのではないかと疑った。

「ふつうは、そんなこと、わたしにわかるわけないわ」

君江は言った。

「だけど、きのうおそく、部長会議があって、うちで川武サンタ・アンナの、何か非常に新しい情報をつかんだらしいのよ」

「……」

「何かわからないけど、何だか有力な材料ってものがあるらしいのよ」

「………」

「角和はそれで、きょうあたりから大きく、川武サンタ・アンナを買いに出るんですって」

「へえ」

「黙っててよ、この話。急に川武サンタ・アンナのこと言い出すんですもの、アレと思って知らせて上げたんだから」

「うん」

「いいニュースでしょ？」

「うん」

「ほんとに上がったら、パパにおごってもらいなさいよ」

「モチのロンちゃん。だけど、ほんとうにそうなるかな？」

千鶴子は言ってから、

「ところであなた、さっき言いかけた塩沢プリンス・カレーのことね。いっぺんちょっとつき合わない？　ふたりいっしょにさ」

と、やっと本来の用件に話を戻した。

しかし、ふたりひと組で塩沢カレー粉大学生とデイトしようという申し出は、あっさりけられてしまった。

「わたし、いまちょっとだめだわ」

宮沢君江は言った。

「なにしろ、馴《な》れなくて、気の張るお仕事で、神経くたくた。角和証券のような大きな会社でも、この世界では労働組合なんてないのよ」

「そんなに疲れる？」

「疲れるわよ。だからウイーク・デーはだめだし、日曜日は、葉山のうちで波の音を聞いて寝てるのが、一番ありがたいの。残念ながら、お色気ぬき」

「冷淡ねえ」

千鶴子は言った。

「冷淡なんじゃないけど……。あのカレー粉の坊や、景気いいわよ、きっと。プリンス・カレーは三月一日から店頭に公開になるんで、ずいぶん高値呼んでるらしいもの」

「また株の話。一人前の株屋さんみたいなこと言うわね」

千鶴子は少しきげんが悪くなって、電話を切った。

父親の鶴見善太郎氏は、その日、六時過ぎに家へ帰ってきた。帰宅したらすぐ、夕刊の株式欄を見るのがくせだ。

「おや」

と、千鶴子の父親は言った。

「きょうは、川武サンタ・アンナが七円高をつけてる。へんだな。深田君、なにも電話で言って来なかったかい？　……こりゃ珍しいことだぞ」

「それはね、深田さんなんかまだ知らない、フカアーイわけがあるのよ」

千鶴子はさっきの君江の話を思い出し、得意になって父親にそういいかけたが、ふと口をつぐんだ。

「おーい」

鶴見善太郎氏は夫人を呼んだ。そばにいる千鶴子など、無視している。

「おいおい」

「はいはい」

千鶴子の母親が出て来た。

「今おねぎを切ってたんですよ。成城《せいじょう》のおねえさまのところから、松阪肉をいただいたから、すき焼きにしましたよ」

「すき焼きじゃないよ」

「何ですの？」

「深田君か鈴木君、うちへも電話かけて来なかったかい？」

「いいえ。どうして？」

「いやね、川武サンタ・アンナが、珍しく七円高なんだよ。何か、急に動き出したような感じなんだ。深田君から電話がないのは、へんだと思ってね」

「あら、それは結構じゃありませんか」

「結構って、何だかちょっとへんだよ」

「パパ、それはね」

と、千鶴子はそばから口を入れかけて、またやめにした。

彼女は考えていた。

宮沢君江から教えられた極秘情報（？）を話してリベートの契約を取りつけておくのも悪くないが、しかし……。

この情報を利用して、わたし何とか自分でもうけられないかしら？

夕刊に出ている川武サンタ・アンナのきょうの値段が、三百七十五円、もしここに十八万八千円ほど金があれば、五百株買って、

「大きく値上がり」というと、どのくらいになるだろう？

四百六十円になったとして、二十三万円から十八万八千円引くと、四万二千円……。

「悪くないおこづかいだわ」

彼女は思った。

父親は角和証券へ電話をかけたが、知り合いのセールスマンは、みんな帰ったあとのようであった。

小太郎も出て来て、テーブルの上に美しい松阪の霜ふり肉と、ねぎや春さめや豆腐や生椎茸など具が並んで、やがてすき焼きの夕食が始まった。

厚い鉄鍋に白い牛の脂がジュウジュウとけて、部屋に煙がたちこめる。

「ねえ、パパ」

千鶴子は目をくりくりさせながら言い出した。

「何だい？」

「わたしが結婚する時は、パパ、やっぱり親として、支度とか、持参金とか、相当お金がいるんでしょう？」

「そりゃいるだろうが、何だ、藪《やぶ》から棒に。そんな話でもあるのか」

鶴見氏はびっくりしたように鶴見夫人の顔を見た。

「このごろ、何ですか、時々、ボーイ・フレンドから電話がかかって来ているようですよ」

母親は言った。

「それじゃないの。それとは全然ちがう話」

千鶴子は言った。

「どういうことか、いいから話してみなさい」

父親の鶴見善太郎氏は、ウイスキーをコップについで、ソーダで割りながら訊《たず》ねた。

「ええと、つまりね」

千鶴子は相変わらず目の玉をくりくりさせながら言い出した。

「結婚資金の前払い制度というのを、パパ、考慮してくださる気はないこと？」

「何だって？」

「つまりよ、ここ何年かのうちにわたしのお嫁入りのため、パパが出してくださるであろうそのお金を、前借りというかたちでもらえない?」

「この人、なにを言い出すんでしょう」

と、牛鍋に入れた松阪の霜ふり肉の上に、砂糖をふりかけながら、母親はあきれたように言った。

「要するに、まとまった金がほしいということだな」

「そう。そして結婚までに、そのお金、パパに多分返せると思うけど、もし返せなかったら、わたし、指輪もいらないし、着物もいらないし、鏡台もいらない。結婚式もうんと質素にしてもらっていい。この考え、どう?」

「この考えもあの考えも、そんな突拍子もないことを、一体どうしたの、あなた?」

と、母親はあきれるよりも、少し気味が悪くなったような顔をした。

父親の鶴見氏も、少しまじめな口ぶりになった。

「千鶴子の言うことはわかった。しかし、それじゃお前のほしい金というのは、二万や三万じゃないだろう。それだけまとまった金を何に使うつもりだ?」

「それは、言えないわ」

「言えないということはないだろ。十万だか二十万だか知らないが、それだけの大金を、若い娘に、何に使うのか知らないが、さあどうぞと渡す親はないよ。少なくとも、うちはそれほどの金持ちじゃないね」

父親は言った。

「第一、結婚費用の前払いだなんて、それじゃいざあなたが結婚する時、お式も支度も世間様のもの笑いになるようなことして、わたしたち澄ましちゃいられないでしょ？一体、どういうことなの、千鶴子」

母親は、娘が何かとんでもない不始末でもしでかしたような口調になって来た。

「僕、もう肉食うよ。煮え過ぎちゃうぜ」

と、弟の小太郎が口を入れた。

「そういうのは、契約だからな。前払い制度もいいけどさ、それで姉さんが、金も返さねえ結婚もしねえ、オールドミスになっちゃったってことになると詐欺《さぎ》になる、これは」

「子供は黙ってらっしゃい」

千鶴子が小太郎をにらんだ。

弟は、

「ちぇッ」

と言って、煮えた肉をふた切れ一度に取って、卵をといた中へつけて、ひとりでぱくつきはじめた。

千鶴子はそれには構わず、

「何に使うかは内緒だけど、とにかく急に資金がほしくなったことがあるの。悪いボーイ・フレンドとか競輪とか、そんなものと関係ありません。パパやママをなげかすようなことするわけじゃ、決してないから、この前払い制度、考えてよ」

と、食い下がった。

「いったい、いくらほしいんだね？」

鶴見氏は、ウイスキー・ソーダをちびちび飲みながらきいた。

「それより、パパ、わたしが結婚する時に、結婚費用としてどのくらい考えてくださるの？」

「さあ。そりゃ、三十万や五十万の金はいるだろうな」

父親は言った。

「すき焼きが煮つまっちゃうぜ」

小太郎がまた口を入れる。

「食べるわ、わたしも。何もそれほど深刻な話じゃないんだけどなあ」

千鶴子は言って、自分も卵の鉢の中へ肉やねぎを取りながら、

「ねえ、パパ。三十万と五十万と、その中を取って四十万円貸してくれない？」

「いけません」

母親がすき焼き鍋の方を忘れて、甲高《かんだか》い声を出した。

「いつものおこづかい程度ならともかく、四十万円なんて、そんな無茶苦茶な。あんたたち戦後派娘は、何をしだすかわからないんだから……」

「うそ。むしろパパが喜びそうなことに使うつもりなのに」

「わかった」

鶴見善太郎氏は言った。

「見当ついたよ。千鶴子、お前、誰かにそそのかされて、近ごろ女性にもはやりの、株に手を出してみる気になったんだ。そうだろう？」

「ご名答です」

千鶴子はにやにやした。

「つまり、深田君が電話をかけて来たのを、千鶴子が聞いたんだ。そして、お嬢さんも一つ、ご結婚の準備に少し株をお買いになってみませんか。当社が今自信を持って推《すい》奨《しょう》してる銘柄があるんです、か何か言われて……」

「そこのとこは、ちがうわ」

「じゃあ、誰に入れ知恵された？」

「わかりましたわ」

母親が言った。

「あなた、この人のお友だちのほら、宮沢さん、あの方がお正月から、角和証券の本社へお勤めに出てらっしゃるのよ。友だちのよしみで、ご祝儀《しゅうぎ》に少し買ってあげようって言うんでしょ。でも四十万なんて、そんなご祝儀、いけません」

「友だちの宮沢さんが角和へ勤め出したんだって。何だか話が少しこんがらがって来たな。それで、千鶴子は何の株を買おうと言うんだい？　はっきり言ってみなさい。その上で、相談に乗って上げる」

　鶴見氏はきいた。

「それじゃ正直に言うわ。川武サンタ・アンナ」

「なんと、いやはや」

　父親は言った。

「店頭株ブームで、うちの娘までが店頭株に目をつけるようになったかね」

「あら、川武サンタ・アンナに目をつけたのは、初めっからわたしだわ」

「………」

「ねえ、ほんとうに、四十万円貸してよ」

「ふうむ」

と、父親はウイスキーのコップを置いて腕組みをした。

「つまり、その友だちが、お前に川武をすすめて来たんだね」

「………」

「よかろう。千鶴子も失業中だし、これも何かの人生勉強になるだろう。買ってみなさい。貸してやる」

　鶴見氏が決心したように言った。

「わあい、よかった。パパ、好き。握手しましょう」

　千鶴子は飛び上がりそうな声を出した。

「ちょっと、あなた、そんな、あなた、娘に四十万円なんて、株なんかやったこともない人に、ちょっと」

母親は異議を唱えたい様子であったが、鶴見善太郎氏は、もともと株の売り買いに大いに興味を持っている。

「いや、実際川武サンタ・アンナは今、買い時かもしれないんだ。それにどんなに下がったって、四十万円が紙くずになるわけじゃない。損したら、損した分は、千鶴子の結婚費用から、約束どおり差し引いてやる」

そう言って、再びウイスキーを飲み始めた。

「そのかわり、もうけたら、もうけた分はそっくりわたしがもらうのよ」

千鶴子は言った。

「姉さんはまったくホルモン・パックだよ」

と小太郎が言う。

「なにサ、ホルモン・パックって？」

「欲の皮がピンピン突っ張ってて、すごいもの」

それで一家四人、みんな笑い出し、株の話は一応打ち切り、少し煮つまり加減のすき焼きのほうに専心することになった。

あくる朝――。

鶴見善太郎氏は、会社へ出かける前、娘に向かって言った。

「それじゃあ、ご注文の川武サンタ・アンナは、きょう会社から深田君に電話をかけて頼んでおく。買えたらすぐ、千鶴子の名前に、名義書きかえの手続きをしてもらうことにすれば、それでいいだろう？」

「ちょっと待って」

千鶴子は父親を呼びとめた。

「何だかそれじゃ、おもしろくないわ。わたし自分で証券会社へ行って、自分で買ってみたいの」

「……………」

「おひる前に、パパの会社へ寄るから、小切手用意しといてよ」

「……………」

「借りたお金にしても、その方が、いくらか自分でやったような気がするでしょ？」

「そうか。それならそれもいいだろう。注文を出した日に、全額払う必要はないんだが、とにかく金は用意しておいて上げる」

そう言って、父親は出て行った。

それから一時間半ほどして、千鶴子の方もそろそろ出かけるしたくをしているところへ、また例の塩沢カレー粉大学生から電話がかかって来た。

「こんにちは。どうしてますか？」

「出かけるところよ、今」

「どこへ？」

「日本橋方面」

「そう。それでは、どこか途中でひろってあげてもいいんだがな」

「……」

「僕の車にご試乗お願い、まだ、だめかな？」

「うふふふ」

と、千鶴子は笑った。大分その気が動いている。

「ご試乗してもいいけど、少し用事があるのよ、その間待ってくれる？」

「いいですよ。それなら、用事がすんでから、どこかでひる飯食いましょう。いつかのアイス・チョコレートのお礼に、ごちそうさせてください」

塩沢光太郎は、うれしげな声を出した。

「で、どこへ車持ってけばいい？」

「そうね」

千鶴子はちょっと考え、

「東京駅の八重洲《やえす》口のところに、イースト・アンド・ウエスト・ビルディングっていうのがあるの。その一階に、東西トラベル・サービスって会社があるわ。その近くで、十二時に待っててよ」

そう言った。

「イースト・アンド・ウエスト・ビルの一階の東西トラベル・サービス、十二時ね」

「あなたの車、何?」

「僕の車はね、古くさい黒いヒルマンです。それじゃ、とにかくその時刻に、そのへんにパークして待ってます」

塩沢大学生は言った。

千鶴子はその日、生まれて初めてのことを、二つ経験する仕儀になった。

ボーイ・フレンドとのデイトと、株の買いつけと――。

張り切ってもいたが、胸がドキドキするような気持ちもしていた。

風の吹く、曇った寒い日であった。

彼女は、オーバーの襟《えり》を合わせるようにして、神宮前《じんぐうまえ》から地下鉄に乗った。

赤坂見附《あかさかみつけ》、丸ノ内線の赤い地下鉄に乗りかえる。

「あなたの財産つくり

ダイヤのオープン投資信託」

地下鉄の中の、そんなぶら下がり広告も、なんとなく目につく。

東京駅で下りて、八重洲口の東西トラベル・サービス社へはいると、社員たちは、外人の観光客や、海外渡航の手続きをしに来た夫婦者と応対しながら、航空会社へ電話をかけたり、ホテルへ電話かけたり、忙しそうに働いていたが、

「あ、お嬢さん。奥でお待ちですよ」

と、正月に家に来た社員が、すぐ気づいて、父親の部屋へ案内してくれた。

煖房がききすぎているので、鶴見氏は上着をぬいで、ワイシャツとネクタイの格好で、大きなデスクの向こうにすわって、横文字の手紙を読んでいた。

「パパ、来たわよ」

「よう」

鶴見氏は顔を上げ、

「それでは、約束の結婚費用前払い金、これ」

と、封筒にはいった小切手を、笑いながら渡してくれた。

「ところで、お前、どこの証券会社へ行くつもりだい？」

「そりゃ、やっぱり、宮沢さんのいる角和の本店へ行くわ」

「そうだな、それがいいだろう。深田君にあって、よく頼むといい」

「………」

「話はちがうが、気の早い人がいるもんで」

と、千鶴子の父親は、手にした外国からの航空便の手紙を振りながら、

「もう、東京オリンピックの時のホテルの予約を言って来る外人が、いるんだよ」

と話した。

「へえ」

「ホテル株は、今、買いかな」

「何でも株の話、いやねえ」

と、千鶴子は笑った。

「いやねえってことはないだろう。お前自身、何をしに来たんだい？」

「いいわよ。もう行くわ、わたし。借用証書かなくてもいいでしょう？」

「まあ、いいだろう。信用しとこう」

鶴見氏は言った。

千鶴子はそっと時計を見た。約束の十二時を七分ほど過ぎている。

小切手入りの封筒を内ポケットに大事におさめて、おもてへ出ると、すぐ、ポンと肩をたたかれた。

うしろに塩沢大学生が立っていた。

はでなスェーターに上等の革ジャンパーを着て、あんまり大学生らしくない格好である。

「あら、待った？」

「少しね」

「どう？　わたしがやっぱりわたしだった？」

千鶴子はきいた。

スキー場で別れて以来で、彼がふたりのうちどちらを鶴見千鶴子と思っているのか、今まで怪しかったのだ。

「間違いなかったよ。やっぱりカレー粉たくさんほしいって言った人が、あなたで――つまり鶴見さんだったたじゃない」

「ずいぶん失礼なデイトだと思うけど、いいわ。そのかわり、もう一つ行くところがあって、もう一度待ってもらうけど、いい？」

「いいですよ。こんどはどこへ？」

塩沢大学生はそう言って、手のひらの中で鍵をガチャガチャ言わせながら、東京駅前の空地の駐車場へはいって行った。

「笑われそうだけど」

千鶴子はドアをあけてもらって黒いヒルマンの助手席に乗りこみながら言った。

「兜町よ」

「兜町？　お父さんのお使い？」

「ちがう」

「へえ。君、自分で株やるの？」

「そう」

「いつから株やってるの」

「きょうから」

「きょうから？」

塩沢光太郎はエンジンをかけながら、おうむ返しに言って、笑い出した。

「そら、笑うじゃない」

「いや、僕、大賛成だな、株やるの。昔の人は、株なんかやるの、何か人にかくれて、こそこそやって、もうけた話は口をぬぐってひと言も言わなくて、武士は食わねど高楊枝みたいな顔してたんだよ。あれ、きらいだよ。人生の楽しみの九十パーセントは金で買えて、人生の悩みの九十パーセントは金で解決できると、僕思うんだ。株やれたら、株やって、大いにもうけること、大賛成」

千鶴子はにが笑いをした。

駐車場の出口で、じいさんが駐車切符にゆっくりハサミを入れるのを待ち、金を払ってヒルマンは兜町に向かって走り出した。

「きょうから株をはじめるって、それじゃ何か、お目あての銘柄でもあるの？」

車を運転しながら、塩沢光太郎はきいた。

「まあね」

「プリンス・カレーの株も、三月一日から公開になるんですよ。なかなか前評判がいいらしいけど」

「知ってるわ。高いんですってね」

千鶴子は言った。

「知ってるの？　案外玄人なんだなあ」

と、塩沢大学生は、感心したように言った。

「それじゃ、塩沢さんも、株やるの？」

「そりゃ僕は、どうせ卒業したらうちの会社にはいるんだから、プリンス・カレーの株は、自分の名義のを持ってますよ」

「……」

「それから、友だちと、七、八人グループで投資信託をやってるんだ。証券会社の投資信託を買うんじゃなくってね、みんながこづかい持ち寄って、研究して合同投資をするんです。カレッジ・オープンと称してね。もうかるよ。ガソリン代やスキーに行く金ぐらい出ちゃう」

「まあ」

千鶴子も、新しい世代の娘だが、ここにもう一つ新しい、見ようによっては甚だ危っかしい人間が一人いるようであった。

日本橋郵便局のところを右へ曲がって、兜町の中へ入る。

「いっしょに行って上げようか？」

塩沢大学生が言うのを、

「そうね、まあ、ひとりで行って来るわ。悪いけど、十五分か二十分ほど、ここで待っててよ」

と、千鶴子は断わって、車を出て角和証券の本店をさがしながら歩きだした。

角和証券はすぐわかった。石造りの大きな建物で、中へはいるとすぐ異様な活気が感じられる。

デスクの向こうの大きな黒板には、「郵船」とか「平和不」とか「東芝」とか「三井化」とか「キヤノン」とかいう文字が何十となく見えて、レシーバーを耳にかぶった男が、たえずその前を往き来しながら、白墨で値段を書き入れている。

ちょうど、その日の後場《ごば》の立ち会いが始まったところらしかった。

「秘書課に、宮沢さんて、いらっしゃるはずなんですけど」

彼女は受付の人に面会を申し込んだ。

受付のおじさんは、すぐ電話をしてくれたが、宮沢君江は上の人の用事で外出して留守だった。

「それじゃ、営業の深田さんを」

「深田なら、そのへんにいるはずです」

受付の人は、ごった返している黒板の前の一角をさして言った。

「深田さあん」

「深田クーン」

店頭のデスクにすわっている人たちが、大声で呼んでくれたが、

「あれ、さっきいたんですが、ちょっと出かけたのかも知れません」

と、深田セールスマンも留守らしい。

若い社員は、にこにこしながら、

「そのうち帰って来ると思います。まあ、どうぞお掛けください」

と、千鶴子に椅子をすすめた。

「深田をご存じなんですか？」

「ええ。でも、深田さんでなくてもいいんですが、わたし、川武サンタ・アンナを千株買いたいんですけど」

「ははあ、川武サンタ・アンナをね」

若いセールスマンは、少しびっくりしたように言った。

「お嬢さん、失礼ですが、株はどのくらい前からやっていらっしゃいます？」

「初めてなんです」

千鶴子は答えた。

「ははあ」

セールスマンは、名刺を出しながら微笑した。

「初めて株をお買いになるのに、いきなり店頭の川武サンタ・アンナに目をおつけになるというのは、何かその……」

まさか、秘書課の宮沢君江から内緒の情報を聞いたからとも言えないので、

「いいえ、別に」

千鶴子は答えた。

「このごろは女性の方でも、愛嬌より度胸よ、なんておっしゃいましてね、ずいぶん投機的なことをなさる方もいらっしゃいますが、店頭株というものは、何と言っても値動きがはげしくて、不安な面があるんでして、お嬢さんなんか、初めてなさるんでしたら、やっぱり堅実に、目下うちでおすすめしているこういうものなんかどうでしょうかね？」

と、セールスマンは、刷り物を取り出し、二、三大型株の名前を挙げて、それをすすめたいような口振りであった。

「ええ、でも、やっぱりわたし、川武サンタ・アンナが買いたいの」

千鶴子は言った。

そこへ、知り合いの深田セールスマンが戻って来た。

「おやおや、これは鶴見さんのお嬢さん。新年にはどうも、伺いまして、すっかりごちそうになりまして……。え？　へえ……、川武サンタ・アンナを？　お父さんのお使いじゃなくて、ご自分で？」

いささか驚いたようであったが、少し考えてから、

「ええ、面白いでしょうね。やってみましょうか」

賛成して、若い人と応対を代わってくれた。

「ところで、川武サンタ・アンナの値段、きょうはどうなの？」

正面の大きな黒板には、店頭株の値動きはあんまり出ていないのである。

「おーい、田中くん。川武サンタ・アンナ、前場《ぜんば》いくらだ？」

深田セールスマンは大声できいた。

「また五円高ですね」

「じゃあ、早く買ってよ」

「成り行きで買いますか?」

「成り行きっていうと?」

「いくらでもいいから、その時の成り行きで、とにかく買ってしまうというのが、成り行きの買いです。だけど、こういう品薄の店頭株は、成り行きで注文を出すと、急に値が飛んじゃうことがあるんでしてねえ」

「……………」

「うちのお偉方《えらがた》の方で、どうやらきのうあたりから、川武を少し買い集めているらしいんですよ。適当なところで指し値をしてみますか?」

千鶴子は、「それ、知ってるわ」と言いそうになったが、

「おまかせします」

と、頼んだ。

深田セールスマンは、興味と若干《じゃっかん》の不安とを感じたらしく、それから、千鶴子の資金のことなど、少し立ち入って質問した。

結婚費用の前払い制度を認めてもらったのだと彼女が答えると、深田セールスマンは笑い出し、

「いいお父さんですねえ。それじゃあ、一つもうけてみたいもんですよ。できるだけ努力してみましょう」

と、金の方は受け取らずに、すぐ買い注文の伝票を書いてくれた。

二十分ほどで、千鶴子は角和証券の本店を出た。

塩沢光太郎は、パーキング・メーターのところで、ガムをかみながら待っていた。

「待たせて、ごめんなさい」

「買えたの？」

「多分ね」

「それじゃ、どこかへ昼めし食いに行きましょう」

千鶴子は、生まれて初めての経験の一つが、うまく行きそうなので、気持ちがはればれとしていて、もう一方の方も、

「ええ、いいわ」

と、気軽に承知してしまった。

銀座の裏通りに車を止めると、光太郎はなれた足どりで、近くのアリゾナ・ステーキ・ハウスという高級ビフテキ食堂へはいって行った。

黒服に蝶ネクタイのボーイが、うやうやしく椅子をうしろへ引いて、ふたりを掛けさせてくれる。

大きなメニューが差し出される。

「僕はこの、テンダーロイン・ステーキの定食」

塩沢光太郎はそう言って、「あなたは？」というように千鶴子の顔を見た。

「同じでいいわ」

「かしこまりました。お飲み物は？」

と、ボーイがきく。

「ドライ・マティニー。千鶴子さんは？」

「鶴見さん」が、いつか「千鶴子さん」に変わっていた。

「わたし、いらない。お水でいい」

千鶴子は警戒して答えた。

「どうして？　飲めるんでしょ？　カカオ・フィーズか何かもらえばいいじゃないの。水で食事をするのは、蛙とアメリカ人だけだってさ」

光太郎は言った。

見る人が見たら、金持ちのドラ息子が、一人前の顔をして気取っているとしか思えないだろうが、千鶴子は若いし、それに、百合書房のころは、こんな高級レストランへ男とふたりで食事にはいるようなご身分ではなかったので、いろいろなことが驚異であった。

「それじゃあ……」

彼女はそう言って、遠慮がちにウイスキー・ソーダを注文した。

「ほう」

カレー粉大学生はうれしそうな顔をした。これは、望みがあると思ったのかもしれない。

「だけど、塩沢さん、ずいぶん通《つう》なのね。そしておぜいたく屋さんね」

千鶴子は言った。

彼女の家も、暮らし向きはわりにはでなほうだが、それでも、外で食事と言えば、せいぜい父親に連れられて銀座の鮨八へ行くぐらいのものである。

「だって、できる時に好きなことをしとかなくちゃ、損だもの。政治家がつまんない考えをおこして戦争にでもまきこまれたら、日本なんて一ぺんにぺしゃんこで、スポーツもステーキも」

それからセックスもと、光太郎はSのつくものを並べたかったらしいが、さすがにそれは抑えて、

「楽しいことなんて、何も無くなっちゃうでしょう?」

と言った。

「人生をエンジョイする主義ね」

「そうです。欲求不満で、ワッショイ、ワッショイ特攻隊みたいなことやって、青春をすりへらすの、僕はきらいさ」

ボーイが青豆のポタージュを、静々と運んで来た。

レースのカーテン越しに、銀座の舗道を行く人々の姿が見える。

みんな寒そうに、オーバーにくるまっているが、アリゾナ・ステーキ・ハウスの中は、湯気が立ちそうにあったかい。

スープがすむと、ジュウジュウ音を立てている焼きたての分厚いビフテキが運ばれて来た。肉の上で、四角いバターがとろけかかっている。

「千鶴子さんは、現代の三種の神器って、知ってる？」

塩沢大学生は、残ったカクテルを飲みほし、ビフテキにナイフをあてながら言った。

「ああ、電気冷蔵庫と、電気掃除機と何とかなんて、あれでしょ？」

「いや、もっと、そのものずばりの、３Ｃって言うのさ」

「………」

「カメラ、カー、キャッシュ」

「………」

「結局キャッシュが一番大事なんだけど、ただ金をためるのはつまらないから、それでいいカーを持ってさ、千鶴子さんのようなきれいな人と、スキーに行ったり、おいしいものを食べたり、楽しいパーティーをしたり、——要するに人間のしたいことって、それでしょ？」

「どうも」

きれいだと言われたので、千鶴子は礼を言ってちょっと頭を下げてから、

「でも、そんなふうに割り切っちゃうと、何だか少し、物足りない気がして来ない？」

ときいた。

「何が物足りないかしら？　だって、千鶴子さんだってキャッシュに魅力があるから、株なんか始める気になったんじゃないの？」

光太郎は言った。

「そりゃそうだけど、何て言うか、理想って言うか、自分で独立して自分の仕事を一生懸命やってみたいとか」

「独立するって、つまり、自分の自由になるキャッシュを握ることじゃない？」

「そうだけど、塩沢さん、スキーに行くんだって、こんなご馳走食べるんだって、あなた、自分で働いて得たお金じゃないんでしょう？」

「さあ……。おやじの金もはいってるし、カレッジ・オープンの利益もはいってるし、そりゃ色々だけど」

光太郎は、千鶴子が何を言いたいのか、よくわからないというふうで、

「それで？」

とききかえした。

千鶴子は、自分でも、何を言いたいのか、よくわからなかったが、

「こんな、ぜいたくなご馳走なんか食べてると、わたし、世の中には、失業者で、ああ、

八十円のカレーライス食べてみたいなあ、なんて思っている人も、たくさんいるんだと、ついそう思っちゃうのよ」

と言った。

千鶴子の頭の中のどこかに、無意識に六助のことがちらついているらしかった。塩沢光太郎は知らないから、

「アッハハ」

と笑う。

「八十円のカレーライス食べたい人がいたら、僕、おやじの会社にはいったあと、大いにサービスするよ。いいカレー粉を、たくさん、安く売って、みんなに喜ばれて、僕の方も、それでもうけてしたいことをする。こんないいこと無いじゃない？」

「考え方が、完全に資本家的ね」

と、千鶴子は言った。

「アッハハ。ゼンガクレンみたいなこと言って、君、古風だね」

光太郎はまた笑った。

「別に古風じゃないでしょ」

「古風と言えばね、川中島の戦いで、武田信玄が敵の上杉謙信の軍に、塩を送ったって話があるでしょう？」

「逆じゃない？」

「逆かな」

と、ふたりとも日本歴史には弱いらしいが、千鶴子が、

「それで?」

と促すと、

「あれで、二十世紀の今まで語り草になってるんだから、信玄って——いや、謙信かな、PR、うまいよね」

光太郎は言った。

「僕だって、そういう時には、相手を敵なんて考えないで、カレー粉、どんどん送ってやるな。自衛隊にだってゼンガクレンにだって、失恋した女の子にだって、僕、そういうことにはこだわらない」

「いずれ、よろしくお願いするわ」

千鶴子もつられて笑った。

彼女は、一杯のウイスキー・ソーダで、少し頬を染めていた。

焼きたてのあついテンダーロイン・ステーキを食べ終わると、サラダが出て、それからつめたいアイスクリームと、コーヒーが運ばれて来た。

「これから、江の島のへんまで、ドライブに行ってみない?」

カレー粉大学生は、コーヒーにミルクを入れながら、ちょっと彼女の気を引いてみた。

しかし、「駄目よ」と断わられると、

「それじゃ、お宅の近くまで送ります。すぐだもの。青山でしょ?」

あっさり申し出を撤回し、ボーイに、おとなぶった様子で勘定書を請求した。

「ごちそうさま」

と、千鶴子はハンドバッグを持って立ち上がった。

春のきざし

広島の郊外、三日市町の家で、六助は千鶴子へ返事の手紙を書こうと何度も試みては、そのたび失敗していた。

千鶴子は、スキー場でカレー粉会社の社長の息子と知り合って、カレー粉なら安くわけてもらえそうよと、まるでカレーライス屋をやれと言わんばかりのことを言い、「ボーイズ・ビー・アムビシャス」などと書いて来ている。

父親が押し入れの奥の工場で、不思議なカレーライスを作っている妙な夢を見た朝、大森先生からの電報につづいて、千鶴子の手紙が舞いこんで来て、その中にまたカレーのことが書いてあったのは、何かの因縁のような気もした。

たしかに、いつまでも失業者で、こうしておふくろのところでぶらぶらしているわけには行かないだろう。

そうかと言って、

「ハイ、賛成」

と、簡単に食べ物屋を開いて、たちまち東京で一国一城の主になれるとは思えない。

千鶴子の手紙は嬉《うれ》しかったが、どうやらよほど長い間、練馬の下宿の岩おこしの手もとで、滞留していたらしい。

だれがいったい、急に思いついて付箋《ふせん》をつけてこちらへ回送してくれたのだろう？

付箋の字は、だれの字だろう？

それがわからないのも、彼が返事をうまく書けないでいる原因の一つであった。

われらの主人公が、手紙の返事を書きあぐねている間に、どういういきさつで千鶴子の手紙が、広島へ回送されて来たか、それをちょっと説明しておくことにしよう。

「左記に転送をお願いします」

その付箋を書いたのは、実は庭瀬元編集長であった。

正月、二度目の外出を許されて、病院から東京へ出て来た庭瀬さんは、失業した桜田六助が、さぞ困っているのではないかと、練馬の彼の下宿をたずねて行ったのだ。

「桜田さんはいませんよ」

岩おこしは答えた。

「くれに、荷物をまとめて、田舎の方へ帰っちゃいましたね」

「広島ですな？　それじゃあ」

庭瀬さんがきくと、

「広島だか下関だか、あたしゃ、あっちの方は行ったことがないから、よくわかんないけど……、そうそう、こんな手紙が一つ来てて、どこへ送っていいか知らないから、置いてあったんだけど、あんたあの人のお友だちなら、持ってってくれない？」

と、婆さんは、ほこりまみれの封書を一通、茶簞笥《ちゃだんす》の上から取って、庭瀬さんに見せた。

「いつごろ帰って来るように言ってましたかね？」

「さあ？　もう帰って来ないいんじゃないですか。あの人は、勤めてた本屋さんがつぶれちゃって、毎日お金がなくて、ぶらぶらしてたからねえ」

婆さんは言った。

「私は、その本屋の編集長ですよ」

庭瀬さんはそう言ってみる気もせず、

「それじゃあ、これは預かりましょう」

と、手紙を裏返してみて、差出人が「鶴見千鶴子」となっているので、「おや」と思った。

解散した会社の、別れ別れになった仲間同士が、

「その後どうしてる？」

というふうな便りのやり取りなら大抵ハガキですむはずで、特にスキー場から知り人へのたよりは、ふつう、絵ハガキと相場が決まっている。

これは、ふたりの間、どういうことになっているのかな？　そう言えば、病院へも、あのふたりはふたりだけで見舞いに来てくれたが……。

庭瀬元編集長は、頬笑ましいような気持ちでそう思い、これはすぐ六助のところへ、この手紙を回送してやろうと思った。

しかし、庭瀬さんにも六助の広島の住所はわからない。

千鶴子のところへ電話をかけて、

「これこれこういうわけで、手紙を回送してやりたいのだが、桜田君が広島へ帰ったことを知っていますか？　住所を知りませんか？」

と露骨にきくのも罪な話だし、考えているうちに庭瀬さんは、ふと、

「いくら六さんだって、失業保険を郷里へ移す手続きだけはしていったにちがいない。池袋の職業安定所へ行けば、彼の広島の住所がわかるかもしれない」

と思いついた。

その予想は正しかった。少し待たされたけれども、職安で広島県佐伯郡三日市町という、六助の落ちつき先はすぐわかり、庭瀬さんは、何かいわくのありそうなその手紙を、六助に回送することに成功したのである。

自分からも、激励やら近況報告やらをかねて、手紙を書いてやりたい気がしたが、そうすると、何だかこのふたりの間に、余計な分子が介入することになりそうで、庭瀬さんはそれをやめにした。

そういうわけで、千鶴子の手紙を受け取った六助は、だれがそれを回送してくれたのか、さっぱり見当がつかなかったのである。

六助としてはしかし、だれが回送してくれたかということは実はそれほどの大問題ではなかった。

飛び立つ思いで返事をしたためてしかるべきところなのだが、思いは飛び立っても、ペンの方があんまり飛び立ってくれない。

そのうち、大森先生の礼電報に、

「アトフミ」

とあったそのアトフミがとどいた。

「思いがけぬ祝電をいただき、実に嬉しく、且《か》つは君がすでに東京に居らないことを知り、まことに驚きました。

失礼はこちらからこそお詫《わ》びすべき筋《すじ》多く存ぜられ、いつぞやは生活の苦しさからとは申せ、金のことで年甲斐《としがい》もなく取乱した態度をお眼にかけ、いまさら思い返して忸怩《じくじ》たるものがあります。殊に庭瀬さん御来宅の折、君が拙著を背負って小生のために行商までして、何とかして下さろうとしておられた御志を知り、何と申してよろしいか、分からぬ思いにかられました。

幸い拙著の方は、受賞を機に、C社が新書判に装いをあらためて世に出してくれる約束になり、君にも御休心をいただきたいが、君は今後郷里で如何《いかが》されるつもりか、もし小生お役に立つことがあれば何でも尽力いたしたく、庭瀬さんもこのことは心配しておられる様子でしたが、御暇の折に一度御近況お知らせ願えれば幸甚《こうじん》と思います云々《うんぬん》」

大森先生の手紙には、そんなことが書いてあった。

のんき者の六助ではあるが、彼はそれを読んで、涙ぐみそうになった。

「みんな親切だなあ」

と思った。

千鶴子も、大森先生も、夢の中に出て来た父親も、みんな六助に対して、やさしいのである。

こだわらずに、早く、僕のほうからも、みんなに素直な返事を書いたほうがいい。大森先生に対してはもちろんだが、千鶴子にも、手紙をもらってどんなにうれしかったかということを、ありのままに書いて、返事を出そう。ひとの親切や、やさしい気持ちを、ひねくれて受け取るのは、よくないことだ。

本の校正で、徹夜でがんばったころのように、一つがんばって、きょう手紙を書き上げてしまおうと、彼は決心した。

千鶴子からも大森先生からも、

「いい若い者が、いつまでも田舎でくさくさしてないで、早くしっかりした自分の仕事を見つけなさい」

と、好意ある意見をされているような気がする。

自分で食料品店か食堂を、ほんとうに始めるか？　それとも、もう一度就職口をさがすか？　それは、東京でか広島でか？

ついては、おふくろの金をあてにするようで悪いけれども、例の川武サンタ・アンナの株はどうなっておるかいな？

彼は久しぶりに、広島の町へ出てみる気になった。

母親が川武サンタ・アンナの株を買ったつつじ証券という証券会社へ行って、川武の値段を聞いてみようというのが、目的であった。

「お母さん、天気はええし、ぶらっといっしょに、広島へ遊びに行ってみんかね？」

彼はそう言って母親をさそった。

「広島？」

母親はたすきがけをしながら六助のほうをふり向いて、

「せんたく物がたくさんたまっとるのに、わたしは広島なんか、行かんよ。しかしあんた行くなら、行っておいで。たまには町を歩いて来るのもよかろう。本通りで〝びっくりぜんざい〟を食べるぐらいのこづかいなら上げるよ」

と言った。

「びっくりぜんざいはどうでもええが、つつじ証券へ寄ってみようかと思う」

「ああ、そうしたら、川武の値段を聞いてきてちょうだい。何も知らせがないところを見ると、どうせ駄目なんじゃろうと思うけど」

母親は言った。

それで六助は、手紙を書くのは夜のことにして、洋服に着かえ、ひるすぎから、ひとりで久しぶりに広島の町へ出かけて行くことになった。

三日市の駅から、西広島行きの電車に乗った。一両だけでゴトゴト宮島と広島の間を走っている、昔ながらののんびりした郊外電車である。

車窓右手に、相変わらず眠ったような静かな広島湾の海が見える。

左手は、日のよくあたる赤土の丘で、あちこちの梅の木が、もうつぼみをふくらませている。何となく春が近い感じだ。

電車と並行した国鉄山陽本線の線路の上を、大きな黒い蒸気機関車に引かれた東京行きの急行列車が追いかけて来る。

郊外電車は、小さいからだを小刻みに振りながら、一所懸命走っているが、やがて上《のぼ》りの急行列車に追い抜かれてしまう。

食堂車が見え、寝台車が見え、最後に郵便車の窓が見えて、列車は後尾からスチームを吹き出しながら遠ざかって行く。

六助は、何とはなし、東京へ帰ってみたい気持ちをさそわれた。

「東京――千鶴子さん――大森先生……」

彼は口の中で、つぶやいた。

西広島の終点につくと、宇品行きや広島駅行きの市内電車が、すぐ前に幾台もとまっていた。六助はそのひとつに乗りこんだ。

中学生たちが四、五人、わいわい広島弁でふざけている。

「ちょっと、帽子かしてみいや。オランの頭は、すごい大きいんじゃけん。かしてみいや」

「ばか。すな。わるさをすな」

「オランはのう、オラン（ウータンの意か？）言うてもはぶてる（ふくれる）し、頭が大きい言うても、すぐはぶてるんじゃけん」

「えっと（あんまり）騒ぐな言うたら。おじさんが笑いよってど」

中学生たちは、帽子の取り合いをしてふざけながら六助の方を見た。

「銀山町《かなやまちょう》へ行くのは、この電車でよかったかね？」

六助は質問した。

「ハイ」

と、ひとりの中学生が返事をした。

「おじさん、株屋へ行ってんですか？」

と、もうひとりの中学生が、生意気に、そのものずばりの質問をした。

まわりの客が笑い出した。

銀山町は広島の兜町なのである。

「うん？　うん」

と、六助はあいまいな返事をして、苦笑した。

市内電車は、ゴットンゴットンと、旧式な音を立てて動き出した。

つつじ証券は、銀山町でも古い、土着の店である。

セールスマンたちは、みんな広島弁であった。

六助がはいって行って、林さんという人を呼んでもらうと、

「はあはあ、三日市の桜田さんの、はあ、そうですか。ようおいでました」

と言って、三十五、六の男の人が出て来た。

「まあ、どうぞ、こちらへ」

と、林セールスマンは、六助を部屋のすみの、ガラスのついたてで仕切った応接室へ案内した。

六助は、川武サンタ・アンナを母親が一度買っただけのこの店で、自分がどうしてこんなに丁重に扱われるのかよくわからなかったが、

「東京の方からお帰りましたんでしょう？　東京の方で、出版関係の仕事をしとられて、財界方面にもお知り合いが多いそうですなあ」

と、林セールスマンは、母親のいつかのほらを、本気で信じているらしかった。

「別にそういうわけでは……」

六助は、いまさら、その「出版関係」がつぶれまして、自分は目下失業中でとも言えず、

「時に、川武サンタ・アンナはどんな具合ですか？」

と、端的に用件を切り出した。

「それが実は、一度お知らせせねばと思っておったんですが、このところ動き出しましてねえ、きのう十五円高ですよ。その前の日が五円高、七円高と——、もう大してご損のないところまで来たようです。足が早いですけんね、こういうものは」

と、林さんは丸出しの広島弁で、意外な話を聞かせてくれた。

「ほほう」

「ご隠居さんが、あなたのおすすめじゃと言うてお買いになってから、私も興味を持って調べてみましたが、ええ会社ですね。何というても、これからオートメーション時代ですから、オートメーション計器の需要いうものを考えると、こりゃあ、まだまだ上値《うわね》がある銘柄じゃと思うとります」

「へえ、そうですかねえ。そいつはありがたいな」

六助は言った。

「東京の方」の「財界方面」の、耳よりな情報でも引き出せるかと期待して、六助を応接室へ通した林セールスマンは、相手の返事がたよりないので、少しけげんそうな顔をした。

六助のほうは六助のほうで、応接室の仕切りの中へ通されただけでも少々居心地が落ちつかないのに、相手が母親のことを「ご隠居さん」などと言うから、ますます照れくさい気がして来た。

「そうすると、いつごろ売れば一番いいでしょうかね？」

と、彼ははなはだ素人的な質問をした。

「売られる気があるんですか？」

つつじ証券の林さんは、ききかえした。

「まあ、少しもうかったら、売ってみたらと思うんですが……。おふくろと相談しての話ですが……」

六助は答えた。

「何しろ、買うなり、あんなふうにどんどん値下がりしたりしたもんだから、おふくろも気味が悪くなっているらしいんで……」

「しかし」

と、林セールスマンは言った。

「こういうふうに、急に動意づいて来たのは、何か材料があるからじゃないんですか？」

「ドーイづくてなんですか？　材料てなんですか？」

六助はきいた。

「？」

林さんは、相手がどうやら完全な素人らしいと悟ったようである。「財界方面」につながりの多い男に話す口調を、素人向けにあらためた。

「それはたとえばですね、この会社、増資が近づいておるとか、米国のサンタ・アンナ計器との間に、何か新しい契約がうわさされておるいうふうな、ええ材料があって動きだしとるということですよ」

「売らない方がいいんですか」

「売らない方がいいでしょうね」

林さんは言った。そして自分の意見を述べた。

「こういう資本金の少ない、店頭の成長株は、じっと我慢をされて、増資を何べんも取って、大きくもうけられるのが本筋じゃろうと思いますなあ」

「………」

「この間も、何かに書いてあるのを読みましたが、株は辛抱です、桜田さん」

「………」

「私が戦後、商業学校を出て、つつじ証券の店へはいったころ、ご存じの広島の東洋工機が、十九円で、みんな人が見切りをつけて手放しよられましたが」

「………」

「当時千株売って、一万九千円ですわ。これをもし、今までじっと辛抱して持っておったら、なんぼになっておるか、この間計算してみたんですが、なんと桜田さん、当時の千株が、今、三十八万四千株に化けて、六千八百七十三万六千円の財産になっておるんですよ」

「へえ」

東洋工機は、広島の地元会社だが、現在ではれっきとした東京の上場銘柄である。敗戦後、重工業なんかもう日本ではだめと思われたのが、今そんな復興ぶりと成長ぶりを見せておるわけか――。

一万九千円が六千八百万円に！

「川武サンタ・アンナも、そうならんとはかぎらないですかね？」

六助は言った。

「そうですよ」

林さんは答えた。

しかしそのためには、自分の独立を、当分見合わせにしなくてはならないなあと、六助は思った。

ともかくそれで、売りの話はやめにし、間もなくつつじ証券を出て、せっかくの母親のすすめだから、本通りの汁粉屋でびっくりぜんざいを一杯食べ、あてもなしにしばらく町をぶらぶら歩いてみた。

原爆当時のことを思えば、広島の町も大した復興をしたものだ。道は広く、りっぱに舗装され、高い新しいビルディングが立ち並び、人々の服装もきれいである。

ほんとうは、町のどこかにまだたくさん、ふた目と見られないような顔をした原爆被害者が、そっとかくれて暮らしており、原爆の後遺症が出て、今ごろになって突然死んでゆく人も跡をたたないらしいのだが、町のにぎわいだけ見ていると、そんな話がまるでうそのようだ。

彼は、町の中心地を、一時間ほど散歩してから、また宮島線の電車に乗って、三日市の家へ帰って来た。

「お母さん、いい知らせだよ」

六助は言った。

「林さんに会ったんかね？」

「うん。川武サンタ・アンナは、この三、四日で二十何円値上がりしておるらしい」

「ほうほう。そりゃ耳よりな話じゃ」

母親は前かけで手をふきながら、うれしそうな顔をして、

「それで？」

と、もっと話を聞きたそうに、六助を促した。

「それで、いま売らない方がいい、じっと我慢しておれば、相当大もうけができそうな話だったよ」

「ふんふん、それで？」

「それでって、それだけですがね。びっくりぜんざいを一杯食って、町を散歩して帰って来た。もう梅が咲きかけてるよ」

「ああ、このへんは春が早いからね。だけど、そうかね。わたしは何となく、お父さん

のご命日までに、いいことがありそうな、株の方でも春が来そうな気がしておったよ」

と、母親はこのあいだまでの愚痴《ぐち》を忘れたようなことを言った。

「林さんはお母さんのことをご隠居さんなんて言うし、僕には、東京の出版関係で、財界方面にもお知り合いが多いそうだなんて言うから、照れくさくて困ったよ。お母さん、でたらめな話をしたんでしょう?」

「ハハハハ」

母親は愉快そうに笑い出し、

「初めて行った時、そんなことを言うたかもしれん。こんなお婆さんが、株屋にいいかげんにだまされたら大変と思うから、六助のことも、少しは偉そうに吹聴《ふいちょう》しといたのよ」

と言った。

六助は、母親のきげんのいいところで、少し自分の将来の身のふり方について、相談やらお願いやらをしておいたほうがいいと思った。それで、

「ときにね、お母さん」

と切り出した。

「僕もいつまでも、こうして、びっくりぜんざいを食うこづかいまでお母さんにもろうて、ぶらぶらしておるわけには行かんと思うんだがね」

「……」

「結婚のことも考えねばならんし、それにはまず、この失業状態から脱け出さねばならんが」

「………」

「もしも――もしもですよ、林さんの言うように、お母さんの株が非常に値上がりしてもうかったというようなことがあったら、僕がすすめたから言うわけではないが、お母さん、僕の再出発のために、そのもうけ分の金を融通《ゆうずう》してもらえるかね？」

「急にまた、変わったことを言い出したの」

母親は言った。

「いや、急じゃないんで、ほんとは前から考えてたことなんです」

「そりゃあ、山林でも株でも、わたしが死んだあとは、あんたのほかにゃ、あげる人はおらんのだから、使うてもかまわんが、再出発言うて、どんなことをする気？」

「僕はね」

六助は話した。

「百合書房がつぶれて、つくづく考えたけど、ああなったら、会社の中で僕ひとりがいかに一所懸命がんばってみても、どうにもならんのだよ。そりゃあ、張り合いの無いものだよ。こんど自分が何かやるなら、自分があるじの仕事を、小さい商売でもいい、やってみたい。だれにも気がねをせんと、栄えるもつぶれるも、自分の器量次第、努力次第ということをやってみたいと思いつづけておるんだがね」

「………」

「それを一緒にやろうと、すすめてくれる人もあるし」

千鶴子の名前は口に出さず、

「それにはしかし、なんと言うても、先立つものがまとまらんことにはどうにもならんから、今までお母さんにも話さんかったけど」

と、六助はつづけた。

母親は黙って聞いていたが、目にはやさしい理解の光をうかべていた。

六助のしんみりした言い方が、決して浮わついた考えの話でないことを、彼女に納得させたのであろう。

「うんうん」

母親は、幾度もうなずいて、

「あんたは、どんなことでも、まだ一からやり直せる若い年じゃ。決心さえはっきりしたら、そりゃあ、損して株を売ってお金を作ってあげたってええのよ」

そう言った。

釣りばり

鶴見千鶴子は、あれ以来三度ばかり、塩沢大学生とデイトをかさねていた。

弟の小太郎は、姉の行動をかぎつけ、少し気にしているようだった。

「姉さんのボーイ・フレンド、やっぱり僕のクラスの塩沢のいとこだよ」

「あら、そう」

「平気かい？」

小太郎はきいた。

「平気よ。だって、小太郎の同級生のいとこだからって、別にびくびくすることないじゃない」

「そうじゃねえよ。そいつ、女の子ひっかけるの、すごくうまいんだって」

「失礼ね」

千鶴子は甲高《かんだか》い声を出した。

「そいつとか、女の子をひっかけるとかって、そういう下品ないい方するもんじゃないわよ」

「だって、塩沢そういってたぜ、魚釣りのつもりだから、かなわねえやって」

にやにやしているが、ほんとは少し心配らしい。「男はみんなオオカミよ」ということを知らない姉への、忠告のつもりらしい。

「生意気ねえ。生意気で失礼よ。ボーイ・フレンドっていったってお茶のんだり、ときどき食事したりするのは、ひっかけるとかひっかけないとかってことじゃないじゃないの」

千鶴子はムキになって言った。

実際、塩沢カレー粉大学生は、いままでのところ、一度も、千鶴子を「ひっかける」ような態度をしたことはないのだ。

しかし弟のいうことは、ちょっと気になる。

「子供がそういうことに、いちいち干渉してくれなくても結構」

「子供子供って言うけど、姉さんの方が子供のところもあるからな」

「余計なお世話よ」

実はこんどの水曜日、鵠沼《くげぬま》の海岸まで、いっしょに遠乗りのドライブに行ってみることに、約束が決まっていた。でも、家の者に対してだって、別にうしろぐらいような、やましいような気持ちなんか、ないわと、彼女は思っていた。

その出端《でばな》に、弟がけちをつけたので、千鶴子は少し不きげんになった。

千鶴子の不きげんはしかし、約束の日に、塩沢光太郎が、よく洗った黒塗りの三種の神器に乗って迎えに来てくれた時には、もうなおっていた。

光太郎大学生は、細身のズボンにトレンチ・コート、春はまだ遠いのに、黒いサン・グラスという格好で、大いにしゃれくり返っていた。

「食糧を持ってきました」

と、彼はうしろの席につんだ缶ビールや、弁当の包みらしいものを示して言った。

「わたしも持って来たわ」

千鶴子は、菓子やノリ巻きのはいった手さげを持って、塩沢大学生のとなりに乗りこんだ。

光太郎の運転するヒルマンは、青山から中目黒、五反田《ごたんだ》と抜けて、第二京浜国道へはいる。

「株はどう」

「うん、大分上がったわ」

千鶴子は答えた。

「それより、塩沢さん。H高の三年に、あなたのいとこの塩沢君っているんでしょう。うちの弟とクラスがいっしょなのよ」

「僕はいとこがとてもたくさんいるんだけどね。H高ていうと、慶吉かな。あいつ、ニキビ少年で生意気でしょ？」

塩沢大学生は、自分がニキビと縁のなかったような口をきいた。

「さあ、どうだか。会ったことないから知らないけど」

「きっと慶吉だよ」

「慶吉さんって言うの？　うちの弟は小太郎。あなたの光太郎と聞きちがえそうな名前よ」

「へえ、そりゃ、嬉しいね」

千鶴子は言った。

「別に嬉しかないでしょ。おまけにうちはパパが、善太郎だから、太郎ばっかりだけど」

第二京浜国道の、ベルト・コンベヤのような車の流れの中を、塩沢光太郎はハンドルに小指をかけて飛ばしながら、

「いや、嬉しいです」

と言う。

半分ほんとうであった。

女の子がこういう発言をするのは、彼の経験からして、相手が自分に好意を持ちはじめた証拠である。少なくとも、一時の警戒的な態度は、ずいぶん薄らいで来たようだ。彼女と、もっと仲良くなるための第一ゲイトは、どうやら通過したらしいと、塩沢大学生は計算していた。だけど、あまりあせるのは禁物《きんもつ》、話をそらせ。

「東海道も、車の混み方ひどくなって来たね」

「ほんと。もっとも、わたし車で江の島へ行くのなんか初めてだけど」

千鶴子は答えた。

毒ガスのように、黒い排気を吹きかけながら前を走っている大型トラックを、光太郎がじょうずに追い越して行く。

鵠沼の海岸についてみると、日ざしは東京よりずっと春めいていたが、シーズンではないし、ウイーク・デーだから、人影は少なかった。

「まだ海へ遊びに来る季節じゃないんですね」

光太郎は言った。

「そうかもしれないわ」

「寒くありませんか？」

塩沢大学生が、千鶴子の肩を抱かんばかりにする。

「ううん。寒くない」

「いっそ、ひと思いに、くるりと方向転換して、北の方へ飛ばして、スキー場へ行ってみればよかったかな」

「でも、日帰りのできるところで、どこかスキー場ってある？」

「日帰りでなくたっていいさ」

「………」

「あれから、少しはスキー、練習した？」

「ぜんぜん」

千鶴子は答えた。

「つづけてやらなくちゃ、じょうずにならないんですよ。またスキー、行こうじゃない。僕が三日教えてあげれば、雪にあんな大きな穴なんかあけなくなるよ」

光太郎は言った。

「そうね」

千鶴子はただ笑っていたが、男のほうはこういう時、うぬぼれた解釈をするものらしい。

――はて、この子、場合によっては、スキー場へ連れ出してもオーケーらしいぞ。おもしろくなって来た。弟が小太郎で、おやじが善太郎で、僕が光太郎か。あんなこと言うのは、何となくムードがあるからな。面白いぞ、こりゃ……。

砂浜には波が、絶えず快い音をたてて砕けている。

青いうねりが寄せて来て、音を立てて白くくずれ、砂の上に模様をかいて、静かに引いて行く。

――女の子というのは、月の光とか、波の音とかいうものに弱いんだ。月ロケットの時代になってもおんなじなんだ。

「おなかがへったでしょう？　波の音の聞こえるところで、弁当食べることにしようよ」

塩沢光太郎は言った。

ふたりは砂の上に並んで腰をおろし、サンドイッチをつまんで、缶ビールを飲んだ。

千鶴子のほうは、いつか六助とふたりで、庭瀬さんの病院へ見舞いに行って、にぎやかに、ピクニックのようにして、ひる飯を食べた時のことを思い出していた。

――六さんという人は、ほんとにどうしてしまったのかしら？

両手でひざ小僧を抱いて、波の音を聞きながら思う。

「千鶴子さんは、恋愛をしたことある？」

光太郎が質問した。

六助のことをぼんやり考えていた彼女は、はっとして、

「ないわ」

と答えた。

「恋をされたことは？」

「ないわよ、そんな経験。塩沢さんは、あるの？」

「僕もないけど」

と、カレー粉大学生はうそを言い、

「だけど、君みたいな人が、恋をしたことも恋をされたこともないなんて、不思議ですねえ。千鶴子さんの指は、白くてほんのり赤くて、イチゴクリームみたいで、食べたいようだなあ」

と、彼女の指に軽く手をやった。

千鶴子は手を引きながら、

「でも、塩沢さん、いつか、失恋した女の子にだって、カレー粉ぐらい送ってやるって、川中島の合戦の話をしたじゃない」

と言った。

「あれはたとえ話ですよ」

こんどはそっと、千鶴子の背中に手を回す。

——小太郎が、ああ言ってたけど、この人、ほんとに「女たらし」なのかしら。やさしすぎるわ少し。

彼女はそう思って、気味が悪くなり、

「ねえ、マリン・ランドのとこに、さざえの壺焼き売ってなかった？　行ってみましょうよ」

弁当を食べ終わると、立ち上がった。

「どうしたの？　さざえが食べたいの？　何も、そんなに急いで行かなくたって、いいじゃない」

と、光太郎は言って、あとから立ち上がって来た。

壺焼き屋の屋台は、まだ出ていなかった。しかし、おみやげ用のさざえを売っている店があった。千鶴子はそれを一袋買った。

「じゃあ、そろそろ東京へ帰りましょうか」

「いやに急ぐんだなあ」

光太郎は恨めしげに、それでも渋々車のドアをあけた。

「ほんとに寒くなったわ。カゼをひきそうなんですもの」

「じゃあ、東京のあったかいところへ行ってみよう」

光太郎が言って、ヒルマンのエンジンをかけた。

そしてふたりは帰途についた。

光太郎の運転するヒルマンが、横浜新道を抜け、第二京浜国道へはいるころには、もう夕方のラッシュであった。

急行便のトラック、ダンプ・カー、乗用車、オート三輪、オートバイを何十台も積んだ大きな長距離輸送車、バス——車の混雑は、来る時以上のはげしさで、助手席に乗っているだけの千鶴子でも、いいかげん神経にこたえるようだ。

「僕、疲れちゃった」

カレー粉大学生は言って、片手でハンドルをにぎり、片手で千鶴子の肩へ手をまわして来た。

「だめ。あぶないわよ、そんなことしちゃ」

振り払おうとしたが、光太郎はさらに、彼女の肩の上に首ごともたれかかるような格好をする。無理にそれを避けると、ほんとうにあぶないことが起こりそうだ。

「いやよ」

「だめだったら」

と、千鶴子はもじもじした。

「車は多いし、スピードはガンガン出てるし、第二京浜っていうのは、運転してて、ほんとに疲れるんだもの」

光太郎大学生は甘えるように言って、千鶴子の肩にまわした手を離さない。

「疲れるのはお気の毒だけど、東京へ着くまで、ちゃんと運転してよ。事故なんていやよ、あたし」

千鶴子は言った。

すさまじい音を立てて、左から追い抜いて来たトラックの運転手が、

「うまくやってやがら」

というように、こちらの車の中をのぞきこんでいる。

千鶴子は、はずかしいよりも、トラックがぶっつかって来そうで、その方が恐ろしかった。

「ほんとに、塩沢さん、東京へ着くまで、ちゃんとしてよ」

彼女は言った。

光太郎はまたまた男のうぬぼれで、

「東京へ着くまで」

という千鶴子の発言を、

「東京へ着いたうえは」

と善意（？）に解釈したらしい。

「ああ、あ、あ」

わざとらしい大あくびをして、やっと彼女にもたれかかるのをやめにし、両方の手をハンドルの上に戻した。

その時、はるかうしろの方から、

「ヒューッ、ヒュウ、ヒュウ」

という、サイレンの音が聞こえて来た。

「あれッ、何だろ？」

光太郎がちょっと緊張した顔つきになって、バック・ミラーをのぞきこむと、ふたりの車のすぐうしろから、神奈川県警の白バイが一台せまって来ていた。

光太郎は、まさか自分が追いかけられているのではあるまいと思った。規則の六十キロより、少々オーバーして走っていたが、それは前の車も、うしろの車も、横の車も、みんな同様である。自分だけやられるいわれは無い。

それでもともかく、スピードを落として、左へ避けた。

白バイが、そのまま彼を追い越して、前の砂利《じやり》トラか何かの獲物《えもの》を追っかけて行くだろうと思ったのだ。

ところが神奈川県警の白バイは、赤ランプを光らせて、塩沢光太郎のまうしろについて来、ひときわ高く、

「ヒュウーッ」

とサイレンを鳴らした。

止まれという合図である。

「何だい、僕かい？　何も違反なんかしてやしないじゃないか」

「どうしたの、いったい？」

言いながら、左に寄せてとまると、白バイはその前に出て停止し、白いヘルメットをかぶった警官がおりて来た。

「免許証を見せてください」

「何の違反なんですか？」

「いいから、とにかく免許証を出しなさい」

「ハイ」

光太郎はすこぶるつきの仏頂面で、ポケットをごそごそやって、やおら運転免許証を取り出した。

白バイの警官が、それをひらいて点検しながら、

「あんた、大分よたよたして走ってたね。なぜですか？」

ときいた。

どうやら、酔っぱらい運転と思って追いかけて来たらしい。

「いけねえ」

光太郎は思った。千鶴子にかまっている間に、車がよたついたらしい。

「そうか」

彼はとっさにうそをついた。

「車のラジオの具合がおかしいんで、調べていたからそうなったんでしょう。すみません」

「ラジオをいじってたって？　この交通量の多いところで、むやみにラジオなんか調べて、ふらふらしちゃあぶないよ、君」

警官は疑わし気に言った。

「すみません」

「ここの制限速度は何キロですか？」

「六十キロでしょう」

「あんた、五キロ超過して、六十五キロ出してたね」

「そうですか。どうもすみません」

「ほかの車もその程度の超過はしていたようだから、それは大目に見ますが」

警官は塩沢光太郎に顔を近づけて来、

「あんた、少しアルコールのにおいがするね」

と言った。

「どのくらい飲んだんですか？」

「どのくらいって、ひる間っからそんなに飲みゃしないよ」

光太郎は情けなさそうな声を出した。

「海岸で、缶ビール一本飲んだだけですよ。それも、もう三時間も前の話ですよ」

一時間前に、缶ビールを三本飲んだのを、大分割引した。

しかし、飲んだものがビールだし、実際彼は、そんなにプンプン酒のにおいをさせているわけではなかったのである。

それでも白バイの警官は、酩酊《めいてい》検知器を取り出し、

「とにかく、これを吹いて、ふくらましてください」

と、ビニールの風船に彼の息を吹きこませた。

それから、体温計のような細長いガラス管を風船にとりつけて、スポイトで中の息を吸い取り、マッチをすって、ガラス管を熱し始める。

ガラス管の中の砂みたいな薬品の、色の変わり具合によって、酔っぱらいの程度がわかる仕掛けらしい。

しかし、幸いなことに、ガラス管の中の薬品は、一向に変色しなかった。

「まあ、この程度ならいいでしょう」

警官は、少し残念そうであった。

「あたり前ですよ。三時間前に飲んだ缶ビールで、そんなにいつまでも酔っぱらっちゃいられないさ。僕は、ほんとにラジオの具合を見てただけなんだから」

「………」

「もう、行ったっていいんだろ？」

光太郎は言った。

「君、何もそう威張ることはないんだよ。多少といえども酒気を帯びてる。スピードも超過している。その上、ふらふら運転をしていた」

「………」

「どれも軽微の違反だし、きれいなお友達もいっしょのようだから、大目に見ておきますが、ラジオをいじったりせずに、これから気をつけて行くんだね」

警官は言った。

そうして、白バイがバリバリいう音を立てて行ってしまうと、塩沢光太郎は、

「ちぇッ」

と舌打ちをし、

「バカにしてやがら」

さも憎々しそうに言って、自分もエンジンをかけた。

「そんなに言うもんじゃないわよ。わりに物わかりのいいお巡りさんじゃない。ラジオをなおしてたなんて、塩沢さんうそつきね」

千鶴子は言ったが、光太郎大学生は、

「トサカへ来ちゃった」

と、はなはだしく仏頂面であった。


やがて多摩川大橋。

そこを渡れば東京都である。さっきの白バイが、車の列を縫いながら、横浜の方へ引き返して行くのが見える。

「くさったなあ。くさった上に、疲れちゃった」

塩沢光太郎は言った。そして、

「ほんとに、僕、疲れちゃった」

と繰り返した。

「………」

車を運転しながらあんなことするからよと、言いたいところだが、そんなに疲れた疲れたと言われると、彼女は何となく、自分も少し責任があるような気がし、五反田のロータリー近くなって、

「どこかあったかい所で、少し休んで行かない」

カレー粉大学生にさそわれた時、

「コーヒーでも飲みましょうか」

と、賛成した。

光太郎はそれに返事をしなかった。

車はどこか、ごみごみした小さな道を、右へ曲がったり左へ曲がったりして、抜けて行き、やがて人気の少ない、とある町角でとまった。

「ここでひと休みして行こうよ、ね、千鶴子さん」

光太郎は、ドアをあけながら言った。

「どこ、ここ?」

千鶴子は少し不安になった。

「……」

「お茶を飲むとこなんか、無いじゃない」

「喫茶店より、畳の上の方が落ちついて休めるんだよ、いいでしょう?」

見ると、すぐ前に、「みすみ」とネオンの看板を出した旅館がある。

「御休憩おふたり様八百円より」

と書いてある。

「ちょっと、塩沢さん」

千鶴子はきつい声を出した。

「あなた、何か勘ちがいしてるんじゃない?」

「勘ちがいなんかしてないよ。僕、どうしても、君が……」

光太郎大学生は、やむにやまれぬ大和魂《やまとだましい》みたいな顔つきである。

「休むって、わたしとここへ入ろうっていうの？」

「いけない？　ちょっとだけ、いけない？」

「いけないに決まってるわよ」

「だって、何も、ただ社会見学のつもりでもいいんだし」

光太郎は哀願するように言ったが、

「わたし、帰るわ」

と、千鶴子は自分でドアをあけて、車から飛び出した。

「千鶴子さん、千鶴子さん。ちょっと、千鶴子さん」

光太郎がうしろから追いかけて来る。

千鶴子は黙って走った。

あたりはもう暮れかけていた。

そば屋の出前持ちの自転車が、ベルの音を鳴らしながら、彼女にぶっつかりそうにな
って、よろけて行った。

どこかわからないので、千鶴子は、なるべく明るい方へ、広い道の方へ、やみ雲に走
りつづけた。

そのうち光太郎は、あきらめたのか、自分の自動車が気になるのか、追いかけて来な
くなった。

彼女はドブ川を渡って、不意に、トロリーバスの走っている大通りに出た。から車のタクシーが来たので、すぐ手をあげた。

「青山南町」

彼女はそう言って、運転手がメーターを倒す音を聞きながら、自分のドキドキする胸に手をやった。

タクシーが代官山の坂の途中でつっかえて動かなくなった時には、前後左右の車の中に、黒いヒルマンがいはしないかと、きょろきょろ見回した。

それでも、やっと彼女は落ちついて来て、

「あら、おみやげのさざえを、自動車の中に忘れて来たわ」

と気がついた。

「でも、そのほうがよかった」

と思った。

さっきまで、きょうは鵠沼の海岸へドライブしたのよ、ハイ、おみやげと、平気でさざえが出せる心境だったが、いまはちがう。家でドライブの話なんかできそうにない。

「できるだけ平気な顔してないと、かえってママに疑われちゃうわ。小太郎はまたニヤニヤして何をいうか知れないし」

千鶴子はタクシーの中で、ひとり鼻や唇や頬の筋肉を動かして、顔の柔軟体操を試みた。

「交差点を越したら、すぐ右へまがって、百メートルほど行ったとこ」

そして、

「ただいま」

何とか平気な顔をして家の玄関をはいって行った。

「おい、千鶴子か？　ちょっと来なさい」

すでに帰宅していた父親が居間の方から大きな声で呼んだ。

「なあに？」

と答えて、また胸がドキンとした。

「さっき、妙なとこでお前を見かけたんだが、何をしてたのかね、あれは？」

そんなことを言われそうな気がした。居間へはいって行くとしかし、鶴見善太郎氏は夕刊をひろげてニコニコしている。

「川武サンタ・アンナの株主にちょっと申し上げますが」

冗談めかした調子で言う。

「あら、川武上がったの？」

「二十円高だよ、きょう」

父親はきげんがいい。

「へえ。そう」

結婚資金前借りで買った株が、値を上げてうれしくないわけはないのだが、今のところ、もっともやもやしたものが、胸の中で渦を巻いている。

「すごいわね」

と言うものの、あまり気勢が上がらない。

「お前、いい時買ったね。これで、あれから三十何円上がってるよ。どうかね？　ここらで一つ、利食いをしてみるか？」

「利食いっていうと？」

「もうかってるんだから、一応売って、もうけを手に握ることさ」

「さあ……。でも、もう少しわたしがんばってみるわ」

千鶴子は言った。

「そうか。まあ、それもよかろう」

父親の言うのを聞きながして、彼女はそっと居間から出た。

「魚釣りのつもりだから、かなわねえや」

小太郎のクラスメートの塩沢君が言っていたということばが、今さらのように彼女の頭の中によみがえって来た。

自分が、おもちゃにされかかったと思うと、やはりショックであった。

千鶴子は、ぼんやりした表情で、自分の部屋へはいった。

すると机の上に、一通の厚い封書が置いてあるのが、目にとまった。

――東京都港区青山南町五丁目××鶴見千鶴子様。

「あら、この字?」

手紙を裏返してみると、果たして差し出し人は、桜田六助であった。差し出し人の住所が、広島県佐伯郡三日市町となっているのが、二重に彼女をびっくりさせた。

「まあ」

千鶴子はペン皿からハサミを取って、急いで封を切った。

「たいへんごぶさたをしました」

と、六助の手紙は書き出してあった。

「昨年の暮れに、しっぽを巻いて郷里のおふくろのところへ帰って来ました。ほかにたよるべきものも無い失業者の僕としては、やむをえない成り行きでした。

退職金の小切手が不渡りになったというおはがきをいただいて、僕はすぐ、青山のお宅へ電話をかけたのですが、お友達とスキーに出かけられたとかで、その後は何のお便りも無いし、広島へ帰る時も、それで、遠慮してお知らせしませんでした。

正直に書くと『遠慮して』というのはうそです。退職金が取れなくなったら、あなたはウサばらしにスキーに行ける結構なご身分で、小切手の問題がはっきりした以上、もう僕と連絡する必要も無くなったんだ、いつか電車の中で、いっしょに店をやってみたい、などとおっしゃったのは、気まぐれの思いつきだったのだろう、そうでなければスキー場から絵はがきの一枚ぐらいくださってもいいはずだ、まったく音も沙汰も無しのわけはないと、そういうふうに大分すねて、お知らせもせずに都落ちをしたしだいです」

「まあ、あきれた。音も沙汰も無いと怒ってたのは、わたしの方じゃないの」

千鶴子は思った。

そして、手紙を読みつづけた。

「ところが、きのうの朝突然、まったく突然に、スキー場からのあなたのお手紙が届きました。約一カ月前の日付けのお手紙で、僕が東京を立ったあと、練馬の下宿においてあったのを、誰かが——誰かわかりません——回送してくれたのです。

僕は不思議な気がしました。なぜなら、僕は下宿に、こちらの住所を知らせておかなかったからです。あの下宿のばあさんは、どこかで転送先を調べてまで手紙を回してくれるような親切なばあさんではないのです。だれの好意かわかりません。

しかし、そんなことはどうでもいいのです。不思議な気持ちより嬉しい気持ちの方が、もっと強かったことは、言うまでもありません。僕は、女々しく、失業者らしいすね方をしていた自分を、大いに反省しました」

「そうだったの——そうだったの」

千鶴子は思った。

「あの手紙、そんなことになってたの。道理で……」

千鶴子は読みつづけた。

「あなたの手紙で、僕はほんとうに勇気づけられ、よし、何かやってやろうという元気が出て来ました」

　と、六助は書いている。

「こんなに本気で、僕のことを心配して、激励して手紙を書いてくださったのに、返事も出さず、さぞ失礼ネと、おこっておられることと思います」

「そりゃおこっていたわよ」

　と、千鶴子は半分口に出して、言った。

「こちらはもう梅が咲きかけていて、瀬戸内海の景色は、昼寝をしているようで、魚は安くてうまいし、のどかなものですが、僕のような男でも、男一匹、何もすることがなくぶらぶらしていると、身体も頭の中もカスカスになるような、何ともむなしい気持がしてきます。末期症状の百合書房でも、電話の応対をしたり、校正を見たり、原稿料分配会議でもめたり、はては鶴見さんと川武サンタ・アンナの工場へ本の行商に行ったり、ああ、あのころはと、そんなことばかりが思い出されて、なつかしくてたまりません。

　川武サンタ・アンナといえば、うちのおふくろが買った川武の株は、このところ少し上がっているそうです」

「株の値段にだけは、やっぱり気をつけているのね」

　千鶴子の頰に微笑が浮かんで来た。

「でも、わたしが川武サンタ・アンナを、うまい値段で買ったこと、六さん知らないのね。知らせてやったら、驚くだろうな」

「あなたの手紙にすっかり勇気を得て」

と、六助の長い手紙はつづいている。

「僕はおふくろに相談してみました。川武サンタ・アンナは、もともと僕が工場を見学してすすめたものだから、もしこれでもうかったら、もうかった分ぐらい、僕が新しく仕事を始めるための資金に出してくれるかと、言ったのです。何をやるつもりかと、おふくろは聞きます。協力予定者鶴見千鶴子女史の名前は出しませんでしたが、僕はやっぱり、一軒店を持って小さな商売を始めたい、宮仕えはもうしたくないと言ったのです。

おふくろは、何もわからないばあさんですが、よく理解してくれました。そして、具体的な決心さえ固まれば、何も、もうけた分と言わなくても、株を全部売ったっていいのだと言ってくれました。とてもむずかしいことのようで、恐ろしい気もしますが、おふくろの気持ちにこたえるためにも、あなたの激励にこたえる意味でも、僕はここらでひとつ踏み切ってみようかと思い始めています」

千鶴子は読みながら、少し涙ぐみそうになった。

「鶴見さん
七、八十万円ぐらいの元手《もとで》で、僕のような経験もないものが、ほんとうに小さなカレーライスの店でも始めることができるでしょうか？　甘い夢ではないでしょうか？　それから、あなたはほんとうのところ、本気で、僕の協力者になってくださるおつもりがあるでしょうか？　おもしろいかもしれないが、やはりたいへんな仕事にちがいありません。じっとしていれば、遊んで暮らしていられるあなたに、僕のほうからそんなことをお願いするのは、やっぱりためらう気持ちが強いのです。

でも、どうか、東京でだれかにきいて、可能性のあるなしを調べてみてください。その結果によっては、おふくろにたのんで、金を作って、僕は東京へ帰ります。

鶴見さん。

あんまり嬉しかったので、つい長々と、身の上相談みたいな手紙を書きましたが、それではこれでやめます。

今、夜の十一時半です。

さようなら、おやすみなさい」

千鶴子は、六助の手紙を読み終わった時、不思議なすがすがしい気持ちになっている自分を感じた。

さっき、連れ込み旅館の前で、塩沢光太郎に誘惑されかかったショックなど、何か遠い記憶のような気がして、不愉快な気分はどこかに洗い流されてしまっていた。

「ほんとのところ、本気で、協力者になって上げるわよ」

彼女はもう一度、そこに六助がいるかのようにつぶやいた。

百合書房で、本の不正持ち出しを疑われて恥をかかされそうになったのを、ひとりでひっかぶってわたしをかばってくれた六さん。そして、広島の田舎で今、何も仕事がなくてくさり切っている六さん。

「こんどはわたしが役に立ってあげる番だわ」

彼女は思った。

ここ何週間か、塩沢大学生の誘いに応じて、銀座で食事をしたり、鵠沼へドライブしたりして遊んでいたのは、音も沙汰もない六さんへのつらあて気分があったようだと、彼女は気がついていた。

「六さん、悪かったわ」

千鶴子は、いささか、古風な貞女みたいな思いにとりつかれた。

それにしても、その程度の資金で、ほんとうに一つの商売が始められるものかどうか、それは彼女にもわからない。

「だれに相談してみたらいいだろう?」

六助の手紙を、初めからもう一度読み返しながら考えた。

気持ちも大分静まったところで、彼女はスカートをはきかえて、父親と話をしてみる気になった。

ぬいだスカートから、鵠沼の砂が少し落ちた。

「いやだ」

千鶴子はスリッパで、その砂を蹴った。

居間へおりて行き、

「ねえ、パパ。さっき川武上《あ》がったって言ったわね。二十円高ですって？」

と父親に話しかけた。

「そうさ。二十円高だよ。一つ、株主同士で話し合おうと思ったのに、お前、興味のなさそうな顔をして二階へ上がってしまうから、どういうのかと思ったぜ」

「興味あるわよ。さっきは、ちょっと頭が痛かっただけ」

彼女は言った。

「頭が痛いって？」

「もういいのよ。それで、どうですって？」

「どうですって、と言われても困るが、まあ、これを見なさい」

鶴見善太郎氏はそう言って、千鶴子に夕刊の経済面を示した。

「どれ」

千鶴子は、

「東京店頭株気配――一時半現在――」

という数字の行列の中から「川武サン」の一行を見出して、

「なるほど、二十円高だわ」

と言った。

「それじゃないよ。たよりない株主だな」

と、父親は笑っている。

「じゃあ、何を見るのよ?」

「解説記事があるだろう? 〝店頭〟という、そこを読まなくちゃ」

鶴見善太郎氏は、娘が株に興味を持ち出したのがうれしいらしく、少し教育してみる気があるようだった。

「ああ、これね」

千鶴子は気づいて、読みはじめた。

「ほぼもちあい圏内の動きの中で川武サンタ・アンナの独歩高が目だつ、このところ角和の買いにじりじり値を上げて来た川武は、きょうも二十円と大幅高。米国サンタ・アンナ計器との新規の技術提携も株価に好感されており、大磯新工場建設にからんで、増資発表が近いとのうわさが流れているため。増資は有償一対二を予想する向きもあり、そうなれば、割安感からさらに買い進まれる場面もあろう」

「ねえ、パパ。これ、どういうこと? つまり、まだまだ高くなるっていう意味?」

「そこがむずかしいとこだよ」

父親は言った。

「つまり増資が一対二と決まればだね、千鶴子の買った千株は、一挙に三千株になる。そうなれば当然もっと高い。しかし、やっぱり一対一の倍額増資に落ちついたということになると、失望売りが出て、下がるかもしれない」

「……」

「だから、お前は初めて手を出して、もうかなりもうかったんだから、一度利食いをしてみるかと言っているんだ……」

「ああ、そう」

「ああ、そうって――。そうしたら、もっとがんばってみると言う。それもいいだろうと言うんだ。要するにそこから先は、かけだからね」

「でも、パパはどうするのよ？　パパはわたしよか大株主じゃない」

鶴見善太郎氏は微笑した。

「パパかね？　パパは売らないよ」

「じゃあ、わたしにだけ安全なとこで売らせて、借金を回収しておいて、パパはがんばって大儲けをしようって言うわけね」

千鶴子は言った。

「そうじゃない」

鶴見氏はもう一度微笑した。

「そうじゃなければ、どうなのよ？」

「それはね、おれは今、そんなに急いで金を作る必要がないからさ」

父親は答えた。

千鶴子は、おやと思った。自分の今の気持ちを見すかされたような気がしたのである。

弟の小太郎は、その日友達の誕生日によばれて遊びに出ていて、まだ帰っていなかった。それで、親子三人で夕食の卓にすわってから、さらに株の話がつづいた。

「だから」

と、鶴見善太郎氏が言う。

「お前も、急いで金を作る必要がなければ、頑張ってみるのも、無論結構なんだ」

「……………」

鶴見夫人にビールをついでもらいながら、父親は、

「しかし」

と、ちょっとまじめな顔になった。

「千鶴子はこのところ、リベートをよこせとか、結婚資金の前借りで株を買わせてくれとか、何かどうも、金を作る必要があって、あせっているように見えるんだが、いったいどんなことを考えているのか、出資者に話してみないかね？」

「……………」

「パパは心配していらっしゃるのよ」

と、母親が口を入れた。

「この間から始終電話がかかって来る、あの塩沢さんて人、どういう人なの？　あなた、その人とおつき合いするのに、何かお金のいることでもあるの？」

「それは関係ないの」

千鶴子は答えた。

「だけど、その人、プリンス・カレーの息子さんで、少し不良って評判なんでしょ」

「まあ、待て待て。関係がないとして、それじゃお金の問題のほうは秘密かい？」

「別に、秘密って、そんなこともないけど」

千鶴子は父親に向かって言った。

この機会にむしろ六さんのことを話して正式にパパの理解と援助とを求めたほうが得策かもしれないと考えた。

「結婚資金の前借りで株が買いたいって言い出した時には、特別どうって考えもなかったの。お小遣いが欲しかっただけよ。ただね、わたし、失業者でしょ？」

千鶴子は言い出した。

「職安へ失業保険のお金取りに行こうと思えば、ママが、そのくらいのお小遣いなら上げるから、みっともないことおよしなさいなんて言うし」

「………」

「失業者としては、いろいろ失業対策を考えるわけよ」

「何言ってんの。お父さまから三十万円も四十万円もお金をいただいて、株買ったり、そんな結構な失業者がありますか」

母親が言った。

「それはそうだけどさ」

と、千鶴子はつづけた。

「いくら結構な失業者でも、こうやって毎日ぼやぼやしてるの、つまんない。何かやりたいのよ、わたし」

「………」

「それも、お勤めはもう、いやんなっちゃった」

「………」

「すまじきものは宮仕え。パパ、そう思わない？」

「生意気なことを言わないで、もっと話してごらん」

鶴見善太郎氏はうながした。

「若いうちですもの、一国一城の主になって」

と、千鶴子は六助の口真似をし、

「何か思う存分、やってみたいと思うんだけど、わたし、ピアノの先生にはなれそうもないし、画描きや小説家にはますますなれそうもないし」

「じゃあ、何をやりたいのさ？」

「商売」

「ショウバイですって？」

鶴見夫人の頭には、とっさに、娘がたすきがけか何かで、

「毎度ありがとうございます」

と、古新聞にアジの干物と紅しょうがを包んで、近所のおかみさんから小銭を受けとっている、そんな情景がうかんだらしい。

「それじゃあなた、坂の上のみどり屋さんみたいな乾物屋さんか、ポストのとこのタバコ屋さんみたいな、そういうことをやろうって言うの」

「それだっていいんだけど……」

「何もそんなこと、いまさらそういう——」

と、母親が言い出したのを、鶴見氏は手で制して、

「で、その商売、何か知らないが、千鶴子ひとりでやる気なのか？」

と、さすがに要点を質問した。

「……」

千鶴子は黙って首を横に振った。

母親が、

「やっと、わかりました」

というふうな顔をした。

「つまり千鶴子ちゃん」

と、母親は猫撫で声を出した。

「あの塩沢さんていう人から、あなた、いっしょにおもしろい商売をやろうよ、金作って来いよってそう言われてるのね。それはだめよ。そういうお話にひっかかっちゃ、そ

りゃほんとにだめなことよ」

「あら、あの男の子とは関係ないって言ってるじゃありませんか。わたし、あの人きらいなの」

千鶴子は吐き出すように言った。

——きらいな男の子に、始終電話で誘い出されて遊び歩いているのは、これはどういうわけがらであるか、娘がほんのただ今、彼に連れ込み旅館へ連れこまれかけておかんむりを曲げたのだとは知らないから、千鶴子の両親は、今どきの若い者の気持ちは計りかねるというような面持ちになった。

「へえ」

「へえって、あのね、わたしが一緒に商売やろうと思ってる人は、百合書房にいた桜田六助さんなのよ」

千鶴子は言った。

「桜田さん？　百合書房にいた人？　あなたがいつか、本の行商に出かけた時の相棒さん？　お手紙が来てたわね」

母親は覚えていた。

「そう。彼、目下やっぱり失業して、広島の田舎に隠遁《いんとん》してるんだけど、目鼻がつけば出て来るわ」

「……」

「どっちかって言うと、わたしが積極的にすすめてるんだけど、わたしたち、カレーライス屋か何か小さなレストランを開いたらどうだろうと思うの。おいしいものを安く作って、みんなに喜ばれて、わたしたちもうけさせてもらって……」

「だけど、そんなことがそんなにうまく行くものでしょうかね？」

母親は、相手がプリンス・カレーの不良息子でないと知って、多少安心したようであったが、それでも心配げに、鶴見氏の顔を見た。

「それより、千鶴子」

と、鶴見氏は発言した。

「話は大体わかったが、その桜田君とは、お互い、どういう立場で、商売を始めようというのかね。ただ、昔の同僚との協同経営か？　それとももっと近い関係でか？　はっきり言って、結婚する気でもあるのか？」

「わかンない」

「わかンないということはないだろう。お前その人を、異性として好きなのか、どうなんだい？」

「わかンない。仕事が先で、それからあとは、成り行きだわ」

千鶴子はそう言って、ほんのり赤くなった。

株式ブーム

千鶴子の両親は、娘の「商売」の話に、初めびっくりしたようであったが、必ずしもそう強く反対はしなかった。

父親など、話しているうちにむしろ、彼女に対して同情的になって来た。娘がそんなに本気で意気ごんでいるなら、やりたいことをやらせてみてやってもいいかも知れないという口調になって来た。

千鶴子としては、こうなると、話が急展開して来た感じである。六助との間の誤解もお互いにとけて、ふたりで店を始めるなんて、すばらしいじゃないか。

あとは資金の問題だ。ついては、川武サンタ・アンナの株を如何《いか》にすべきか？ 今「利食い」というのをやって、少しでも資金を確保しておくか、それとも大もうけをたくらんでもっと持ちこたえるか？

「皇国の興廃この一千株に在り、ね」

こうなると、女の方が真剣で、執念深い。

「調べてみよう」

と、彼女は決心した。

次の日、彼女は川武サンタ・アンナ本所工場へ電話をかけた。

「もしもし、鈴木さんいらっしゃいますか？」

「ハイ、鈴木だれでございましょう？」

「鈴木――ええと、鈴木……良造さんだったと思うんですけど。事務の人です」

いつか本の行商に行ったとき世話になった、六助の先輩の鈴木さんをつかまえようというのだ。

「事務部につなぎます」

と交換嬢の声がして、すぐ鈴木良造があらわれた。

「鶴見さん？　鶴見千鶴子さん？　――ああ、いつか桜田六助といっしょに本を売りに来た？　やあ、これはしばらく」

「いつぞやはどうも」

「どうです？　百合書房も、少しはあれで、経営状態立ちなおりましたか？」

「あら、ご存じないの？　努力の甲斐なく、とっくにつぶれて、わたしたちみんな、今、路頭に迷ってるんです」

「へえ……。路頭に迷うは大げさにしても、そうですか、そりゃ六助も困っているでしょうな。ちっとも知らなかった」

「………」

「それで、六助のやつ、いったいどうしてます？」

「鈴木さん、実はそこなんですけど、川武サンタ・アンナの経営状態は今、どうなの？」

「何だって？」

「お宅の会社の経営状態」

「うちの会社の経営状態？　そりゃ、百合書房とちがって、きわめて良好ですが、何ですか？　こんどは本じゃなくて、人間の売りこみに来ようというの？」

「そうじゃないわよ、良好といってもいろいろあるでしょ？」

千鶴子は一所懸命であった。

「突然で失礼なんですけど、きわめて、すごく、良好？」

「？」

鈴木さんは黙ってしまった。

「たとえば、今年中に飛躍的発展をとげる見込みがあって、増資は倍額じゃなくって、一対二になるんだとか、そういうこと……」

「なんだ、株ですか？」

「なんだ株ですかって、鈴木さん、それがあなたの後輩の六さんの運命に、大関係があるのよ。あなたがあのとき、買ウダケトクダアンタというお話、聞かせてくださったから、それで六さんもわたしたちも、みんな川武の株に手を出したんですもの」

「六助がうちの株を買ったんですって？　それじゃ、六助は当社の株主様ですか？　こりゃ驚いた」

鈴木さんは、ほんとに驚いたような声を出した。

「しかし、弱ったな。そんなこと言ったかな？」

「おっしゃいました」

千鶴子は答えた。

「うちの会社、昔はボロ会社で株なんか、カワタケ・サンタ・アンナじゃない、カウダケ・ソンダ・アンタだって言われてたもんだが、今や、日本の産業のオートメーション化の波に乗って、電子管式何とか計とか、スワローズ式流線形とか」

「ベローズ式流量計でしょう」

「どっちでもいいのよ。何とかとか、かんとかとか、大したもので、要するに、買ウダケ・トクダ・アンタになってしまった。お金があったら川武の株を買え、みたいなことをおっしゃいました」

「弱ったな」

「弱ることないのよ。それで、六さんのとこだって、わたしのうちだってみんな川武サンタ・アンナの株主になったんですけど、このところ値が上がって来たとこで、売るべきか、売らざるべきか」

「なるほど」

「失業中のわたしたち、これを元手にして何か仕事を始めたいと思ってるんで、そこが大問題なんです」

「なるほど。しかし、そいつは、僕にはわかりませんな」

鈴木さんは言った。

「業績はそりゃ、非常にいいですよ。何なら営業報告書を送らすように手配してあげてもいいですけど、そんなものは、証券会社でもみんな見てるんでしてね。その上で、株の値段が上がるか下がるか、それは僕たちとちょっと関係ないことなんです」

「だって、増資の問題は、会社が自分で決めるんでしょう?」

「ええ。しかしそれは、本社の株式課でやることだし、最高方針は上の方で決まるんだし、僕たち社員にだって、具体化するまでは、完全に秘密なんで、工場の事務部では、知りようもないことだから」

鈴木さんは、困ったように言った。

「やっぱり、そりゃ、モチはモチ屋で、株屋さんと相談してやってくださいよ。しかし六助のやつも株なんかに手を出して、新しい仕事を始めるって、あなたたち、何をやるつもりなんですか?」

「すすめたくせに、つめたいのねえ」

千鶴子は言ったが、ふたりの商売の話については、

「具体化するまで、完全に秘密なんで、そのうちごあいさつ状でも差し上げられるようになったらバンザイなんですけど、その時は応援をお願いします。じゃあ、株の話、しかたがないから、いいです」

と、電話を切った。

いくら千鶴子が勇敢に、

「調べてみよう」

という気をおこしても、プロの連中が、目を三角にし、耳をそばだててさぐり合っている会社の増資問題が、事前にお嬢さん投資家にわかってしまうほど、世の中は甘くないらしい。

結局、鈴木さんの言うように餅は餅屋で、彼女は角和証券へ相談に行くことになった。宮沢君江に打ち明けた話をしてみるつもりであったが、店へはいったとたん、なじみの深田セールスマンと顔が合ってしまった。

「おや。鶴見さんのお嬢さんじゃありませんか。大分ご熱心ですね」

「まじめにご熱心なのよ」

千鶴子は答えた。

「川武サンタ・アンナ、上がりましたよ」

「そう？　きょうも高いの？」

千鶴子が嬉しそうにきくと、

「いや。きょうは利食いの売り物が出て、四、五円安くなってますが、きのう二十円高です」

深田セールスマンは言った。

「なあーんだ。きのうのことなら知ってるわよ。だから、ここでその、利食いをした方がいいかどうか、相談に来たの」

と、千鶴子はまず、深田さんに相談を持ちかけた。

「なるほどね」

「どうお思いになる？　深田さん」

「僕として――、僕個人の意見ですが、それでいいですか？」

深田セールスマンは言った。

「いいわ」

「僕個人の見方としては、今、川武をお売りになる手は、絶対にありません」

「そう？」

「今売れば、お嬢さん、ちょっとした小遣いがお取りになれるでしょうが、小成《しょうせい》に安んずるなかれですよ」

「小成に安んずるなかれ？　自信があるのね」

千鶴子は言った。

「そうです。小さなもうけで満足するくらいなら、店頭株なんか買わない方がいいんです。今まで動かなかったこういう株が、こんなふうな動き方をしはじめたら、これは、トコトンまでついて行って、大きくもうけさせてもらうことですよ」

「……」

「もち合い分かれにはつけ、という格言があるんです」

「何？　そのモチ屋分かれって？」

「アッハハ。モチ屋じゃありません。もち合いと言って、三百八十円なら三百八十円前後でグズグズ長いあいだもたついていた株が、急に上へでも下へでも大きく動き出したら、絶対そっちへついて行けということなんです。ただし」

と、深田セールスマンはつづけた。

「小成に安んじないで、大成功をねらうには、必ず危険がつきものです」

「そりゃそうでしょうね」

千鶴子は言った。

「証券界には、何年に一度かは、必ず大暴落という嵐がやって来ます。それがいつやって来るかは分からない。その台風がやって来たら、こういう株は、値上がり幅も大きいかわり、値下がりの幅もきっと大きい」

「……」

「ですから、もしお嬢さんがそういう危険も承知でよろしいと言ってくださるなら、お嬢さんを男と見こんで――というのは変ですが」

「いいわよ」

「今しばらく持ってらっしゃることを、おすすめしますね」

深田さんはそう言った。

「じゃあ、そう決心しようかしら。でも、ほんとに大丈夫？　わたしだけのことじゃなくて、大切な問題なんだけど」

「だれにとっても、大切な問題ですよ。そして、だれにとっても、絶対大丈夫なんて言えない問題なんです。だからお嬢さんを男と見こんで……」

「やっぱりモチはモチ屋ね。勇気が出て来たわ、わたし」

千鶴子が言うと、深田セールスマンは、

「いや、どうも、アッハハ」

と笑い出した。

千鶴子は、今さら、宮沢君江に相談したくて来たのだとは言いかね、

「ところでわたし、ついでにお友達に会って行こうかしら。宮沢さんてわたしの友達が、お正月からここに勤めてるんですよ」

そう言った。

「おや、秘書課の宮沢君。あのファニー・フェイスの美人？　お友達ですか？」

深田セールスマンはびっくりした様子で、

「ファニー・フェイスの美人なんて、失礼ね」

と千鶴子が言うのも聞きながし、せっかちに電話を取って、すぐ、内線のダイヤルを回してくれた。

やがて宮沢君江が、エレベーターで下りて来た。

「こんちわ」

「まあ、しばらくね。いらっしゃい」

君江は、女秘書がだいぶん身についた様子で、小腰をかがめて、しとやかなお辞儀をし、静かな声でものを言ったが、

「あなた、ちょっと外へ出られない？」

「いいわよ。ちょうどお昼休みだから」

と、ふたり並んで角和証券の建物を出てしまうと、

「時に、どうした？　あのカレー粉大学生？」

やっといつもの宮沢君江らしくなって来た。

「それがね……。そのお話もあるし、いろいろ話があるのよ」

千鶴子は君江の肩を押しながら、

「あなた、おひるまだなら、どこかでランチ食べない？」

とさそった。

「なら、少しシマを離れたほうが落ちついて話ができるわ」

「シマって何よ？」

「この兜町の一角のこと。このへんの食堂は、どこもランチ・タイムは、証券マンでいっぱいだから」

と、君江はやはり少々気を使っているらしい。

ふたりは、ドブのにおいのする川を渡って、日本橋の交差点まで歩き、そこで見つけた「グリル・アゼリヤ」という、小さなレストランにはいった。

そこも、サラリーマンやＯＬたちでごったがえしていたが、すみの方にやっとふたり分の席が取れた。

「Ａランチ、ふたつ」

と、千鶴子は水を持って来たウエイトレスに注文してから、

「日本橋のこのくらいのところで、権利いくらくらいだろう?」

というように、じろじろ店内の様子を見回していたが、そのうち、

「あなたに合同デイトを断わられたんで、わたしひどい目にあっちゃったわよ」

と話し出した。

「カレー粉と遊んだの?」

「遊んだって、三度ばかり、銀座でいっしょに食事したり、ちょっと車乗りまわしたり、そのていどだったんだけど、わりかしあっさりしてて、親切だし、そんなにイヤな感じじゃなかったの。ところが、三度目か四度目の、鵠沼の海岸までドライブした帰り、彼、いきなりわたしを乗せて、五反田のへんなホテルへ乗りつけたのよ。ちょっと休んで行こうって」

「まあ。どうした、それであなた?」

と、宮沢君江は目をかがやかせて質問した。

「どうしたって、プンプン怒って逃げて来たわよ。最低ね、あんなの」

「へえ」

「で、そのお話もあったけど、きょうは、あなたに株のほうの相談に来たのよ」

千鶴子は言った。

株の話になるとしかし、宮沢君江は、急にまた話しっぷりが慎重になった。

「わたし、この前あなたに電話かけて、あんなことすすめたでしょ。あれは偶然、あたったからよかったけど、この世界のこと、少しわかって来れば、とてもおっかなくって、あんな大胆なこと、人に言えなくなるわ。何がおこるか分からない世界ですもの」

そこへ、注文したランチが二つ運ばれて来た。

ランチ皿の上に、生鮭のフライと、ビーフ・シチュー、スパゲッティがひとかたまり、それに褐色のどろりとしたソースがかけてあって、あとは野菜が少し添えてある。いかにも、格好だけととのえた大量生産のランチで、鮭フライの上がり具合だけ見ても、あんまり心のこもった料理とは思えない。

千鶴子は紙ナプキンにくるんだナイフとフォークを取って、シチューから口に運びながら、

「あんまりおいしくないわね」

と小声で言った。

「でも、こんなものよ」

と君江が言う。

それはそうにちがいあるまい。店は結構繁昌しているのだ。

――この程度のものを出していても、こんなに人が食べに来てくれるなら……。

千鶴子は、すでに一人前のレストランの女マネジャーみたいな夢を頭にえがいていた。

――このランチのように、ゴタ盛りでない、そのかわり、ほんとに気のはいったおいしい品を二つか三つ用意して、それで評判をとれば、わたしたちのお店だってさぞ……。

「ねえ。もしあなたなら、川武サンタ・アンナ、今売らないで、もっと頑張る？　どう？」

と、千鶴子は話を株につづけた。

「わたしなら？　そうねえ……」

宮沢君江はちょっと考えてから、

「分かンないわ」

と言った。

初めの意気ごみはどこへやら、この株、売るべきか、売らざるべきか、お嬢さん投資家の「調査」でうまい結論が出るわけもなく、

「結局、自分で決めるより、仕方がないんだ」

そう悟っただけが勉強のようなものであった。

「いいわよ。それなら、売らないことに決めちゃう」

千鶴子は、宮沢君江と別れて家へ帰る道々、決心を固めた。

その晩、彼女は六助に手紙を書いた。

「お手紙ありがとう。

去年の暮れから広島へ帰っているとは知らなかった。

カレーライス屋大賛成です。

絶対ふたりではじめましょう。

日本橋へ出てみると、まずいランチの店でも結構はやってる。

それから川武サンタ・アンナはまだ売っちゃだめ」

あんまり書きたいことがたくさんあるので、彼女の手紙は、初めのほう、ぽつんぽつんとした調子になってしまった。

小さな食べ物屋を始めるとして、どのくらいの資金が必要か、まだよく調べてないが、百万あれば決して無理ではないらしいということ。

ただし、百万が百五十万、二百万とあれば、もっといいにきまっていること。

そのためには、大分値を上げてきた川武サンタ・アンナだが、もう少し頑張って持ちつづけてみようと思う、六さんも、協同経営者として、それに同調しなさいということ。

深田セールスマンの意見、宮沢君江や、父親の言い分――。

あれやこれやと書きつづっているうちに、レター・ペーパーは五枚も六枚もつぶれてしまった。

もっとも、塩沢カレー粉大学生とのおつき合いのてんまつだけは、少々具合が悪いから割愛した。

最後に彼女はこう書いた。

「新聞の広告その他も注意して見ています。しかし、いざという時には、わたしひとりで決めるわけにもいかないと思うんだけど、六さん、いつ東京へ出て来るつもり？　何しろ、東京と広島と離れていては、よさそうな小店の出物があったといっても、ちょっと見に行くこともできないでしょう。そうかといって、大したあてもなしに、六さんが出て来て、資金を生活費で食いつぶすようでも困るし、困ったわね。

六さんの意見知らせてください。ではさようなら」

川武サンタ・アンナの株価は、そのころ、一と上げ二た上げ、高くなったあと、また動きが鈍くなっていた。

その日によって、三、四円値を下げたり、四、五円戻したりするが、それ以上は、上へも下へも動かない。

「大丈夫かな？」

千鶴子は、毎日新聞を見ながら心配していた。

「あら、きょうまた三円安だわ」

彼女が夕刊を見ているところへ、ある日、塩沢大学生から、電話がかかってきた。

「こないだは失敬」

しゃあしゃあとしている。

「千鶴子さん、怒った？」

「………」

「ねえ。ほんとうに怒ったの？」

「あたり前でしょう」

千鶴子は切り口上で返事をした。

「うわあ、こわい。ごめんなさい。そんならあやまるよ。あの日は、疲れてた上に、白バイに追っかけられたりして、僕、きっと頭がおかしかったのさ」

「………」

「もう、あんな無理言わないから、またステーキでも食べに行かない？」

「お断わりするわ」

千鶴子は言った。

「いいじゃない。そんなにつめたくしなくても」

「………」

「株はどう？　その後。あしたひまじゃない？　ステーキでも食べながら、株と青春の関係について、話そうよ、ねえ」

「ノー、サンキュー。遠慮します」

何サ、ひとをそのへんのいかれ姐《ねえ》ちゃんと同じような扱い方して、あんたなんかとも
う一度デイトなんて、まっ平よ。電話かけないでちょうだい——と、彼女は言いたいと
ころだったが、母親や小太郎が聞いていそうなので、言葉少なに拒絶した。

「うわあ、こわい、こわい。それじゃ、きょうはあきらめて、ごきげんのなおったころにまたかけるね」

と、塩沢大学生はやっと電話を切った。

千鶴子は、この間のことを思い出すと胸がドキドキし、妙な具合に憂鬱《ゆううつ》になるのだが、それを慰めるように、そのあと、広島の桜田六助から、速達の返事がとどいて来た。

「郵便の遅配にはこりているので、別に急ぎの用事ではありませんが、速達にします」

と、書き出してあった。

「店のことは、千鶴子さんが突然すごく張り切り出したので、僕はめんくらってしまい、何だか冗談から蜃気楼《しんきろう》が出たような思いです。しかしこの再出発の機会を、決していいかげんに考えるつもりはありません。

川武サンタ・アンナの株は、こちらでも、もうしばらく手放さないことにしています。広島の株屋さんが、せめて二月の中旬まで頑張ってみたらどうかと申しますし」

「やっぱりそうなのね」

千鶴子は思った。

「それに、おふくろがやっぱり店をはじめることに乗り気になって、これは必ず、仏《ほとけ》さ

まが六助を応援してくださる、二月十四日にはきっとびっくりするようないいことがあるなどと言いますし、僕もおもしろい夢を見たりして……、この夢の話も、二月十四日のことも、いずれ東京へ出てからお話ししますが、とにかく今少し持ちつづけようと思っていたところです」

「二月十四日って、何だろう?」

千鶴子は首をかしげた。

六助としては、戦犯で処刑された父親のことを、手紙ではっきり書くのがいやなので「仏さま」というような表現をし、その命日のことも、ただ「二月十四日」とだけ書いたのだが、それは千鶴子に通じなかった。

「したがって、出京も、もうしばらく見合わせます。三日市の町のだるま食堂のおやじさんに聞いた話では、このごろ、大都会では冷蔵庫でも何でも、月賦販売の制度が発達しているから、店の内部造作《ぞうさく》や器具には、初めからそれほど大した金は要《い》らないだろうという話ですが、よろしく研究しておいてください」

「早く東京へ出て、あれやこれやと、楽しい相談をしたいのは山々ですが、おっしゃるとおり、出るのが早すぎて資金の食いつぶしになってはつまりませんから、僕は我慢をしようと思う次第です」

千鶴子は、六助の手紙を読みかえしてから、

「二月十四日って、何だろう?」

と、もう一度思った。

「どうして、その日に『きっといいことがある』んだろう？」

それから二、三日して、千鶴子は、何気なく、手元の「花日記」という日記帳をひらいてみた。

一月一日——。
相変わらずパパのお年始客が大勢来る。あいさつとお酒はこびばっかりさせられる。しゃくにさわるから、台所で少しウイスキーを飲む。小太郎生意気言ってしようがない。百合書房の殿山社長から年賀状が来た。「希望の新春を迎え」だって、いい気なもの。塩沢さんから電話。元日もばたばたと暮れた。

一月五日ごろまでは、そんなふうになんとか書きこんであるが、あとは例によって、真っ白けである。

千鶴子は、真っ白けの日記帳をぱらぱら繰って、二月、十一、十二、十三と、十四日のところをあけてみた。

その「花日記」には、欄外にその日の年中行事や、歴史上の出来事などが、小さな活字で書きこんである。

二月十四日の欄外にも、記事が出ているのに気づいた。

「聖ヴァレンタインの祭日。ヴァレンタイン聖人は、紀元三世紀ごろのローマのキリスト教殉難者」

と書いてある。

「へえ……」

彼女はさらに小さな活字を目で追った。

「西洋では、この日、恋人に贈り物や恋文を送るならわしがある。とくに、女性のほうから恋を打ちあけていい日とされている」

彼女は、声に出して、

「まあ」

と小さく叫んだ。

そして、「六さんが何か意味ありそうに、二月十四日、二月十四日って書いて来たのは、このことだったんだわ」と思った。彼女はひとりで赤くなった。

「これじゃ、まるで、二月十四日が来たら、わたしが六さんに、恋人としてプレゼントでもしなくちゃいけないみたい」

「あの手紙の調子だと、六さんはお母さんに、わたしのこと打ち明けたにちがいない。でも、なんと言って打ち明けたんだろう？」

「六さんは照れ屋だから、わたしのことを思っていても、自分で言い出せないんだわ。

もし聖ヴァレンタインの祭日のことを知っているなら、二月十四日が来たら、どうか、千鶴子さんのほうから意思表示をしてくださいーーこれはそういう謎《なぞ》だったんだわ」

千鶴子は「花日記」をひろげたまま、ボーッとした気持ちで、あれやこれやと空想にふけった。

ところで、ふたりがあてにしている川武サンタ・アンナの株価のほうはーー。

株価の動きというのは、元来《がんらい》非情なもので、聖ヴァレンタインの日も、六助の父親の命日も考慮してくれない。

千鶴子と六助のささやかな夢がつぶれようが育とうが、そんなことに同情を寄せてくれるはずはない。

四百二十二、三円のところでもち合いになり、それ以後どちらかというと、川武の値段は少し下向き加減であった。

ところが、そんなことを考慮してくれるはずのない株の値段が、まるでふたりの若い夢に同情を寄せ、ひと肌ぬいでやらねばと決心したかのように、二月の十日すぎから、再びピンと上向きはじめた。

二月十一日には、一挙に四百五十円という値をつけた。

「パパ、パパ。夕刊見た？　川武サンタ・アンナ、きょう二十八円高よ」

「知ってるさ。どうだい、お前、売らなくてよかっただろう」

「あら。パパは利食いをしてみろって言ったのよ。わたしが頑張って売らなかったんじゃありませんか」

青山の鶴見家で、鶴見氏と千鶴子とがそんな会話をしているころ、広島のつつじ証券の林セールスマンは、三日市の六助の母親へ電文をしたためていた。

「カワタケ二八エンダカアスオデンワマタハゴライシャコウ　ツツジショウケンハヤシ」

「こいつはすごい」

六助は、躍《おど》り上がって喜んだ。

「それみなさい、やっぱりお父さんが、六助の応援をしてくれよってのよ」

と、母親も明るい顔をした。そして、

「これは、電話をかけるより、行ったほうが早かろう。わたしも久しぶりに、広島の町の空気を吸うて来てみようかね。きょうが十二日で、十三、十四と、あさってがご命日じゃから、仏さんへお供えするものも、何か買わにゃならんし」

と、六助といっしょに出かけることになった。

こうなるとしかし、仏さまのお供えより、株のほうが先である。

銀山町《かなやまちょう》の停留所で電車をおりると、母子は顔を揃《そろ》えてまず、つつじ証券の店へはいって行った。

「電報を、わざわざありがとうありました」

「ありゃ、こりゃあ、桜田さんの奥さん、どうもどうも」

林さんが出て来た。

「川武は大したもんですなあ。私もきのう値段を聞いて、びっくりして、取りあえず電報を打ったようなわけですが」

と、セールスマンもこういう時は気分がいいらしい。

「奥さん、どうされますか、時に？」

「そろそろ売ったほうがいいでしょうかねえ？」

と、六助が口をはさんだ。

「それがわたしは」

と、六助の母親が引き取って言った。

「あさって、これの父親の命日でしてね、この前のあなたのお話でも、二月の中旬まで頑張ってみたらいうことでしたし、あさっての十四日には何かもっとええことがありそうな気がして、少なくともあと二日は待ってみたい思うんですよ」

林セールスマンは、

「はあはあ、そりゃあそりゃあ。それなら待ってみられたらええでしょう。そういう日には、ええことがあるかもしれません」

と、はなはだ論理的でないことを言って賛成した。

「ところで、きょうの値段はどうでしょうか？」

六助がきくと、

「それがまだわからんのですが……。お売りになりたいいうことじゃったら、早急に調べにゃならんと思うておったんですが……」

林セールスマンがのんきなことを言っているころ、東京店頭市場では、川武サンタ・アンナが、増資決定のうわさで、十円、十五円、二十円とじりじり値を上げ、四百八十円の高値をつけているところであった。

こうしてやがて、十四日が来た。千鶴子にとっては聖ヴァレンタインの日であり、六助にとっては父親の命日である二月十四日。

その日三日市の六助のうちには、朝十時ごろから、常念寺の坊さんがお経を上げにやって来て、六助親子とも、近親の者が六、七人、仏壇の前にすわっていた。

「イッサイクーヤクシャーリーシー、シキフーイークウクウフーイシキシキソクゼークー……」

仏壇に、花や線香や果物といっしょに、軍服姿の古い、父親の写真が飾ってある。

「チーン」

と鐘の音がする。

「ナムアミダブツ、ナムアミダブツ」

「やれのう、六ちゃんのお父さんも、元気でおられりゃあ、まだ六十をちょっと出たばつかりの、働きざかりの年じゃのに。ほんまにのう。ナムアミダブツ、ナムアミダブッ」

「チーン」

――一方その時刻、東京青山の鶴見家では、仏壇の鐘ならぬ電話のベルが鳴っていた。

「千鶴子ちゃん、千鶴子。角和証券の深田さんから、あなたに電話よ」

「深田さん？　すぐ行くわ」

千鶴子が出ると、深田セールスマンはいきなり、

「お嬢さんですか。いや、どうも。エッヘッへ」

と、気味の悪いような笑い方をした。

「どうしたの、深田さん？」

「いや、どうも」

深田セールスマンは声を落とし、まるで大秘密でも打ち明けるような調子で、

「お嬢さん、まだ何もご存じないんですか？　お父さんの会社の方には、お電話したんですがね」

と言い出した。

「知らないわ。だけど、川武サンタ・アンナのことでしょ？」

「そうです。実は、川武さっきストップ高をつけました」

「え？」

「けさ、いきなり三十円高で寄りましてね、一時間後に、たちまちストップ高をつけた

んです。いやどうも」

　と、嬉しそうである。

「そう？　やっぱりねえ」

「へ？」

　――やっぱりねえとは何だろうと深田セールスマンは電話口で短く疑問符を発したが、

「いいえ、何だかきょうあたり、そういういいことがありそうな気がしてたのよ。予感ってあたるのね」

　と、千鶴子は半分ごまかした。

「それで、ストップ高って言うといくらなんですか？」

「五百四十三円です」

「五百四十三円？」

　頭の中で大急ぎで勘定をしてみた。

　買い値から百六十円も上へ来てしまったのだ。前借りの結婚資金をパパに返済しても、まるまる十六万円もうかっている。

「パパ、何て言った？」

「ええ、そりゃ大分、どうも。お嬢さんの方へも、とにかくお知らせしようと思いましてね。どうもどうも。それでは、どうも」

　と、深田セールスマンは、千鶴子がありがとうも言わないうちに、どうもどうもの連発で電話を切ってしまった。

それにしても、彼女は、まことに不思議な気持ちであった。聖ヴァレンタインの日というのは、そんなに霊験《れいげん》あらたかに、願い事のかなう日だったのか――?

六さんが、広島の田舎で、どうしてそんなことを予言することができたのか?

「予言したってわけじゃないにしても……」

やっぱり六さんに電報ぐらい打たなくちゃと、彼女は思った。

しかし、いくら女の方から恋を打ち明ける日だと言っても、そう露骨に気持ちをあらわすのは、やっぱりはずかしかった。

考えた末、彼女は、

「セイバレンタインノヒニカワタケストップダカウレシイチズコ」

という電文をつくり上げた。

青山の郵便局まで、千鶴子が打ちに出たその電報が、三日市の丘の上の家にとどいたのは、お経がすんで、坊さんの一場の法話もすんで、和尚《おしょう》を中に、ちょうどみんなが昼めしの卓をかこみ、酒を飲みながら、話に花を咲かせている時であった。

「桜田さん、電報」

という声に、六助は立って行って、縁先でそれを受け取ったが、

「セイバレンタインノヒニカワタケストップダカウレシイチズコ」

「?」

「セイバ、レンタインノヒニ……？」

意味のわからないところがあった。もっとも、「カワタケストップダカウレシイチズコ」、これはよくわかる。

「ふむ。そういうことになったか。バンザイだぞ」

しかし、法事の席で株の上がった話も具合が悪いので、彼は二度ざっと電文を読み下して、わからないところはわからないまま、縁先で電報用紙を四つ折りにしてしまった。

「やっぱり、そういうことになったか」

自然に頰の筋肉がゆるんで来そうであった。

「ストップ高というと、相当上げたにちがいない。おやじの命日も、まんざら捨てたものじゃないぞ。夢に出て来たおやじ、なかなかやってくれるじゃないか」

彼は、にこにこしそうなのを、強いておさえて席へ戻って来た。

「電報、どこからね？」

と、母親がきく。

「いや、うん。ちょっと東京」

六助は答えた。

「お忙しいでのう」

と、タコの酢のものをつつきながら、杯をあけ、顔を赤くしている常念寺の和尚が、六助に向かって言った。

小海老《えび》と穴子のはいった、母親自慢の五目ずしを頬張りながら、

「ジャーナリスト言うの？　六ちゃんみたいな仕事の人は、電話やら電報やら、わたしらとは暮らしのスピードが、まるきりちがうんじゃろうねえ」

と、年上の従姉《いとこ》が言う。

「そうじゃないんですよ。ジャーナリストの方は、もう失職したんです」

と、六助は笑った。

「しかし、お母さんのお話では近いうちにまた、東京の方へ帰られるようなことじゃが」

と、和尚は、うまそうに杯をふくみながら言う。

「東京は、デパートでも何でも、大した景気じゃそうなが、六助君も早う成功出世をして、一つええ嫁さんをもろうて、お母さんを東京へよんであげにゃあ、いかんなあ」

「いやあ」

と、六助は頭をかいた。

「わたしゃあ、六助が嫁をもろうても、東京へは出ませんよ」

と、母親も、杯をあけ、一杯きげんで言った。

「どうして？」

「どうして言うて、六助がどんな嫁女《よめじょ》をもろうてくれるかわからんが、東京の方の若い嫁さんじゃ、わたしら、姑《しゅうとめ》の方がいじめられそうじゃもん」

と、母親は笑っている。

彼女は、三日市の田舎が一番性《しょう》にあっていて、ほんとは何が起こってもこの土地を離れたくないのだ。

「そりゃあしかし、広島の人間をもらわにゃあいかん」

と、常念寺の和尚が言う。

「魚の新しいのと、オナゴのやさしいのとは、広島が一番ですど。そうでしょうが？」

和尚はそう言って、まわりの女たちを見回した。

「さようさよう」

と賛成するのがいる。

六助は、千鶴子をこの母親に引き合わせたら、お互いにどう思うだろう、もしも――もしもである、そういうことになって、ふたりの間はうまく行くだろうかと考えてみた。

「それにしても、セイバレンタインノヒニ――、あれは何のことかな？」

彼は思う。

「何とかの日にという以上、あの人が、きょうは僕のおやじの命日と知っていて、そのことを言って来たとしか思えんが……」

「そういうことを、手紙に書いたかしら？」

「いや、書いたおぼえはない」

「へんだなあ」

彼は、和尚や母親や、親戚の人たちのおしゃべりを聞き、時々それの仲間入りをしながら、一方で、しきりにそのことを考えつづけた。

「ははあ、征馬かな?」

「征馬、連隊——征馬、連隊ンノヒニ? いや、それでもわからん」

父親が陸軍の軍人だったから、「征馬」とか「連隊」とかいう字が思いうかぶのだが、やはり意味は通じなかった。

「セイバレンタインノヒ」

が、

「聖ヴァレンタインの日」

であるらしいとやっと彼が気づいたのは、丘の上の早春の日がたけて、法事の客たちがみんな帰って行ってしまったあとであった。

彼は電報を母親に見せ、

「どうやら、ほんとうに川武大上がりらしいよ。東京から知らせてくれた。しかし、お父さんの命日は、キリスト教の方の祭日みたいなもんとかさなっておるのかいな? お母さん、知らんかね?」

と質問したが、ほろ酔いきげんで片づけ物に立ちかけていた六助の母親は、むろんそんなことを知っているわけはなかった。

六助の上京

やがて短い二月の月は、あっという間に過ぎてしまい、六助が広島から腰を上げ切らずにいるうちに、丘の上から見る瀬戸内海の景色は、日一日と春めいて行った。

川武サンタ・アンナは、二月十四日のストップ高以後、多少の一進一退はあっても、依然として根強い上げ歩調で、三月の五日にはついに六百円台に乗せた。

広島のつつじ証券の林さんは、

「えらいもんですのう」

「驚きましたなあ」

「何どほかに、東京のほうからええ情報はないですか？」

と、感心してみせるばかりで、いささかたよりないが、角和の深田さんはさすがに生き馬の目を抜く兜町のセールスマンだけあって、

「こうなったら、勝ちに乗じて、思い切り勝ち抜くことですな。麻雀《マージヤン》でも花札でもおんなじです。ついてる時は、うんと強気でいて大丈夫です。今に、お嬢さんが目をまわすぐらいの収支決算を出してみせますよ」

と、千鶴子を励ました。

六助が、まだ株を売らず、三日市に腰をすえているのは、主として東京青山からの、こういう指令（？）によるものであった。

深田さんは、これだけ人気が出た以上、増資の権利を落としたあとがまた高いだろうという意見なのだ。

川武サンタ・アンナは、一対二の増資を決定し、三月三十一日現在の株主に対して、それを割り当てることを発表している。

「権利落ち後、三百円はあってもいいんじゃないかしら」

千鶴子が、このところ父親の机の上の経済雑誌など見て覚えた知恵をふりまわすと、

「どうも、お前まで、ひとかど株のくろうとみたいなことを言い出した」

と、鶴見善太郎氏は苦笑しながらも、ソロバンをパチパチやって、

「そうだね。三百円はそうべらぼうな値段じゃない。そうすると、権利つきの間、八百円まで買える計算か」

と、自分も五千株の持ち株があるから、これも権利を取る決心らしく、まんざらでない顔つきであった。

「ほんとはパパが一番大もうけなのよ。川武を最初にすすめたの、わたしだってこと、忘れないでね」

千鶴子は言った。

「お前の千株は、おれが融資したんだってことも、どうか忘れないでほしいね」

鶴見氏はやり返した。

「ところで、冗談はさておいて……」

「冗談じゃないわよ。目下一番大事な問題だわ」

「まあまあ、聞きなさい」

鶴見善太郎氏は手で制した。

「このあいだから、実はお母さんとも話していたんだが、どうやらお前たちいよいよ本気で食べ物屋を始める気になっているらしいが」

「本気よ」

「料理はだれが作るのか、コックを置くのか、経営者が自分でフライパンを握るのか、出前はするつもりか、するとすれば人手を雇わねばなるまいが、人件費を払って、一日にどのくらいの料理で、どのくらいの客がはいってくれたら収支つぐなうのか、帳簿はだれがつけるか」

「パパ、苦労性ね。わたしたち何もかも、初めは自分たちの手でやるつもりなのよ。若さと情熱だわ」

千鶴子はさえぎった。

「若さと情熱、結構だよ」

と、父親はつづけた。

「しかし、経験もない初めての仕事で、次から次へ、むずかしい問題が出て来ることは間違いないと思うんだ。そしてパパがほんとうに言いたいのは、恋愛と仕事とは両立しにくいということなんだがね」

「………」

千鶴子は、赤くなって黙ってしまった。

このところ、まるで朝刊、夕刊みたいに広島の桜田青年と手紙のやりとりがあり、号外のような電報まで使っている状態は、親たちの目にも、ただの共同出資者の、仕事の相談とばかり受けとれないものがあるのは、当然であった。

鶴見夫婦は、千鶴子の気持ちが、結婚適齢期の娘として、もう十分に熟し、六助に傾いて来ているとにらんでいるらしかった。

「つまり、どっちかの情熱を一応お預けにしないと、せっかくの新しい人生を、失敗することになりゃせんか」

「………」

「その桜田君を、千鶴子が好きなら、パパも一度あってみてもいい。結婚にも反対しないかも知れない。しかし、店を始めるというなら、店が一応の成功を見るまで、片一方の情熱は凍結しておいて、事務的にも金銭的にもお互いの責任分担をはっきりさせてゆかねばならんのじゃないかと思うが、お前の考えはどうだい？」

「………」

「川武が予想以上の好成績で、少しうわついているようだから、そこが心配なんだよ。

若さと情熱で、人生を甘く見てはいけないね」

「わたし、うわついてなんか、いないつもりよ」

と、千鶴子は抗議した。

「それに、恋愛と仕事って、わたし恋をしてるなんて一度も言ってないと思うけど」

「そうかね？　それじゃ千鶴子はその桜田君を、好きというわけじゃないのかい？」

「……………」

「はずかしがらなくてもいいんだよ。千鶴子とは経験の回数がちがうから、パパには、なんとなくわかるんだ」

鶴見氏が言うと、それまで黙ってかたわらで聞いていた鶴見夫人が、

「ちょっと、あなた」

と、口を入れた。

「あなた、経験の回数がちがうって、そんなに恋愛の経験がおありなんですか？」

「とんでもない」

鶴見氏は少しあわてたようだ。

「こりゃ、話だよ」

「話ってことはないでしょう。回数がちがうって、はっきりおっしゃったじゃありませんか」

「また、何を急に言い出すのか……、千鶴子の話をしているんだから、お前」

と、鶴見氏は失言をごまかそうとしたが、鶴見夫人が許さなかった。

「大体あなたは、わたしと結婚する前も、真砂町《まさごちよう》の下宿の娘さんと怪《あや》しかったんじゃありませんか。それに、去年なんか赤坂の、千代美さんですか、大分お気があったらしいし、経験がなくても、わたしそういうこと、わかるんです」

「いやはや。そこのところを言ってるんだよ。経験がなくても、われわれの年になれば、娘の気持ちぐらいは、察しがつくということですよ」

「だめだめ、ごまかしても」

と、鶴見夫人は強引に言った。

「回数とはあきれたわね。どのくらいの回数のご経験があるものか、一度聞かしていただきたいわ」

とうとう千鶴子のほうがとめにはいらなければならなくなった。

「やめてよ。そんなお話、ふたりだけの時にしてよ」

「そうだそうだ」

と、鶴見氏は照れかくしに賛成した。

「そうだそうだもないものよ。わたしよか、パパのほうが浮わついてるじゃありませんか。わたし、はっきり申し上げておくわ。桜田さんのこと、わたし好きです。でも、恋愛と言っていいかどうか、まだ分かンない。店を始める時には、はっきりその感情は別にします」

「……………」

「そして、協同経営者として、毎日同じ仕事をしていれば、長所も欠点も、もっとお互いによくわかって来ると思う。その時になって、お願いしたくなったら、あらためてお願いするつもりです。そのこと、前にも言ったはずなのに」

千鶴子は、言った。


同じころ、広島の三日市でも、六助母子の間に、同じような話が取りかわされていた。

「六助の商売のほうの話は、ときに、ちっとは進んどるかいね？」

「うん、まあぼつぼつ。しかし何しろ、金を握って、適当な売り店か貸し店を見つけんことには、どうにもならんからね」

六助は答えた。

「それにしても、この前、お父さんのご命日の日に、常念寺の和尚さんも言いよってじゃったが、あんたもそろそろ、嫁さんをもろうて身をかためんといけまいが」

「……………」

「鶴見千鶴子さんというのは、どんなお嬢さんかいな？」

「あれ。お母さん、千鶴子さんのこと知っとるの？」

「知っとるわけじゃないけど、手紙がああしょっちゅうくれば、名前ぐらい自然と覚えんわけには行かん」

母親は言った。

どこの親も、察しのつけ方は同じことであるらしい。

「どんなお嬢さんと言われても困るが……」

「たとえば、だれみたような人かいね？」

「そうだねえ……お母さんの若い時に、ちょっと似とるかもしらんな」

六助はうまいことを言った。

もっとも、それはまんざらうそでもなかった。母親の若い時の写真に、洋服だけ着せ替えれば、千鶴子の姿に似てきそうな気が六助はしていた。

「きれいな、かわいい字を書きなさるの」

「うん。人の感じも、まあ、あの字のような感じでね」

六助がたくまずしてのろけを言ったので、母親は微笑した。

「それで、ふたりの間は、どういう話し合いになっとるの？」

「どういう話し合いって、どういう話し合いにもまだなっとりゃせんよ」

「そうかいね」

母親は疑わしそうな顔をした。

「あれだけ始終、手紙をやりとりしておって、何もそういう話が出んかいね」

「だって、手紙は全部、こんどの店の相談事ばかりですよ。特にこのごろは、彼女の手紙の内容と来たら、権利金がいくらとか家賃がいくらとか、そんな話ばっかり」

六助は言った。

もっとも、千鶴子の手紙が、このところ、ビジネス一点ばりみたいな調子になって来たのは、六助が、

「セイバレンタインノヒって何ですか?」

と、知らぬこととは言いながら、女心を無視したような質問の手紙を出したからである。

「じゃあ、二月十四日って何なのよ?」

と、千鶴子はちょっとおかんむりなのであった。

六助は、むろんそんなこととは気づいていない。

六助の母親の方は、依然、六助の結婚問題ばかり考えているらしかった。

「そりゃあね、むろん」

六助はとうとう言い出した。

「僕はこの人好きですよ。しかし失業中の人間が、これからやっと一大決心で、新しい仕事を始めようという時に、恋じゃ結婚じゃと、そっちのほうは言うてはおられんでしょうが」

期せずして、鶴見善太郎氏と同じ意見になった。

「それもそうかもしれんけど」

「そうですよ」

「それならいっそ、結婚式をすませてから、夫婦共かせぎの店でも始めたらええのに」

母親は言う。

「結婚とか結婚式とか、そんなことは、手紙でも何でも、まだ話し合ったことがないと言ってるのに」

六助はやっきになって打ち消すが、

「そうかいね」

と、母親は一向取り合ってくれなかった。

「それじゃあね、お母さん。実物も写真も見せたことないのに、もし僕が、この鶴見千鶴子さんと結婚すると言い出したら、お母さんは無条件で賛成してくれるつもりなんですか？」

「ああ」

と、母親は答えた。

「あんたが好きで、手紙の字のようなかわいらしい人で、先方さえ承知してくださるなら、うちは必ずお父さんが守っておられるもん、わたしはあんたを信用して賛成しますとも」

川武サンタ・アンナの株価は、相変わらず強い上げ歩調をたどっていた。

六百マル五円、六百十円、六百十三円、六百十八円と、すっかり六百円台を固めた感

じで、千鶴子は、

「結婚資金の前借り」

というアイディアだけをたよりに、すでに二十三万円ほどまるもうけした勘定になり、六助の母親は、六助の、

「買ウダケトクダアンタというんだそうです」

という手紙の一行で、四十万円以上かせいだ計算になっていた。

元金はそれぞれの親たちの所有として、もうけ分だけふたりで出し合っても、小さな貸し店の一軒ぐらい、手に入りそうな金額に達している。

それでも千鶴子は深田セールスマンのすすめで、やっぱり増資の権利を取るつもりらしく、売らずに頑張っていた。

したがって広島の六助も、

「まだまだ」

と頑張っている。

かえって、千鶴子の父親の鶴見善太郎氏の方が、

「深田君はそう言うかも知らんが、国際収支の動向も気になるし、この節、権利落ちのあとは、必ずしも高くないからね」

と大事を取って、五千株の持ち株のうち、三千株を手放した。

その日、川武は珍しく五円安をつけた。

「いやねえ。パパが売るから、安くなったじゃない」

千鶴子は文句を言った。

品薄の株だから、実際鶴見氏の三千株売りで、それだけ下がったのかも知れなかった。

ところが、その翌日の午後には、鶴見氏の売りをあざ笑うかのように、また大きなニュースがはいって来た。

角和の深田セールスマンから、千鶴子への電話である。

「お嬢さんですか？　いや、どうも。エッへへへ」

この人が、「いやどうも。エッへへへ」と言う時は、いいニュースに決まっている。

「川武サンタ・アンナのことですが……。またまたですよ」

「またまた、どうしたの？」

「またまた、ストップ高というわけで。いや、どうも」

深田さんは言った。

「ほんと」

「ほんとですとも、六百十三円から、八十円のストップ高で、一挙に六百九十三円です。こりゃ確実に、七百円台にのせますよ。エッへへへ」

「まあ。どうしよう」

「どうしようって、お嬢さん、既定の方針通りですよ。虎穴に入らずんば虎児をえずでね。いや、どうもどうも」

きいてみると、その朝、川武サンタ・アンナ計器株式会社は、ブラジルおよびアルゼンチン向け、オートメーション計器類の大量輸出契約を成立させたという早耳すじの情報が、兜町に流れたらしい。

東京店頭市場では、

「川武六百五十円カイ」

「五十五円カイ」

「六十円カイ」

「七十円カイ」

と、売り物がほとんどなく、買い気配ばかりで根が飛び、とうとう二度目のストップ高をつけたというのである。

「お宅のお父さんは、私がとめるのもきかず、この間三千株売ってしまわれて、もうけそこないですよ。少し娘を見習いなさいって、お父さんにお説教してあげてください。エッヘへ。いや、どうも」

と、深田セールスマンは、すこぶるきげんがよろしかった。

三月末の権利つき最終日、結局川武サンタ・アンナは七百十円で引けた。深田さんの言ったとおり、ついに七百円台に乗せたのである。

増資は、一株につき二株の割り当てだから、七百十円に百円たしてそれを三で割ると、二百七十円という答えが出る。

翌日、権利落ちした川武が、果たしていくらで生まれるか、ぴったり二百七十円か、それより下か上か――、大いに興味のあるところであったが、勢いというものは恐ろしい。

またしても、深田セールスマンから電話であった。

このところ、千鶴子はすっかり、女性投資家の扱いである。

彼女のほうも、大分なれて来て、

「はいはい、わたし。どうなの？」

と、待ちかまえている。

「エッへへ。いえね、いきなり三百円ですよ。新が三百五円です」

「そうなるだろうと思ったわ」

権利落ち三百円というのは、自分が予言した値段だから、千鶴子は得意げに言った。

「いや、どうも、恐れ入りました」

深田セールスマンは、さすがに少々苦笑気味らしい。

「そのこと、パパに電話かけて、話してくださった？」

「申し上げました」

深田さんは言った。

「いささか渋い声を出しておられましたよ。そうそう、それでね、お父さんがあなたにご用がおありだそうで、いらっしゃったら、会社のほうへすぐお電話をくださるように言ってくれという伝言でした」

「あらそう？　じゃあ、かけてみるわ。売りはまだだわね？　どうもありがとう」

彼女はそう言って電話を切り、すぐ東西トラベルの番号を回した。

「パパ？」

「ああ、お前か」

なるほど、いささか渋い声が聞こえて来る。

「深田さんに言われたんだけど……。何の用事よ？　パパ」

千鶴子はきいた。

「お前、今ひまかい？」

「ひまよ。失業者ですもん。いつだってひまだわ」

「それなら、ちょっとこっちまで出て来んかね？」

「なあに？　美味《おい》しいひるご飯でもごちそうしてくださるの？」

「そんなことじゃない。少し話したいことがあるんだ」

「株のこと？　川武サンタ・アンナ、権利落ち、三百円よ。どう？　パパ」

千鶴子は、何ならこちらから父親に美味しいひるご飯でもごちそうして、カクテルの一杯も飲んではしゃぎたいような気分であった。

「よろしいよろしい。そんなことは知ってる。それとも関係がないことはないが、まあ来なさい」

「何でしょう？　じゃあ、ママに断わって、着替えをしてから、地下鉄ですぐ行きます」

父親の会社へ出かけて行くのは、久しぶりだ。

この前は一月の幾日だったか、そうだ、あの日パパから小切手をもらって、川武千株の注文をしてそれから塩沢さんと初めてのデイトをしたんだっけ……。

そういえば、このごろ、あのカレー粉大学生はあんまり電話をかけて来なくなったが、どうしてるだろう——と思いながら、千鶴子は念入りに髪や顔もととのえた。

「パパ、来たわよ」

と、彼女が八重洲口の東西トラベル・サービス社にあらわれたのは、十二時を少しまわったころであった。

「ずいぶん待たせるじゃないか」

鶴見氏は文句をいった。

「おめかしをしてたのよ。川武サンタ・アンナで、もうけさせてもらったから、パパにカレーライスでもごちそうしようと思って」

「株でもうけて、カレーライスのごちそうとはけちだな。しかし、まあいいや。それじゃごちそうになるかね。娘にごちそうになるのも、悪いものではない」

鶴見氏はそんなことを言いながら、

「こいつは要らんだろうな」

と、スプリング・コートを部屋に残したまま立ち上がった。

すっかり春めいて来て、あたたかい日だ。

「パパ、このへんでどこか、カレーのおいしい店ない？」

千鶴子はきいた。

「ははあ。つまり新事業の参考のための、食べ歩きというわけか？」

「そうなのよ」

と、千鶴子はちゃっかりしている。

「それじゃ、京橋一丁目のゴアという店が評判のようだがな」

父親と娘とは連れ立って、京橋の方へ歩き出した。

レストラン・ゴアは、ひる飯時で、いつか宮沢君江とはいった日本橋のアゼリヤ同様、サラリーマンたちで繁昌している。

カレーライスを二つ注文してから、千鶴子は、

「ゴアって、どういう意味？」

と、父親に質問した。

「ゴアというのはね、インドのボンベイの少し南の方にある、ポルトガル領の小さな植民地だよ。有名なフランシスコ・ザビエル上人《しょうにん》のミイラになった遺骸があるところさ」

と、さすがに鶴見氏は、旅行社の役員だけあって、くわしい。

フランシスコ・ザビエル上人の名が出て、千鶴子はふと、聖ヴァレンタインの日のこ

とを思い出したが、それは口にせず、

「それで、そのゴアは、カレーライスの本場なの？」

と、質問した。

「別にゴアが本場ってことはないだろうが、あっちの人は、何しろひると晩とは必ずカレーを食べるそうだからな」

鶴見氏はそう説明してから、

「ところで千鶴子。お前、もうけた、もうけたって喜んでるけど、株というものは、売らなくちゃもうけが完成しないんだよ。今のお前の、もうけた、もうけたは、まだ紙の上のもうけなんだが、そのことはわかるかい？」

と言った。

「わかるわよ。そのぐらい。パパ、わたしを呼んだのは、川武をもう売れって忠告してくださるためだったの？」

「いや、そうじゃない。それは、こうなったら、お前の判断にまかせるが」

と、鶴見氏は答えた。

「この間からお前が、新聞広告なんか見て、大分熱心に店をさがしているようだから」

「………」

「実は人に頼んで、二、三心あたりをさぐってみてやったんだ」

「そう」

千鶴子は、食べ物屋商売を始めようという自分たちの意志を、父親が、そういうふうにして気にかけていてくれたことが嬉しかった。

「それで、何かいいお話、ありました？」

「お前、神田のハイビスカスという喫茶店を知ってるかい？」

「知ってるわ」

千鶴子は答えた。

「千鶴子が前に勤めていた百合書房の近所らしいね？」

「そうよ。よく知っているわよ」

ハイビスカスが、どうしたのだろう？

その時、プーンといいにおいのするカレーライスが、ラッキョウや紅しょうがや福神漬の薬味《やくみ》入れのガラス容器といっしょに、テーブルに運ばれて来た。

「そのハイビスカスが、内緒で売りに出てるんだ」

鶴見氏は、娘のごちそうのカレーライスにスプーンをつけながら言った。

「へえ、あのハイビスカスのお店がね……」

千鶴子には、一種の感慨があった。

百合書房の同僚や、著者の先生たちと、よくコーヒーを飲みに行った店だ。ハワイの花や風景の写真が、たくさん飾ってあったっけ。百合書房のつぶれるちょっと前にも、六さんとふたりであすこでいろいろ話をしたこともある。

「どんなふうな店かね？」

父親にきかれて、千鶴子は、

「とても感じのいいお店だったわ」

と答えた。

「でも、それ、どういうんでしょう？　経営不振なのかしら？」

「そうじゃないらしい」

鶴見氏はカレーを食べながら答える。

「内々調べてみたら、そのハイビスカスのマスターというのは、絵描きなんだね」

「そう？　知らなかった」

「こんど、奥さんといっしょに、フランスへ絵の勉強に行く話が決まって、旅費をつくる必要もあるし、また実際に、あとやって行くわけに行かなくなるし、それで手放したいということらしいんだ」

「……………」

「したがって、売りに出すと言っても、一応三年契約で、権利をあずけて、家賃を取るということなんだな」

「それで、いくらぐらい？」

「八十万の権利金で、月二万五千。これはあのあたりとしたら、ずいぶん安いと思うね」

鶴見氏は言った。

「そのかわり、今言ったような条件がつくわけで、三年後に帰国したら、その時は返還の交渉に応じ得る善意の人でないと困るというんだそうだ」

「なるほど」

そこのところに、ちょっと難点があるようだが、ハイビスカスなら、六助も千鶴子も勝手知ったるなつかしい土地で、なかなかいい話のように思える。

「パパ、ありがとう。さっそく桜田さんに知らせるわ。あの人の川武と合わせれば、そのぐらいのお金出せるもん」

千鶴子は言った。

「うん、そうするといい」

「それも、なるべく早い方がいいわね。六助さんこの機会に、そろそろ東京へ出て来ないかな」

千鶴子は、自分の口調が、恋人のそれらしくなるのに、気づかなかった。

「それで、まあ、これはお前の判断だが、その気があるなら、株の方もそろそろ処分して、現金にして握っておいた方がよくはないかな」

鶴見氏は言った。

「そうしましょうか？　ほんとね」

千鶴子も、こんどは父親の言うことを素直に聞いた。

それから二日後、三日市の桜田六助は、

「六さん、耳よりな話があります」

という書き出しの千鶴子の速達の手紙を受け取った。

「へえ。神田のハイビスカスが……」

六助は読みながら、思わず口に出して言った。

ハイビスカスのコーヒーには、いろいろとなつかしい思い出がある。

しばらく都を離れていて、様子がよくわからないが、権利金のほうも、これならまあまあ妥当なところであろう。

三年後返還の交渉に応ずるという条件がついているのが、難点といえば難点だが、今はそれを言ってはいられまい。その時はその時のことだ。それまでに、大いに利益をあげて、銀座へ進出ということだって、考えていけないというわけはない。

「ハイビスカスの店ならうまくいくかもしれないぞ」

六助は思った。

あの辺には、なんといっても土地カンがある。知っている人も多い。

「そうと決まれば、僕も現金をにぎって、いよいよ東京ご帰還だ」

彼は、千鶴子の手紙の趣旨を話して、母親に相談を持ちかけた。

「そういうわけなんだが、川武サンタ・アンナ売っていいかね、お母さん？」

「ええとも、ええとも」

　母親は言った。

「あんたがこの株をえらんでくれたおかげで、たいそうもうかったようじゃ。一体なんぼのもうけになっとるかいな？　山を売った八十万円を、わたしだけの思案で、つまらん株に替えとったら、今ごろ六十万円ぐらいに目減りしとったかもしれんのじゃ。売って、いるだけ持って東京へ出て、成功しなさいよ」

「ありがとう、お母さん」

　六助は言った。

「こんどは、百合書房とちがって、自分の店だからね。どんなことがあっても、つぶしたりはせんよ。そのうちお母さんを、特急の一等寝台で東京へよんであげるからね」

「やれやれ。特急の一等寝台なんぞ、わたしゃ、乗りとうもない。あんたは余計な心配せんと、早うお店を成功させて、その娘さんを嫁にもろうことを考えなさい」

　と、母親は淡々として言った。

　帰るとなると、六助は急に東京が恋しくなってきた。千鶴子にも早くあいたいし、ハイビスカスの店のぐあいも、もう一度この目でよく確かめたいし、カレーライス作りの勉強もせねばなるまいし、店の名前も決めなくてはならない。

「それじゃあ、さっそくだが、お母さん、僕は林さんのところへ、株を売ってもらうように頼みに行ってくる」

六助はそう言って、洋服に着かえ、桜の咲きはじめた三日市の丘を、とことこ電車の駅の方へおりていった。

いつものとおり、三日市の駅から西広島行きの電車に乗って、町へ出る道々、海を見ても、桜を見ても、沿線のダイヤ証券の立て看板を見ても、六助には、すべてが今自分の新しい出発を祝福してくれているような気がした。

「考えてみると、僕のおふくろはほんとにいいおふくろだ」

彼は母親に対しても、心から感謝の気持ちをおぼえていたし、失業者の自分が、とにかく百万という金を手にして再び東京へ出られるというのが、なんだか夢のようで、

「よし、やるぞ」

と、電車の床を、クッでコッコッけりながら、ひとりで力んだ。

つつじ証券について、林さんに、

「実は、そろそろ川武サンタ・アンナを売ろうと思って、きょうはそのお願いに来たんですが」

と申し出ると、少なくとも東京店頭株に関して、すっかり六助を信用してしまった林セールスマンは、

「はいはい。それはそれは。さっそく手配をいたしましょう」

と、一も二もなく賛成してくれた。

しかし、品薄の株だから、新株とも四千、一時に手放しては、そのための値下がりが

ありそうだというので、五百ぐらいずつ、東京へ売り注文を出してさばいて行くことになった。

「いよいよ東京の方へ帰られるんですな？」

「ええ。そろそろそういうことにしようかと考えています」

六助が答えると、

「それでは桜田さん。一つ、うちの営業部長に会ってやってくださいよ。今後もよろしくお願いしたいと思うとりますけんなあ」

と、林セールスマンは、つつじ証券の営業部長新谷さんを紹介すると言い出した。

何かいい情報があったら、東京から知らせてほしいし、三日市の母親にも、また株を買ってもらわねばと、そう思っているらしかった。

「いやあ、そんな、僕は……」

六助が照れている間に、林さんは新谷営業部長を連れて来た。

「やあ、初めまして。川武は大成功でしたな。うちの店でも評判をしておるんですよ」

と、新谷部長はあいさつして、名刺を差し出した。五十四、五の年配の、頭のはげかけた紳士である。

「それで、何ですか、こんどは東京へ出られて、店を始められるとか……」

「ええ、まあ……」

「結構ですね。若さは何よりの資本ですからな」

営業部長は、頭をつるりとなで、

「人間、こういうふうに馬齢《ばれい》を加えて、年寄りの仲間入りをして来ると、昔高等学校で、寮歌をどなって、ストームやって騒いだ若いころが、何ともいえずなつかしくなって来ましてな。人間も懐古趣味になってはいけませんが」

そう言って笑った。

六助はふと、千鶴子の父親が昔の広島高等学校出だと聞いていたことを思い出し、

「失礼ですが、部長さんは、広高のご出身ですか？」

と、質問してみた。

「ええ、広島高校です。〝銀燭ゆらぐ花の宴、桜吹雪の春の宵〟ちゅう口ですよ。広高から、九州の大学へ行きましてな」

新谷部長は答えた。

「桜田さんのご尊父かどなたか、広高出の方がおいでなんですか？」

「いいえ、うちのおやじはちがうんですが、ご年配からみて、もしかして、鶴見――えぇと、鶴見善太郎さんという人をご存じじゃないかと思ったもんで……」

六助が言うと、

「え？　鶴見？　鶴見善太郎？　あなた、鶴見善太郎をご存じで？」

と、新谷営業部長は、営業的あいさつから急に真顔になって、膝を乗り出して来た。

「友達のお父さんなんです」

六助は答えた。

「ほう、そうですか。私は鶴見とは、高等学校三年間、クラスがいっしょでしたよ。なつかしい男の名前を聞いたなあ。鶴見善太郎、今何をしていますか？」

「東京の八重洲口にある東西トラベル・サービスという旅行社の、たしか理事か何かをしておられます」

「そうそう。もともと関東の男でね。一高を二度落第して、広島へやって来たんだ。卒業の間ぎわに親元から為替《かわせ》が来んと言うて、私はあの男に、カツ丼二十五銭立て替えて、いまだに返してもろうとらんですが」

と、新谷さんは、ひどくなつかしげであった。

「しかし、鶴見に、もうあなたぐらいの息子がおりますかなあ。私はまだ子供が小さいからあれですが、考えてみりゃ、当たり前ですな」

「あのう、実は、それが、息子じゃないんで」

六助は照れて答えた。

「息子じゃない？　ああ、いや、これはどうも」

と、新谷営業部長は、大概察して笑い出した。

「東京へ帰られたら、ひとつ、よろしく言ってください。小さな株屋の営業部長で一向うだつがあがらんが、元気でやっとる、いっぺんおうて、昔みたいに飲んで騒ぎたいのうて、そう言うとったと」

部長は言った。紅顔の青年時代の思い出にひたっているようであった。

六助のほうも、何とはなしに、嬉しいような、縁起のいいような気持ちがした。

しばらくいて、彼はもう一度川武の売却方をよろしく頼み、つつじ証券の店を出た。

桜田家の川武サンタ・アンナはそれから三日後に、つつじ証券を通じて、全部処分ができた。

高値は三百四十八円というのがあったが、五百株ずつの売りで、平均売り値段三百三十五円となった。

「そうすると、一体どういうことになるかいの？」

「どれどれ」

と、親子は額をあつめ、鉛筆やソロバンを持ち出し、伝票をそろえて戦果の検討である。

しかし、ふたりとも計算はあんまり得意でない。それに、新株のほうに関しては、発行日取り引きといって、少々めんどうな手続きがいる。

「五六、三十の、三上がって、三三、三」

と、六助は頭をひねった。

母親が山林を売って、川武の株につぎこんだ最初の金が、約八十三万円だから、それと手数料とを差し引いて、結局、九十七万円あまりが純粋のもうけになる勘定であった。

「九十七万円か……。あと三万円で百万円か、ふーん」

六助はうなった。

「まあまあ、仏さまのおかげというものよ」

と、母親が言う。

「仏さまのおかげかどうか知らんが、失業者の僕に、九十七万円は、うそみたいで、気がへんになりそうな金じゃなあ」

と、六助があまり実感のわかないような顔つきで答えると、

「男の子が、キモのこまいことを言いなさんな。昔のお金にすりゃあ、二千円か三千円の話じゃ」

母親は強気のことを言って息子をはげました。

「それじゃ、いよいよこの九十七万円は、そっくり僕が東京へ持って出てええかいね？」

「ええに決まっとるじゃろ。九十七万円というのは、きりが悪いから、百万円にして持って行きなさい。あとの八十万円は、わたしとお父さんとで」

と、母親は仏壇の方を指さし、

「まさかの時に、大事に残しといてあげる」

と言った。

「すまんなあ、お母さん」

「すまんことはありません。しかし、このお金は、あんたの知恵でできたお金のようでいて、決してあんたの知恵だけでできたお金じゃないということを、それだけはよう心

得ておきなさいよ」

と、母親はまた仏壇の方を指さした。


一方、東京の千鶴子の川武サンタ・アンナ三千株も、ちょうどそのころ、角和証券の深田さんの扱いで売りが成立していた。

六助のほうより三円高く、三百三十八円であった。

「三三八掛ける三千で、百一万四千円ってわけね。パパ」

千鶴子はにこにこしながら言った。

「手数料を取られるよ、その中から」

「そうか」

「それに、増資払込金、二千株分十万円差し引いて計算しなくちゃだめじゃないか」

「あッ、そうだ」

こうなると、お嬢さん投資家もいささかたよりない。

「第一、元金はどうなるんですかね、元金は？　おれの貸した三十八万円は返してもらわなくちゃ」

鶴見氏は言った。

「まあ、パパ。それも取り上げる気？」

「あたりまえだよ」

「何だ、それじゃ、百一万四千円から、十万円引いて、三十八万円引いて、手数料引かれて、五十二万円ほどじゃない。深田さんたら、わたしが目をまわすぐらいの収支決算を出してみせるなんて、大したことないじゃないの」

と、千鶴子は不平顔をした。

「ぬれ手で粟《あわ》の、五十二万も三万ももうけておいて、不服を言うことはないだろ」

鶴見氏は笑っていたが、

「だってわたし、百一万円そっくり、手にはいるような気がしてたんですもの」

彼女がべそをかきそうな声をしたので、ひとり娘に甘いところを発揮し、

「まあ、それなら、元金の結婚費用前貸し三十八万円、もうしばらく無利息で貸しておいてやってもいいがね」

と、妥協した。

「そうすると、いくら？」

「九十万円だろ」

「九十万円て、何となくハンパじゃない。パパだって川武でもうけてるんだから、もう十万円ふんぱつして、百万円にしてよ」

「おいおい。あんまりむちゃを言っちゃいかん」

と、鶴見善太郎氏は、あきれたような顔をした。

しかし千鶴子は、

「ね、いいでしょ？　リベートよ。ちょうど百万。お店でもうけたら返します。それに決めましょうよ」

と、勝手に決めてしまった。

「全く、どうもあきれたね。盗《ぬす》ッ人《と》に追い銭とはこのことだ」

と、父親はぶつくさ言いながら、結局それも認めさせられてしまった。

かくして、カレーライス屋開業に関する六助と千鶴子の出資金は、期せずして両方とも百万円ずつという公平な計算が成立することになった。


失業保険の給付を受けていた人間が、自営業といって、六助や千鶴子のように、途中で自分の商売をはじめる気になった時には、職業安定所は、就職支度金というものを払ってくれる。

それには「就職支度金支給申請書」という書類を安定所に提出して、いろいろこまかい計算があるのであるが、要するに、あと、もらい残した保険の金を、まとめて、前払いのかたちで出してもらうのである。

六助の場合、就職支度金は、四万二千円ほどにしかならなかったが、彼は川武サンタ・アンナの百万円プラスその四万二千円を持って、いよいよ東京へ帰ることになった。

「大丈夫だよ、お母さん」

六助が言うのに、

「うんにゃ、このごろは汽車の中の泥棒が多いけん」

と言って、母親はさらし木綿の胴巻を縫い、その中に、百四万二千円の小切手を封じこんで、六助の腹へ締めさせた。

「汽車の中で、便所へ行ったとき落としそうな気がする」

六助が言うと、

「しっかり締めとったら、落ちゃせん。汽車の中で、なるべく便所へ行かんようにしなさい」

と、母親は言った。

腹に胴巻を締めた六助は、支度のできたところで、

「お父さんに、お別れをして行きなさい」

と、こんどは仏壇に線香を上げさせられた。

あんまり信仰心のない六助ではあるが、それでも、

「お父さん、ひとつこんどの僕の仕事を成功させてください」

多少祈るような気持ちになった。いつか、父親が押し入れの奥から出て来る夢を見たことを、思い出していた。

しばらく住みなれた三日市の丘の上には、今、たんぽぽが咲き、麦がすくすくとのび、ひばりがピーチクピーチク鳴いている。

桜はもう散りはじめていた。

瀬戸内海の眠ったような美しい景色とも、また当分のお別れである。

見送りの母親といっしょに、彼は荷物をさげて、電車で広島駅へ向かった。

駅では、

「十四時三十五分発、呉《くれ》線まわり急行〝安芸〟号、東京行きの改札をいたします。〝安芸〟号にご乗車の方は、地下道を渡って……」

と、もうアナウンスがはじまっていた。

広島始発の急行である。

「お母さん、それじゃ、からだを大事にね。店が順調にゆきはじめたら、一度東京へ出て来てくださいよ」

「ああ、ああ、そうしよう」

母親は言って、駅で買った広島名物の柿ようかんを二本、千鶴子の家にと、ことづけた。

前から二両目の二等車――つまり、以前の三等車の右側窓べりに席が取れた。

「さよなら、お母さん。ほんとに、いろいろありがとう」

急行「安芸」号は、二時三十五分ちょうど、蒸気機関車の腹にこたえるような汽笛を一声鳴らして、広島を発車した。

母親の姿が見えなくなると、彼は窓をしめて、

「さて」

というように、席にすわりなおした。

母親ひとり残して広島を去るのは、少しさみしいような気持ちもあったが、あすの朝は千鶴子にあえるのだ。

そのうち、庭瀬さんや大森先生にもあえるだろう。東京へ帰ることは、やっぱりうれしい。

列車は海田市《かいたいち》で本線と分かれて呉線にはいる。それからずっと、右側に瀬戸内海の春のながめがつづく。

キラキラ光る海に、静かに浮かんでいる小さな釣り舟。遠く近く、やわらかなかたちをした大小の島々。天応、吉浦、呉、それからトンネルを抜けて安浦、風早、竹原と、海に沿って走る列車の中で六助は景色をながめながら、あれやこれや空想にふけった。

「ハイビスカスの店の構造は、どんなふうになっていたっけ？」

「あれを、どのように改造したらいいだろう？」

「千鶴子さんは、どんなプランを持っているかしら？」

つぶれかけた百合書房に勤めて、いつもイライラして、すぐカッとなりがちだった彼の性質も、このごろよほど落ちついて来たようだ。

胴巻の中の百四万二千円もさることながら、郷里の母親のもとで、のどかに暮らした四カ月が、やっぱりよかったのであろう。

「毎度ご迷惑さまでございます。乗車券ならびに急行券を拝見させていただきます」

尾道《おのみち》を過ぎるころ、専務車掌が検札に回って来た。

六助がポケットから切符を出しながら、ふと見ると、それは、彼が去年の暮れに、広島へ帰る時、デッキで立ち話をした車掌であった。

乗客から、「ご苦労さん」とか「ありがとう」とか、ひと言、言ってもらうと私たちもとても元気が出ますと言った、あの車掌である。

「車掌さん」

「はい」

車掌の方は、六助の顔をおぼえていないようであった。それでつい、「この前はどうも」と言いそびれ、

「東京着は何時ですか？」

と、知っていることを質問した。

「明朝八時二十三分でございます」

車掌は答え、切符にパンチを入れて、次へ移って行った。

六助はしかし、その車掌の後ろ姿を見ながら、何となく幸先《さいさき》のいいような思いを味わっていた。

にんにくと唐辛子

「にんじん、五円」

「にんじん、五円」

「たまねぎ、同じく五円」

「同じく五円」

「バター」

「バター」

「二十六円ぐらいかな」

「二十六円」

　青山の鶴見家のリビング・ルームで、千鶴子と六助が額をつき合わせて、しきりに何か計算をしている。

　六助が東京へ戻って来て五日目、鶴見家の台所はライスカレー工場になり、リビング・ルームはカレーライス屋の設立準備事務所になっていた。

「豚肉、三百グラム、二百四十円」

「豚肉、二百四十円」

カレーライス十皿分の原価計算である。

「にんにく、しょうが、あわせて五円」

「にんにく使うの、やっぱり？　お客さんによってはにんにくのにおいがするのをきらう人が、いるんじゃないかな？」

六助は顔を上げて、一人前のコックみたいな口ぶりで疑問を提出した。

「だって、六さん、にんにくを入れたほうが断然おいしかったじゃない」

「僕はそうだけど……」

「だれだってそうよ。百合書房のころ、家庭料理全集の編集で、お料理の専門家のところをあちこち回ったでしょ」

「……………」

「中華風のお料理でも、フランス料理でも、これ美味《おい》しいなと思うと、きっとにんにくが使ってあるのよ。めだたないように、たっぷり」

「そんな、美味しい料理が、みんなにんにく料理ってことはないでしょう」

「いいえ、みんなじゃなくても大概そうだったわ。お料理ににんにくを使うことを知らないのは、日本人だけだって、わたし言われたことがある」

「だれに」

「張熙心先生に」

「だって、僕たちの店の客は、日本人なんだぜ」

六助は言ったが、

「にんにくは、どうしても使うの。お客ににんにくの味をおぼえさせちゃうのよ。大体、よそより少しでも特色を出さなくちゃ、はやらないわよ」

と、千鶴子は強気であった。

「それに、三百グラム二百四十円の豚は、少し高すぎやしないかね」

六助がまた疑問を提出する。

「いいから、とにかくトータル出してみてちょうだい……。スープの素《もと》が十五円、お米が五ン合で七十五円、では？」

「ええとね、二九、十八の一の、一上がって、三百九十五円」

六助は合計を出して鉛筆を置いた。

「三百九十五円ということは、一サラ分、三十九円五十銭てことだわね」

「案外安くできるもんだな」

六助は感心の面持ちで、

「それを一人前、百円で売ると、六十円五十銭のもうけか」

と言った。

「そうはいかないわよ。光熱費もいるし、家賃も税金もその中から出さなくちゃならない。アイス・ウォーターのサービスだってただじゃないんだから」

「そりゃそうだな」

しろうと考えはだめよ。がめつく計算しなくちゃあ」

「時に千鶴子さん」

六助は言った。

「話はちがうが、聖ヴァレンタインの日というのは、どういう日ですか？　手紙できいたけど、返事をくれなかったね」

千鶴子は、黙ってしばらく六助の顔をながめてから、

「それより、こっちから伺《うかが》いたいわ。二月十四日って、いったい何よ？」

と言った。

「ああ、あれはね、僕のおやじの祥月命日《しょうつきめいにち》なんですよ。あんまりめでたい亡《な》くなり方をした日じゃないから、書かなかったんですが、はっきり言えば、十五年前に、おやじが上海《シャンハイ》の郊外で処刑された日です。僕は、そのおやじが生きて帰って来た夢を見たりして……」

六助が言うと、千鶴子は心なしか、少々ツンとした。

「その日が」

と、六助はつづけた。

「聖ヴァレンタインの日とかいうんで、電報を見て、ストップ高はうれしかったけど、なんのことかよくわからなくて、ヴァレンタインという坊さんが金もうけをした日か何かと思ったりして……」

「自分で調べてよ、そんなこと。キリスト教のお上人《しょうにん》さまが、金もうけと関係あるわけないじゃない」

千鶴子はますますツンとした。

「……」

「それよか、ご飯、もうたけたんでしょ。試食してもらいましょうよ」

この日の実験用カレー、十人分三百九十五円を、自分たちも食べ、家族のみんなにも試食して批評してもらうのである。

台所からは、プーンとカレーのいいにおいがしているが、六助と千鶴子は、そのにおいがもう鼻についている。

「でも、いやがっちゃだめよ。これから毎日毎日このにおいとおつき合いするんだから。このにおいを愛さなくっちゃ。三日や五日でへこたれたりしてはいけないことよ」

千鶴子は言って、

「ママ、ママ、小太郎。みんな来て」

と、母親や弟を呼んだ。

「はいはい」

鶴見夫人が出て来た。

「できた？　きょうのはどんな具合？」

と、さすがに母親である。スプーンでひと口すくって、遠くを見るような目つきをしながら、舌の上にカレーをのせて慎重に味わっている。

「よさそうじゃない。にんにくのお味がよくきいてるわ。とにかくあれね、桜田さんも千鶴子も、そのへんのお料理好きの奥さまより、カレー作りだけはうまくなって来たわね」

「どうも……」

と、六助は頭をかいたが、

「あたり前じゃない」

千鶴子の意気は、あたるべからざるものがあった。

「商売ですもの。そのへんの奥さま料理よりまずいカレー作ってたら、困っちゃうじゃないの？」

「そりゃ、まあ、そうだけど」

「小太郎はいないの？」

千鶴子の弟の小太郎は、高校を卒業して、めでたくK大にパスし、目下ほやほやの大学生だ。

母親とちがって、げんなりした顔をしてあらわれた。

六助に遠慮しながらも、

「またカレーライス食わせるのかい？」

と、不平を言った。

「きょうもコロッケ、あすもコロッケという歌があるけどさ。こう年中、おやつにまでカレーライスを試食させられたんじゃ、インドふうのゲップが出そうだ」

「そんなこと言わずに、少しでいいから食べて、前のとくらべて感想言ってよ」

と、強気ながらも千鶴子は、試験の成績を心配している女学生みたいな様子で、小ザラにきれいにカレーライスを盛りつけて、弟の前へ差し出した。

小太郎はひと口食べて、

「よく分かンない」

と言った。

「僕、ほんとにライスカレー・アレルギーだよ、このところ。おやじがまた、鮨屋へでも連れてってくれないかなあ」

「大げさねえ」

千鶴子は言い、六助は、

「どうもすみません」

と笑っていたが、小太郎はそのあと、

「姉さん、それじゃあね、こんどから、僕のクラスの欠食児童どもを大ぜい連れて来るから、そいつらに食わせて、批評してもらってくれよ」

と、言い出した。

「あら、それはいい考えだわ」

鶴見夫人が言った。

「どうせ神田のお店なら、若い学生さんなんか、たくさん来るでしょうし、小太郎のお友達に食べてもらって、感想聞けば、きっと、いい参考になるわよ」

六助も賛成した。

「そりゃ、いいですね。ハイビスカスの、つまり百合書房のあのあたりは、中庸大学があるし、明智大学があるし、出版社は、岩田書店や、築紫書房や、いっぱいだからね。実際、若い客が多くなると思うな。それは、ぜひお願いしましょうや」

彼は言った。

ハイビスカスの店の権利をゆずり受ける件に関しては、幸い、千鶴子の父親の信用している不動産屋が、すべてやってくれることになっていた。実は、ハイビスカスの店の話を、鶴見善太郎氏のところへ持ちこんで来たのも、その不動産屋だったのである。

六助が腹に巻いて来た百四万二千円の小切手は、鶴見氏に保管を依頼してあるが、間もなく、ハイビスカスのマスターと契約書が取りかわせるはずで、そうすれば、あとは誰かしかるべき人に頼んで、喫茶店をカレーライス屋向きに改造する工事が残るだけになる。

で、千鶴子と六助は、五月下旬開店を目標に、目下ライスカレーの勉強に余念ないのである。

「どうなのよ、ところで?」

千鶴子は、浮かぬ顔をして、小皿のカレーライスを口に運んでいる弟に、感想をうながした。

「結構なようだよ」

「ようだってのは、何さ。お世辞言わなくてもいいんだから……。どう？」

千鶴子がきくと、

「うまい。うまいけど……」

と、ホヤホヤ大学生は、口をもぐもぐさせて言った。

「けど、どうですか？　にんにくが強すぎるのは、やっぱりいやですか？」

と、六助も質問は真剣である。

「にんにくは、別にいやじゃないけど」

「けど、けどって、はっきり言ったらいいじゃない」

「そう怒るなよ。かりにもお客のかわりだぜ。もう少し低姿勢でねがいたいね」

小太郎が言う。

「いや、その点まったく僕もそう思うんで、千鶴子さん、僕は店の名前に関しても一つ提案があるんですが……」

六助が言いかけるのを、さえぎって、

「ちょっと、話をそらさないで、小太郎の言い分聞きましょうよ。キミ、お客さま。お味のほどを、どう思う？」

「うん」

小太郎の言い分は、こうであった。

「おいしいことはおいしいと思うけれど、きのう食べたのも、おととい食べたのも、結局同ンなじような味で、つまり、そのへんのどこの店のカレーライスでも、似たようなもんだ。特色ってものがないじゃないか」

「ふうむ。なるほど」

六助は腕組みをして、ちょっと首をかしげた。

それは事実なのだ。

六助上京以来、鶴見家の台所にカレーのにおいを充満させて、ああかこうかと、彼らは試作実験をつづけている。

カレーライスとひと口に言っても、作り方がいろいろある。

かしわを使ったり、牛肉を豚に代えてみたり、人参《にんじん》を入れるのをやめたり、リンゴをすりおろして入れるといくら高くつくか考えたり、大いにくふうをこらしているつもりなのだが、結局でき上がったものの味は、小太郎の言うように大して変わりがない。

「そう言われればそうね」

と、鶴見夫人も息子の説に賛成した。

「いいわよ。そういう批評がありがたいのよ。ねえ、しからば、キミ、何か特色を出すについて、名案ある?」

千鶴子がきくと、

「そんなこと、分かんねえさ。そっちで考えてくれよ」

と、弟は言った。

わいわいもめているところへちょうど鶴見氏が会社から帰って来た。

「やあ、またライスカレー作りか？　熱心で結構。桜田君も、東京へ出てくるなり、たいへんですね」

千鶴子は小太郎の批評を父親に紹介し、

「ねえ、パパ。この前のゴアのカレーライスなんかより、安くてもっとおいしくて、変わったもの作りたいのよ。何かいい知恵ないこと？」

と訊《き》いた。

「安くて、特色のあるカレーライスか？　さあて、そんなものあるかな」

と、しばらく考えていたが、

「そう言えば昔、大阪の道頓堀に、六段という小さなライスカレー屋があった」

と言い出した。

「六段、へえ」

「御堂筋《みどうすじ》を、ちょっとはいったところで、汽車を待つ間なんかに、何度か行ったことがある」

鶴見善太郎氏は、昔をなつかしむような顔をした。

「あなた。わたくしお供したことないけど、それ、ご経験の回数とは関係ないとこなんでしょうね？」

「バカを言いなさんな。カレーライスとご経験とは関係がないよ」

と、鶴見善太郎氏は笑って、昔話を始めた。

「店の名前も変わっていたからおぼえているんだが、何しろおそろしく辛《から》いんだよ、そのカレーがね」

「へえ」

「食っている時は、あまりの辛さに、鼻の頭へ汗が出ちゃって、半分無我夢中さ」

「………」

「食い終わって金を払って、電車に乗って、大阪駅あたりまでやって来て、ハアッ、ハアッと息をはいて、ああうまかった——そういう店だったな」

「そんなに辛くて、ほんとにおいしいの？」

「うん。大阪駅まで来て、辛さが少し消えると、確かにそりゃ、おいしいんだね。その証拠に……」

鶴見氏は話をつづけた。

「小さな店じゃあったが、ひる飯時なんか、店の表まで、人が並んで待ってるんだ。配給とか外食券とかいう時代より、もっとずっと前の、物の自由なころの話だよ。その当時、食いだおれの大阪人に、辛い一方でそれだけ評判を取っていたんだが……」

「それはきっと、辛いも辛いでしょうけど、地になるスープがしっかりしたいいお味のもの使ってたのね」

鶴見夫人が口を入れる。

「どうかね？　参考にならんかな？」

鶴見氏が言う。

「面白いですね」

六助は答えた。

「わたしたちのお店で、お勘定払って、出て、バスで東京駅あたりまでいって、ハアッ、ハアッ、ああ美味しい――。それ、いいじゃない」

千鶴子も言った。

「その六段という店は、もうやっていないんでしょうか？」

六助は、できることなら、大阪まで試食に行ってみたいような口調で質問したが、

「さあ、それが、二、三年前にも大阪で人にきいてみたんだが、だれも知らないようで、戦争中に店じまいをして、それっきりなくなったんでしょうね」

鶴見氏は答えた。

「そうそう、それから」

と、鶴見善太郎氏は、思い出して話題を変えた。

「きょう会社へ、古い友だちの新谷から手紙が来たよ。桜田君は、新谷の店で株を買っ

たんだそうですね」

「つつじ証券の新谷さんでしょう？　その話をするのを、忘れていました」

六助は言った。

「何ですか、高等学校の時、ご一緒だったとか……」

「そうですよ。白線帽の時代が、ついこの間のことのように思うが、お互いに年を取ったものだと書いてあって、なつかしかったね」

と、鶴見氏のきげんがいいのは、そのせいもあるらしく、六助に向かってとも、夫人に向かってともつかず言った。

「パパ、そう言えば、このごろおふろの中で、あの歌、あんまり歌わなくなったわね」

「どの歌？」

「ほら……、
広高出てから十余年
今じゃ満鉄の総裁でヨイショ」

千鶴子がソプラノでちょっと歌ってみせ、

「あれよ」

と言った。

「アッハハハ。何でも五万人とか五万円とか言うんだ。のんきなものだったな。しかし、広高出てから、実際に、三十余年も経ってしまっちゃあ、どうもね」

と、鶴見氏は笑った。

「新谷は、手紙の中で、桜田君のことをほめていましたよ。自分のつかんだ情報に自信を持っていて、川武がいくらストップ高をつけても、まだまだって、よく頑張って、しろうとなのにいい度胸だったって」

「いやあ……、あれは、専《もっぱ》らこっちの指令に従っただけでして」

と、六助は千鶴子のほうをさして、頭をかいた。

しかし、鶴見善太郎氏は、つつじ証券の新谷部長からの手紙を見るまでもなく、六助青年が気に入っているらしかった。

「どうだね、色々昔話が出たところで、ひとつ今夜は、桜田君もいっしょに、久しぶりに銀座の鮨屋へでも行ってみるか？」

「だけど、この人たちの作ったカレーが、まだ八人前も九人前も残ってるんですよ」

鶴見夫人が言ったが、

「まあ、いいさ。カレーはあしたまで置いときゃ、もっと味にコクが出て来る」

と、鶴見氏はごきげんがいい。

「賛成」

と、小太郎は飛び上がってみせた。

そこで、鶴見一家と桜田六助とは、作ったカレーを冷蔵庫の中に鍋《なべ》ごと残し、一台のタクシーに五人相乗りで銀座へ晩飯を食べに出かけることになった。

東銀座の鮨八は、去年の暮れに千鶴子の失業記念（?）に一家で来た店である。鶴見家の人たちは、その後もなんどか食いに来ているが、六助は初めてだ。

「いらっしゃいまし」

「いらっしゃいまし」

清潔な鮨台の向こうから、景気のいい声がかかる。

六助は、上等の鮨をごちそうになるのもありがたいが、店の造りや、店の人のあしらいに、今や、職業的関心があるから、あちこち目をくばりながら席についた。

「カレーライスだって、こういうふうに調理場の前に坐って食うような仕掛けも作ったほうが、いいかも知れないね」

彼は小声で千鶴子に言った。

「うん、そう」

「だけど、ああいうふうに、いらっしゃいましッ、とあんまり威勢よくやるのは、カレー屋じゃどうだろう?」

「そりゃあ、やっぱり、いらっしゃいませと、やや物やわらかくね」

「そうすると、それは千鶴子さんの役だよ」

ビニールの袋に入れたあついおしぼりがひとりひとりの前に配られて来た。

「なるほど、おしぼりもいるな」

と六助が言う。

「だけど、おしぼりはね、このごろ確か、こういうふうに、ビニールの袋へ入れたのを配達してくれるおしぼり会社があるのよ」

鮨八のおやじが、

「何ですか、お嬢さん、お店でも始めるおつもりがあるんですか？」

と質問した。

「そうなんだよ。この桜田君とうちの娘と協同でカレーライスの店を出すっていうんでね、目下たいへんなんだよ」

鶴見氏が説明した。

「そうですか。いや、この節は、エレファンツの監督の木浦がてんぷら屋を始めたり、入江たつ子がバーを出したり、〝貴方の秘密〟の氏原さきさんがビルの地下で鮨屋を始めたり、しろうとの方の食い物商売が結構繁昌しているんで、私どももうかうかしちゃいられないんです」

鮨八のおやじは言った。

「おじさん。でも、わたしたちのはお道楽じゃないのよ。真剣なる失業対策事業よ。知恵をかしてね」

と、千鶴子は言った。

「どこでお始めになるんです？」

「神田」

「そりゃあ、開店の時には、花輪の一つも贈らせていただきましょう。——ところで、握りますか?」

「うん。ビールを一本飲んだら、握ってもらおうか」

鶴見善太郎氏は言った。

「まぐろのいいのがあります。それから、たい、ひらまさ、はぜ、生いか、ひらめ」

鮨八のおやじの述べ立てるのを聞きながら、鶴見氏は、

「この連中に、白身の魚の、よくききそうなのに、ひとつ、わさびをたっぷり入れて握ってやってみてくれよ」

と、注文した。

「ええ? わさびをきかすんですか?」

おやじは笑いながらきれいなひらめの身を薄く切って、きゅッ、きゅッと手ぎわよく握って、順に千鶴子と六助の前に置いた。

ふたりはそれぞれ、鮨を醤油につけて口へ運んだが、二秒ぐらいして、

「ファーン」

と、ふたりとも悲鳴をあげた。

「どうだい?」

「からいけど、おいしいです」

六助が、顔をしかめたまま言った。

「おいしいわよ。少なくとも、印象的だわね」

千鶴子も言った。

「わさびとカレーとはちがうけど、六段のカレーライスというのが、まあ、そんな式さ」

と、鶴見氏が言う。

「これで、加減してあるんですよ」

鮨八のおやじは笑っていた。

「でも、これ以上わさびをきかしたら、お客さん、怒り出さないこと？」

「いいえ。人によっちゃ、まだきかねえ、もっときかせろって、――こっちもシャクだから、これでもか、これでもかってわさびを入れると、しまいに泣き出しちゃったりしましてねえ」

「まあ」

「泣きながら、ああうまかった、おやじ、もう一つなんて――。ほんとにボロボロ泣いてるんです」

「アッハハ」

「僕もその、泣けそうなの、一つもらおうかな」

小太郎が言った。

「へい、生いか、どうですか？　わさびがよくききますから」

鮨八のおやじは、握りながら、

「でも、人間ってのは、高血圧の人だの胃カイヨウの人だのは困りますが、みんな概して辛いものが好きなんじゃないですか」

と言った。

「そうなんだよ。だから、カレーライス屋をやるなら、泣くほど辛いカレーで評判をとったらどうだって、すすめてるとこなんだよ」

と鶴見氏が言った。

「じゃあ、お店が出来たら、私も一度、是非泣かせてもらいにうかがいましょう」

鮨八は言った。


六助はどうやら、鶴見家の人達から少しずつ、家族の一員のような扱いをされ始めているようであった。

と言っても、むろん、青山の千鶴子の家に泊まりこんでいるわけではない。あまり居心地のいい下宿ではないが、ほかに方法も無いから、やむを得ず、もとの練馬の、岩おこしのとこへ厄介《やっかい》になっている。

岩おこしは、誤解の原因になった、あの、千鶴子の手紙を長い間ほったらかしていたことに関しては、けろりと忘れているようで、おわびの一言も言わず、

「桜田さん、去年あんたが田舎へ帰ったあと、わたしア、これをもらうのを忘れてたっけ」

と、ラジオの聴取料の受け取りをつきつけた。

その晩も、彼が鮨八でにぎやかに夕食のごちそうになって下宿へ帰って来ると、また岩おこしが、

「桜田さん、この間のラジオのお金、払ってもらえないかねえ？」

と、言い出した。

「けち。くそばばア。僕が百万円の預金を持っていることを知らないな。ラジオの金ぐらい払ってやらア」

六助は心の中でそう思ったが、

「まてまて。カッとしちゃいけないんだ。そういうことに決めたんだ。人におだやかにものを言う練習をしなくちゃいけないんだ」

と思いかえし、

「おそくなってすみませんでしたねえ。すぐお払いします」

早速財布から百円玉をつまみ出して、岩おこしに渡した。

すると岩おこしも、

「あれ、そんなに今すぐでなくたってよかったんだけど、すいませんねえ」

急に笑顔になって、金を受け取った。

「大体この要領だな」

六助はひとりでうなずきつつ、二階へ上がって行った。

寝床をしき、それからふと思い出して、机の上の英和辞典で、

「セント・ヴァレンタイン・デイ」という項を引いてみた。

「聖ヴァレンタインの祭日（二月十四日）。当日恋人に贈り物や恋文を送る習わしがある」

辞書には、千鶴子が「花日記」の中でみつけたのと同じような説明が出ていた。

「ははあ、やっぱりそういうことだったのか」

やっと父親の命日の日に千鶴子からもらった電報の謎が解けた。千鶴子が、

「そんなこと、自分でしらべてよ」

とツンとしたわけもわかり、何やらほのぼのと嬉しい気持ちがこみあげて来た。

「そうだったのか。僕は幸福な失業者だな。千鶴子さんに、恥をかかせないようにしなくてはならんぞ」

彼はそう思い、カレーライス屋を成功させたあかつきには、次に何を成功さすべきか、それもはっきり目標が定まって来たように感じるのであった。

その翌日も、六助は、朝九時ごろから青山のカレーライス実験所（？）へ出勤（？）して行った。

英和辞典で、聖ヴァレンタイン・デイの意味を知ったことは、黙っていた。そんなことより、今、ふたりの大問題は、いかにして特色のある——つまり、とびきり辛くて、とびきりおいしいカレーライスを作るかである。

千鶴子も六助も、本を読んだ知識では、もう満足できなくなっていた。

千鶴子が、提案した。

「一度天野《あまの》さんをたずねてみない？」

「天野さんって？」

「天野青湖《せいこ》女史よ」

男か女かわからないような名前を持ったその女史は、料理や風俗の研究家で、チベットの青い湖のほとりで生まれ、インドで大きくなったという、変わった経歴の持ち主であった。

百合書房のころ、「家庭料理読本」にインド料理のことを書いてもらったことがある。

早速電話で都合をきいてみると、

「ああ、百合書房にいた鶴見千鶴子さん？　おぼえてるよ。いつでもいらっしゃい」

と、女史は、名前同様、男か女かわからないような声であっさり承知してくれた。

その日は夕方から、小太郎のクラス・メイトたちがカレーの試食に来ることになっていたが、それまで時間があるので、ふたりはノートを持って、バスで出かけて行った。

「へえ。本屋がつぶれたんで、あんたたちレストランを開く？　おもしろいね。何でも話してあげるよ」

六助と千鶴子が話を切り出すと、天野青湖女史は、飾りけの無い態度でそう言った。

「日本のカレーライスというのはあれは日本料理なのよね。特色を出したいって言うんなら、ほんとにインド風にやれば、それが日本じゃ、たいへん特色のあるものになるんじゃないの？」

「……」

「ただし、一般に喜ばれるかどうか、それは、わからないよ。だから、あの本の時にも、多少加減して書いたんだけど」

「……」

「あんたたち、カレーの、あのひりひり辛いのは、何が辛いのか、知ってますかね？」

「それは、ええと、いろんな香料の……」

千鶴子が言いかけたが、

「カレーライス屋を始めようというのに、たよりないね」

と、青湖女史は笑った。

「いろんな香料はいろんな香料だけど、その中のチリがひりひり辛いんだよ。つまり唐辛子ですよ」

「……」

「わたしは、インドに長かったでしょう。したしくなった家庭が何軒もあって、上流階級の家庭料理のカレーライスの作り方を、インド人の奥さんたちから幾通りも教わった」

　天野青湖女史はやや得意そうに言った。

「それは、みんな、カレー粉だけでなくて、赤い唐辛子をきざんでたくさん入れるやり方なのよ」

「へえ。すると、つまり朝鮮料理みたいなんですね？」

「そう。朝鮮料理もそうだけど、中国の四川料理なんかも唐辛子をうんと使って、口がまがりそうに辛いのが本物よ。その辛さが、おいしいんだから」

「すると、順序は、どういうふうに？」

　千鶴子がノートをひらく。

「案外かんたんなのよ」

　天野青湖女史は言う。

「まず、大鍋にバターをたっぷりとかして」

「まず、大鍋にバター」

「にんにくと、土しょうがのすりおろしたのと、それから、今言った赤い唐辛子をみじんにきざんで、ジュッとほうりこむ」

「ほれごらんなさい。やっぱりにんにくを使うのよ」

　千鶴子が六助に向かって言った。

「だけどさ」

「だけどさじゃないことよ」

「まあまあ、けんかをせずに聞きなさい。次に」

「次に?」

「どうも、テレビの料理学校をやっているみたいだね」

天野青湖女史は、千鶴子たちがノートを取るのを笑ってながめながら、たばこに一本火をつけた。

「それが、いいにおいがして来たところへ、塩、コショウをしておいた肉を——牛でも鳥でも、何でもいいんだけど、ほうりこむ」

「ほうりこむ」

「それから、玉葱《たまねぎ》と人参とそれからジャガイモ、これは皮つきのまま、大きくぶつ切りにした方がおいしい」

「皮つきの、ぶつ切りのジャガイモ」

「野菜をそれだけほうりこんで、牛乳を一本入れる」

「牛乳はメリケン粉と合わさずにですか?」

「メリケン粉なんか、使わないのよ。メリケン粉を使って、どろっとさせたのは、あれは日本のライスカレーだよ」

青湖女史は言った。

「それから、鍋いっぱいに、ひたひたに水をさす」

「水をさす」

青湖女史のカレーライスの処方は、確かに、彼らが今まで「研究」したのとは大分ちがっていた。

メリケン粉を使わないところもちがっているが、カレー粉と同量の塩を入れるとか、それに唐辛子をふんだんに使うとかいうのだから、確かに、聞いただけでもヒリヒリしそうだ。

やっとカレーの講義が一段落したところで、

「ときに」

と、青湖女史は、話題を変えた。

「あんたたちのとこの編集長をやっていた庭瀬さんが、このあいだたずねて来たが、あの人もすっかり健康になって、よかったね」

「庭瀬さんが？」

「庭瀬さん、何をしてらっしゃるのかしら？　いま」

千鶴子と六助は、口々に言った。

「おや、知らないの？　週刊ニッポンの編集長に迎えられて、もうからだのほうも大丈夫ですと言って、たいへん張り切っているようだったよ」

天野青湖女史は言った。

ふたりに、それは初耳であった。

「まあ、そうですか。週刊ニッポンの……」

千鶴子は言った。

「お店ができたら、開店の時には、庭瀬さんにも、昔の先生たちや仲間たちにも、みんな案内状を出して、食べに来てもらいましょうよ」

「しゃくにさわっている奴があったら、その時、私の処方の三倍ぐらい唐辛子を入れて、泣かせてやるといいよ」

と、青湖女史は笑った。


千鶴子と六助とが、天野女史に礼を言って、ノートをさげて青山の家へ戻って来ると、

「やあ、帰って来た」

「こんにちは」

「鶴見君のねえさん、美人なんだなあ」

と、小太郎の友達連中が、もう何人か来て、待っていた。

「早く食わしてほしいんだってさ、みんな」

小太郎が言った。

千鶴子はすぐ、甲斐甲斐《かいがい》しくテーブルの上にさらやスプーンを並べはじめた。

「よく来てくださったわね、今すぐ用意ができるわ。でも、みなさん、これ一回きりじ

ゃしようがないのよ。そのわけは、小太郎から聞いたでしょ？　何べんでも食べに来て、率直に感想を聞かせてね」

　彼女がそう言うと、大学生たちは、

「オッケー」

「いつでも来ます」

　と、うれしそうで、ホヤホヤ大学生だから、塩沢カレー粉大学生なんかにくらべると、子供っぽい。

　やがて、給食をもらう小学生のように、行儀よくテーブルに並んだ若者たちの前に、たきたての飯ときのうの残り物の、どろりとしたカレーが運ばれて来た。

「いただきます」

「いただきまアす」

　みんなガツガツ食いはじめる。

「どうですか？」

　頃あいをみて六助がきくと、

「おいしいです」

　と、学生たちは、口をそろえて言った。

「おいしいですって、タダでごちそうになってると思って、お世辞言っちゃだめよ。電車賃出して、神田まで来て、百円払って食べているつもりになって、率直に感想聞かせてくれなくちゃだめよ」

千鶴子が言う。

「うん、そうか」

と、ひとりの学生が顔を上げた。

「そうきかれると、大学前の大正軒のカレーライスに、往復の電車賃プラスして、どっちがいいか、僕ちょっと迷っちゃいます」

「そうなんだよ。別に特色が無いもんな」

小太郎が口を入れた。

「まあ、そういうことです」

「よし。そんなことを言うんなら、この次来たときびっくりさせてあげるから」

千鶴子は、率直な批評をしてくれと言いながら、やっぱりくやしそうであった。

ありがとう

こうして彼らが一所懸命カレーライス作りの勉強をしている間に、店のほうの準備も、ようやく具体化して来た。

ハイビスカスのマスターとは、すでに契約書を取りかわし、支払いもすんで、喫茶店のハイビスカスは、いったん店を閉じた。

S工務店にたのんだ、店内改装の青写真もできあがり、目下、神田の店の中に大工や左官や、職人たちがはいって、工事がすすめられているところだ。

店のおもてには、

「みなさん！

もうすぐ、ここに、辛くて、おいしくて、たいへん安い、変わったカレーライス屋が開店いたします。店の名前は、目下考慮中です。いいお知恵があったら知らせてください。

そして、もとのハイビスカス同様うんとひいきにしてくださるようお願いいたします」

という大きな、前宣伝の立て看板が立ててある。

もっとも、このごろの建築ブームで、職人の手がなかなか揃《そろ》わず、最初の予定の五月下旬開店はどうしても六月中旬までのびそうな様子であった。

それでもともかく、すべての準備が一応順調に進んでいるのは、各方面に顔のひろい鶴見善太郎氏が、かげで力こぶを入れてくれているからだ。

ある日ふたりは、地下鉄で京橋へ出、八重洲口の善太郎氏の事務所へちょっと打ち合わせに寄ってから、神田の店の工事現場へ回ってみた。このへんへ来ると、さすがに百合書房のころのことが、ほろにがく、なつかしく思われる。

もとの百合書房の建物は、書籍取次店の倉庫に変わっていた。

かどを曲がって、

「こんにちは」

と、改装中の店の中へはいってみると、セメントや材木がちらかり、裸電球が一つともって、職人たちが働いていた。

「ご苦労さま、なかなかたいへんだわね」

千鶴子は、職人にお愛想を言って、店の中をあちらこちら見回した。

耳に、吸いかけのたばこをはさんだ大工のおやじが、

「時々、学生さんが、こういうものを投げこんで行くんだがね」

と、四、五枚の封筒やメモ用紙をポケットから取り出して、千鶴子に渡した。

千鶴子はそれを受け取って、一枚一枚見はじめた。

どれもみな、この店の名前についての投書である。

「おもての看板を見て、僕の思いついた名前を書きます。

からい屋。

もしこの名前が採用された時はカレーライスの三杯ぐらい、ごちそうしてください。

明智大学商学部二年木村健吉」

「なるほど」

「タジ・マハールっていうのもある。これ、ちょっとしゃれてるわね」

「……………」

「次が、象。レストラン・象ってわけか。おもしろいけど」

「象の肉をくわすみたいだよ」

「名案あり。タダで教えるわけには行かぬ。懸賞金を出すのかどうか、そこのところを至急知らされたしだって」

「アッハハ。そう言われれば、そうだ」

「それから、ボンベイ」

「ありふれてる」

「だけど、六さん。そんなこと言ってないで、ほんとにお店の名前、早く決めなくちゃいけないわよ」

千鶴子が言った。

「うん」

　六助はうなずいた。

「実は、この前言いそびれたけれど、僕はそれについては、前から考えてる名前があるんだよ」

「どういうの？」

「『ありがとう』っていうんだがね」

「ありがとう？　『ありがとう』って名前なの？」

　千鶴子は、びっくりしたように、訊《き》きかえした。

「そんなの、へんだわ」

「いや。へんなようだけど、よく考えると、そんなに悪くないと思うよ。この名前には、意味があるんだ」

「どんな？」

「あとで、青山へ帰ってから、ゆっくり話すよ。それより、これだけ投書をほうりこんでくれる人があるというのは、この店が、相当関心をもって、開店を待たれてるってことの証拠じゃないかな？」

「だから、それだけに、いい名前をつけなくちゃ。どんな意味があるか知らないけど、『ありがとう』ってのは、どう考えてもへんだわ」

　千鶴子は言った。

「へんかしら？」

「へんよ。それなら、『象』の方がまだしもだと思う」

職人たちの仕事に関しては、ふたりとも、あまり口出しをする能力が無いが、そんなことを言いながら、

「ここのところは、レンガを使うわけね？」

「ここへ換気扇をつけるんだな」

「フライパンやお鍋をつるすのは、こっち側だわね」

と、ひとしきり工事の方も見て回った。

六助は、それから一度おもてへ出て、近所の酒屋から、焼酎《しょうちゅう》をひと瓶買って来た。

「ほう。気つけかね？」

左官屋が、うれしそうな顔をした。

「ひとつ、これで景気をつけて、できるだけ早く仕上げてください」

「あいよ。せいぜいスピードをあげてやりますからね」

大工が答えた。

「だけど、店の名前だけは、奥さんが言うとおり、早いとこ、決めちゃったほうがいいね。もうすぐ仕上げにかかろうって時に、名無しの権兵衛《ごんべえ》の店じゃ、縁起が悪いや」

千鶴子は赤くなった。しかし黙っていた。

「旦那も、ひと口どうかね？」

と、大工が焼酎の湯のみを六助に差し出した。

「僕は結構。今から帰って、名前のほうを考えるんだよ」

そして、ふたりは、

「よろしく」

「ありがとう」

職人たちに言って、店を出た。

神保町の都電の停留所の方へ歩きながら、六助は、

「奥さんと、旦那か。アッハハ。早くそういうご身分になりたいな」

と、笑った。

千鶴子は、六助をにらんだ。

「六さん。まだ、そういう冗談を言う時期じゃないでしょ」

「冗談？」

「浮わッ調子なことって意味よ」

しかし、聖ヴァレンタイン・デイのことを知ってしまった六助は、ここらでひと押し、それとなく念を押しておく必要を感じていた。

「千鶴子さん。まだって、そうすると、いつごろになったら、冗談を言っても叱られなくなるのかな？」

「知らないわ」

千鶴子は横を向いた。

青山へ帰って来てひと落ちつきするなり、千鶴子は、

「さっきの〝ありがとう〟の話、聞かせてよ」

と言い出した。

「どこから思いついたの？　そんな名前」

「僕ね、実はおやじの処刑された真相を知ったんですよ」

六助は言った。

千鶴子は、驚いたような顔をして、六助を見た。

彼の父親が、戦争犯罪人として上海で処刑されたことは、話として、千鶴子も知っている。そのことで皮肉を言われて、六助がカッとなり、百合書房の中で、北原君と、なぐり合いを始めそうになったこともおぼえている。

黙っているより仕方がなかった。

六助は話した。

「僕のおやじは、職業軍人ではあったが、おふくろの話でも、僕の記憶している範囲でも、気のやさしい、親切な、ごくふつうの人間だったんです」

「……………」

「だから、僕は、無実の罪で、ひとのしたことをひっかぶって、黙って処刑されたんだ

と信じていたし、おふくろは、今でもそう信じているけど……」

「……」

「何だか、少し話しづらいな」

六助は言った。

「六さん、わかるわ。つまり……」

「そう。つまり、必ずしもそうではなかったわけなんでね」

「でも、それ、だれかが、悪口っていうか、六さんに、余計な入れ知恵をしたんじゃないの?」

「いや、入れ知恵じゃない。僕自身が、引揚援護局へ行って、頼んで教えてもらったんです。去年、広島へ帰る前の話です」

「……」

「くわしい話は、あんまりしたくないんだけど」

「……」

「そのことを知って」

と、六助はつづけた。

「広島へ帰ってからも、僕はつくづく考えた。平凡な、心のやさしい、ごく普通の人間が、ある状況のもとで、自分たちの考えだけが正しいと信じこんでしまうと、ずいぶんひどいことがおこるんだ」

「………」

「神さまのような、公平な目から見れば、どっちの立場だけが絶対正しいなんてことは、ないと思うんです」

「………」

「それが、東洋永遠の平和とか、国体の護持とか、自由を守るとか、民主主義のためとか、一度そういうお題目に取りつかれて、頭がカーッとなって来ると、自分たちの正しい考えに反対するやつは、殺したっていいんだと思うようになってしまうんじゃないだろうか？」

「………」

「ふだん家にいれば、犬や小鳥をかわいがって、子どもたちにやさしい、いいお父さんが、何かのネジが一つ狂うと、人を憎んで、平気で人を殺すようなこともする」

「………」

「むろん僕は、僕のおやじをふくめた日本人は日本の軍隊だけが悪かったなんて、思わない。アメリカもソ連もフランスも、みんなひどいことをしている」

「………」

「根本的に、何が一番いけないかと言うと、自分の一方的な考えだけで人が人を憎むことがいけないんじゃないだろうか？」

「………」

「憎むことの反対は、愛すること、許すこと、理解しあうこと、感謝することでしょう？　世の中の人がみんな、非難し合うかわりに話し合い、憎むかわりに許し合えば、戦争なんて起こらないと思うよ」

「それで、ありがとうなのね？」

千鶴子は言った。

「うん。その、ありがとうについて、実は、広島へ帰る汽車の中で、こんなことがあったんだけど」

と、六助は、いつかの専務車掌の話もして聞かせた。

「かわいそうに、六さん。よくわかるわ」

千鶴子は言った。

「だけどさ、世の中のこと、そう何も彼も、ありがとう、ありがとうって、許し合うばかりで、うまく行くかしら？　カレーライスの食い逃げをされても、やっぱり、ありがとうって言うつもり？」

「………」

「やはり、もう少しガッチリ構えていないと、わたしたちの小さなお店なんて、たちまちつぶされちゃうような気がするわ、わたし」

「………」

「戦う時には戦わなくっちゃ。ありがとうだけで、世の中すまないもの」

千鶴子の気持ちの中には、「わたしたちの小さなお店」もさることながら、鵠沼《くげぬま》ドライブのかえりに、塩沢カレー粉大学生から誘惑されかかった苦《にが》い記憶が顔を出していたにちがいない。

「ドライブに連れて行ってくれてありがとう」

「さあ、少し疲れたから、ここの旅館でしばらく休んで行こう」

「ありがとう」

「へやに鍵をかけようね」

「ありがとう」

「いっしょに、おふろへはいらない」

「ありがとう」

――これでは、話にならないじゃないか。あんな男、うんと毒づいて、ひっぱたいてやったって、まだ足りなかったくらいだわ。

「ねえ。そうじゃない？」

千鶴子は言った。

「何も、食い逃げをされて、いいです、いいです、またいらっしゃい、ありがとうなんて、そんなつもりはないさ。僕のいうのは、根本的な心構えの問題だよ」

鵠沼ドライブのことを知らないから六助はそう答えた。

「根本的な心構えね？」

「そうさ。しろうとの僕たちの店へ、カレーライスを食べに来てくれる人に〝毎度ありイ〟って、口先だけじゃなくて、ほんとに、ありがとうって気持ちで、できるだけ親切にして上げたいのさ。僕はご承知のように、どうかするとすぐカッとなるたちだから、そんなことをしないようにっていう心構えさ」

「……………」

「賛成しない？」

「賛成しないことはないけど、店の名前が〝ありがとう〟っていうのは、やっぱり少し変だと思うけどなあ」

千鶴子は言った。

「ふたりで、何を議論してるの？」

鶴見夫人が出て来て、

「紅茶でもいれましょうか？」

と言った。

六助は、鶴見夫人にも「ありがとう」のいわれを、簡単に説明して聞かせた。

「このあいだ、千鶴子さんのおとうさんの言ってた、大阪の六段って店だって、変わった名前だから覚えておられたということも、あるんじゃないですか？」

「『ありがとう』――『ありがとう』。たしかに変わってるわね」

鶴見夫人は、庭先のイスに、紅茶の道具を運んで来ながら、首をかしげた。

「ところで、どうでした？　お店の普請《ふしん》のぐあいは？」

「大分進んでたわ。でもまあ、六月中旬ってとこね」

千鶴子は答えた。

「それで店の名前も、そろそろ決定しなくちゃってことになるんです」

「ほんとね。開店の時には、桜田さんのおかあさんも、お国の方から、出ていらっしゃるといいのに」

と鶴見夫人が言う。

「ええ、でも、うちのおふくろは、辛いカレーライスなんて、苦手かも知れませんよ。何しろ、世界中で一番おいしいものは、瀬戸内海の魚だと信じてるんですから」

「だけど、新しい、あなたたちのお店は、ご覧になりたいわよ。きっと」

「それは、いずれ、東京へ呼んで、見せてやりたいと思ってるんですが」

六助は言った。

「そりゃあ、株でもうけたと言ったって、おふくろの世話になったんですから……。千鶴子さんだって、何や彼や、結局お父さんの厄介になってるんでしょう？　みんなの好意に感謝して、それを記念する意味でも『ありがとう』っていう名前、いいと思うんだがねえ」

と、六助は話をむしかえした。

庭の花壇に、色とりどりのチューリップが美しく咲いている。

それをながめて紅茶を飲みながら、六助と千鶴子母子とは、話し合っていた。

その時、家の中で電話が鳴り出した。

千鶴子がサンダルをぬいで、かけこんで行った。

「もしもし、ハイ。わたしですけど」

「まあ。だれかと思ったわ。珍しい。どうしていらっしゃるの？」

「あら、そう。いいえ、それは、この間桜田さんといっしょに、天野青湖女史のところへ伺って、聞きましたけど……」

「ええ。東京へ帰って来てるわよ。実は、今うちに来てるの。ええ。ここにいるわ」

千鶴子は、受話器を耳にあてたまま、庭先の六助の方を見た。

話しぶりから、六助は、電話をかけて来たのは、庭瀬元編集長だなと思った。

「代わりましょうか？」

千鶴子が、六助の方へ向かって、おいでおいでをして見せた。

「庭瀬さん？」

「そう」

六助は、電話を交代した。

「もしもし。庭瀬さんですか？　ご無沙汰してすみません。ええ。しばらく前に、また東京へ出て来ました」

「こっちこそご無沙汰。君、ところで、就職のほうはどうなってるの？」

庭瀬さんがきいた。

「結局、どこにも就職はしていないんで、そのことでも、一度報告かたがた、ご相談に行かなくちゃあと、思ってたんですが……」

六助は言った。

「千鶴子女史も、あれきり、勤めには出てないんだろ？」

「そうです」

「聞いたかも知れないけど、僕もおかげですっかり元気になってね。こんど、週刊ニッポンの編集長をやることになったんで……」

「……」

「こちらからも、色々相談に乗ってほしいことがあるんだが」

「はあ？」

「君たち、今忙しい？」

「いや、忙しくなんかありません」

「それじゃ、早速《さっそく》だけれども、そっちに顔がそろっているんだし、これから、ちょっとお邪魔をしようかな」

庭瀬さんは言った。

一時間ほどして、庭瀬元編集長は、青山の千鶴子の家へあらわれた。

なるほど、血色もよく、前にはツルのようにやせていたのが、少しふとって、見ちがえるように元気になっていた。

「その節はどうも。すっかりご無沙汰しちゃって」

と、庭瀬さんは居間へはいって来た。

庭瀬さんの用件は、千鶴子と六助の就職問題であった。

「六さんがきょうここで、僕につかまったというのは、百年目だよ。大森さんね――あの大森貞一郎さんが、こんど特に僕から頼みこんだ甲斐あって、週刊ニッポンに、連載小説を書いてくれることになったんだ」

「……………」

「大体、週刊誌の小説を書くなんて、今まで考えたこともない、古風な芸術派なんだからね。これはてこずるよ。――いや、作者もてこずるかもしれないが、担当の編集者が、うんとてこずらされると思うんだ」

「……………」

「これは、どうしたって、古なじみの、大森さんの信頼している人に担当してもらわなくちゃ、どうにもなるまいと思っていたとこなんで、ひとつ、ぜひ、休養中の六さんのご出馬を願いたいんだがね」

「……………」

「鶴見君とふたりで、何とか僕を助けてくれよ」

庭瀬さんは、もともとこういう人であった。「助けてくれ」も、本音でなくはないだろうが、病気療養中百合書房がつぶれて、失職させたまま、ほったらかしにしているこのふたりを、元編集長として、何とかめんどうを見、条件のいい再出発をさせてやりたいと思っているにちがいないのだ。

それがわかるだけに、六助は千鶴子と顔を見合わせて、返事に窮した。

「サラリーも、そうよくはないらしいが、僕がいる以上、ポッと出の新入社員並みというようなことはさせないから」

庭瀬さんは、重ねて言った。

きっかけを見つけて、やっと六助は頭をかきかき言い出した。

「僕のような無能な編集者に、庭瀬さんがそんなに言ってくれるとほんとに困っちゃうんだけど……」

「………」

「いつか、鶴見さんと僕とで、病院へ庭瀬さんのお見舞いに行ったことがあるでしょう」

「うん」

「あの時、庭瀬さんは、六さん、君たちまだ若いんだぞ、たとい百合書房がだめになっても、それで若い君たちの人生までだめになってしまうなんてことは、ありゃしない、元気を出せよって、そう言いました」

「………」

「それから百合書房がつぶれて、僕は庭瀬さんの言葉を思い出しながら、色々考えたんですが、こんど何かやるなら、どんなに小さくても、自分が一国一城の主になって自分自身で経営をやってみたいと思うようになったんです。生意気な話かもしれませんが……」

「………」

「そのことを話したら、この鶴見さんが、そんならわたしも参加すると言い出して、それから色んなことがあったんですが、次第に話が具体化して、僕たちこんど、神田の、元の百合書房の近所に、小さな食べ物屋を開くことになるんです」

「ふうーん」

庭瀬さんは、意外なことを聞かされたという面持ちで、うなった。

そして、

「どんな食べ物屋を？」

と、質問した。

「カレーライス屋です」

「カレーライス屋？　君と千鶴子女史とふたりが？　ライスカレー屋を？」

「そんなに感心しないでよ」

千鶴子は笑った。

「それで、その話、もう確定的な話なのかね？」

「ええ。きょうも見に行って来たんですが、店内の改装工事を、今やってるところです」

「ふうん」

庭瀬さんは、千鶴子の部厚い手紙を、こっそり広島の六助に転送してやったことがあるのを思い出していた。

「店というのが、また、偶然なんですが、ハイビスカスのあとなんですよ。百合書房のそばにあった、コーヒーのハイビスカス」

六助が言った。

「ふうーん」

庭瀬さんは、三度目か四度目のうなり声を出した。

しかし、二人を週刊ニッポンの編集部に迎えることがだめだと分かってしまうと、お互い気が楽になって、あとはライスカレーの店の話に花が咲きはじめた。

「それで、コックは君たちが、自分でやるの？」

「少しは、よそのカレーライスぐらい、試食して歩いてみたの？」

庭瀬さんは興味をもっていろいろ質問した。

「試作も試食も、できるだけやってるのよ。だけどね、庭瀬さん。こんなお味のものをお客さんに食べさせて、こんなに繁昌してるのかと思うような店が、よくあるわ。そういうのを見ると、大丈夫わたしたちだってやれるって気になるわ」

千鶴子が言った。

「しかし」

と、庭瀬さんは考えながら答えた。

「それはやっぱり、立地条件が非常にいいとか、味は二の次だが、看板娘がいて、それで客がついているとか、それぞれ、繁昌してる理由があるんだよ。あまり安心して、甘く考えないほうがいいと思うな」

「………」

「君たち、神田のあのへんで、どの程度の客層が、どのぐらいの値段のものを欲しているか、昼が主になるか、夜が主になるか、利潤は何パーセント見込めばいいかそういうことも、分析してみたのかい？」

「さあ……」

「東京商工会議所の中に、中小企業相談所というのがあるんだけど知ってる？　たしか、お濠《ほり》ばたのどこかですよ。一度ああいう所へ、相談に行ってみたらどうかな？」

「………」

さすがに庭瀬さんは、そういうこともよく知っていて、しろうとの六助と千鶴子がはじめる食べ物屋の前途に、興味とともに多少の不安を感じるようであった。

「中小企業相談所っていうんですか？　高い相談料取られるんじゃないの？」

千鶴子は言ったが、

「けちなこと言いなさんな。それはいい話だよ。相談料取られたって構わない。是非行ってみようよ」

と、六助は乗り気になった。

「店の名前は、何と決めたの？」

庭瀬さんは、質問をかさねた。

「それが決まらないんです、なかなか」

「六さんのプランじゃ、〝ありがとう〟っていうんですって」

千鶴子が言う。

「〝ありがとう〟？　〝ありがとう〟って、店の名前かい？」

「そう。変よねえ」

千鶴子は、庭瀬さんの同意を求めた。

「変だ変だっていうけどね……」

と、六助はそれから、千鶴子にした話をもう一度繰りかえし、いつかの「ありがたや工場」の、妙な夢の話などもして聞かせる。

庭瀬さんは黙って聞いていたが、

「六さんがそういう気持ちなら、それも変わってて面白いかも知れないよ」

と言い出した。

「僕はそれで思い出したが、昔、戦争前、新橋に『心』というバーがあった」

「……………」

「その〝心〟の看板がちょっと変わっていてね、漢字で大きく〝心〟と書いて、そのまわりを、英語やドイツ語やスペイン語や、何十カ国もの、心という言葉で、模様のように囲んであるんだよ」

「へえ」

「どうだろうね？　君たちの店の看板、〝ありがとう〟という大きな字のまわりを、そのまねして、各国語のありがとうという言葉で囲んでみたら……」

「まあ」

「英語で、ありがとうはサンキューでしょ。フランス語は、メルシー。ドイツ語は何だっけ？」

「ドイツ語は、ダンケさ」

「中国語は、謝々」

「朝鮮語は？」

「さあ……」

「スペイン語は？」

「そのへんから先になるとわからなくなるな」

「いや。調べれば、十カ国語や二十カ国語のありがとうぐらい、すぐわかる」

と、庭瀬さんは言った。

「もし君たちが賛成なら、僕が編集部で調べて、何なら、商業デザイナーの人を頼んで、開店の時には、看板ぐらい寄付して上げてもいいよ」

「あら、面白いわね。そうなると、〝ありがとう〟って名前、まんざらでもないような気がしてきたわ」

と、千鶴子は言った。

庭瀬さんの提案で、千鶴子が賛成に傾いたので、彼らの店の名前は、だんだん「ありがとう」に落ちつきそうになって来た。

千鶴子と六助とは、その日、

「きょうはもう失礼する」

と言う庭瀬さんを、むりに引きとめて、天野青湖女史仕込みのカレーライスを作り、ごちそうした。

考えてみると、病気上がりの庭瀬さんに、刺激物はあんまりよくなかったのかもしれないが、もとの親分だけあって、

「うまいね」

とか、

「なかなかどうして、本物だ」

とか、ほめながら食べてくれた。

その翌日——。

六助と千鶴子は、さっそく庭瀬さんに教えられた中小企業相談所へ相談に出かけて行った。

東京商工会議所のビルディングは、お濠ばたの、馬場《ばば》先門《さきもん》交差点のところにある。新しいきれいなビルディングで、入り口の大きなガラスのとびらは、人が近づくと、自動的にすウッとひらく。

受付できくと、中小企業相談所は、一階の奥の部屋だ。

六助はこれまで「中小企業」という言葉を聞いても、何か他人事《ひとごと》のような気がしていたが、今自分が正に、その「中小企業」の経営者になろうとしているのだと、不思議な感じがした。

部屋へはいってみると、確定申告の時の税務署のように、ずらりと机が並んでいて、係員の前に、二、三人向かい合ってすわって相談している人たちがいる。

しかし、税務署よりきれいで、係りの人も親切であった。

「実は、私たち……」

と、六助は橋川氏という所員に話を切り出した。

「神田でカレーライスの専門店ね。経験は？　おふたりとも初めて？　ああ、そうですか。店内の改装も、もう始めているんですね」

「それで、注意すべき点を、いろいろ教えていただきたいんですけど」

「そうねえ。神田の神保町《じんぼうちょう》あたりというと、まず、各大学の学生食堂という強敵があることを考えなくちゃいけませんね」

　橋川所員は言った。

「二十円、三十円で、とにかく学生さんたちが腹いっぱいになる安い食堂が、あちこちにあるということですよ」

「なるほど」

　六助は感心した。

　そんなことは全然考えていなかったのである。

「そうすると、神田というのは、場所としてまずいんでしょうか？」

　彼は、やや不安気に質問した。

「いや、そんなことありませんよ。神田、大いに結構だと思います。ただ、平凡な店じゃだめだ。何か特色を出さないとね」

　橋川所員は言った。

　それは、かねて六助たちも思っていたことだ。彼らはかわるがわる、自分たちの考えを橋川氏に話して聞かせた。

「なるほど。うんと辛いカレーですか。それも、いいでしょう。本場の味、材料はインド直輸入、まあ多少のハッタリはきかすんですな。それから、どうです？　学生たちに、ごはんのお替わりを自由にさせる——。そのくらいの、くつろいだふんいきとサービスも、あっていいんじゃないでしょうか」

千鶴子は、相談所員の意見を、メモに書き取っている。

「出前はどうですか？」

六助がきいた。

「さあ……。あなたたち、家族だけでやるんじゃないの？」

「家族というか、まあ、このふたりだけでやるつもりなんですが」

「それじゃあ、出前はよしたほうがいいですね。店頭現金販売一本やり。それでないと、人手は食うし、貸し倒れはできるし」

餅は餅屋だけのことがあって、橋川所員の忠告は、一つ一つなかなか急所をついているようだ。

橋川氏は、それから、

「相当重労働になりますがね」

と前置きして、ふたりに深夜営業をすすめた。

ひる間、ひまな時交代で寝ておいて、タクシーの運転手、放送関係の人たち、麻雀帰りの客を相手に、午前四時ごろまで店を開けてみろというのである。

「今、東京の深夜の経済活動というものが、非常に盛んになって来てるんです。それに、十五の客席が、どうしても八回転はしてほしいですからね」

橋川氏は言った。

聞いているうちに、六助も千鶴子も、段々勇気が出て来た。よし、深夜営業でも何でも、大いに頑張ってみせるぞ、という気持ちがわいて来た。

橋川所員は、さらに瀬戸物問屋へ行って輸出品のキャンセルになったのをさがすと、きれいな皿が安く買えるというような、こまかな知恵もさずけてくれた。

「どうもいろいろありがとうございました。そのうち開店のご通知を出しますから、食べに来てくださいね」

千鶴子は言い、

「ところで、橋川さん。相談料、おいくらでしょう?」

と、気にかかっていた質問をした。

「相談料? 相談は全部無料ですよ。これは、東京商工会議所の、都民のみなさんへのサービスですからね」

橋川所員はそう言って、笑い出した。

「無料なんですか」

千鶴子は、うれしそうな声を出した。

「それじゃあ、ここへ来て、ただでいろんなことを教えてもらってみんな喜んで帰るでしょうね」

「そりゃあね」

橋川氏は言った。

「失業者とか、定年退職者とか、これからの生活に不安を感じていて、しかし商売なんてもの、自分にはやれないと思っていた人が、ここへ来て、みんな、生きる希望ができた、自分でも、それなら何とかやれそうだと言って喜んで帰って行ってくれますよ」

「もう一つ」

六助は立ちかけてから、最後の質問をした。

「町のボスがやって来て、おどかされるというような心配はないでしょうか？」

「大丈夫です」

橋川氏は微笑した。

「大きなバーやキャバレーならまた別ですが……、このごろのボスは、キャデラックを乗りまわしてますからな」

彼らの小さなライスカレー屋など、問題にしはすまいというのである。

ボスや愚連隊に無視してもらえば、こんな結構なことはない。

ふたりは、明るい気持ちになって、商工会議所のビルディングを出た。

お濠ばたの並木が、すっかり濃い緑色だ。皇居の上に、美しい五月の、夕暮れの空がある。ふたりは、いそいそと、西銀座のほうへ、夕暮れの雑踏の中を、並んで歩きはじめた。

いらっしゃいませ

こうして、準備万端整って、彼らのカレーライス専門店「ありがとう」は、六月十五日、朝十一時、めでたく店をあけた。

おもてには、

「祝開店

ありがとうさん江」

と書いた花輪が三、四本立っている。

「東西トラベル・サービス」――つまり、千鶴子の父親のところから一本、あとは、「角和証券」「週刊ニッポン編集部」「銀座鮨八」からの寄贈だ。

「いらっしゃいませ。エエン、エン。いらっしゃ……、エヘン。いらっしゃいませ」

六助は、役者がせりふの練習をするように、口の中で「いらっしゃいませ」の調子を取ってみながら、興奮して最初の客のはいって来るのを待っていた。

白いコック服とコック帽が、いささか照れくさいが、

「こんなことを照れくさがってちゃだめだぞ」

と、自分に言い聞かせてある。

「六助さん、中々似合うわよ」

鶴見夫人が言う。

千鶴子のお母さんも、きょうは応援役だ。

店の看板は、庭瀬さんが、約束どおりのものを作ってくれた。

「ありがとう」と、五文字、おもしろいかたちの平仮名のまわりを花かざりのように各国各様の「ありがとう」が取り巻いている。

中国語で「謝々」、朝鮮文字で「コマセミニダ」、そのほかはみんな横文字だが、英語の「サンキュー」あり、フランス語の「メルシー」あり、ロシア語の「スパシーボ」、ポルトガル語の「オブリガード」、トルコ語の「テセケレエレデム」ありという具合である。

エジプト語のありがとうは「ショクラン」というのだそうだが、これは「食乱」と聞こえておかしい。

チェコスロバキヤ語の「チェクィ」、フィンランド語の「キートス」——とても覚え切れないが、この看板、なかなかしゃれている。

千鶴子は、用事もないのに冷蔵庫をあけてみたりしめてみたり、さっきから五回ふいたテーブルの上をもう一度ふいたり、その手が少しふるえて、頰ぺたに血がのぼっている。

十一時十五分ごろ——。

入り口のとびらの向こうに、初めて人影が見えた。

「来たわよ、来たわよ」

「エヘン、エヘン」

六助はノドのぐあいを整えて、とびらがギイッとあくと同時に、

「ヘイ。いらっしゃいませ」

景気よく第一声をあげた。

とびらを開けてはいって来たのは、みすぼらしいなりをしたひとりの女だった。背中に赤ん坊を背負っている。赤ん坊は、青ばなをたらして眠っていた。

「旦那さん、わたしは名古屋の水害で主人を亡くしまして、この子をかかえて食うや食わずで困ってるんですけど……」

女は、あわれっぽく、しかしテープレコーダーのように馴れた口調でしゃべり出した。

ゴムヒモの押し売りである。

「チェッ」

六助は舌打ちをした。

縁起でもない。

「ちょっと、おばさん、おばさん」

彼は、ゴムヒモおばさんの前に立ちふさがり、

「ダメだよ。きょうはダメ、ダメ」

　と、からだ全体で押し売りを店から追い出す格好をした。

「この子が旦那さん、中耳炎をわずらっているんだけど、お医者さまにかかるお金もありませんので、どうか旦那さん、あわれと思って……」

「ダメだよ。また別の日にしてくれよ。うちは今、開店したばかりなんだから。さあ、出て、出て」

　強引に女をおもてへ押し出してしまった。

「ああ、驚いた。最初の客が、ゴムヒモの押し売りとは驚いた」

彼はホヤホヤの新店にけちをつけられたような不愉快な顔をして戻って来た。

「だけど六さん。あんなにつっけんどんにしなくてもいいのに」

千鶴子が彼を非難した。

「水害でご主人を亡くしたなんて、かわいそうじゃありませんか」

「あんなの、嘘に決まってる。子供だって、一日いくらで借りて来るんだって話だよ」

「でもね、六助さん」

と、応援の鶴見夫人が言った。

「水商売の方じゃ、一番初めのお客さんが女の人だと、成功するっていう言いつたえがあるんですってよ。景品の灰皿でもあげて、ゴムヒモの一本も買ってやればよかったのに」

「そうかなあ」

「そうですよ。それに、今のやり方じゃあ、せっかくの六助さんのありがとうの趣旨に反するじゃありませんか」

「そうだわ、そうだわ。お店の根本精神に反するわ」

と、千鶴子も口を揃えた。

「うーん。そうかなあ。いの一番に、あんなのにはいって来られて、僕は困ったと思ったもんだから」

と、六助は頭をかかえた。

その時、とびらの向こうにまた人影があらわれた。

「いらっしゃいませ」

「へい。いらっしゃいまし」

入って来たのは、ひとりの学生である。

こんどはどうやら本物の客だが、先客がひとりもいないので、具合悪そうに、少しもじもじしながら、カウンターのはしっこにすわった。

「あのう……、カレーライス、もらえるんですか?」

「ハイ」

千鶴子と六助は、緊張しているために、まるで客をにらみつけるような調子である。

それで、若い大学生は余計おずおずしている。

いけないと思ったらしく、千鶴子の母親が、

「あなたが、開店最初のお客さまなんですよ。よくいらしてくださいました」

とやさしく言って、まず、つめたい水を一杯サービスした。

「弱っちゃったなあ」

学生は頭をかいた。「入って来るんじゃなかった」と言わんばかりである。

「弱ることありませんわ。安くておいしいんですよ。どのカレーにいたしましょう?」

と、さすがに鶴見夫人は世なれている。

学生は、壁にぶら下げた品書きを見上げた。

「本場の味、特製インド・カレー、百五十円」

これが天野青湖女史伝授のカレーで、一番高い。

「カレーライス(ビーフ、チキン、ポーク)百円」

「ドライ・カレー、八十円」

「コーヒー、五十円」

メニューの品数は、この四つにしぼってあった。

「ドライ・カレーって、どんなんですか?」

大学生が質問した。

「まあ、カレー粉の入ったチャーハンのようなものです」

と、六助は答えたが、少しぶっきら棒だと思って、

「おいしいですよ。これだって、本場の味です」

と言いたした。声に力が入りすぎて、何ともへんな具合であった。

「それでは、やっぱりふつうの、ビーフ・カレーください」

「ハイ」

千鶴子が、たきたての白い飯を皿に盛りつける。皿は、中小企業相談所で教えてもらったとおり、瀬戸物問屋から仕入れて来た輸出品のキャンセル物である。

六助がその上に、どろりとしたカレーをかけて、福神づけを少し添える。これは、青山の実験室で何度も作っていたやつだ。

「お待ち遠さまでした」

学生は水をひと口飲んでから、スプーンを手に取って食いはじめた。

「さあ、どうだ？」

という意気ごみで、千鶴子と六助は、学生の食いっぷりをながめていた。

最初の客たる者、そうでなくても気が弱いらしいのに、こうじろじろながめられては、落ちつかない。

そのうえ、六助がせっかちに、

「学生さん。うちじゃ、ご飯のお替わりをサービスしますからね。どうか、遠慮せずにお替わりしてくださいよ」

と、タイミングの悪いお愛想を言ったので、学生はますます落ちつかなくなり、

「たくさんです。もういいんです。ごちそうさま」

と、五分の一ほど食い残して、百円払って、そそくさと出て行ってしまった。

「ダメよ、六さん」

と、さっそく仲間割れが始まった。

「どうして?」

「だって、あんなに、さあ食え、やれ食え、食べ始めるなり、ご飯のお替わりなんて言うから、あの人赤くなって、鼻の頭に汗かいてたじゃないの」

「じゃあ、ご飯のお替わりってのは、紙に書いてはり出しといたほうがいいかな?」

「そうね。こんどから、このカウンターの横に、おひつごと出しておいて、自由にご飯よそい足してもらうようにしたほうがいいかもしれないことよ」

と、鶴見夫人も意見を述べた。

「とにかく、おふたりとも、そんなにコチコチにならないで、もう少しくつろいで、お客さんをくつろいだ気分にさせることが大切じゃないかしら」

話しているところへ、こんどは三人ばかり、近所の旦那衆が入って来た。

「いらっしゃいませ」

「いらっしゃいませ」

「いやいや、どうも。私、この三軒先の、文盛堂のおやじでして。こんちは、おめでとうございます」

小肥りの、古本屋の主人が、小腰をかがめて名刺を出した。

「私は、かどの印刷屋の岩井です」

「竜明軒の馬淵です。こんちは、おめでとうございます。一つひるにカレーライスごちそうになって来ようなんてんでね、三人で伺いましたが」

町内には、こういう仁義があるらしい。

「それはどうも、ごていねいに」

と、六助は頭を下げた。

「あなた、しかし、どっかでお見かけしたことがあるなあ」

古本屋の文盛堂の主人が言い出した。

「もと、ハイビスカスで働いておられたことがありましたかな？」

「いや」

と、六助は苦笑した。

文盛堂には、百合書房の新刊書を、小遣いに変えに何度もかよったことがあるのだ。

「私たち、もとは百合書房の編集部員で……、その節はいろいろどうも。今後ともどうかよろしくお願いします」

彼はもう一度頭を下げた。

「こりゃ、驚いた。出版屋の編集さんがカレーライス屋を始められたのかね」

と、文盛堂は驚く一方、親しみを見せて言ったが、岩井印刷店と竜明軒は、

「へえ。百合書房のね……」

と、あまり気の無い顔をした。

もしかしたら当時、誰か、名刺の印刷代やラーメン代、踏みたおしたのがいるのかも知れない。

それでもさすがに、神田のお店の旦那衆だから、鷹揚《おうよう》なもので、

「その、特製インド・カレーってのをいただくかな」

「じゃあ、あたしもそれ」

と、三人そろって、一番上等のを注文した。

「ハイ。ただ今」

六助は、前の晩から仕込んでおいたカレーの火加減を見、千鶴子は皿やスプーンの用意にかかる。

したくができると、三人は、

「ほほう。こりゃなるほど。本場の味というだけあって、目ン玉が飛び出るほど辛いや」

「唐辛子がはいってるね」

「だけど、こう蒸《む》し蒸《む》し暑くなって来ると、こんな辛いものが、さっぱりしていいですよ」

などと言いながら、きげんよく食べはじめた。

みんな、しきりと汗をふいている。にんにくがたっぷり入れてあるが、文句を言わな

いところを見ると、気づいていないらしい。

「このカレー、おうちへお帰りになったころ、ハアーッ、ハアーッって、おいしくなって来るんですよ」

　と、千鶴子が言う。

「こちらが、若奥さんですな？」

　文盛堂がきいた。

「いいえ。わたしも百合書房にいたんで、ふたりの協同経営なんですの」

　千鶴子ははにかんで答えた。

「へへえ。そりゃ『ありがとう』の旦那、協同経営もいいが……」

　文盛堂はにやにやしかけたが、余計な失言をしないほうがいいと思ったらしく、

「いや辛い辛い。辛くてうまい」

　と、急にカレーライスのほうへ話をそらしてしまった。

　近所のこういう旦那たちから開店の日に金を受け取っていいものかどうか、六助にはよくわからない。しかし食べ終わると、

「きょうはわたしが払っとくよ。だって、あんたとこじゃ、いつもシュウマイごちそうになってるもの」

　と、文盛堂が財布を取り出したので、

「へい。ありがとうございます。すみません、四百五十円いただきます」

と、ありがたくもらっておくことにした。

「ありがとうございました」

「また、今後ともよろしく」

「あいよ。まあ、しっかりやってください。ごちそうさま」

と言って、三人の旦那たちは景品を手に帰って行く。

時刻は大方《おおかた》十二時だ。

ぼつぼつ入って来る客がある。

「いらっしゃいませ」

「いらっしゃいませ」

サラリーマンが来る。景品が目あてらしい学生たちもはいって来る。

八十円のドライ・カレーも評判がいいが、やはり普通の、百円カレーライスがよく出る。ご飯のおかわりができるからだ。

学生客の中には、最初のもじもじ大学生のような気の弱いのばかりはいない。

「僕は新潟県の出身だからな。米のめしだけはたっぷり食わねえと頭働かねえんだ」

「バカ。米のめし食い過ぎると、頭の働き鈍くなんだぞ」

そんなことを言いながら、たっぷりおかわりを要求して、福神づけをもらって、カレーの皿を、猫がなめたように平らげて行く学生もいる。

しかし、そんなにモリモリ、喜んで食ってもらうと、六助も千鶴子も、見ていて張り合いがあった。

「アイスクリーム、ない？」

「すみません。アイスクリームはやってないんですよ」

千鶴子も、手が震えるような感じがとまって、少しずつ一人前に口がきけるようになって来た。

「おばさん、水」

それでも「おばさん」と呼ばれるとどきッとし、「ねえさん」と呼ばれるともっとどきッとし、なかなか軽く、

「はい、はい」

というふうには返事ができない。

六助は主人兼コックの役だからガス・レンジを前にして、汗を流している。

客の目の前で調理して出すのであるから、カレー鍋の中へ、六助の汗が落ちこんで、それで塩味がきいたりしては具合が悪い。

「真夏になったら、本職の人は、どうやってこの汗を始末するのかな？」

やり始めてみると、あれもこれも、分からないことがいっぱいあった。

「おじさん。僕、カレーライス・からい屋という名前を投書しておいたんだけど、採用してくれなかったね」

と話しかける学生にも、適当に笑顔で応対をしなくてはならない。

それでも、「ありがとう」という店名は、どうやら、学生たちの人気を呼んでいるらしかった。おもての看板のまわりに、十数カ国語で書いた「ダンケ」や「ショクラン」や「オブリガード」が、彼らの知的好奇心を刺激するらしいのだ。

「イタリア語が書いてないぜ」

「書いてあるよ。グラッツエだよ。ねえ、おじさん」

などという会話が、学生客たちの間でたびたび出る。

二時近くなって、ひる飯の客が、一応、潮の引くように引いて行ってしまうと、六助も千鶴子も、ぐったりと疲れが出た。

「さあ、あなたたち、今のうちに交代でおひるをすませてしまったら?」

鶴見夫人がすすめたが、

「食べたくないわ」

「そうだね。食欲、全然おこらないね」

と、ふたりは顔を見合わせた。

「こんなことじゃ、とても、深夜営業なんて、身が持ちそうもないな」

「ほんと」

「そりゃ、初めの日だからよ。そのうちきっとなれて来るわ」

と、鶴見夫人は慰め顔に言った。

もっとも、せっかくの中小企業相談所のすすめではあったが、「ありがとう」では、当分深夜営業はやらないことに決めていた。

　鶴見善太郎氏から反対が出たのだ。

「からだをこわすといけない」

　というのが表向きの理由だったが、千鶴子の親たちとしては、娘を、毎日午前四時まで、六助青年と一緒に神田の店に置いておくことがやはり不安だったのであろう。

　しかし、初日のひる間からこの調子なら、深夜営業などやらなくても、十分成り立って行きそうな気がする。

「わたし、ちょっとそこのすみで、お茶づけいただくわ。いいえ、カレーは結構、白いご飯だけちょうだい」

　と、鶴見夫人は調理場のかげで、イスにかけて、さらさら茶づけを食べ出した。

「ところで、今までに何杯出たんでしょうね？」

「何杯出たかな？」

　ふたりとも、ボオッとしているので、肝心の問題がはなはだ頼りなかった。

「お金の方から勘定した方が早いんじゃない」

　と、茶づけを食べながら、千鶴子の母親が口を出す。

「そういうことも、これからきちんとして行かなくちゃダメね。千鶴子、お帳面は買ってあるの？　毎日つけるのよ。それはあなたの役よ」

「そうするわ」

思い出しながら計算してみると、最初のもじもじ大学生から、二時間少々の間に、特製インド・カレーが五杯、ドライ・カレーが九杯、ふつうの百円カレーが十二杯、コーヒーが七つ出ているらしい。

ボール箱の中の銭勘定をしながら、

「いつか、川武サンタ・アンナの工場で、本の即売会をやった時のことを思い出すわ」

と、千鶴子が言った。

「そうだ。川武の工場の、鈴木先輩にも、電話ぐらいかけなくちゃ」

六助が言う。

「でも、これ、悪い成績じゃないわね」

「悪くないとも」

話しているうちにも、またふたりばかり、おそ昼を食いに入って来る客がある。

ひる間は、そんなふうで、ふりの客ばかりだったが、夕方から知り人たちが、お祝いかたがた続々入って来だした。

最初に顔を見せたのは、銀座の鮨八のおやじであった。

「お嬢さん……、あ、奥さんもご一緒で、どうも、おめでとうございます」

鮨八はそういって、

「これ、ほんのおしるしで」

と、大ダイを一尾祝いに差し出した。

「まあ。花輪までいただいた上にそんなこと……、恐れ入ります」

千鶴子が言うと、

「鮨八の旦那、ひとつそれじゃ、ビールでも抜きますから、私たちの特製カレーを食べて行ってってください」

と、六助も口を添えた。

「いやいや」

おやじは手を横に振り、

「お嬢さん方から旦那扱いされると、私ア何だか落ちつかなくなっちゃう」

と笑った。

「じゃ、わたしのことも、もうお嬢さんなんて呼んじゃだめよ。だけど、いいじゃありませんか。カレー食べていらっしゃいよ」

千鶴子がすすめたが、

「今から、お店ですからね。また今度ゆっくりごちそうになりに上がります」

と、鮨八は辞退し、

「失礼ながら、ひとつ申し上げといたほうがいいと思うのは、しろうと衆のご商売じゃ、つい奥の経費と店の経費をごっちゃになさるんですが、これははっきり分けて、割り切って、親兄弟からでもお代は、ちゃんといただく癖をおつけになったほうがいいですね」

そう言って、長居をせずに帰って行った。

入れかわりに、千鶴子の弟の小太郎が、青山の家へ来たことのある友だちを三、四人連れてあらわれた。

「いらっしゃいませ」

「うまいぞ。その調子」

「何言ってんのよ。あなたたちだって、お客さまですもの」

そして千鶴子は小声で、

「お金持ってるんでしょうね？」

と質問した。

「すごいこときやがら」

と、小太郎が頓狂《とんきょう》な声を上げた。

「お金持たずに食べたら、無銭飲食で警察へ突き出すわよ。今、鮨八の旦那から忠告されたばかりなんだから」

千鶴子は言った。

「おい、みんな。うちの姉さんすごいぜ。さんざんカレーの試食してやったのに、開店の日から金取るんだってさ」

「仕方がないだろ」

「鶴見君がおごればいいのさ」

みんなは、わいわい言いながら、それでも面白そうにカウンターに目白押しに並んだ。

母親の鶴見夫人は笑っている。

そのうちこんどは、鶴見善太郎氏が、会社の若い人を連れて、

「どうだい、景気は？」

と言いながらはいって来た。

「いらっしゃいませ。まあまあ、どうやらおかげ様で」

千鶴子は他人行儀な口をきいた。

「おや、小太郎も来てるのか……。私たちはそれじゃ、こっちで」

鶴見氏はボックスの方へすわり、

「アスパラガスのサラダか何か、そういうもので酒を一本もらおうかな」

と注文を出した。

「パパ、だめ」

と、千鶴子は小声で言った。

「そんなぜいたくな物、ないわよ。あのメニューに書いてあるだけ。お酒も、コップ酒よ」

「ははあ。居酒屋式だな」

「飲んべえにねばられたら、こんなとこじゃ困るんですもの。ぜいたく言うんなら、よ

そへ行ってよ」

と、千鶴子は、小太郎に向かってと同様きついことを言い、それでも父親の連れの会社の人には、

「すみません」

笑顔を作った。

「ピーナッツぐらい、あるだろう?」

「買って来るわ」

「いやはや。何だかたよりない店だな。まあ仕方がない」

と、鶴見氏は腰を落ちつけた。

きょうは、家へ帰ってもみんな留守だから、それこそ仕方がないのであろう。

「ごちそうさま」

と、小太郎たちの方は食い終わって、立ちかける。

「ありがとうございます」

「どうも、ありがとう存じます」

「おい。ありがとう存じますだってさ。どうしてもおごってくれないらしいよ」

小太郎が友だちの方を向いて言った。

「じゃあ、ワリカンだ。百円ずつ出せよ」

そして、母親の方に、

「どうせみんな遅いんでしょ、きょうは。僕、映画を見てから帰るね」

と言い残し、ガヤガヤ出て行った。

そこへ、また一組、新手の客がはいって来た。

「いらっしゃいませ。あら、庭瀬さん」

庭瀬さんは、にこにこしながら、連れの人を前へ押し出した。

「あ」

庭瀬さんといっしょに入って来た、連れの人の顔を見て、六助は思わず、小さな叫び声をあげた。

それは、百合書房の末期に、言い争いをして彼が突きとばして、それ以来の大森貞一郎先生であった。

「先生」

「大森先生」

過ぎた日のことが、六助の頭の中を走った。

「先生、よく来てくださいました。すっかりご無沙汰しまして……。いつぞやは、まことにどうも」

彼が手をふきふきあいさつすると、大森さんの方も、似たような思いらしく、

「いや、君、どうも、しばらく。よく、思い切って、こんな店を、鶴見さんも……」

と、すっかり照れて、とぎれとぎれの言葉を返した。

しかし、そこにいる千鶴子の両親に紹介がすむと、

「六さん、マスター。ビール、ビール。よく冷えたのを」

と、庭瀬さんが大声を出し、

「何しろ、この連中は、株でもうけてこんな店出したんですからね。けなげなような、ちゃっかりしたようなもんですよ。大森先生も少し見習ったらどうですか?」

などと、わざとひやかすようなことを言ったので、やっと堅くなったその場の空気もほぐれて来た。

向こうのテーブルでは千鶴子の父親と若い社員が、こちらのテーブルでは大森先生と庭瀬さんが、それぞれ酒とビールを飲み始める。

そのあいだにも、ふりの客が次々入って来る。

「なかなかの繁昌だね。僕は、桜田君がこういう仕事を始めるにあたって、何か役に立ちたいものだと思っていたが、じじむさい私小説作家では一向お役に立つこともなさそうだ。これから、こっち方面へ出て来た時は、せいぜい食べに寄らせてもらうが、何か開店のお祝いにほしいものがあったら、言ってください」

と、大森先生は、給仕に出て来た千鶴子に言った。

「あら、そんなこと。食べに来ていただけたら、それが一番ありがたいんですわ」

千鶴子は笑った。彼女のエプロン姿も、朝方から見れば、何となく大分板について来た感じである。

「お役に立つことなら、ありますよ」

庭瀬さんは、ビールのコップを傾けながら言った。

このところ、庭瀬さんは「週刊ニッポン」の連載小説のことで始終大森先生とつき合っているので、遠慮がないらしい。

「書きますわよ、というのがあるじゃありませんか。こんどの連載の中に、この店のことを織りこんでやったらどうですか？」

「うむ？」

大森さんはなま返事をした。

「僕などがそんなことをしても、あまり宣伝にもならんだろう」

この古風な作家は、いくら六助たちのためとは言え、作品の中にそういう私情を持ちこむのはいやなのであろう。「青い斜面」執筆のころとちがって、今は経済的にも大分ゆとりができたはずなのに、この人は相変わらず、長年の貧乏がしみついたような、パッとしないかっこうをしている。

「どんな祝いがいいか……」

と、また元へ話をそらした。

カレーライスだけの客が、二、三人帰って、手がすいたところで、六助は客席へ出て来た。

「先生、それではひとつお願いがあるんですが、大森先生と、それから僕の好きな尾田圭治先生や、朝見謙三先生の寄せ書きの色紙を、先生にお頼みできたら、大事に額《がく》に入れて、ここに飾っておくんですがねえ」

そう言うと、

「そんなものでよければ、僕から尾田君や朝見君に頼んでみますが、僕のは、どうもひどい悪筆だがなあ」

大森先生は言った。

「でも、お願いします」

「それからね、六さん」

と、庭瀬さんが言った。

「見ていると、立って行く客が、みんなマッチを持って行くね。あれは、やっぱり、この〝ありがとう〟のカレーが気に入って、おぼえておきたい気があるからだろ」

「そうでしょうか？　それなら嬉しいですよ」

六助は答えた。

庭瀬さんは、長年ベテラン編集長として通して来た人だけに、観察も鋭いし、なかなかのアイディア・マンである。こんなことを言い出した。

「それでちょっと、これは思いつきなんだが、もう少しマッチの種類をふやしてみたらどうだろうね」

「どんな？」

「このマッチ、ひらがなで『ありがとう』と書いてあるだけだ」

「……………」

「サンキューの入ったのや、ダンケの入ったのや、メルシー、オブリガード、ショクラン、いろいろなやつを、少しずつ作るのさ。経費がたいへんかな?」

「それでどうするの? 庭瀬さん」

千鶴子が質問した。

「つまりね」

と庭瀬さんは言った。

「日本語の『ありがとう』のマッチは、客が自由に持って行けるようにしておく。そのほかに、勘定の時、箱の中から別にマッチをひとつ取り出して、『ありがとうございました』って、渡すのさ」

「……………」

「それは、『サンキュー』のマッチだったり、『謝々』のマッチだったり、『スパシーボ』のマッチだったりするわけだよ」

「……………」

「そして十二カ国語の『ありがとう』がそろったら、『ありがとう』のカレーライスひと皿サービスいたしますということにしたらどうかね」

「なるほど」

千鶴子は言った。

「面白いけど、そうすると、十二回に一回、ただでカレーライス出すことになるの？」

「そうじゃないよ」

六助が言った。

「十二回来て、ぴったり十二カ国語そろうとは限らないもの。『サンキュー』がだぶったり、『オブリガード』がだぶったりするわけですよ。ソ連やポーランドや、共産国の『ありがとう』は、数が少なくて、なかなか手に入らないようにしておけばいい」

「そうか」

千鶴子はやっと気がついたらしい。

「このプラン、僕の思いつきだけど、学生たちに、案外うけるんじゃないかな」

庭瀬さんは言った。

「あんたも、色んなことを思いつくなあ」

と、大森貞一郎先生は、いささか感にたえたような顔をした。そんなにして客足を確保しなくてはならぬものか、と思ったらしく、

「これから、たいへんだねえ」

と、六助の方に向いて、重ねてそう言った。

「いいえ。でも、庭瀬さんのそのプラン、やってみますよ。確かに、それは受けるかも知れない」

六助は言った。

彼は、いいこと、新しいこと、これから何でも取り入れて行こうという気概に燃えているのであった。

また新手の客がはいって来る。

「いらっしゃいませ」

「いらっしゃいませ」

マッチの話はいったん中止で、六助は調理場へ帰る。

「ビール一本。それからビーフ・カレー」

「はい。ただ今」

こうして開店日の「ありがとう」の夜は、にぎやかにふけて行った。

すべり出し、まことに好調のように見えた。

客は続々はいって来る。

開店の翌日には、角和証券の深田セールスマンが、四、五人仲間を連れて食べに来てくれた。みんな、角和の神保町支店の人たちであった。

「せいぜいこの連中に、ひる飯は『ありがとう』で食べるように申しつけておきますからね。もうけた金はぜひまた、うちへ投資してくださいよ」

深田さんは、特製インド・カレーを注文しながら言った。

「当分、株を買うお金なんかできそうもないわ」

千鶴子が笑うと、

「大丈夫です。一万円からできる角和のミリオネヤー・クラブというのがあります。ご相談は私の方へ」

神保町支店の若い証券マンが、すかさず言った。

川武サンタ・アンナの鈴木良造先輩も、同僚といっしょに、

「六さんがうちの株でひともうけしたと聞いては、一度試食しに来なくちゃと思って

な」

　と、ビールを飲みにやって来た。

　宮沢君江も来た。

　百合書房の元の仲間たちの中にも、神保町近辺に新しい勤め先を持っていて、うわさを聞いて食べに来る人が、少なくなかった。

　ご飯のおかわりご自由という制度は、学生たちに大した人気のようであった。

　庭瀬さんの言い出した、各国語の「ありがとう」のマッチを作る件も、早速具体化してみることになった。

　六助と千鶴子は、みなから祝福され、声援されているような張りのある毎日であった。

　夜、店をしめ、電気を消して、売り上げを身につけて家路につく時は、ふたりとも、足がコチコチになり、からだはぐったり疲れているのだが、前途の希望から、それも大して苦にならなかった。

　ところが「粗品進呈」の開店三日間が過ぎ、おもての花輪も取りはらわれ、鶴見夫人の出張サービスもう不要と思われ出したころから、「ありがとう」の売り上げは、少しずつ減り始めた。

　一週間後、客足が目に見えて少なくなって来た。

「どうしたんだろう？　花輪をもうしばらく出しといたほうがよかったんじゃないだろうか？」

「きっとお天気のせいよ。きょうも雨ですもの」

千鶴子は初め、楽観的であった。

しかし、客足が減り出したのは、雨とも花輪とも関係がないらしかった。

なぜと言って、やがて七月に入り、梅雨が上がって、カンカン照りの暑い夏が来ても、減った客足は一向、回復するきざしが見えなかったからである。

もっとも、そのころには学校はみな夏休みにはいって、学生たちの多くがくにへ帰り、あるいは海や山へ出かけて行ってしまっていた。

神田のような学生町では、学生のごっそりいなくなる夏は、やっぱり商売によくないらしいのである。

「無理しても、銀座あたりへ店を出したほうがよかったんじゃないかなあ」

六助が言うと、

「それより、わたし、やはり『ありがとう』って名前が、取っつきにくいんじゃないかと思うの。『カレーライス・からい屋』ぐらいのほうがよかったんじゃないかしら、それとも、元どおり、『ハイビスカス』で店をつづけたほうがよかったんじゃないかしら」

千鶴子もそんなことを言うようになった。

評判がいいのに気をよくして、おかわり用のご飯をたくさんたいて、おはちに入れて出しておいても、客が少ないから、すぐすえたにおいがしはじめて、捨てなくてはならない。

近所の店の人たちも、ひととおりはみな、ご祝儀の意味で食べに来てくれたが、それ以上ひいきにしてくれる人はあんまりいない。

注文しておいたマッチもできてき、「ありがとう」が十二カ国語そろって、庭瀬さんの名案（？）を実行に移してみたが、

「マッチ？　ああ、十二種類そろえると、カレーが一杯ただになるの？　だけど、そんなに始終食べに来られないから、いいです、いりません」

などと言われると、

「そうですか。それではまた、お気の向いた時にどうぞ。ありがとうございました」

口では元気よく言いながら、六助も千鶴子もがっかりしてしまうのである。

「一国一城の主になるのも、なかなか楽なことじゃないね」

六助は嘆息するように言った。

「これで雇い人がひとりもいないから、まだマシなのよ。弱気にならないで、もう少し頑張りましょうよ」

だが、仕込んでおいたカレーにしたって、毎日残りがちでは、その分だけ確実に日々の欠損である。

夏場、うっかり腐敗したものでも客に出したら、保健所がうるさいし、店の信用もまるつぶれだし、たいへんなことになるから、あまりケチなまねはできない。

そうかといって、仕込みの量を減らしてみると、そういう日にかぎって、不思議に、

次から次へ客があり、

「申し訳ありません。特製インド・カレーは売り切れになりまして……。ドライ・カレーだけしかできないんですが」

「売り切れ？　君、まだ夕方六時半だぜ、おもてはカンカン照りだぞ。こういう時間から売り切れっていうのは、どういうんだい？　不景気な店だな。出よう、出よう」

ということになってしまう。

それに、こんな時にかぎって、何かろくでもないことが起こるのであった。

たとえば――。

「お待たせしました」

千鶴子がいそいそと、カレーを盆にのせて運んで出るのはいいが、彼女の靴が、投げ出した客の足にひっかかり、

「あっ」

と言ったとたん、ガラガラガッチャンと、どろどろのビーフ・カレーを客の新しいズボンの上へひっくりかえしてしまう。

相手が小太郎かだれかなら、

「だめじゃない。足なんか突き出してるからよ」

と、逆に文句のひとつも言いかねない千鶴子だが、お客さまにそうはいかない。

「まあ、とんだ粗相《そそう》をいたしまして、すみません。ごめんなさい。ちょっと、おしぼり

大急ぎで」

　と、ひたすら低姿勢で大あわてをする。

「チェッ。きのう買ったズボンなんだぜ」

「ほんとうに相すみません」

「大丈夫ですか？　やけどなさいませんでしたか？」

　六助も出て来て、カレーのにおいと若者の体臭とのまざりあった膝の上へかがみこんで、一所懸命、おしぼりでふいてさしあげる。

「いいよ。仕方がないよ。もういいよ」

「あの、でも、クリーニングだけは、せめてわたくしの方でやらせていただきますから」

「だって、ねえさん、このズボンぬいだら、僕、パンツだけだよ」

「はあ」

　千鶴子は赤くなりながら、

「ですから、あの、クリーニングのお代を、わたくしの方で弁償させていただきたいのでございます」

　と、ざっとこんな具合である。

　平あやまりにあやまって、やっときげんをなおして帰ってもらったあとも、

「新しいズボンにカレーをひっかけられたんじゃ、あの客は、もう二度とうちへは来て

くれないだろうな」

「あのガラガラガッチャンを見てたほかのお客さんだって、もう『ありがとう』へは来なくなるんじゃないかしら」

と彼らは、情けない気持ちになるのであった。

釣り銭詐欺《さぎ》にもひっかかった。

「勘定」

と言って、千円札を出される。

馴れた商売人や、百貨店の店員なら、

「千円お預かりします」

いったんその千円札を手もとへ取ってから、おもむろに釣り銭の勘定をするのが順序なのだそうだ。

ところが千鶴子は、なかなか手ぎわよくさっと札を引っこめることができない。

「ええと、カレーとコーヒーで百五十円でございますね」

などと言いながら、八百五十円の釣りのほうを間違えないように計算しているうち、詐欺師は、一ぺん出した千円札をひっこめてしまう。

「ありがとうございました。八百五十円のお返しでございます」

「………」

「あら──。ええと、あのう、千円、いただきましたでしょうか?」

「上げましたよ」

「はあ、あのう——、そう。いただきましたわね？」

「上げましたよ。何言ってんだい。ぼんやりしちゃいけない」

こうなると、へんだなと思いながらも、彼女は頭がカアーッとして、何が何だかわからなくなるのである。

結局、

「どうも失礼いたしました。ありがとうございました」

お礼とおわびを言った上で、カレーライス一杯、コーヒー一つ、無銭飲食されて、八百五十円持って行かれてしまう。

万一ばれても、相手は、

「あ、そうか。うっかり、しまっちゃった。失敬」

そう言って、もう一度千円出せばすむので、「ばれてもともと」である。

ひどいのは、ドライ・カレー一皿食べて、五千円札を見せただけで、四千九百二十円ごまかして行ったのがいる。

「わたし、どうかしてるわ——」

と、彼女はすっかり気が滅入《めい》ってしまった。

何度かやられて、そのうち釣り銭詐欺にだけはひっかからなくなったが、女客のスカートの上にまた、コーヒーをひっくりかえした日、店をしめて夜の神田の町を都電の停留所の方へ歩く途々《みちみち》、とうとう彼女は泣き出した。

「何だか、何をやってもわたし、うまくいかないみたい。頭が少しへんになったんじゃないかと思って……」

歩きながら、彼女はしくしく泣いた。

「そんなこと、ないよ。そんなに気にしなくていいんだよ」

慰めながら、六助もやっぱり気が滅入っていた。

「だって、わたし、このごろ、やることなすこと、みんな失敗するんですもの。六さんの応援してあげるなんて、協同経営者なんて、これじゃわたし、六さんに迷惑ばかりかけてるみたいで……」

と、千鶴子は泣きつづけた。

「そんなことを言っちゃいけない。君は、依然として僕の大事な協同経営者だよ。君がいなかったら、『ありがとう』は成り立っていかないんだから、悲観しないで、泣かないで、必ず盛りかえしてやるつもりで、あしたからまた頑張ろうよ」

「そう言ってくださるのは、ありがたいんですけど、ほんとにわたし、すっかり自分に自信が無くなってしまって」

「そんな、他人行儀な、弱気なことを言ってはだめだ」

六助は言いながら、千鶴子がいとしくて、思わず彼女の肩に手をかけ、自分のハンカチで彼女の涙をふいてやりたくなった。

しかし、あいにく彼のハンカチは汗だらけで、黒くよごれていた。それに、店がりっぱに立ち行くようになるまでは、千鶴子を恋人扱いせず、協同出資者として押し通すという自分の約束を思い出したので、やっと自身の感情にブレーキをかけた。

それでも、こうして並んで泣きながら歩いていると、何となく、小企業に失敗した夫婦者が心中の相談でもしながら夜ふけの町をさまよっているような気分がする。その気分の中には、ひとさじ分ほどの甘い味が混じっていないこともなかったけれど。

「さあ、人が見るから、泣かないで、失敗を恐れてちゃ仕方がないよ。不景気な顔をしていると、店がよけい不景気になるよ。今夜はよく寝て、あしたからまた〝いらっしゃいませ！〟と、景気よくやろうじゃないか。そのうちきっと、僕たちの店を人が認めてくれるようになる。カレーの味には、自信があるんだから」

六助はそう言って、神保町の停留所で、渋谷行きの都電に乗る千鶴子と別れた。

翌日、

「お早う。六さん、きのうはごめんなさい」

どうやら千鶴子は元気になって店へ出て来たが、早いもので、その日がちょうど「ありがとう」の店開きから一カ月目にあたっていた。

ふたりは、ひるの客がはいって来るまでに、帳面を持ち出し、前日まで一カ月間の収支をまとめてみた。

結果は、はっきり赤字であった。

「どうしましょう」

「どうしましょうって言っても、仕方がないさ。それに、初めての月で、いろんな思わぬ金が出ているもの」

「でも、こんな調子で毎月赤字がつづいたら、一年半ぐらい先には、川武でもうけた、残りの予備金、すっかり食いつぶしてしまうことになるわ」

思えば、百合書房が好景気で、毎月きちんきちんとサラリーの出ていたころや、株の値上がりにカレーライス屋の夢だけをふくらませていたころは、楽しい暢気《のんき》な時代だったという気がする。

いや、そんなうしろ向きの考えに取りつかれてはならん、というように、思わず六助は首を振った。

千鶴子の親たちも、少し心配しているようだった。

鶴見善太郎氏は、その晩、おそく帰宅した千鶴子に、

「一体どんな具合だ？　その後」

と、店の様子を問いかけた。

「あんまりよくないわ。きょう、帳面しめてみたら、一カ月で結局赤字なんです」

「それで、桜田君はどう言ってる？」

「大丈夫だ、頑張ろう、そのうちきっと盛りかえすって、毎日わたしを慰めてくれるけど、そりゃ彼だって、わたし以上に憂鬱でしょうよ」

の？」

「困ったね——」

鶴見氏は言った。

「しかし、お前も経験したけど、株だって、下がりに下がってどうにもしようがないと思っていると、そのうち自然にまた、盛りかえして来るもんだがな」

「だって、株とお店の経営とはちがうでしょ」

「千鶴子ちゃん、あなた、ことしも猛暑が来るらしいけど、からだのほうは大丈夫なの？」

ぐったり疲れている千鶴子を見ながら、鶴見夫人も、案じ顔に言う。

「それは大丈夫だけど……」

「まあとにかく、もう少しやってみて、失敗と決まったら、店を売ってしまうか。そしてお前は『ありがとう』のおかみさんから、もとのお嬢さん商売にかえれば、それでいいじゃないか。そんなに悲観しなくたっていいさ」

「パパ、縁起の悪いこと、言わないで。わたしはもとの娘にかえればいいかもしれないけど、おくにのお母さんの虎の子の財産をつぎこんで、お店を始めた六さんはどうするの？　かわいそうじゃありませんか」

そう言いながら、千鶴子はまたしても涙が出そうになる。

「それじゃ、どうだい？　一度だれか経験者の意見をよく聞いてみるか」

父親は言った。

「さしあたり、鮨八のおやじでも、相談に乗ってくれないかな?」

「鮨八のおやじさんは、開店の日にお祝いに来てくれて、しろうとの商売じゃあ、つい奥の経費と店の金をごっちゃにし勝ちだから、それを注意しなさいって——わたし、それは十分注意してやってるつもりなんです」

「だから、一度ゆっくり、そういうお話聞かせてもらうといいわ。あなた、一ぺん電話で頼んでやってくださらない?」

鶴見夫人が、口を入れた。

「きっと何かいい知恵があるわ。どんなお仕事だって、そう簡単に、初めの思惑どおり行くものじゃありませんもの。お鮨屋何十年かの経験は、役に立つでしょう」

そして鶴見夫人は、

「さあ、今夜はもうおそいから、つめたいミルクでも一杯飲んで、早くおやすみなさい」

と、やさしく言った。

居間の柱時計が、十二時をまわっている。

「うん」

千鶴子はしょんぼり立ち上がり、自分の部屋へ引きとりながら、

「でも、わたしは家に帰れば、心配してくれるパパやママもいるけど、六さんはかわいそうに……」

と、今時分、岩おこしの下宿のむし暑い二階の部屋で、疲れ切って、きたない蒲団の上に寝ているであろう六助のことを、思いうかべていた。


それから二、三日後――。

鮨八のおやじが、ふらりと「ありがとう」へ入って来た。

「おとといだか、お父上から、お電話をいただきましてね。だけど、相談に乗るったって、私どもには、別にいい知恵なんかないんです。それよか、一度評判のカレーをごちそうになりたいと思ったもんだから……」

「カレーはごちそうするけど、おじさん、うち、このとおりなのよ」

と、がらんとした店の中を千鶴子は見渡してみせた。

「もうすぐ八月ですからね」

鮨八のおやじは言った。

「昔からニッパチ月と言って、商売というのは、どうしても、その月々によって、いい悪いがありますよ」

と、鮨八は慰め顔である。

「でも、新聞を見ると、このごろ昔とちがって、二月がいけないとか、八月がさびれるとかってこと、なくなったって書いてあるけど」

千鶴子が言うと、鮨八は頭をひとなでして、

「お宅は、クーラーおつけにならないんですか？」

遠慮がちに質問した。

「そうか、クーラーか」

と、六助は言った。

なるほど、二月八月に商いがさびれるというようなことがなくなったのは、もしかすると冷暖房設備の発達によるものかも知れない。

「このごろの客は、ぜいたくになってますからね。コーヒー一杯飲むにも、夏は冷房のきいた店へ入りたがる……。何しろ働いているほうじゃ、夢中になって働いてりゃ、暑さのことなんて、忘れてしまいますよ。しかし、客はそうじゃないからね。来年は一つふんぱつして、クーラーを入れたらいいんじゃないですか？」

「来年ね……」

千鶴子は「来年まで、果たしてこの店が持つかしら」と、悲観的な気持ちであったが、それは口に出さなかった。

「そうだ。うん、クーラーだ」

六助はくりかえした。

気が弱くなっているので、クーラーと聞けば、すぐ、クーラーがないのが客足の減った最大原因のような気がして来るのである。

しかし、今すぐクーラーを買うのは、ちょっとつらい。

「どうも、商売というのは、やっぱりお客さまが第一ですからね」

鮨八のおやじが言う。

「お客さんから、バカヤロッってなぐられたら、そのお手、痛くございませんでしたかって言え、なんてくらいのもんでね。私たち鮨屋の職人なんか、気が短いから、なかなかそうはゆかないけれども」

「でも、わたしたち、できるだけやってるつもりなのよ」

千鶴子はそう言って、先日、客のズボンの上にカレーをひっくりかえした話をした。

「一所懸命、あつい おしぼりでふいて、クリーニング代もお払いして、やっと機嫌をなおして帰っていただいたんだけど、あんなの、ほんとに情けなくなるわねえ」

「その客、それっきり来ませんか？」

鮨八はきいた。

「来ないわ。二度と来ないわよ、きっと」

千鶴子が言うと、

「いや、案外そうでもないんですがねえ。そういう客が、かえって十年間変わらぬなじみ客になったりするもんなんですが、来ませんか？」

鮨八のおやじは言った。

ほかに客もないので、鮨八のおやじは、カレーライスを食べながら、色んな話をしてくれた。

保健所の職員にも、たちの悪いのがいて、

「夜なきそばの屋台の検査に歩いているんだが、のどがかわいたからおヒヤを一杯くれ」

などと言って入って来るのに、うっかり注文どおり、おヒヤを出して、あとでうんと意地悪をされた話。

おヒヤなんていうのは、たいてい酒をくれという謎であること。

客は百人来たら、百人、みんなちがっていること。何か話しかけないと機嫌の悪い客もあるし、世間話などされると、うるさがる客もあるし……。

タバコのこと――。都心部にホープやハイライトが切れている時は、配給日のちがう郊外からでも仕入れて、人気のあるタバコをいつも店にたやさないようにしておくこと。

最初の客と最後の客が大事だということ。特に、閉店間ぎわの客は大切にして、決して、

「もういい加減で看板にしたいな」

というような顔はするなということ。

常連として残った三人か五人か、これがまた大切な客だということ。その人たちが、必ず新しい客を連れて来てくれるようになること……。

鮨八のおやじは、一時間ばかり思いつくまま、あれこれ話して、

「あんまりお役にも立ちますまいが……。それでは、どうもごちそうさまでした。美味

しいじゃありませんか、おたくのカレー」

と、サイフを取り出した。

「あら、冗談じゃないわ」

と言う千鶴子に、

「いや、勘定は勘定なんです。それをいい加減になさっちゃいけません」

きちんと百五十円置いて、銀座の店へ帰って行った。

「気のつかなかったことが、いろいろあるものねえ」

「まったくだな」

千鶴子と六助は、商売繁昌の虎の巻を伝授されたような気がして、いくらか元気が出てきたが、考えてみると、ひる飯時に、ゆっくり虎の巻の伝授など受けていられるというのは、あんまりいい傾向でなさそうであった。

十二のマッチ

大森先生が、約束の色紙をとどけてくれた。六助の好きな三人の作家の寄せ書きである。

六助は大いに喜んで、それを客席のすみに掛けたが、

「大森貞一郎って、何する人だい？」

「碁《ご》の名人じゃなかったっけ」

客がそんなことを言っているようでは、これも、あんまり店の宣伝になるとは思えない。

鮨八のおやじの話は、大いに参考になったが、それですぐ客がふえるというわけのものでもない。

大体覚悟はしていたが、八月もやっぱり赤字であった。

千鶴子の両親もどうやら、真剣に善後策を考えはじめているようであった。

「店へ行ってみたかい？」

「おととい、ちょっとのぞいて来ましたけど、ひっそりしてて、ふたりともしょげてましたわ」

「やっぱり、しろうとの商売というのは、だめなんだね」

鶴見善太郎氏と夫人とは、千鶴子たちのいないところで、そんな話をした。

「まあしかし、株で思わぬもうけをしたんだから、それを全部すったところでやめてくれれば、元々だよ。この前もあいつに言ったけど、それだけ人生勉強をしたと思って、あきらめさすんだな」

「そうねえ」

「切り上げ時を失うと、借金ばかりかさんで、これはえらいことになるよ。お前からも、よく注意してやりなさい」

「でも、千鶴子は六助さんと、どうなんでしょうね。今のところ気も張ってるし、はっきり協同の経営者同士として割り切ってるようですけど」

「そりゃしかし、桜田君には悪いけど、店は失敗、さしあたって仕事もないという人と千鶴子を結婚さすわけにはいかんじゃないか」

「何だか、かわいそうね」

こうして、憂鬱な長い夏がすぎ、やがて九月がきた。

焼けつくようだった東京の夏の町にも、八月末の三十五度四分という記録をさかいにして、ようやく涼風の立つ気配が見えて来た。晴れた日がつづき、空の色、雲の色にも、しのび寄る初秋の感じがしはじめた。

九月に入って間もなく、六助たちは、思いがけず、「おや」と思うようなできごとを確かに次々に経験することになった。

取り立てて言うほどのできごとではなかった。

しかし、夏の間中、客の不入りと赤字とに気も滅入りがちだったふたりには、一服の——いや、何服かの清涼剤であった。

一服目は——。

「こんツわ。スばらくす」

と、東北なまりの学生が、元気そうに陽やけしてはいって来たのである。

「あら、いらっしゃい。しばらくですわねえ」

「夏休みで、おくにの方へ帰ってられたんですね」

千鶴子と六助は言った。「おくに」がどこか知らないが、顔にだけは見おぼえがある。

「宮城県の鳴子温泉て、おばさん知ってますか?」

学生は言った。

「僕のうちは、鳴子の温泉旅館ス。一度来てくださいよ。東北の別府て言われるくらい、いい温泉スよ。——だけんど、あっちには『ありがとう』のカレーみたいなうまいカレーライスないスもんなあ。夏休みの間じゅう、早くここのカレー食いたくて食いたくて、しまいにたまンなくなったスなあ」

「それで、東京へ帰るなり来てくだすったたってわけね?」

「そうスよ。きょうは、特製インド・カレー注文スッかな」

学生はうれしそうに言った。

「ハイ、ハイ」

六助の返事にも、久しぶりに張りが出て来た。

「おじさん。仙台の笹かまぼこって、知ってますか？」

学生は人なつこい性格らしく、カバンの中から包みを取り出して、子供のわらじみたいな格好をしたかまぼこを二枚、

「食べてください。あっちの名物スよ」

と差し出した。

そして自分は、運ばれて来たカレーライスを、こんなうまいものはないような顔をしてパクつきはじめた。

幸いほかに客もいないので、六助と千鶴子とは、立ったまま、お志のかまぼこをちょっとかじってみた。

「おいしいわ」

「普通のかまぼことちがいますね」

「そうスか」

大学生はうれしそうな顔をした。

「こんど帰省したら、たくさん買ってきて上げますよ」

「じゃあ、こんど帰省なさる時は汽車の中で食べるように、ドライ・カレーのお弁当を

作って差し上げますわ」

　千鶴子が言った。

　こんなに、個人的にしたしみを見せてくれた客は、六月開店以来初めてと言ってもよかったのである。

「ごちそうさま。じゃあ、また来ます」

「ありがとうございました」

　と、その学生が帰ってしまってから、六助と千鶴子は、何かひどく愉快な気持ちになってしまった。

　次の日には、二服目の清涼剤が入って来た。

「いらっしゃいませ」

　にぎやかに、四、五人一緒の若い人たちであった。

「いらっしゃいませ——あら」

　と、千鶴子は、中のひとりに目をとめた。

「まあ。この前はたいへん失礼をいたしまして……」

　例の、新しいズボンの上に、彼女がカレーをひっくりかえした、あの客である。

「ほら、このズボン、すっかりきれいになっちゃったでしょう」

　若い客は言い、

「ところで、みんな、何にする？」

と、仲間を見渡した。

「そりゃ、カレーさ」

「僕もカレー。どろどろのやつ」

仲間たちはニヤニヤ笑っている。

「ハイ。ビーフ・カレー五つでございますね」

千鶴子が調理場の六助の方へ注文を通すと、

「この人か？　え？　この人が君の前にひざまずいて、足をおさえて、ていねいにズボンをふいてくれたのか」

「すごい美人じゃないか。きょうは僕の上にうまくカレーをひっくりかえしてくれないかな。僕だったら洗濯代いらないがな」

と、小声で言い合っている。

どうやら、千鶴子がおしぼりで粗相のあと始末をして、クリーニング代まで弁償したのが評判になっているらしい。

「お待ちどおさまでした」

上がったカレーライスを運んで出ると、客のひとりが、

「オットットット」

今にもガラガラガッチャンが起こるのを期待するような声を出した。

しかし、いくら期待されても、わざわざカレーをひっくりかえして、客の膝をおしぼ

りでなでるサービスをするわけにはいかない。

「いやだわ」

彼女は笑ったが、一方、

「あのこと、ほんとうだった」

と、鮨八のおやじの話を思い出した。

あんな失敗をしたら、もう二度と来てくれないだろうと思っていた客が、仲間を三人も四人も連れてやってきたのである。少しぐらい冗談を言われても、これはありがたく思うべき筋合いかも知れない。

「うまいね。ここのカレー」

「うまい」

「ね。うまいだろう？　うまいんだよ」

と、先日カレーをひっくりかえされた若者は、まるで自分の手柄のような口調だ。

そして、

「また来るよ」

「一日おきに来るよ」

と、一同にぎやかに帰って行った。

三服目の清涼剤は、サラリーマン風の中年の男であった。

黙ってカウンターにすわり、黙ってポケットをゴソゴソやって、六助の前に、たくさんのマッチ箱を取り出した。

「十二カ国語そろったけど、ごちそうになれますか?」

見ると、確かに「ありがとう」「サンキュウ」「ダンケ」「メルシー」から「ショクラン」「謝々」「スパシーボ」まで、十二種類のマッチがそろっている。

「これはこれは、どうも」

六助は言った。

ときどき食べに来てくれる客だとは思っていたが、無口なせいか、十二カ国語がそろうほど、そんなに繁々《しげしげ》来てくれたとは、六助にも千鶴子にも感じられないのであった。

客は、黙って、十二のマッチを積み木のように積み上げて見せた。

「ありがとうございます。どうぞ、ゆっくり召し上がってください。コーヒーつきでサービスいたします。実は、マッチを十二そろえて来てくださったのは、お客さんが初めてなんですよ」

六助がそう言うと、無口な客は初めて笑顔を見せた。

「ビルマ語のマッチとロシア語のマッチは、編集部のほかの人から融通《ゆうずう》してもらったんだ。悪いね」

「いいえ。結構でございます。――しかしお客さん、編集部とおっしゃると、どこかご近所の……」

「T書房です。あんたたち、もと百合にいたジャーナリストなんだってね。うちの編集部じゃ、君んとこのカレーのファンがだいぶいるんだけど、気がつかない？」

「そうですか。いや、何もおっしゃらないんで気がつきませんで、申し訳ありません。どうぞよろしくお願いします」

客は、出された無料サービスのカレーを食いながら、

「みんな、出前をしてくれればもっといいんだがって言ってるよ。雑誌の校了で遅くなる時なんか、『ありがとう』が深夜営業をやってりゃいいのにな、なんて言ってる」

そんなことを言った。

「はあ。いずれそれも考えなくてはと思ってるんですが、何しろ人手不足なもんですから……」

六助は答えた。

夏枯れで、すっかり見放されてしまったような思いでいた時にも、ある人々は、こっそり「ありがとう」のうわさをし、「ありがとう」のカレーの味について議論をし、あるいは東北の田舎で、しきりに自分たちのカレーのことを思っていてくれたのだ——それは、とても愉快なことであった。

「こんなふうに、はっきり手ごたえがあると、張り合いが出て来るな」

「ほんとね」

六助と千鶴子は話し合った。

そして、この三服の清涼剤がさそい水になったかのように、「ありがとう」の客足は、

急にふえはじめた。

——庭瀬さんが編集長をしている「週刊ニッポン」では、そのころ「こんな店」というかこみものを連載していた。

毎週、だれかひとりの文筆家に、その人の知っている変わった面白い店について、紹介かたがた随想を書いてもらうのである。

七月の下旬に第一回が始まって、上野の古い日本櫛の店「十五夜」、銀座の最も先端的なジャズ喫茶「ビッグ・ビート」、京都の名代《なだい》のすっぽん料理「太吉」、あるいは鹿児島で「うまんまら」というひなびたおいしい菓子を作る「若駒堂」など、すでに六、七回、全国のいろんな店が取り上げられ、「週刊ニッポン」の、一つの呼びものになりかけていた。

かねてから、六助たちの店の経営状態について心配していた庭瀬さんは「ありがとう」を「こんな店」の企画に取り上げて、大森貞一郎先生に紹介してもらうことを思い立った。

「大森さん、うちの雑誌の『こんな店』というつづきもの、見てくださってますか？」

「………」

「実は、あれで、一度六助たちの〝ありがとう〟を大森さんに書いてもらえないだろうかと思うんですが……。大森さんが、こういう仕事おいやだということは、よくわかるんですが、彼らのところも、もう一つ、何というかもうひと押し……」

大いに遠慮しながら申し出たが、大森先生は、

「それはいい。書きましょう」

と、意外にも、即座に引きうけてくれた。

「私は、桜田君たちに、何かもう少し力になって上げたいと思いながら、へたな色紙を一枚とどけただけで、何もしないでいる。ぜひ書きましょう」

大森先生は言った。

相談はすらすらまとまった。

そして、六助たちにとってはまったく突然に、九月中旬のある日、写真部の人を連れた庭瀬さんと大森先生が「ありがとう」へ入って来た。

「何ですって？　大森先生が僕たちのことを『週刊ニッポン』に書いてくださるんですって？」

「抱負を語るなんて……、いやだわ、そんなこと」

六助も千鶴子も、百合書房のころ、写真の人といっしょに執筆者を訪問して記事を取った経験は何度もあるが、自分たちがカメラを向けられ、フラッシュ・ライトで照らされて記事を取られるのは初めてだから、すっかり面食らってしまった。

「何を言ってるんだ。取材に非協力的だぞ」

庭瀬さんは怒ったような顔をして言った。

で、六助と千鶴子は何をしゃべったか、半分上《うわ》の空《そら》でよくおぼえなかったが、それから二週間後、神田のカレーライス屋「ありがとう」は「こんな店」の第九回として「週刊ニッポン」のページを飾ることになった。

「なにしろこの店のカレーは、おそろしく辛い」

と、大森先生は書いていた。

「食べ終わって、店を出て電車に乗ったころ、まだハアー、ハアーッと口の中に辛さが残っているが、同時に、そのころになって何とも言えぬおいしさが感じられて来る。『ありがとう』のカレーの辛さには、ふたりの若い経営者のまごころがこもっている。にんにくを豊富に使い、初めはそれが不評を買うのではないかと心配だったというが、このごろ、この店のカレーの味を認める常連が次第にふえて来ている」

「経営者の桜田六助君と鶴見千鶴子さんとは、共にもと某社の有能な編集者で、ジャーナリスト出身のカレーライス屋というのも変わっているが、一番変わっているのは『ありがとう』という店名であろう」

「桜田君の父君が、先の戦争で悲惨な最期を遂げたことから、この若い店主は、人と人とが憎み合う愚かさ、人の和の大切さを深く考えるようになり、一言のありがとうで、少しでも人間と人間との和解親愛の気持ちをひろげられたらという、いわばそういう善意に基づいて、この名前をつけた由である。

店の看板には、十数カ国の『ありがとう』という言葉が書きこまれてあり、店のマッチにも各国語の『ありがとう』のマッチが用意してあってなかなか面白い」

「この六月、誕生したばかりの小さな店であるが、味の上からも、店のふんいきの上からも、特筆に価するカレーライス屋だと私は思っている」

大森先生の記事のまんなかに、白いコック帽をかぶった六助と、エプロンをしめた千鶴子の、調理場を背景にして少々澄ましている写真がのっていた。

大森先生の文章の下のすみには「メモ」という、小さな欄があって、

「レストラン『ありがとう』は、千代田区神田神保町××。ごはんのおかわりを自由にさせるのと、店のマッチを、十二種類十二カ国そろえると、カレー一皿無料サービスするのが特徴。特製インド・カレー百五十円、並みカレー百円、ドライ・カレー八十円」

と、案内がそえてあった。

ちょうど、客がふえて来つつある時だったので、この記事の効果はてきめんだった。

庭瀬さんが想像していたより、はるかに大きな反響があった。

その記事ののった「週刊ニッポン」が発売になった日から、彼ら自身びっくりするくらい客が来はじめた。

「『こんな店』で紹介してたカレーライス屋、ここだわ」

「すごく辛くてうまいんだってさ」

「ごはんのおかわりが自由っていうのは、魅力だね」

学生、サラリーマン、若い女性たち、買い物マダム——開店の日のように次から次へ

といろんな人が入って来て、

「いらっしゃいませ」

「いらっしゃいませ」

「ありがとうございました」

六助も、調理場で腰をおろしてタバコ一服吸うひまもないようなありさまになって来た。

時あたかも、食欲の秋である。

大学の学生食堂は、値段は安いが、何と言っても味が落ちる。それに、ごはんの量は、大盛り百九十グラム、並み百三十グラムと、なかなか厳格な制限があって、昔のようにおひつが出してあって、おかわり自由というわけにはいかない。

初めはそれほど人に認めてもらえなかった「ありがとう」のおかわり戦術が、すっかり評判になって、

「うまくて、結局安い」

と、神田あたりの学生の間で、大した人気であった。

「おばさん、頼む。福神漬たっぷりね」

「ハイハイ、福神漬しっかりサービスしときましょうね」

千鶴子も、要領がよくなり、学生たちから「おばさん」と呼ばれるのにも、すっかりなれて来た。

こうなると、店のほうも張りがあるが、今まで「ありがとう」をひいきにしていた客も、鼻が高いらしく、張り切って新しい客をどんどん連れてきてくれる。

鳴子温泉の学生や、ズボン事件の若者など、

「僕、前からここの店のカレーはうまい、今に評判になるって言ってたろ」

と、三日にあげず友達を連れて食べにやって来る。

「だけど、この繁昌ぶり、いつまでつづくかしら？」

千鶴子と六助の心配は、急にふえた客の数が「週刊ニッポン」の記事が忘れられると同時に、また線香花火のようにしぼんでしまうのではあるまいか、ということであった。

しかし、一週間たち十日たっても、客の入りはほとんど衰えず、逆に確かな固定客の層ができて行くのが、彼らにもはっきり感じられるようになった。

百五十円以上のものは、ひと品もない小さなレストランながら、一日の売り上げが二万円を越す日が何度かあり、

「いらっしゃいませ」

「ありがとうございました」

七月八月のことを考えると夢のような話だが、夜、店を閉める時には、六助千鶴子両人とも、咽《のど》がカラカラになって、肌にはカレーのにおいがしみこんで、鍋の中もおひつの中も完全にからっぽという状態がつづいた。

「サンキュー」から「スパシーボ」まで、十二種類のマッチをそろえて、サービスのカ

レーを食べに来る客も、何人かあらわれた。

「ただ、君のとこが、出前をしてくれるといいんだがなあ。うちの会社は、すぐそこなんだから」

「それに、もう少し夜おそくまでやっててくれると、われわれとしては、非常にありがたいんだけど」

客にそれを言われるのが、六助としては一番つらかった。

出前は、中小企業相談所の忠告もあって、人件費と貸しだおれに食われるのがいやだから、当分やらない方針だが、深夜営業の方は、彼としてももともと大いにやってみたい気があるのである。

「千鶴子さんを九時ぐらいに帰して、あと僕ひとりでというわけにも行かないしなあ……」

要するに、千鶴子との関係がはっきりしない——はっきりしないことはないが、深夜まで毎日ふたりっきりでいても差しつかえないような関係としてははっきりしないから、それで鶴見善太郎氏夫婦のお許しが出ないのである。

初めからの決心であり約束であるから、六助は千鶴子との間に、恋人らしいムードをかもし出すことは、極力避けていたが、深夜営業への魅力と、千鶴子自身への魅力とから、

「うーむ」

と、腕組みをして考えこんだり、

「千鶴子さん」

ひょっとそのことを彼女に話しかけてみたい気になることもしばしばあった。


六助の下宿へ、広島の母親から長い手紙がとどいたのは、そのころであった。

店を終わって、近くのふろ屋で汗とカレーのにおいのしみついたからだをきれいに流して岩おこしの下宿へ帰って来た六助は、机の上に母親の手紙をみつけ、寝床にひっくりかえって封を切った。

「たいそうごぶさたですが」

として、その下にカッコをつけ、

「あんたの方の話です」と、赤鉛筆で傍線がひいてあった。

「元気のことと思います。お店のぐあいはどうですか。開店の通知はもらいましたが、その後音さたがないので、うまく行っているかどうか、案じております」

「このところ、ばかに好調なことを、知らせてやらんといかんなあ」

六助は、そう思いながら読みつづけた。

「(ありがとう)というのは、おもしろい、いい名前です。どんな仕事をやっても、困っている人に親切に、隣近所の人にやさしく、皆によくしてあげるのが、無実の罪をかぶって死なれたお父さんへのはなむけで、お父さんの志をつぐことです」

六助の母親は、やはり、夫が無実の罪で処刑されたと信じとおしているらしい。

「さて、このたび、東京白百合会のみなさまの肝いりで、十月の二十三日から二日間、全国戦犯処刑者遺家族の大会が、東京で開かれることになり、お母さんは十月二十一日に、十八年ぶりで東京へ行くことになりました」

「ほう。おふくろが東京へ出て来る」

六助は思った。

「あんたのやっているカレーライス屋の店を見せてもらうのも、楽しみにしておりますが、お店のこと以上に心にかけておるのは、実はあんたの結婚問題です。わたしも、もうそろそろ孫の顔が見たいころで、いったい鶴見さんのお嬢さんのことは、どうなっておるのですか。協同経営者、協同経営者というても、男はふんぎりをつける時には、きっぱりふんぎりをつけて身を固めねばいけません。母上京の折りには、そのお嬢さんにもぜひお目にかかり、青山の鶴見さんのご両親にもおあいして、よくよく先方のご意向も確かめてみたいと思うております」

「そう勝手に、乗り出して来られちゃ困るがなあ」

六助は手紙を読みながらしかめ面をしたが、もしそこにだれか人がいたら、彼がしかめ面をしながら微笑していたことに気づいたかも知れない。

「十月二十一日というと、あとひと月足らずだ」

彼は思い、あしたあたり、母親上京の話を千鶴子にするについて、またしても、

「ところで千鶴子さん」

と言いそうになる自分を、どうしたらいいかと考えていた。

千鶴子のほうでも、六助のそうした気持ちの動きを感じていないわけではなかった。いつか「ありがとう」が開店準備の店内改装をしていたころ、大工のおじさんから、奥さん、旦那、と呼ばれて、六助が、

「早くほんとにそう呼ばれる身分になりたいな」

と笑ったのに対し、

「いまは、まだそういう冗談をいう時期じゃないでしょ」

ときめつけた覚えがあるが、それだけに、本気で「何かが起こる」のを待つ気持ちは、彼女のほうが強かったかもしれない。

何しろ、陽電気と陰電気が毎日いっしょに同じ仕事に励んでいるのだから、火花が散らないのは、不思議なようなものである。

しかし千鶴子としても、

「仕事の情熱と、恋愛の情熱とは、はっきり区別してやっていくわ」

と、親たちに広言した手前もあり、協同経営者の立場を、婚約者または夫婦の立場に切り替える決意を迫られるのは、もう少し先のことだと思っていた。

それに、ふたりとも、なんと言ってもうぶであった。うぶな上に、お互い少々、強情っぱりなところもあった。

それにもう一つ、毎日多忙であった。

「いらっしゃいませ」

「いらっしゃいませ」

「毎度ありがとうございます」

「週刊ニッポン」の記事で客がついて以来、店のにぎわいはちっともおとろえず、赤字は、はっきり黒字に変化した。少なくとも営業中は、ぼんやり花嫁衣装の空想をしたりするひまはないのであった。

給仕もしなくてはならない。皿も洗わなくてはならない。ビールも冷やしておかなくてはならない。まちがっても、評判のカレーの味を落とすようなことはしたくない。神経が張りつめている。

そんなある日、塩沢カレー粉大学生が、ふらりと店へはいって来た。

「いらっしゃいませ」

と言ってから、千鶴子は気がついて、

「まあ」

と、顔がちょっとこわばった。

「しばらくねえ、千鶴子さん」

カレー粉大学生は、しゃあしゃあとしていた。

「お店、とうとう始めたのね」

「ええ……」

鼻をヒクヒクさせながら、

「週刊誌で読んで、びっくりしたんだよ。それなら、あの時の約束だもの、ひとこと言ってくれれば、カレー粉、いくらでもプレゼントしたのに」

「でも……」

「君ンとこ、うちのプリンス・カレー、使ってないんでしょ？　つめたいんだなあ」

千鶴子は、返事に困ってしまった。

「とにかく、その特製インド・カレーっていうのを、試食させてよ」

塩沢大学生は、席にすわった。

六助は初め、このいやになれなれしい若者が、どこのだれかわからなかった。話を聞いているうちに、いつか千鶴子の手紙に書いてあった、スキー場で知り合ったカレー粉会社の社長のむすこだな、と気がついたが、千鶴子に対し、こうもなれなれしいのは、どういうわけか、やっぱりよくわからない。

カレー粉大学生は、

「あの写真、よく写っていたね。がぜん、君のこと、なつかしくなっちゃってさ」

とか、

「うまいけど、このカレーライスうちのカレー粉使えば、もっとうまくなるのに」

とか、六助の方は無視して、勝手なことを言っている。

とにかく客である以上、露骨に不愉快な顔もできないので、六助は、

「へい、ドライ・カレーとコーヒー、上がりましたよ。あっちのかた」

と、仕事をつづけていたが、内心おもしろくない。

千鶴子が剣もほろろの態度なのも、疑わしいといえば、かえって疑わしく感じられるのであった。

しかし、千鶴子があんまり素ッけなく、取りつく島もないのに閉口したのか、塩沢大学生の方は、インド・カレーを食べおわると、

「じゃあ、店がわかったから、そのうちまた来るね」

と言って、勘定払って帰って行った。

千鶴子はぷりぷりしていた。

調理場へ入って来て、

「来てくれなくたっていいわ、あんなの」

と、小声で六助に言った。

「あんなのって、どういう人？　あれ」

「プリンス・カレー粉の社長の息子よ。わたし、いつか手紙に書かなかった？」

「ああ」

六助は少しとぼけてみせた。

「だけど、どうしてプリンス・カレーのむすこに、そんなにぷんぷん怒ってるの？」

「あとで話すわ」

千鶴子は小声で言って、ちょっと顔をなおしてから、

「ハイ、お会計。ありがとうございます」

と、再び客席の方へ出て行った。

その晩、店が看板になってから残り物のコーヒーをいれて、千鶴子は、

「そんなへんな顔をしないでよ、六さん」

と、話しはじめた。

スキー場で知り合って、それ以後何回か、あのカレー粉大学生とつき合ったこと。それには、広島へ帰ってしまって、沙汰なしの六助に対するつらあてのような気持ちが多少あったこと。しかし弟の小太郎が、塩沢大学生のいとこと高校同級で、あの人についてよからぬうわさを耳にしたこともあったということ。

そして、江の島ドライブにさそわれた帰り、塩沢大学生が五反田の近くの怪しげな旅館で休んで行こうといい出し、すっかり怒って逃げ出すまでの一部始終を、千鶴子はためらい勝ちに、しかし率直に六助に話して聞かせた。

「………」

「………」

ふたりのあいだに、やや重苦しい空気が生まれた。

千鶴子はプリプリして話していたのだが、そのプリプリには、

「そんなこと、何でもないよ。気にするなよ」

と言って、六助から笑って慰めてもらいたい甘えがあった。

六助がすっかり沈黙してしまったのに、彼女は当惑し、いまさら、自分がなにかとんでもないいけないことをしたような気がしてきた。

しばらくたってから、六助は、

「まあ、なにもなくてよかった」

と、ぽつんと言った。

「それじゃ、おそくなるから帰ろうか」

「ええ。でも、わたし……」

「とにかく、きょうは帰ろうよ」

六助はぶっきらぼうに立ち上がった。

その晩、千鶴子は家へ帰って、よく眠れなくなってしまった。

——六さんは、わたしのこと疑ってるんだわ。わたしが、あんなことを話したために、怒って、お店もわたしも、投げ出してしまう気じゃないかしら……。

彼女はベッドの上で、虫の鳴き声を聞きながら、しきりにそんなふうに考え、涙をこぼしていた。

——なんだってあのカレー粉大学生は、のこのこお店へはいって来たんだろう。おかげで、……おかげで、わたしは——。

千鶴子が、寝つけないまま、にがい気持ちをかみしめているころ、六助のほうもやはり、練馬の下宿で眠らずに考えていた。

彼の考えていることは、千鶴子のそれと少しちがっていた。

――彼女はうそはいっていないようだ。うそをいう子じゃないんだ、彼女……。

――しかし、これはもう、おふくろの言うように、ふんぎりをつける時機がきているのではないだろうか？

――店も順調になってきたし、おふくろももうすぐ東京へ出て来るんだし、ここらで僕がふんぎりをつけて、はっきりした意思表示をすべきではないだろうか？　そうしないと、ふたりの間が妙にこじれてしまう恐れがあるのじゃないだろうか？

プリンス・カレーの息子の出現は、むろん愉快でなかったが、それで千鶴子を憎む気持ちにはなれなかった。

――でも、どうやって意思表示をすればいいだろう？

彼は下宿のきたない四畳半の天井をながめながら、しきりにそれを考えつづけた。

その次の日も、「ありがとう」は大繁昌、客が多かった。

しかし、六助と千鶴子は、なんだかお互いにわだかまりがあるような感じで、あんまり打ちとけた口をきかず、一日中働いていていた。

夜、八時半ごろ、最後の客が帰って、おもての灯を消してから、とうとう六助が言い出した。

「またきのうみたいに、残り物のコーヒーでもいれて、少し話をしようか？」

「ええ」

千鶴子は、職員室へ呼ばれて、先生からなにを言い出されるかと心配している女生徒のような顔をしていた。

「きょうの売り上げ、どのくらいだった？」

「まだしめてないけど、二万円を少しこしたと思います」

「そう……。僕ね、千鶴子さん」

六助は言った。

「店の売り上げが二万円をこえた日には、これから僕も、マッチを一つずつもらおうかと考えているんだよ」

「マッチを？」

千鶴子はややうつむきがちの顔を上げて、不思議そうに六助のほうを見た。

「マッチを集めて、どうするの？」

「うん」

六助は微笑した。

「二万円以上の売り上げがつづくようなら、僕たちもそろそろ、店のこと、安心していいんじゃないかと思うし、それに千鶴子さんと、深夜営業もぐあいが悪いような間柄で、いつまでもこんなふうにしてて、千鶴子さんにカレー粉の虫がついたりしたら、僕は悲しいから」

「いや、そんなこと言っちゃ。ちがうわ、それは」

千鶴子は、烈しく相手のことばをさえぎったが、六助はかまわず話しつづけた。

「まあ、聞きなさい。だからね、二万円以上の売り上げのあった日には、僕もお客さんと同じに、君からマッチを一つずつもらって、うまく十二カ国語たまったら、そのとき僕は君に、その、なんていうか、つまり、決心して、つまり、申しこんで——、ちょうど広島のおふくろも出て来ることだし……、そう思うんだよ」

聞いているうちに、千鶴子の顔に明りがさし、やがて目に涙があふれてきた。

「六さん、六さん」

彼女は、無意味に六助を呼んだ。

「だから、マッチをきょうから一つずつ……」

「上げるわ、上げるわ」

千鶴子は言った。

彼女が箱から、ドイツ語のダンケのマッチをつかみ出した手は、自然に六助の両手につつまれた。マッチは客のいない客席の床へころげ落ち、彼女は、自分の手をつつんだ六助の、カレーくさいあたたかな手の上に顔をふせて、声を上げて泣き出した。

あとがき　講談社文庫版

今から二十一年前に書いた新聞小説です。私どもにはついこの間のような気がしますが、二十年二た昔で、そのころ生れた赤ちゃんが、いつかもう、文学にしたしむ年齢になっているわけです。今度この作品が文庫に収められてそういう若い人々にも読んでもらえるのを、嬉しく思っています。ただ、描いた世相が、今とずいぶんちがいます。戦争が終って十六年目、日本は神武《じんむ》景気・岩戸《いわと》景気という経済の高度成長時代を迎え、株のブームがおこり、素人投資家たちの合言葉は「マネービル」でした。そのくせ、オート三輪が東京の都心を走っていたり、物価は安く、カレーライス一と皿百円だったり――、主人公が郷里の広島へ帰るにも、新幹線はまだありませんでした。これらのこと、すべて当時のままにしてあります。題名だけ、初めの「カレーライス」を「カレーライスの唄」と改めました。

六助千鶴子の二人がもし実在の人物なら、現在四十半ば、若い読者にとっては両親に近い世代で、彼らの若き日の物語と思って見ていただければ幸いです。

昭和五十七年六月

阿川弘之

解説　白い飯とカレーとの関係

平松洋子

特製インドカレー百五十円、カレーライス百円、ドライカレー八十円。
なんて気持ちのいい値段なんだろう。カレーライスひと皿、きっかり百円の潔さ。船出したばかりの小さな店「ありがとう」の空気がぴんぴん跳ねて伝わってくる。カレーひとつだけのメニューにしても、もちろんほかに手が回らない余裕のなさではあるけれど、やっぱり無駄がなくて気持ちがいい。値段、メニュー、店の名前、サービス、どれをとっても、この爽快な長編青春小説の大団円にふさわしい。百円札でも百円玉でも、きっかり百円の値段が表す味には、いつどの時代でも色褪せることのない普遍的な真実がある。

一九六一年二月から二百七十回、「カレーライス」と題して書かれた新聞小説である。あらすじは説明するまでもないだろう。まじめでのんき者の六助、目鼻の効くちゃきちゃきの千鶴子、若い男女が世間の荒波をかいくぐり、恋を成就させてひとつの鞘におさまるまでの青春物語。平易簡潔な文章にぐいぐい引き込まれ、寸分の飽きも感じず一気呵成に読んでしまうのだからすごい。緻密なコマ割りを思わせるくっきりとした場面描写がまたすごいと思ったら、当然というべきか、映画化されている。六二年十一月公開、東映映画「カレーライス」。共同脚本・舟橋和郎、渡邉祐介、監督・渡邉祐介。六助を演じるのは当時の東映の秘蔵っ子、江原真二郎、千鶴子役は大空真弓。ほか沢村貞子、西村晃、世志凡太、上田吉二郎、花澤徳衛、若水ヤエ子、左卜全を始めユニークな役者が脇を固める社会喜劇である。阿川弘之は、本作の前後に『ぽんこつ』『こんぺいとう』『あひる飛びなさい』など軽妙な新聞小説を次々に執筆しているのだが、やはりそのうち数作が映像化されている。六〇年公開「ぽんこつ」は東映の喜劇映画として舟橋和郎が脚色、監督は新人第一作目の瀬川昌治。「あひる飛びなさい」は六八〜六九年、NHKのテレビドラマ「あひるの学校」として放送されたのだが、画面の芦田伸介がダンディでめっぽうかっこよく、小学生だった私も毎週楽しみに観ていた。いま確かめてみると、十朱幸代が演じる長女の名前は本作と同じ千鶴子、営んでいるのもカレーライス屋なのだった。

阿川弘之にとって、カレーライスは日本人を語るうえで重要な触媒ともいうべき存在であったように思う。食随筆『食味風々録』には、「大好きな米とまぜて食う洋風汁かけごはん『らいすかれい』」(「米の味・カレーの味」)とあり、日本人にとってのカレーライスの意味を看破している。じっさいカレーライスは白い飯があればこそ成立する、一種の丼もの。とろりとかかった複雑でハイカラな味わいの「汁」を得て、艶やかに光る日本の白い飯のうまさはいや増す。生涯を通じて食べ物に並々ならぬ関心をもって接した阿川弘之は、庶民の日常を描くための格好の存在としてカレーライスを位置づけた

（食べものを主題に据えた忘れがたい短編小説『鮨』（平成四年「新潮」発表）では、日本人の精神の真髄を描くうえで鮨を選んでいる）。

さて、青春物語に陰影をもたらし、辛味を効かせているのは戦争の傷痕である。軍事裁判にかけられて上海で処刑された戦犯の息子、六助の境遇はなんともいえずせつない。父恋いの物語として語られる「父のまぼろし」では、戦争に巻き込まれ、時局に翻弄されたあげく命を落とさざるを得なかった職業軍人の運命が詳細に描かれる。父は無実の罪を被って死んだと信じていたけれど、かならずしもそうではなかった――真実を受け容れる六助の思いが苦い。

「あるひとつの観念によって、人が正義の名の下に、ほかの人を殺してもいいと思いこみ、それを実行するということ。そして、特殊な状況の下でなら、自分にもそんなことをやりかねない要素があるだろうということ――。

それが遺伝であるか、国民性であるか、人間性の本質であるかは知らないが、何度考えてもうっとうしい気がするのであった」

四二年、海軍入隊。海軍大尉として中国で終戦を迎え、翌年に復員した戦争当事者としての自省がかくも率直に語られていることに、著者の良心のありかをひしひしと感じる。しかし、物語を柔らかくほぐす温かさも一流で、故郷広島で暮らす六助の母親の言葉によってこんなふうに心情を優しく掬い上げている。

「お父さんは、よくこう言いよってじゃったよ。国を愛する、国を守るというても、そんやら、お向かいの加藤の後家《ごけ》さんやら、うちの六助坊主やら、それを別にしてとくに守ったり愛したりする対象があるわけじゃあない。天皇陛下には忠誠をつくさねばならんが、町の人の幸福をふみにじるようなことは、決して天皇陛下への忠節にならんのだ。隣近所の人に、ようしてあげえよ。知らん人にも親切にせえよ。そしてみんなが、ひどい貧乏をせずに、仲よう楽しく暮らして行けるようにすることが、それがほんとに国を愛するということよ」

右も左もない、この公正で朗らかな視線があればこそ、社員を巻き込んで小ずるく立ち回る百合書房の殿山社長も、苦節を重ねてきた作家大森貞一郎先生も、調子のいいボンボン塩沢大学生も、愛嬌のある憎めない存在として物語のなかを愉快に跳ねまわる。倒産、失職、不渡り、そして戦争の記憶。負の要素でありながら、人生を励ます応援役に思われてくるところがとても素敵だ。

『カレーライスの唄』を読み終わると、神保町のあの角を曲がったところ、小さな店が「ありがとう」と看板を掲げている風景がありありと浮かんでくる。「いらっしゃいませ」「毎度ありがとうございます」、六助と千鶴子が忙しく立ち働く姿も見えてくる。食べ終わっても「ハアー、ハアーッと口の中に辛さが残っている」、うれしい味。そのなつかしいおいしさは、阿川弘之そのひとの人柄に触れた喜びと重なっているように思われるのだ。

（ひらまつ・ようこ　エッセイスト）

カレーライスの唄

昭和36年2月より「カレーライス」の題で、京都新聞・中国新聞・新潟日報・南日本新聞・北日本新聞・河北新報の各紙に二百七十回連載。

昭和37年3月、新潮社より単行本刊行。

昭和44年1月、講談社より軽装版として刊行。

昭和57年9月、講談社文庫版刊行にあたり「カレーライスの唄」と改題。

蛙の子は蛙の子 阿川弘之／阿川佐和子

当代一の作家と、エッセイにインタヴューに活躍する娘が、仕事・愛・笑い・旅・友達・恥・老いについて本音で語り合う共著。（金田浩一呂）

あんな作家 こんな作家 どんな作家 阿川佐和子

聞き上手の著者が松本清張、吉行淳之介、田辺聖子、藤沢周平ら57人に取材した。その鮮やかな手口に思わず作家は胸の内を吐露。（清水義範）

男は語る 阿川佐和子

ある時は心臓を高鳴らせ、ある時はうろたえながら、12人の魅力あふれる作家の核心にアガワが迫る。「聞く力」の原点となる、初めてのインタビュー集。

笑ってケツカッチン 阿川佐和子

ケツカッチンとは何ぞや。ふしぎなテレビ局での毎日。時間に追われながらも友あり旅ありおいしいものありのちょっといい人生。（阿川弘之）

命売ります 三島由紀夫

自殺に失敗し、「命売ります。お好きな目的にお使い下さい」という突飛な広告を出した男のもとに、現われたのは？（種村季弘）

コーヒーと恋愛 獅子文六

恋愛は甘くてほろ苦い。とある男女が巻き起こす恋模様をコミカルに描く昭和の傑作が、現代の「東京」によみがえる。（曽我部恵一）

七時間半 獅子文六

東京—大阪間が七時間半かかっていた昭和30年代、特急「ちどり」を舞台に乗務員とお客たちのドタバタ劇を描く隠れた名作が遂に甦る。（千野帽子）

悦ちゃん 獅子文六

ちょっぴりおませな女の子、悦ちゃんがのんびり屋の父親の再婚話をめぐって東京中を奔走するユーモアと愛情に満ちた物語。初期の代表作。（窪美澄）

娘と私 獅子文六

文豪、獅子文六が作家としても人間としても激動の時間を過ごした昭和初期から戦後、愛娘の成長とともに自身の半生を描いた亡き妻に捧げる自伝小説。

てんやわんや 獅子文六

戦後のどさくさに慌てふためくお人好し犬丸順吉は社長の特命で四国へ身を隠すが、そこは想像もつかない楽園だった。しかしそこは……。（平松洋子）

青空娘 源氏鶏太

主人公の少女、有子が不遇な境遇から幾多の困難にぶつかりながらも健気にそれを乗り越え希望を手にする日本版シンデレラ・ストーリー。（山内マリコ）

ことばの食卓 武田百合子 野中ユリ・画

なにげない日常の光景やキャラメル、枇杷など、食べものに関する昔の記憶と思い出を感性豊かな文章で綴ったエッセイ集。（種村季弘）

買えない味 平松洋子

一晩寝かしたお芋の煮っころがし、土瓶で淹れた番茶、風にあてた干し豚の滋味……日常の中にこそある、おいしさを綴ったエッセイ集。（中島京子）

玉子ふわふわ 早川茉莉編

国民的な食材の玉子、むきむきで抱きしめたい！森茉莉、武田百合子、吉田健一、山本精一、宇江佐真理ら37人が綴る玉子にまつわる悲喜こもごも。

なんたってドーナツ 早川茉莉編

貧しかった時代の手作りおやつ、日曜学校で出合った素敵なお菓子、毎朝宿泊客にドーナツを配るホテル、哲学させる穴……。文庫オリジナル。

おいしいおはなし 高峰秀子編

向田邦子、幸田文、山田風太郎……著名人23人の美味な思い出。文学や芸術にも造詣が深かった往年の大女優・高峰秀子が厳選した珠玉のアンソロジー。

うなぎ 浅田次郎選 日本ペンクラブ編

庶民にとって高価でも何故か親しみのあるうなぎ。そのうなぎをめぐる人間模様。岡本綺堂、井伏鱒二など、小説九編に短歌を収録。（平松洋子）

あさめし・ひるめし・ばんめし 大河内昭爾選 日本ペンクラブ編

味にまつわる随筆から辛辣な批評まで、食の原点がここにある。文章の手だれ32名による庖丁捌きも鮮やかな自慢の一品をご賞味あれ。（林望）

るきさん 高野文子

のんびりしていてマイペース、だけどどっかヘンテコな、るきさんの日常生活って？ 独特な色使いが光るオールカラー。ポケットに一冊どうぞ。

増補 ハナコ月記 吉田秋生

「オトコってどおしてこうなの？」とハナコさん。「オンナってやつは」とイチローさん。ウフフと笑いがこみあげるオールカラー。（糸井重里）

ちくま文庫

カレーライスの唄《うた》

二〇一六年四月　十　日　第一刷発行
二〇一六年七月二十五日　第三刷発行

著　者　阿川弘之（あがわ・ひろゆき）

発行者　山野浩一

発行所　株式会社　筑摩書房
東京都台東区蔵前二―五―三　〒一一一―八七五五
振替〇〇一六〇―八―四一二三

装幀者　安野光雅
印刷所　中央精版印刷株式会社
製本所　中央精版印刷株式会社

乱丁・落丁本の場合は、左記宛にご送付下さい。
送料小社負担でお取り替えいたします。
ご注文・お問い合わせも左記へお願いします。
筑摩書房サービスセンター
埼玉県さいたま市北区櫛引町二―六〇四　〒三三一―八五〇七
電話番号　〇四八―六五一―〇〇五三

ISBN978-4-480-43355-8 C0193